Ellen Barksdal

Tee? Kaffee? Mord!
Der doppelte Monet /
Die letzten Worte des Ian O'Shelley

Über die Autorin

Geboren wurde Ellen Barksdale im englischen Seebad Brighton, wo ihre Eltern eine kleine Pension betrieben. Von Kindheit an war sie eine Leseratte und begann auch schon früh, sich für Krimis zu interessieren. Ihre ersten Krimierfahrungen sammelte sie mit den Maigret-Romanen von Georges Simenon. Nach dem jahrelangen Lesen von Krimis beschloss sie, selbst unter die Autorinnen zu gehen. „Tee? Kaffee? Mord!" ist ihre erste Krimireihe.

Ellen Barksdale

Tee? Kaffee? Mord!

DER DOPPELTE MONET
DIE LETZTEN WORTE DES IAN O'SHELLEY

lübbe

MIX
Papier aus verantwortungsvollen Quellen
FSC® C014496
FSC
www.fsc.org

Dieser Titel ist auch als E-Book erschienen.

Vollständige Taschenbuchausgabe
der bei Bastei Lübbe erschienenen E-Book-Ausgabe

Umschlaggestaltung: Kirstin Osenau unter Verwendung von Motiven von © shutterstock/SJ Travel Photo and Video, © Mary Ro/Shutterstock, © Mary Ro/Shutterstock, © mubus7/Shutterstock
Satz: 3w+p GmbH, Rimpar (www.3wplusp.de)
Gesetzt aus der Palatino
Druck und Verarbeitung: GGP Media GmbH, Pößneck
Printed in Germany
ISBN 978-3-404-18336-4

5 4 3 2 1
Sie finden uns im Internet unter www.luebbe.de
Bitte beachten Sie auch: www.lesejury.de

Ellen Barksdale

Tee? Kaffee? Mord!

DER DOPPELTE MONET

Prolog, in dem Cecily Beresford in ihrem Haus in Earlsraven um den Schlaf gebracht wird

»Was?«

Es war die vierte Nacht in Folge, in der Cecily Beresford aus dem Schlaf hochschreckte, weil eine Stimme ihr etwas zugeflüstert hatte. Sie saß kerzengerade im Bett und sah in die dunkle Nacht, dabei hielt sie eine Hand auf ihre Brust gedrückt, um ihr hastig schlagendes Herz zu beruhigen.

Warum nur immer wieder diese Stimme? Und warum sagte sie ihr so etwas? Warum konnte die Stimme sie nicht in Ruhe lassen?

Eigentlich war die Antwort darauf ganz simpel: Weil sie recht hatte. Und weil etwas Unrechtes geschehen war. Doch sie wusste auch, dass sich dieses Unrecht womöglich gar nicht rückgängig machen ließ. Wie sollte sie es beweisen? Es war aussichtslos, und womöglich war genau das der Grund, dass sie nachts immer wieder aufwachte. Nicht, weil die Gerechtigkeit siegen sollte, sondern diese Gerechtigkeit sie verspotten wollte.

Cecily Beresford schlug die Flanelldecke zur Seite und setzte sich auf die Bettkante, dann atmete sie erst ein paar Mal durch, ehe sie aufstand. Das alte Bett knarzte bei jeder Bewegung, aber das hatte es schon zu Zeiten ihrer Großmutter Eugenie getan – und so wie ihre Ahnin nahm auch Cecily längst keine Notiz mehr davon, welche Geräusche der massive Holzrahmen oder die Sprungfedern von sich gaben.

Der März war zwar sonnig, aber die Sonne besaß nur wenig Kraft, und dementsprechend kühl war es nachts, daher wollte sie auf ihre flauschige Decke nicht verzichten. Cecily griff nach dem Bademantel, der auf dem Stuhl gleich neben dem Bett lag, zog ihn an und verließ das Schlafzimmer.

Sie ging durch den kurzen Flur, den Strahl der kleinen Taschenlampe auf den Boden gerichtet. Für eine Frau Mitte achtzig war sie noch sehr flink auf den Beinen und bei klarem Verstand, aber sie achtete auch darauf, dass sie nicht übermütig wurde. Ein falscher Schritt, und sie würde die nächsten Wochen wegen eines komplizierten Beinbruchs im Krankenhaus verbringen müssen.

Ihre vorausschauende Art hatte auch bewirkt, dass sie schon vor Jahren ihr früheres Arbeitszimmer im Erdgeschoss in ein Schlafzimmer verwandelt hatte, weil sie dann nicht unbedingt jeden Tag die Treppe benutzen musste. Im ersten Stock stand nun der alte Jugendstilschreibtisch, in den Aktenschränken waren alle wichtigen Dokumente untergebracht. Dort gab es auch noch das Handarbeits- und das Malzimmer, beide ursprünglich als Kinderzimmer genutzt. Nichts davon benötigte sie täglich, und mit der Verlegung des Schlafzimmers war die große Gefahr gebannt, aus irgendeinem Anlass noch im Halbschlaf zur Haustür eilen zu müssen und dabei auf der Treppe ins Stolpern zu geraten.

Im Wohnzimmer bog sie nach rechts und blieb vor der alten Anrichte stehen. Ihr Blick wanderte ein Stück weit über das Möbelstück und verharrte dort.

Nach nicht mal einer halben Minute schüttelte sie den Kopf und flüsterte ängstlich: »Das ist er nicht. Das ist er nicht …«

Schließlich kehrte sie ins Schlafzimmer zurück und legte sich wieder hin. Sie wusste, so bald würde sie nicht einschlafen können, ganz so wie in den vergangenen drei Nächten auch. Wie lange sollte das noch so weitergehen?

Cecily Beresford ließ den Kopf aufs Kissen sinken und schloss die Augen. Irgendwann würde der Schlaf schon übermächtig werden.

Irgendwann …

Erstes Kapitel, in dem Nathalie überraschend einen Brief erhält, der ihr Leben auf den Kopf stellt

Liverpool,
ein paar Tage nach dem nächtlichen Vorfall in Earlsraven

»Mr Cresnick, ich muss Ihnen leider mitteilen, dass Ihr Bruder ums Leben gekommen ist«, sagte der Inspector mit betretener Miene.

»Stuart? Reden Sie etwa von Stuart?«, fragte Cresnick erschrocken. »Er ist mein einziger Bruder!«

»Es tut mir leid, Mr Cresnick.«

»Was ist passiert?« Cresnicks Frau kam zur Tür und sah verwundert zwischen ihrem Mann und dem Polizeibeamten hin und her.

»Der Inspector ist gekommen, um mir zu sagen, dass mein Bruder tot ist«, erklärte Cresnick in einem Tonfall, als würde er etwas wiederholen, was ihn gar nicht betraf.

»Stuart? Redet er etwa von Stuart?«, wollte sie wissen.

Cresnick nickte.

»Er war dein einziger Bruder!«

»Das habe ich dem Inspector auch schon gesagt«, antwortete ihr Mann.

Mrs Cresnick drehte sich zu dem Polizisten um. »Stuart war sein einziger Bruder, müssen Sie wissen.«

Der Inspector nickte. »Ihr Mann erwähnte es ber…«

»Jetzt reicht's mir aber«, stöhnte Nathalie und schaltete den Fernseher aus. »Wenn die weiter so einen Blödsinn reden, wird der Mörder vor Langeweile eingehen, bevor er verhaftet werden kann.«

Glenn schüttelte den Kopf. »Und trotzdem schalten jede Woche drei Millionen Menschen ein, um sich das anzusehen.« Er strich sich über den Bart. »Und was machen wir jetzt? Wir wollten doch den Abend gemütlich vor dem Fernseher verbringen.«

Nathalie drehte sich zu ihm um und lächelte ihn verschmitzt an. »Jetzt sag bloß, du weißt nicht, wie wir den Abend verbringen können, wenn im Fernsehen nichts Vernünftiges läuft.«

Er lachte leise. »So war das nicht gemeint. Da habe ich schon ein paar Ideen, aber ich musste heute so viele Kisten schleppen, dass ich, ehrlich gesagt, froh bin, wenn ich einfach auf der Couch rumhängen kann, ohne auch nur einen Finger zu rühren.«

»Ja, ich weiß«, erwiderte Nathalie verständnisvoll. »Ich bin selbst auch total erledigt. Aber es war ja auch eine ›geniale‹ Idee von deinem Bruder, uns um drei Uhr nachmittags um Hilfe zu bitten, damit sein Lagerraum bis sechs Uhr leer geräumt wird.«

»Vor allem, wo er das schon seit einem halben Jahr wusste.« Er verzog verlegen den Mund. »Tut mir leid, dass ich dich dazu überredet habe. Ich hätte ihm sagen müssen, dass er zusehen soll, wie er den Kram allein da rausschafft. Aber lass uns lieber das Thema wechseln, sonst werde ich noch richtig sauer.«

Nathalie dachte kurz nach. »Ich weiß, was wir machen können. Ich schenke jedem von uns ein Glas Wein ein, und dann nehme ich mir den Stapel Post vor, den ich heute aus dem Briefkasten geholt habe. Und du setzt dich einfach zu mir und unterhältst mich ein bisschen. Wie klingt das?«

»Hm«, machte Glenn und fuhr gespielt begeistert fort: »Au jaaa, das wird bestimmt raaaasend interessant werden.« Er ließ einen tiefen Seufzer folgen. »Aber meinetwegen.«

»Dann mal los!«, erwiderte sie gut gelaunt und stand von der Couch auf, um zum Sekretär zu gehen, auf dem die Umschläge gestapelt lagen. Sie brachte die Post zum Tisch, dann ging sie in die Küche und kam mit zwei Gläsern Wein zurück. Nachdem sie sich wieder zu Glenn gesetzt hatte, begann sie, den Stapel zu sichten. »Werbung, mehr Werbung, noch mehr Werbung, Telefonrechnung, andere Werbung, Stromrechnung, Lottowerbung, Werbung vom … was ist das? Ein Notar? Stewart Richard Orson III. Kenn ich nicht.«

»Aber anscheinend kennt er dich«, sagte Glenn und nahm ihr den Brief aus der Hand. »Das ist irgendwas Offizielles. Ein Einschreiben.«

Nathalie fuhr sich durch ihre kurzen dunkelblonden Haare und zog die Augenbrauen zusammen. »Den muss ich dann ja wohl aufmachen.«

»Das wäre sicher nicht verkehrt«, stimmte Glenn ihr zu und gab Nathalie den Brief zurück.

»Also gut.« Sie setzte den Brieföffner an und schnitt den Umschlag auf, nahm das Schreiben heraus und begann zu lesen.

»Nach deinen ›Ohs‹ und ›Huchs‹ zu urteilen, ist es wohl etwas Wichtiges?«

Sie faltete das Blatt zusammen und schob es zurück in den Umschlag. »Es geht um das Testament meiner Tante Henrietta.«

»Die vor zwei Wochen gestorben ist?«

Nathalie nickte. »Ja, genau. Offenbar soll ich irgendwas erben, und der Notar will mich deshalb sprechen.«

»Das ist aber schön«, befand Glenn.

Wieder nickte sie, war dabei aber den Tränen nah. »Lieber wäre es mir schon, wenn es noch keinen Anlass gäbe, mir etwas zu vererben.«

Glenn drückte Nathalie an sich, schließlich wischte sie sich flüchtig über die Augen und murmelte: »Schon gut, es geht wieder.«

»Was könnte sie dir denn vererbt haben?«, fragte Glenn nach einer Weile. »Vielleicht besaß sie ja eine von diesen schrecklichen Riesenkerzen. Du weißt schon, diese monströsen Klötze, die so aussehen, als hätte sie jemand aus einer Kirche irgendwo in Italien mitgehen lassen. So eine Abscheulichkeit mit betenden Händen oder Heiligengesichtern oder so. Oder noch so einen Klotz von Schrank.« Er zeigte auf den Wandschrank, den Nathalies Eltern ihr überlassen hatten, gleich nachdem sie hier eingezogen war. Der Schrank war genauso aus der Mode wie fast alles in ihrer Wohnung, aber trotzdem liebte Nathalie jedes einzelne Möbelstück, weil es eine Geschichte erzählte, die nicht aus der Zeile »Ich kam in einem schwedischen Möbelhaus zur Welt, und stehe zusammengeschraubt hier rum« bestand. Jeder aus ihrer Verwandtschaft und ihrem Freundeskreis hatte ihr etwas geschenkt, das bereits ein paar Jahre auf dem Buckel hatte, das aber zu schade und noch viel zu gut erhalten war, um auf dem Sperrmüll zu landen. Der dunkelgrüne Ohrensessel, der rechts von der Couch stand, war ein Geschenk von Tante Henrietta gewesen und war schnell ihr Lieblingsplatz geworden. Wenn Nathalie allein war, saß sie fast immer dort, entweder, um ein Buch zu lesen, oder, um im Winter, in eine Decke eingehüllt, einen heißen Kakao zu trinken. Manchmal verbrachte sie sogar die halbe Nacht in diesem Sessel, wenn sie abends vor dem Fernseher einschlief. Beeindruckend an diesem breiten, weichen Riesen war, dass Natalie sogar nach einer ganzen Nacht in Schieflage ohne Schmerzen aufwachte.

Glenn war von dieser Einrichtung aus zweiter Hand nicht ganz so begeistert wie sie. Das hatte sie ihm beim ersten Besuch in ihrer Wohnung anmerken können, auch wenn er nichts dazu gesagt hatte. Sie war sich nicht sicher, ob das noch zu einem Problem werden würde, wenn sie in ihrer Beziehung einen Schritt weitergehen und zusammenziehen wollten. Darüber geredet hatten sie, aber noch gab es nicht mal ein ungefähres Datum, und damit konnte sie auch ganz gut leben. Im Moment war sie mit dieser Beziehung zufrieden, so, wie sie war. Sie ließ sich weder von der *Cosmopolitan* noch von irgendeiner anderen Zeitschrift einreden, nach wie vielen Wochen oder Monaten ihre Beziehung einen bestimmten Status erreicht haben musste, wenn sie nicht zum Scheitern verurteilt sein sollte. Keine Beziehung der Welt lief nach einem festgelegten Fahrplan ab, es sei denn, man war ein Promi und musste den Erwartungen seiner Fans gerecht werden. Aber das hatte dann sowieso mit der Realität nichts mehr zu tun.

Im wahren Leben entwickelten sich die Dinge in ihrem eigenen Tempo, und das konnte manchmal bedeuten, dass man jemanden kennenlernte und ihn drei Tage später heiratete – aber es war auch möglich, dass man ein Leben lang mit diesem Jemand zusammenblieb, ohne je den Wunsch nach Heirat zu verspüren.

»Warum sollte sie mir eine hässliche Kerze vererben?«, griff Nathalie Glenns letzte Bemerkung auf.

»Ganz einfach. Als ich zwölf war, hat mir meine Großtante so ein Ding geschenkt. Das Trauma wirkt bis heute nach.« Glenn wartete Nathalies Reaktion gar nicht erst ab, sondern fragte: »Gab es irgendetwas, das dir besonders am Herzen gelegen hat? Irgendein … ein Ring oder etwas in der Art?«

»Nein. Wenn schon, dann würde ich eher auf ihre Krimisammlung tippen, weil sie weiß, wie sehr ich die geliebt und verschlungen habe.«

»Oh, das würde bedeuten, dass du ein Paket mit den gesammelten Werken von Agatha Christie in Empfang nehmen darfst«, sagte er.

»Da irrst du dich, mein Lieber. Wenn, dann ist es ihre Sammlung Maigret-Krimis. Die haben ihr immer besonders gut gefallen«, betonte Nathalie. »Allein schon, weil Kommissar Maigret ziemlich natürlich wirkt. Meine Tante hielt Poirot immer für einen aufgeblasenen Schnösel.«

»Aber immerhin sind sie beide Franzosen«, warf Glenn auf gut Glück ein, wurde aber sofort eines Besseren belehrt.

»Maigret ist Franzose, aber der Schöpfer der Figur kommt aus Belgien. Poirot ist Belgier, aber die Autorin …«

»… ist Engländerin«, führte er den Satz zu Ende. »Das ist schon ein bisschen verwirrend.« Er verdrehte die Augen. »Wieso eigentlich nur Krimis? Warum hast du von ihr nichts anderes zu lesen bekommen?«

»Tante Henrietta hat immer gesagt, dass Lesen und vor allem das Lesen von Krimis den analytischen Teil des Gehirns fördert.«

»Dann bist du der lebende Beweis dafür, dass sie recht hatte. Sonst wärst du heute vielleicht keine Statistikerin und hättest nicht einen so guten Posten bei deiner Werbeagentur.« Er schaute auf seine Armbanduhr. »Wann will der Notar dich sehen?«

»Ich soll so bald wie möglich einen Termin vereinbaren«, antwortete sie und hielt den Brief so, dass ihr Freund die erwähnte Passage lesen konnte. »Morgen früh rufe ich ihn an, dann weiß ich hoffentlich bald mehr.«

Glenn nickte und stand auf. »Okay, dann werde ich mich jetzt auf den Heimweg begeben.«

»Jetzt schon?«, fragte sie und griff nach seiner Hand, um noch einen Moment seine Nähe zu genießen.

»Morgen früh will dieser Heizungsmonteur zwischen sieben und acht nach dem Heizkörper im Bad sehen«, erklärte er. »Du weißt, ich würde lieber hier übernachten, aber wenn ich mir vorstelle, wie früh ich dann aufstehen muss, um auch garantiert um sieben Uhr zu Hause zu sein, dann kann ich gleich wach bleiben.« Nach einer kurzen Pause fügte er zögerlich an: »Natürlich hätten wir solche Probleme nicht, wenn du zu mir ziehen würdest …«

Nathalie atmete seufzend durch. »Ich weiß. Aber ich liebe nun mal meine kleine gemütliche Wohnung und … na ja …«

»So ungemütlich ist meine Wohnung nun auch wieder nicht«, wandte er ein.

»Du weißt, ich mag diese Fensterfront nicht. Nur

Glas von oben bis unten und von Wand zu Wand, und dann dieses alberne Verbot eurer Eigentümervertretung, kein Sideboard und kein Regal und kein gar nichts ans Fenster zu stellen, nur weil die ›Ästhetik‹ verletzt wird.«

»Es heißt ja, dass der Architekt das Haus im nächsten oder übernächsten Jahr verkaufen will«, sagte er beschwichtigend. »Wenn er raus ist, werden die anderen nicht länger zu jedem seiner skurrilen Vorschläge Ja sagen. Dann wird sich einiges ändern, das kannst du mir glauben.«

Nathalie lächelte ihn an. »Wollen wir's hoffen. Ich habe nämlich auch keine Lust, dass das mit dem Übernachten ständig so weitergeht. Und dass einer von uns abends doch noch nach Hause fahren muss – so wie du jetzt.«

»Vielleicht kann ich ja auch in den sauren Apfel beißen und meine Wohnung verkaufen, und dann suchen wir uns ganz woanders in der Stadt etwas, das für dich gemütlich genug und für mich immer noch nüchtern genug ist, um kein Problem damit zu haben«, schlug er grinsend vor.

Nathalie lächelte ihn an, schlang die Arme um seinen Hals und gab ihm einen Kuss. »Das ist doch mal ein Vorschlag, der sich sehen lassen kann. Wehe, du machst einen Rückzieher«, warnte sie ihn, und ihre Augen leuchteten schelmisch.

Glenn sah ihr tief in die Augen. »Würde mir nicht im Traum einfallen«, sagte er und erwiderte den Kuss, dann stand er auf und nahm seine Sachen an sich.

Nachdem er gegangen war, räumte Nathalie die Briefe zusammen, legte die wichtige Post auf den Sekretär neben der Tür und brachte die Werbung in die Küche, wo sie im dreigeteilten Abfalleimer im Fach für Altpapier landete. Sie ging ins Badezimmer, um sich die Zähne zu putzen und zu duschen.

Als sie sich abtrocknete, betrachtete sie sich im Spiegelschrank über dem Waschbecken. Ja, diese neue Frisur stand ihr gut, fand sie. Bis vor Kurzem hatte sie die Haare noch schulterlang getragen, aber irgendwie nie genug Volumen in die Frisur bekommen, um wirklich zufrieden mit ihrem Aussehen zu sein. Durch die fast glatt herunterhängenden dunkelblonden Haare hatte ihr Gesicht viel schmäler gewirkt, was wiederum ihre Nase viel zu groß hatte erscheinen lassen. Dank ihrer neuen Pixie-Frisur wurde der Blick nicht automatisch auf ihre Nase gelenkt, sondern mehr auf ihre vollen Lippen und vor allem auf ihren schlanken, langen Hals, den sie als junges Mädchen gehasst hatte. Er war bereits in die Höhe geschossen, als der Rest ihres Körpers noch lange kein Interesse daran gezeigt hatte, an Länge zuzulegen.

»Giraffe« war einige Jahre lang ihr Spitzname gewesen – bis der Rest ihres Körpers endlich nachzog, wobei vor allem ihr Busen besonderen Eifer an den Tag gelegt hatte. Dadurch war sie für die Jungs mit einem Mal sehr interessant geworden, aber die »Giraffe« hatte sie keinem von ihnen verzeihen können, und so war ihnen allen eine Abfuhr gewiss gewesen.

Sicher, Glenns Blick bei ihrer ersten Begegnung hatte auch ihrem Ausschnitt gegolten, aber der war an jenem Abend auch deutlich zu tief geraten gewesen, weil sich unbemerkt zwei Knöpfe ihrer Bluse verabschiedet hatten. Sie konnte ihm seinen Blick also nicht verübeln, zumal er sich nicht zu einer anzüglichen Bemerkung hatte hinreißen lassen, sondern im Gegenzug sein Hemd aufgeknöpft und ihr seine muskulöse Brust mit den Worten »Jetzt sind wir quitt« präsentiert hatte. Damit war das

Eis gebrochen gewesen, und sie waren sich nähergekommen und schließlich ein Paar geworden.

Eigentlich erstaunlich, da er zumindest äußerlich so gar nicht ihr Typ war. Zumindest hatte sie das geglaubt, doch bei ihren Versuchen, Argumente gegen eine Beziehung mit Glenn zu finden, hatte sie irgendwann einsehen müssen, dass sie eigentlich nicht so recht wusste, wer ihr Typ war. Glenn bediente mit seinen nach hinten gekämmten, gegelten schwarzen Haaren und dem Dreitagebart eigentlich diverse Klischees, die für einen oberflächlichen, eitlen Mann sprachen. Aber die Art, wie er über diese Klischees und damit über sich selbst lachen konnte, war ein deutlicher Beweis dafür, dass er eigentlich ganz anders war. Sie hatte ihn in der gemeinsamen Zeit als aufmerksamen, liebevollen Mann erlebt, der ihr nicht aus Berechnung jeden Wunsch von den Augen ablas – oder weil er jeden Gefallen in Sex umrechnete und entsprechende Erwartungen an sie hatte. Nein, er tat diese Dinge für sie, weil er es wollte, ganz ohne Hintergedanken.

Nathalie zog ihr Nachthemd an, verließ das Badezimmer und machte eine letzte Runde durch die Wohnung, um sich zu vergewissern, dass Türen und Fenster geschlossen und alle elektrischen Geräte ausgeschaltet waren. Nachdem sie sich ins Bett gelegt hatte, ließ sie den Tag mit Glenn Revue passieren.

Etwas ließ sie nicht einschlafen. Etwas, das sie nicht näher bestimmen konnte. Es hatte mit … es hatte mit Glenn zu tun? Sie stutzte, weil ihr ein solcher Gedanke durch den Kopf ging. Was hatte er denn getan? Hatte er etwas falsch gemacht? Nachdenklich schüttelte sie den Kopf. Es hing mit irgendetwas zusammen, was er an diesem Abend gesagt oder nicht gesagt hatte. Hm, das war nicht so einfach, schließlich gab es unendlich viel, was er nicht gesagt hatte. Nein, das stimmte so auch nicht. Es musste um eine Sache gehen, über die sie heute Abend geredet hatten. Es war … es war … ja, genau … es ging um die Sache mit der Wohnung.

Es war ihr schon einmal sauer aufgestoßen, aber auch damals hatte sie vergessen, ihn darauf anzusprechen. Seit davon die Rede war, dass sie doch zusammenziehen sollten, hieß es immer nur, sie möge doch zu ihm ziehen. Dass er vielleicht auch zu ihr hätte ziehen können, davon hatte er noch nie gesprochen.

Ja, natürlich war seine Wohnung größer als ihre, aber sie war so ungemütlich, dass sie morgens kaum schnell genug das Weite suchen konnte, wenn sie bei ihm übernachtete.

Zugegeben, er machte es genauso, wenn er die Nacht bei ihr verbrachte, aber dann fühlte sie sich zumindest da wohl, wo sie war. Außerdem wusste er, wie unbehaglich ihr in seinen vier Wänden zumute war, weil sie so kühl und nüchtern wirkten. Trotzdem wollte er sie bei sich haben.

Mit einem Mal hatte sie das Gefühl, dass sich die Sache mit der Wohnung noch zu einem echten Problem auswachsen würde. Sie atmete ein paar Mal tief durch und schloss die Augen. Vielleicht lösten sich ja alle Probleme, wenn sie nur lange genug die Augen zukniff.

Zwei Tage später

Es war kurz nach drei am Nachmittag. Nathalie saß in einer der vielen Liverpooler Starbucks-Filialen und wartete auf Glenn. Von ihrem Platz aus konnte sie schräg gegenüber den Cavern Club sehen, der mit dem echten Cavern Club und den ersten Auftritten der Beatles außer dem Namen nichts gemein hatte. Das aber kümmerte die Touristen nicht, die ihre Kameras und Smartphones auf die Tür gerichtet hielten, als wären McCartney und Kollegen genau da früher ein- und ausgegangen.

Wäre nicht diese Pilgerstätte in Sichtweise gewesen, hätte Nathalie theoretisch in jeder anderen Starbucks-Filiale irgendwo auf der Welt sitzen können. Ihr fehlte das kleine Café gleich um die Ecke, das vor über einem Jahr seine Pforten hatte schließen müssen, weil die Betreiberin keinen Gewinn mehr gemacht hatte. Nathalie sowie einige andere waren bis zum letzten Tag treue Stammgäste geblieben, doch es hatte nicht gereicht. Vielleicht hätte die alte Miss Tuckham ihren Kaffee in Pappbechern zum Mitnehmen anbieten sollen, vielleicht hätte sie statt schwarzem Kaffee siebenunddreißig verschiedene Variationen kredenzen sollen, bei denen Kaffee nur eine von vielen Zutaten war – und vielleicht hätte sie auf ihre köstlichen Buttercremetorten verzichten und stattdessen Donuts, Muffins und Co. anbieten sollen. Vielleicht. Aber vielleicht hätte sie dann damit tatsächlich ihre Seele verkauft, so wie sie es immer gesagt hatte. Das Ende ihres Cafés nach dreiundvierzig erfolgreichen Jahren hatte Miss Tuckham nur um wenige Monate überlebt.

Sollte nächste Woche diese Starbucks-Filiale schließen, würde es keinen Menschen kümmern, weil mindestens drei andere Filialen keine fünf Gehminuten von hier entfernt waren. Lieber hätte Nathalie diese unpersönliche Kette gemieden, aber woanders gab es nun mal keinen guten Kaffee.

»Ist hier noch frei?«, fragte jemand mit einer Stimme, die an Kermit den Frosch erinnerte. Als sie sich umdrehte, grinste Glenn sie breit an.

Lachend zeigte sie auf den Platz ihr gegenüber. »Nur, wenn du aufhörst, so zu reden.«

»Lässt sich einrichten«, sagte er und setzte sich hin. »Was trinkst du da?« Er zeigte auf ihre Tasse.

»Kaffee. Schwarz. Ohne alles.«

Glenn stutzte. »Darf man hier so was überhaupt bestellen? Oder sind die Automaten kaputt?«

»Nein, ich … ich wollte mich nur einstimmen«, antwortete sie.

»Einstimmen? Worauf denn?«, fragte er verwundert.

»Auf das einfache Leben.«

»Ich glaube, du musst schon ein bisschen mehr erzählen, wenn ich dir folgen können soll.«

Nathalie nickte. »Das hatte ich auch vor. Ich wollte dich nur erst mal ein bisschen neugierig machen.« Sie trank einen Schluck von ihrem Kaffee, während Glenn eine der vielen Spezialitäten des Hauses bestellte und die Kellnerin anwies, fettarme Milch aufzuschäumen und alles an echtem Zucker durch Süßstoff zu ersetzen. Dann drehte er sich mit seinem Stuhl wieder Nathalie zu, und sie fragte: »Du weißt doch, dass Tante Henrietta in Earlsraven dieses Lokal besaß, diese Kombination aus Pub, Imbiss, Pension und Café?«

»Ja«, bestätigte er. »Du hast davon erzählt, und wir wollten immer mal zusammen hinfahren, aber irgendwie hat das nie geklappt.«

»Leider«, sagte sie nachdenklich, da ihr zum ersten Mal bewusst wurde, dass sie ihre Tante nicht mehr in ihrem Lokal besucht hatte, seit sie Glenn kannte. Gesehen hatten sie sich nur, wenn Henrietta Nathalies Eltern besuchte, weil sie Zeit mit ihrer Schwester verbringen wollte. Aber die paar Male in den letzten gut zwei Jahren, bei denen sie Glenn vorgeschlagen hatte, einen Ausflug nach Earlsraven zu unternehmen, war immer irgendetwas dazwischengekommen – mal etwas Berufliches, mal Freikarten für irgendein Konzert. Und jetzt … jetzt war es zu spät, denn jetzt würde Glenn keine Gelegenheit mehr bekommen, ihre Tante kennenzulernen.

»Was ist mit dem Pub? Oder Café?«, fragte er.

»Du wirst es nicht glauben«, redete sie weiter. »Tante Henrietta hat mir das Black Feather vermacht.«

»Was? Ist das dein Ernst?«, rief Glenn ungläubig.

»Ich konnte es im ersten Moment selbst nicht fassen.«

»Und … und … was wirst du machen? Nimmst du das Erbe an?«, hakte er nach. »Oder hast du es etwa schon angenommen? Das hast du nicht getan, oder? Bei solchen Objekten muss man sich erst mal ein Bild machen, wie die finanzielle Situation aussieht. Du kannst dir nicht ein Erbe aufbürden, auf dem eventuell ein paar Hunderttausend Pfund Schulden lasten. Oder das komplett saniert werden muss. Oder das auf einer alten Giftmülldeponie steht und nächste Woche vom Bulldozer plattgemacht wird. Oder …«

»Langsam, Glenn«, fiel sie ihm ins Wort. »Ich habe das Erbe natürlich nicht sofort angenommen …«

»Gut, sehr gut.«

»… aber ich habe es auch nicht sofort ausgeschlagen.«

»Okay.«

»Ich weiß Bescheid«, fuhr Nathalie fort. »Ich weiß, dass man ein Erbe erst einmal darauf prüft, ob es überhaupt irgendetwas abwirft oder ob man gleichzeitig eine millionenschwere Schadenersatzklage miterbt, die gegen einen entschieden wird. Ich habe studiert, ich kann Bilanzen und Steuererklärungen lesen und verstehen, Glenn.« Ungewollt wurde ihr Tonfall ein wenig ärgerlich.

Glenn sah sie erstaunt. »Schatz, das war nicht gegen dich gerichtet. Das … das war ein Reflex. Seit damals ein guter Freund von mir gedankenlos ein Erbe angenommen und am Ende seine eigene Firma verloren hat, weil er auf einmal Schulden über Schulden am Hals hatte, reagiere ich etwas allergisch, wenn ich das Wort Erbe höre.«

»Keine Angst, ich habe nicht angenommen«, wiederholte sie. »Mr Orson …«

»… der III. …«, warf Glenn ein.

Sie nickte kurz. »… hat mir erklärt, dass im Black Feather noch ein Umschlag liegt, in dem die Bedingungen aufgelistet sind, die ich erfüllen muss, wenn ich das Lokal übernehmen will.«

»Hm? Warum kannst du das nicht sofort erfahren?«, wunderte er sich und nickte der Bedienung zu, die ihm ein kleines Kaffeekunstwerk hinstellte.

Nathalie konnte nur mit den Schultern zucken und damit die Geste nachahmen, mit der der Notar auf genau diese Frage reagiert hatte. Er selbst war zwar auch im Besitz eines zweiten Umschlags, aber den durfte er wiederum erst öffnen, wenn sie zum Black Feather gefahren war und den dort deponierten Umschlag abgeholt und geöffnet zu ihm gebracht hatte.

»Ich weiß es nicht, aber ich vermute, das ist so was wie ein persönliches Abschiedsgeschenk. Seit sie damals das Black Feather übernommen hatte, haben wir uns nicht mehr ganz so oft gesehen, aber davor hat sie mit mir von klein auf solche Spielchen getrieben – na ja, es waren keine Spiele im eigentlichen Sinn, es waren eher kleine Rätsel und Denkaufgaben, um mein Gehirn rotieren zu lassen. Du weißt schon, solche Aufgaben, bei denen man dreimal um die Ecke denken muss.«

Glenn lehnte sich nach hinten und verdrehte die Augen. »Oh Gott, du meinst solche Geschichten, bei denen dir erzählt wird, wie viele Leute an jedem Bahnhof ein- und aussteigen, und wenn du alles fleißig mitgerechnet hast, kommt dann die Frage, wie oft der Zug angehalten hat, richtig?«

»Ja, zum Einstieg so was, aber dann wurde das Niveau um ein Vielfaches gesteigert.« Sie trank ihren Kaffee aus und schob die Tasse weg. »Auf jeden Fall muss ich nach Earlsraven, damit ich weiß, was für Bedingungen das sind.«

»Kannst du nicht da anrufen und darum bitten, dass dir jemand den Umschlag schickt?«, schlug er vor.

»Geht nicht«, verneinte sie. »Ich muss den Empfang quittieren, und dann wird meine Unterschrift zum Notar gefaxt.«

Einen Moment lang dachte Glenn angestrengt nach. »Man könnte dir die Quittung rüberfaxen, du unterschreibst und faxt sie zurück, und dann wird sie von da aus an den Notar geschickt. Dann kann dir der Umschlag zugesandt werden, und du kannst dich ganz in Ruhe mit dem Inhalt befassen.«

Sie schüttelte den Kopf. »Glenn, ich *will* hinfahren. Ich suche nicht nach irgendwelchen Ausflüchten, um mir den Weg dahin zu ersparen. Das Black Feather war seit Jahren das Ein und Alles meiner Tante. Wenn sie es ausgerechnet mir vermacht, aber nicht meinen Eltern, dann ist das Mindeste, was ich im Gegenzug tun kann, hinzufahren, es mir anzusehen und mir den Umschlag aushändigen zu lassen. Außerdem liegt Earlsraven nicht am Ende der Welt. Wir haben keine tagelange Fahrt vor uns.«

»Schon okay, Nathalie.« Beschwichtigend hob er die Hände. »Ich will dich nicht davon abhalten, zum Lokal zu fahren und herauszufinden, was es mit diesen Bedingungen auf sich hat. Ich hatte nur eben den Eindruck, dass du lieber nicht hinwillst. Du warst so …, ich weiß nicht so recht … Es kam mir so vor, als würde dir nur kein brauchbares Argument gegen eine Fahrt zum Black Feather einfallen.«

Die Kellnerin kam an den Tisch und wollte Kaffee nachfüllen, aber Nathalie lehnte dankend ab und hielt vorsorglich eine Hand über die Tasse. So gern sie auch herkam, um einen guten Kaffee zu genießen, so wenig hatte sie für die Methoden übrig, mit denen versucht wurde, den Umsatz in die Höhe zu treiben. Dazu gehörte auch dieses unaufgeforderte Nachfüllen einer leeren Tasse mit schwarzem Kaffee, ganz ohne Rücksicht darauf, welche Sorte man zuvor getrunken hatte, und vor allem ohne einen Hinweis darauf, dass man für diesen »Nachschlag« fast zwei Pfund bezahlen sollte. Sie war sich nicht sicher, ob das überhaupt den unzähligen Vorschriften entsprach, die jemand zweifellos beachten musste, wenn er eine Starbucks-Filiale führen wollte. Hätte sie ein eigenes Café, würde sie niemals … Moment mal, sie *hatte* ja ein Café. Jedenfalls so gut wie.

Zugegeben, da waren noch diese Bedingungen, die mit dem Erbe verknüpft waren, aber wie schlimm konnten die schon sein? Ihre Tante würde bestimmt nicht von ihr verlangen, dass sie den Dorfältesten heiratete und ihm vier Kinder schenkte. Und sie würde auch sicher nicht irgendwelche extremen Leistungen wie die Durchquerung des Ärmelkanals von ihr fordern.

Nein, das würden irgendwelche ganz harmlosen Dinge sein, zum Beispiel, dass sie niemals die Senfmarke wechseln durfte oder dass sie drei bestimmte Gerichte unbedingt auf die Speisekarte nehmen sollte.

»Was hältst du davon, wenn wir am Samstag hinfahren?«, fragte Nathalie spontan.

»Du meinst den nächsten Samstag? Den in … drei Tagen?«

»Ja, den meine ich.« Bis vor dreißig Sekunden hatten

sie für das Wochenende noch keine Pläne geschmiedet, und es musste ja schon mit dem Teufel zugehen, wenn in den nächsten fünf Sekunden noch etwas auftauchen sollte. Oder in zehn Sekunden. Oder in zwanzig und mehr. So lange brauchte Glenn, um auf ihre Frage zu antworten. Nach einer scheinbaren Ewigkeit nickte er schließlich.

»Okay, können wir machen«, erklärte er und nickte noch einmal bekräftigend. »Schwebt dir eine bestimmte Uhrzeit vor?«

Nathalie verzog den Mund. »Früh. Vielleicht gegen acht Uhr? Ungefähr drei Stunden werden wir für die Strecke brauchen, dann sind wir mit einer Pause spätestens gegen Mittag da. Auf diese Weise kann ich mir auch gleich ein Bild davon machen, wie viel Gäste zur Mittagszeit da hingehen.«

»Alles klar, dann statten wir am Samstag deinem Möglicherweise-Erbe einen Besuch ab«, stimmte er ihr zu. »Das wird bestimmt unterhaltsam werden.«

»Das will ich hoffen«, gab sie etwas ernster zurück. »Es würde mir gar nicht passen, wenn ich da aufkreuze, den ganzen Laden unter die Lupe nehme und feststelle, dass ich ihn sofort schließen und alle Angestellten entlassen muss, weil die ganze Bude schon längst hoffnungslos in den roten Zahlen steckt.«

»Ich glaube nicht, dass das die Überraschung ist, die deine Tante für dich vorgesehen hat«, beteuerte Glenn.

»Ich glaube es ja auch nicht«, entgegnete Nathalie. »Sie hätte bestimmt nicht das Lokal so viele Jahre lang erfolgreich geführt, nur um drei Tage vor ihrem Tod die Überschuldung zu bemerken. Da bin ich mir völlig sicher. Aber es widerstrebt mir, mich einfach auf das zu verlassen, was die Logik sagt. Weißt du, es ist nicht so, als wollte ich meiner Tante etwas unterstellen. Aber was soll ich tun, wenn ich das Erbe blindlings annehme, und am nächsten Tag stellt sich irgendein Igor oder ein Mister Chang bei mir vor, um mir zu enthüllen, dass die Russen- oder die Chinesenmafia so nett war, meiner Tante mit … sagen wir mal … dreißigtausend Pfund unter die Arme zu greifen, um das überschuldete Lokal zu retten?«

»Warum sollte irgendeine Mafia so etwas tun?«, fragte Glenn verdutzt. »Die haben doch Besseres zu tun.«

»Vielleicht haben sie es auf das Grundstück abgesehen«, sagte sie. »Vielleicht wollen die Jungs da ein Luxushotel hinsetzen. Du weißt, die Mafia ist kein gemeinnütziger Verein, die verfolgt nur eigene Interessen. Die leihen meiner Tante das Geld, sie geht darauf ein, und nach vier Raten heißt es auf einmal: ›Wir müssen unser Geld morgen zurückbekommen, sonst gehört uns dieses hübsche kleine Häuschen.‹«

»Theoretisch wäre das wohl möglich«, räumte er ein. »Aber ich glaube, deine Tante hätte noch ganz schnell ihr Testament geändert, um dich vor so etwas zu bewahren.«

»Wie gesagt, ich will es hoffen«, wiederholte Nathalie. »Aber du weißt ja: Vertrauen ist gut, Kontrolle ist besser.«

Zweites Kapitel, in dem Nathalie ein Wiedersehen mit der Vergangenheit erlebt

»Da vorn ist es«, sagte Glenn und warf einen Blick auf die Uhr im Armaturenbrett. »Kurz vor halb zwölf. Das geht ja noch. Damit sind wir knapp unter drei Stunden geblieben.«

»Aber auch nur, weil uns heute kein Berufsverkehr in die Quere kommen konnte«, erwiderte Nathalie. »Unter der Woche würde das wohl nicht klappen.«

Sie waren zum größten Teil über die Autobahn gefahren, die zu beiden Seiten von Bürobauten gesäumt wurde. Dort, wo früher Kleingärten gehegt und gepflegt worden und kleine Handwerksbetriebe zu Hause gewesen waren, wo Fabriken gestanden hatten, gab es nun kaum noch etwas anderes als kühle, kantige Klötze aus Stahl und Glas. Sie sahen sich zum Verwechseln ähnlich und unterschieden sich auch inhaltlich nicht sehr voneinander, siedelten sich in den Neubauten doch fast nur Unternehmen an, die in irgendeiner Weise mit dem Internet zu tun hatten. Unternehmen, deren Mitarbeiter sich besonders fortschrittlich und umweltbewusst gaben, indem sie E-Bikes, Segways oder Elektroautos fuhren.

Der Anblick dieser Bauten stimmte Nathalie jedes Mal aufs Neue melancholisch. Sie war offen für neue technische Entwicklungen, das war gar keine Frage. Und doch hing sie auch an alten, lieb gewonnenen Dingen – und wenn es nur die Autowerkstatt um die Ecke war, in der auf engstem Raum jeder fahrbare Untersatz instand gesetzt wurde, ohne dass man dafür ein Vermögen ausgeben musste. Dass sie in einer solchen Werkstatt nicht von einer modisch gekleideten Empfangsdame mit einem Cappuccino und einem kleinen Teller Feingebäck empfangen wurde, sondern von einem Mann mit rotem Gesicht und zerzaustem Haar, mit Overall und ölverschmierten Händen, das machte ihr nichts aus. Alles war besser als diese durchkonzipierten Erlebniswelten, bei denen eine Reklamation mit einem aufgesetzten Lächeln entgegengenommen, dann aber ohne jede Reaktion zu den Akten gelegt wurde.

Erst als sie nur noch gut fünfzig Meilen bis zu ihrem Ziel zu fahren gehabt hatten, hatte sich die Kulisse links und rechts der Straße spürbar verändert. Sie waren auf eine gut ausgebaute Landstraße übergewechselt, die auf einigen Abschnitten, ähnlich wie eine Autobahn, vierspurig ausgebaut und aus Sicherheitsgründen mit einer Mittelleitplanke versehen worden war.

Zu beiden Seiten erstreckte sich die vertraute und geliebte Landschaft aus sanften grünen Hügeln und Wäldern. Hier und da grasten auf den weitläufigen Wiesen Schafherden, die auf die große Entfernung nur als gräulich-weißes Gewusel zu erkennen waren.

Die Region rund um Earlsraven, die offiziell den wenig reizvollen Namen Dead Crows Yard trug, war, aus nördlicher Richtung kommend, so etwas wie das Vorzimmer von Cornwall, nur dass hier alles ein wenig urtümlicher wirkte, nicht so auf Hochglanz poliert wie Cornwall selbst. Natürlich konnte der Landstrich nichts dafür, aber auf Nathalie wirkte die bei Touristen in aller Welt so beliebte Ecke Englands weitestgehend uninteressant. Hätte sie nur ein paar Beispiele dafür liefern müssen, was die beiden Regionen so gravierend voneinander unterschied, wäre sie jegliche Antwort schuldig geblieben. Etwas Greifbares gab es nicht zu nennen, und sie konnte ihre persönliche Abneigung gegen Cornwall nur damit erklären, dass sie es nie gemocht hatte, dass alle Welt dorthin fuhr, um Urlaub zu machen, dabei aber Earlsraven und die vielen anderen Ortschaften links liegen ließ.

Der besondere Reiz dieser hügeligen Landschaft lag für Nathalie darin, dass man immer das Gefühl von Ruhe und Abgeschiedenheit hatte, auch wenn das nächste Dorf gleich hinter der Hügelkuppe lag, die einem auf angenehme Weise die Sicht versperrte. Wenn man mit dem Auto oder auch nur mit dem Fahrrad unterwegs war, konnte man den Nachbarort innerhalb von wenigen Minuten erreichen, und selbst zu Fuß waren die meisten Strecken nicht sehr lang, wenn man ausgiebige Spaziergänge gewöhnt war. Man befand sich also nie wirklich am Ende der Welt, aber wenn man wollte, konnte man sich so fühlen.

Sie fuhren an dem wenig schmucken Ortsschild von Earlsraven vorbei.

»Hm«, machte sie. »Hier erwartet man eigentlich ein uraltes Holzschild mit verschnörkelten Buchstaben, das an zwei kurzen Ketten aufgehängt ist und leise knarrt, wenn es von einer Windböe bewegt wird.«

Glenn schüttelte leicht den Kopf und grinste vor sich hin. »Solche Gedanken würde ich eigentlich nicht von einer Frau erwarten, deren Fachgebiet Statistik ist.«

Sie zog eine Augenbraue hoch und ließ den Anflug eines Lächelns erkennen. »Und welche würdest du erwarten?«

»Na, du weißt schon«, erklärte er. »Eine Auflistung, wie viele Leute hier leben, wie alt sie im Durchschnitt werden, wie das Pro-Kopf-Einkommen ist und so weiter. Die nüchternen Fakten halt.«

Nathalie lachte. »Das ist mein Beruf, aber du weißt, dass ich den im Büro lasse, wenn ich Feierabend mache.«

»Nicht so ganz«, erwiderte Glenn.

»Wie meinst du das?«, fragte sie verwundert und ein wenig erschrocken. Sie war sich sicher gewesen, dass sie zu Hause nicht viel von ihrer Arbeit erzählte.

Glenn lächelte sie verschmitzt an. »Ich weiß, das ist dir nicht bewusst, aber es gibt Tage, an denen kaum ein Satz vergeht, den du nicht mit ›statistisch gesehen …‹ beginnst.« Er zwinkerte ihr zu. »Ist nicht als Kritik gemeint, Liebes, und du sollst dir das auch nicht zu Herzen nehmen. Ich will damit nur sagen, dass du deinen Job schon mit Leib und Seele machst.«

»Na ja, das stimmt«, pflichtete sie ihm bei. »Aber das war mir gar nicht bewusst.« Sie schüttelte flüchtig den Kopf und beschloss, künftig trotzdem darauf zu achten, diese Formulierung zu vermeiden. Auch wenn sich Glenn nicht daran störte, tat sie es doch umso mehr.

Sie zeigte nach vorn. »Da, wo die Straße einen Knick nach rechts macht, musst du scharf links abbiegen.«

Sie folgten der leichten Rechtskurve, bis Glenn den kleinen Wegweiser entdeckte, der auf das »Dorfzentrum« aufmerksam machte. Während er Gas wegnahm, fiel sein Blick auf eine lang gestreckte Parkbucht gleich hinter der Abzweigung, und dann sah er auch das Schild »Parken nur für Gäste des Black Feather«.

»Aber da ist doch …«, begann er und stellte den Blinker wieder ab.

»Ja, das schon, aber du musst hier abbiegen«, fiel Nathalie ihm nachdrücklich ins Wort, da sich die Abzweigung unerbittlich näherte und sie zu schnell sein würden, um in die enge Straße abbiegen zu können. »Ich kenn mich hier aus!«

Irritiert sah Glenn sie kurz an, dann musste er härter abbremsen als gewollt, da er sonst tatsächlich die Abzweigung verpasst hätte. Nathalie klammerte sich am Griff über der Beifahrertür fest, damit sie nicht gegen Glenn rutschen und ihn beim Lenken behindern konnte.

»Himmel, das ist ja fast so, als würde man in eine Haarnadelkurve fahren«, brummte er.

»Wo wolltest du hin?«, fragte sie verwundert. »Ich hatte doch gesagt, dass du hier einbiegen sollst. Warum hast du wieder Gas gegeben?«

»Weil wir genau *vor* dem Black Feather abgebogen sind«, erwiderte er. »Zwanzig Meter weiter hätte ich auf den Parkplatz abbiegen können. Ich weiß nicht, warum wir hier lang fahren sollen. Hier ist doch überhaupt nichts.«

Tatsächlich war nichts zu sehen, zumindest nichts außer meterhohen Hecken, die so dicht waren, dass man auf keiner Seite der schmalen Straße erkennen konnte, was sich dahinter verbarg.

»Glenn, ich weiß, wie wir fahren müssen«, versicherte Nathalie ihrem Freund geduldig. »Ich war hier schon ein paar Mal.«

»Aber da vorn war doch der Parkplatz …«, beharrte er.

»Das ist der Parkplatz auf der Pub-Seite, von dem aus kannst du nur wieder auf deine Fahrbahn zurückkehren. Du kannst da nicht wenden, weil die Stelle zu unübersichtlich ist. Das heißt, du musst an Earlsraven vorbeifahren und der Straße noch wer weiß wie viele Meilen folgen, bevor es eine Gelegenheit gibt, um zu wenden. Da geht es nur noch mit Kurven weiter, bei denen du bis zum letzten Moment nicht sehen kannst, ob da jemand entgegenkommt.« Sie machte eine Geste hin zu der schmalen Straße, die durch die hohen Hecken heute noch genauso beengend auf sie wirkte wie bei ihrem ersten Besuch im Black Feather vor vielen, vielen Jahren.

»Dann ist das nur der Parkplatz für Durchreisende?«

Sie nickte.

»Und was machen die Leute, die aus der Gegenrichtung kommen und anhalten wollen? Die können doch auch nicht wenden, und selbst wenn, müssten sie anschließend in die falsche Richtung weiterfahren.«

»Die parken auf der gegenüberliegenden Seite und gelangen über eine Holzbrücke zum Black Feather.«

»Eine Brücke?« Er stieß einen anerkennenden Pfiff aus. »Der Laden muss ja eine wahre Goldgrube sein. Da kannst du dir das beste Kaufangebot herauspicken.«

»Sofern ich überhaupt verkaufen will«, gab sie zurück und merkte, dass Glenn angesichts ihrer Antwort stutzte. Aber was er in diesem Moment eigentlich erwidern wollte, sollte sie nicht erfahren, da ihnen aus der nächsten Kurve wie aus dem Nichts ein Linienbus entgegengeschossen kam, der ihren Freund zu einem hastigen Ausweichmanöver zwang. Dabei geriet sein Range Rover mit den linken Rändern auf den Grünstreifen am Fahrbahnrand. Wütend und doch erleichtert, dass nichts passiert war, schimpfte Glenn dem Bus hinterher.

Sie fuhren weiter. Zur Linken zweigte eine Straße ab, und mit ihr endete auch die hohe Hecke. Der Blick wurde freigegeben auf einen gemütlichen kleinen Marktplatz mit einer Handvoll Verkaufsständen. Eingerahmt wurde der Platz von einem Karree aus Bäumen, die vor vielen Jahrzehnten gepflanzt worden sein mussten. Zumindest erweckten die imposanten Gewächse diesen Eindruck, die zum Teil die Sicht auf die malerischen Häuser zu drei Seiten des Platzes verdeckten. Im Vorbeifahren konnte Nathalie den Metzger, die Boutique und den Pub erkennen.

Dann musste sie sich auch schon wieder auf die Straße konzentrieren und sagte zu Glenn: »Da drüben musst du rechts abbiegen.«

»Ich weiß«, murmelte er und grinste sie flüchtig an. »Mir ist das Schild nicht entgangen, das uns den Weg weist.«

Tatsächlich befand sich vor der flachen Mauer, die den Garten des Eckhauses umgab, eine in Schwarz gehaltene Tafel, auf die mit einer feinen weißen Linie die Konturen einer Feder gezeichnet waren, darunter stand in einem unauffälligen Beige-Ton der Name »Black Feather« geschrieben.

Die Straße, die zum Lokal führte, war ungewöhnlich breit, was auch Glenn auffiel. »Seltsam«, murmelte er. »Das müsste doch eigentlich genau so eine Gasse sein wie die beiden linken Abzweigungen.«

»Das war es auch mal«, entgegnete Nathalie. »Aber

dann kamen immer mehr Gäste zum Lokal, und dadurch entstand hier ein solches Chaos, dass Tante Henrietta den Hausbesitzern auf beiden Seiten jeweils einen Streifen von einem Meter Breite abgekauft hat, um der Gemeinde zu ermöglichen, hier eine zweite Fahrspur einzurichten.«

Während sie sich dem Ende der Seitenstraße näherten, konnte Glenn nur ungläubig dreinschauen. »Und das … das haben … das haben alle mitgemacht? Oder haben die Anwohner den Preis noch schnell in die Höhe getrieben?«

»Soweit ich weiß, ist das alles friedlich und einvernehmlich abgelaufen«, sagte sie. »Auf dem Umweg über die Gemeinde profitieren ja auch alle von den Steuereinnahmen des Lokals. Hätten sie damals nicht der Verbreiterung zugestimmt, wäre es in der Straße hier regelmäßig zum Verkehrsinfarkt gekommen. Wer zweimal in so etwas gerät, der wird nicht versuchen, ein drittes Mal das Black Feather anzusteuern, sondern ein anderes Ziel wählen.«

»Kann ich gut verstehen«, pflichtete Glenn ihr bei. »Das spricht aber doch auch dafür, dass das Lokal bestens laufen muss. Sonst hätte sie nicht so viel Geld ausgeben können.«

»Stimmt schon, Glenn, aber ein Geschäft kann nach außen hin den Eindruck machen, dass da alles bestens läuft, während im Hintergrund immer neue Kredite aufgenommen werden, um bestehende Schulden zu tilgen. So was kann lange Zeit gut gehen, und auf einmal kommt der große Knall, und es ist Schluss.«

»Warum bist du so pessimistisch?«, fragte er.

»Ich bin nur realistisch«, betonte sie. »Ich sage nicht, dass alles ganz übel ausgehen wird. Aber Vorsicht ist besser als Nachsicht.«

Oder kam da mal wieder die Statistikerin in ihr durch? Nathalie beschloss, dass das in diesem Fall vielleicht nicht das Schlechteste war. Entzückt sah sie aus dem Fenster und bewunderte einmal mehr diese grandiosen und bis ins Detail liebevoll gestalteten Gärten, die sie noch von früheren Besuchen her kannte. Zu gern hätte sie sich genauer umgesehen und sich die Namen der zahlreichen Blumen nennen lassen, die mal wild durcheinander, mal nach Farben sortiert blühten. Bislang war so etwas nie möglich gewesen, da ihre Besuche – ob bereits allein oder noch gemeinsam mit ihren Eltern – immer Henrietta gegolten hatten, aber nicht den wildfremden Menschen, die links und rechts von ihr wohnten.

Sie kamen am Ende der Straße an und fanden den Parkplatz, an den eine Wiese und dann die Terrasse angrenzten. Dahinter erhob sich fast majestätisch das eigentliche Gasthaus, ein lang gestrecktes Fachwerkhaus, das in seinem ursprünglichen Zustand belassen worden war: Weiß verputzte Flächen wurden eingerahmt von schwarz gestrichenen Holzbalken, die in einem komplexen Muster angeordnet waren, das sich über die ganze Fassade, vom Erdgeschoss bis in den zweiten Stock, erstreckte. Fast willkürlich waren Fenster überall dort eingesetzt worden, wo das Geflecht aus Balken es zuließ. Beim Anblick hätten vermutlich viele jüngere Architekten die Augen entsetzt abgewandt, dabei war es gerade diese Individualität, die den Charme eines solchen Bauwerks ausmachte.

Obenauf saß ein spitz zulaufendes Satteldach mit dunkelgrauen Schindeln und einer ganzen Batterie an Schornsteinen, die an ein Hexenhäuschen aus einem Kinderbuch erinnerte. Links vom Hauptgebäude befand sich der verschachtelte Anbau, der über die Jahrzehnte hinweg immer wieder mal erweitert worden war, um Platz im Haus zu schaffen. In diesem Wirrwarr, das einem unwissenden Betrachter wie wahllos aufeinandergestapelte riesige Kartons vorkommen musste, befanden sich unter anderem die Wohnung ihrer Tante sowie ausgelagerte Teile der Küche und der Backstube, da die vorhandenen Räumlichkeiten längst nicht mehr ausreichten, um der Besucherscharen Herr zu werden.

Nathalie wusste, auch diese Tatsache sprach dafür, dass das Black Feather auf eine lange Erfolgsgeschichte zurückblicken konnte und es eigentlich mit keinerlei Risiko verbunden sein dürfte, das Lokal zu übernehmen. Andererseits hielt sie sich auch vor Augen, dass schon weltweit arbeitende Konzerne plötzlich gestrauchelt waren, bei denen niemand auch nur einen Penny auf einen baldigen Konkurs gewettet hätte.

Nein, ihr Entschluss stand fest, und daran würde sich auch nichts ändern. Sie würde dieses Erbe auf Herz und Nieren prüfen, um Gewissheit zu haben, dass sie die richtige Entscheidung traf. Eine überhastete Zusage konnte schließlich zur Folge haben, dass sie für den Rest ihres Lebens Schulden abzahlen durfte, die sie nie angehäuft hatte.

Nathalie betrachtete versonnen das Gebäude. Sie hatte es geliebt, seit sie als kleines Mädchen die Ferien bei ihrer Tante verbracht hatte. Jetzt war dieser Traum zum Greifen nahe, aber sie würde sich noch zurückhalten müssen. Ein paar Tage noch, und dann wusste sie, ob sie hierbleiben oder nach Liverpool zurückkehren würde.

»Der Laden scheint ja von selbst zu laufen«, merkte Glenn an, nachdem sie ausgestiegen waren. »Wenn man den Trubel hier sieht, möchte man gar nicht glauben, dass deine Tante tatsächlich tot ist.«

»Tante Henrietta hatte ein gutes Gespür, was Geschäftliches anging«, bestätigte Nathalie und drückte die Wagentür zu. In dem Moment flog eine Amsel meckernd an ihr vorbei und landete auf der niedrigen Hecke, die vor den Stellplätzen verlief. Dort blieb sie sitzen, zuckte mit den Flügeln und beschwerte sich lautstark über irgendetwas. Nathalie betrachtete den hübschen schwarzen Vogel mit dem leuchtend orangefarbenen Schnabel.

»Was ist das? Ein Minirabe?«, fragte Glenn amüsiert.

Nathalie drehte sich verdutzt um. »Ernsthaft?«

Er zuckte mit den Schultern. »Raben sind doch schwarz.«

Sie schüttelte den Kopf. »Glenn, hast du noch nie eine Amsel gesehen?«

»Ist das eine?«, fragte er zögerlich und verzog den Mund. »Na, jedenfalls freut sie sich offenbar, dich zu sehen.«

»Sie freut sich nicht«, betonte Nathalie. »Sie regt sich über etwas auf. Bestimmt schleicht hier irgendwo eine Katze rum.«

»Aha«, machte er und schien zu warten, dass Nathalie noch irgendetwas sagte.

Dazu war sie allerdings zu verdutzt, weil sie gedacht hätte, dass Glenn sich mit Tieren zumindest ein wenig auskannte. Andererseits war er in der Stadt aufgewachsen, und im Urlaub waren seine Eltern früher mit ihm ans Meer gefahren. Am Strand und im Wasser war er da allenfalls ein paar Möwen begegnet, woher sollte er also eine Amsel kennen? Obwohl … die Amsel war nun sicher kein Exot unter den heimischen Vögeln.

Für Nathalie genügte ein Blick, und sie wusste bei der Mehrzahl der Vögel, wen sie da vor sich hatte. Als Kind hatte sie viel Erfahrung sammeln können, da ihre Eltern gleich neben einer Tierarztpraxis gewohnt hatten.

Jedes Jahr im Frühling, wenn die Brutzeit angefangen hatte, kamen Dutzende von Leuten in die Praxis, um aus dem Nest gefallene Vögel abzugeben, die sie irgendwo am Straßenrand gefunden und mitgenommen hatten, um sie vor den unzähligen Gefahren zu bewahren.

Von klein auf war Nathalie mit großem Eifer ans Werk gegangen, um reihenweise junge Spatzen, Meisen, Amseln und unzählige andere Arten mit Aufzuchtfutter, Brei, Eigelb und toten Insekten zu füttern. Anfangs hatte sie das nur gemacht, wenn sie nach dem Unterricht in die Praxis hinüberging, aber nach einer Weile hatten sich ihre Eltern einverstanden erklärt, dass Nathalie die kaum gefiederten Pflegekinder mit nach Hause nahm, um sich besser um sie kümmern zu können.

Es war ein zeitraubende Arbeit gewesen, und sie hatte deshalb oft auf gemeinsame Unternehmungen mit ihren Freundinnen verzichten müssen, aber sie stand noch heute dazu, dass jeder gerettete Vogel, der später in die Freiheit entlassen werden konnte, dieses vergleichsweise unbedeutende Opfer wert gewesen war.

Seit sie allein lebte und ihre Wohnung näher an der Innenstadt lag, hatte sie zum einen keine Zeit mehr, rund um die Uhr einen Jungvogel zu versorgen, zum anderen gab es in der Umgebung so wenige Bäume, dass sie schon seit einer Ewigkeit keinen Vogel mehr gefunden hatte. Sollte es doch einmal vorkommen, konnte sie heutzutage wenigstens über das Internet schnell eine Pflegestelle finden.

Sie gingen weiter, immer noch verfolgt vom Zetern der Amsel, aber eine Katze konnte Nathalie auf Anhieb nirgends entdecken.

Als sie die ersten Tische hinter sich gelassen hatten und Nathalie sich ein Bild von deren Anordnung und von den Wegen vom Lokal auf die Terrasse gemacht hatte, musste sie sich zusammenreißen, keine der beiden Bedienungen anzusprechen. Sie war hier nicht die Chefin – jedenfalls noch nicht –, aber der kurze Blick auf die Abläufe hatte sie erkennen lassen, dass die jungen Frauen eigentlich mehr umherliefen als erforderlich. Ein, zwei kleine Änderungen würden ihnen die Arbeit spürbar erleichtern.

Hey, du bist hier nicht im Büro, ermahnte sie sich lautlos, aber es half nichts. Sie war noch nicht mal richtig angekommen und machte sich schon Gedanken darüber, wie sich die Arbeitsabläufe optimieren ließen.

Natürlich konnte das Black Feather mit Café und Pub im Erdgeschoss und Fremdenzimmern im ersten und zweiten Stock den modernen Hotels keine ernsthafte Konkurrenz machen, dafür war alles viel zu altmodisch und zu beengt, aber gerade das machte für viele Reisende den besonderen Reiz aus, sonst hätte die Pension nicht einen solchen Zulauf verbuchen können. Hier gab es auf den Zimmern einen Lichtschalter, eine Steckdose und im Winter einen Dreierstecker für einen mobilen Heizkörper, und das war dann auch schon alles. Kein Fernseher, kein Telefon, kein Zugang zum Internet. Dafür Blümchentapeten, natürlich leicht angegilbt, knarzende Betten, schwere dunkle Möbel, versehen mit kunstvollen Schnitzereien und Einlegearbeiten, Deckenlampen aus elfenbeinfarbenem Milchglas, die nur trübes Licht verbreiten konnten, und verschossene Teppiche auf dem nackten Holzboden, der kaum einen Schritt unkommentiert ließ.

Das Einzige, was störte, war der Funkmast auf der gegenüberliegenden Straßenseite. Entweder war es dem Landwirt egal gewesen, wie sehr der Mast auf seiner Weide die Landschaft verschandelte, oder er hatte so dringend das Geld benötigt, dass er einen solchen

Schandfleck in Kauf nahm. Vielleicht aber hatte die Telefongesellschaft ja auch ein besonders großzügiges Angebot vorgelegt, denn ohne den Mast wäre vermutlich in ganz Earlsraven und Umgebung kein Handyempfang möglich gewesen.

Und doch: Es musste dieses Urtümliche, dieses Einfache sein, das sogar Autofahrer auf der Durchreise dazu verleitete, in Earlsraven anzuhalten und im Black Feather Rast zu machen oder sogar über Nacht zu bleiben.

Unwillkürlich fragte sich Nathalie, ob es überhaupt möglich war, irgendwelche Neuerungen einzuführen, ohne die bisherige Kundschaft zu verprellen. Interessant wäre auch eine statistische Auswertung, wie groß der Anteil der Stammkunden war und wie die Altersstruktur sich darstellte. Welche Gruppe fühlte sich vom Black Feather besonders angesprochen, welche überhaupt nicht? Und wie … »Schluss jetzt«, murmelte sie, als ihr auffiel, in welche Richtung ihre Gedanken mit ihr davongaloppieren wollten.

»Hast du was gesagt?«, fragte Glenn, der neben ihr stand und das Gebäude betrachtete.

»Wie? Oh, nein, nein, nicht so wichtig«, sagte sie. »Meine Gedanken hatten sich nur selbstständig gemacht.«

»Okay«, meinte er und deutete auf das Haus. »Es sieht wirklich gut aus. Ich glaube, es ist völlig egal, aus welchem Winkel man das Gebäude fotografiert, die Kaufinteressenten werden so oder so Schlange stehen.«

»Falls ich verkaufe«, wandte sie sofort ein. »Lass mich erst mal herausfinden, welche Bedingungen ich laut Testament noch erfüllen soll. Danach sehen wir weiter. Wenn das völlig absurde Forderungen sind, werde ich ablehnen und das Erbe ausschlagen.«

»Du hast doch gesagt, dass deine Tante dir am ehesten irgendein Um-drei-Ecken-Rätsel hinterlassen haben dürfte, das du lösen sollst«, hielt Glenn dagegen. »Mal bloß nicht den Teufel an die Wand.«

Sie verzog den Mund zu einem schiefen Grinsen. »Ja, du hast recht. Ich warte einfach ab, was auf mich zukommt.« Sie zeigte auf die Tür neben einem kleinen Schaufenster, in dem verschiedene Tabletts mit Keksen und Kleingebäck ausgestellt waren. »Da geht's zum Café.«

Als sie es betraten, stürmten tausend Erinnerungen auf Nathalie ein. Da links stand die gläserne Theke mit ihren drei Etagen mit Sahne-, Obst- und Buttercremetorten – manche mit Alkohol, manche ohne –, alle gebacken nach Rezepten, die ihre Tante in ganz Europa zusammengetragen hatte, vor allem aber in Frankreich und Deutschland. Diese Herkunft machte die Namen der Torten für die hiesige Kundschaft allerdings größtenteils unaussprechlich, weshalb sie auf die Idee gekommen war, jeder Kreation einen Vornamen zu geben und denen ein »Delight« anzuhängen. So gab es Tracy's Delight, eine Cremetorte, die mit dünnen Scheiben einer großen Teigrolle belegt und dann mit einem Guss überzogen worden war. Oder Henry's Delight, eine zum größten Teil aus Schokolade und Schokoladenteig gefertigte Torte, die ihre Herkunft in Wien haben sollte.

Diese Kühltheke für die Torten war schon immer viel zu klein für die große Auswahl gewesen, aber irgendwie hatte es trotzdem geklappt, alles dort unterzubringen. Das war heute nicht anders als vor vielen Jahren. Der restliche Platz wurde von den runden Tischen mit je vier Stühlen beansprucht, die alle dicht an dicht standen. Eigentlich hätte man auf gut ein Drittel der Tische verzichten sollen, um den übrigen Gästen ein bequemes Sitzen zu ermöglichen, doch das schien hier niemanden zu stören. Jetzt herrschte allerdings kein Gedränge, obwohl es Mittagszeit war und dann im Café auch ein paar pikante Pasteten angeboten wurden. Das lag eindeutig am schönen Wetter, denn auf der Terrasse waren noch allenfalls zwei oder drei Tische frei.

Im Café sorgten helle, frische Farben dafür, dass der Raum weitläufiger wirkte, als er tatsächlich war. Auch die normalerweise dunklen Balken, die der ohnehin niedrigen Decke etwas Erdrückendes verliehen, hatte man sonnengelb gestrichen, was wahre Wunder bewirkte.

»Sehr einladend«, fand Glenn, doch Nathalie war sich nicht sicher, wie sie seinen Tonfall deuten sollte.

Sie ließ die Bemerkung ihres Freundes unkommentiert, zumal das hier nicht der richtige Ort für eine Diskussion über den Umgang mit Ironie war. Stattdessen ging sie zur Theke.

Eine junge Frau war damit beschäftigt, zwei riesige Stücke Schokoladensahnetorte auf einem Teller unterzubringen, was einiges Zurechtrücken und -schieben bedeutete. Sie atmete tief durch, als sie damit fertig war, und sah auf.

»Einen Moment«, sagte sie. »Ich bediene Sie gleich. Ich muss nur die Bestellung an den Tisch da drüben bringen.«

»In Ordnung«, erwiderten Nathalie und Glenn gleichzeitig, dann sahen sie zu, wie die Angestellte den Teller zu einem Tisch brachte, an dem eine ältere Frau saß. Die war so schmächtig, dass sie sich beide nicht vorstellen konnten, wie sie gleich zwei Stücke Torte verspeisen wollte, zudem auch noch so hohe und breite Stücke.

»Was kann ich für Sie tun?«, fragte die junge Frau, während sie zur Theke zurückkam und dabei ihre langen roten Haare hochsteckte, da sich eben der Knoten gelöst hatte, von dem sie zusammengehalten worden waren.

»Mein Name ist Nathalie Ames«, erwiderte sie. »Ich bin die Nichte von Miss Wilkeson. Ich …«

»Sie sind gekommen?« Die blassgrünen Augen der Frau leuchteten vor Freude auf. »Das ist ja wunderbar. Dem Herrn sei Dank.« Sie sah zur Decke und bekreuzigte sich.

Nathalie sah Glenns Reaktion auf das Verhalten der jungen Frau, sie bemerkte das spöttische Grinsen, das seine Mundwinkel umspielte, und im gleichen Moment hatte sie eine verdammt gute Vorstellung davon, was er gleich sagen würde. Etwas, das aus seiner Sicht ein richtiger Brüller war, das aber die Gefühle dieser Frau tief verletzen konnte – auch wenn das keineswegs seine Absicht sein dürfte, sondern »nur« eine Nebenwirkung seiner Gedankenlosigkeit.

Bevor er den Mund aufmachen konnte, trat sie ihm mit dem Absatz energisch auf den Schuh. Ein verdutztes »Autsch« verriet ihr, dass sie einen Volltreffer gelandet hatte, denn sonst hätte er bloß gelacht oder irgendeine Bemerkung gemacht.

»Der Notar hat mir gesagt, dass hier bei Ihnen ein Umschlag für mich liegen soll«, redete Nathalie weiter, ohne auf das Stoßgebet einzugehen.

»Warten Sie hier, Miss Ames, ich hole Louise. Sie weiß da besser Bescheid.« Sie deutete auf den freien Tisch gleich hinter ihnen. »Vielleicht möchten Sie sich ja solange hinsetzen. Es könnte ein paar Minuten dauern, weil im Pub Hochbetrieb herrscht. Ich bin übrigens Megan. Megan Forrester.« Nach einer kurzen Denkpause fügte sie an: »Louise ist die Köchin.«

»Ja, ich weiß«, sagte Nathalie lächelnd und sah der Frau hinterher, die durch eine Schiebetür das Café verließ. Sie stieß Glenn an. »Komm, setzen wir uns hin«, forderte sie ihn auf. »Das kann eine Weile dauern, bis Louise zwischen zwei Bestellungen Zeit für uns findet.«

»Du kennst diese Louise?«, fragte Glenn, nachdem sie mit einem Tisch Abstand zu der älteren, spindeldürren Frau Platz genommen hatten.

»Nicht unmittelbar. Wenn ich allein oder mit meinen Eltern hier war, haben wir in Henriettas privaten Gästezimmern hinten im Anbau übernachtet, das Frühstück wurde uns gebracht, und wenn wir im Pub gegessen haben, dann haben wir von Louise so wenig gesehen wie von jedem anderen Koch in einem beliebigen Restaurant auch. Dem Namen nach kenne ich sie, und ich glaube, ich habe sie mal im Vorbeigehen gesehen. Aber gesprochen habe ich nie mit ihr, jedenfalls kann ich mich daran nicht erinnern.«

»Schon kurios«, überlegte er. »Da muss deine Tante erst sterben und dir ihr Lokal vermachen, damit du Leute kennenlernst, die du eigentlich seit Jahren kennen könntest.«

»Wer hätte ahnen sollen, dass mir das hier eines Tages vielleicht gehören würde?«

»Vielleicht?«

»Na ja, du weißt doch. Da kommen doch noch Bedingungen auf mich zu. Wenn ich die nicht erfülle …«

Glenn nickte. »Ach, das meinst du. Ja, ich bin gespannt …«

»Verzeihen Sie«, meldete sich auf einmal eine Stimme links von Nathalie zu Wort.

Sie drehte sich um und sah, dass sich die schmächtige, alte Frau ihnen zugewendet hatte.

»Ja, bitte?«

»Ich wollte Sie nicht belauschen, aber ich habe vorhin

gehört, wie Sie zu Megan gesagt haben, dass Sie die Nichte von Henrietta sind.«

»Das ist richtig.«

»Dann möchte ich Ihnen mein Beileid aussprechen«, fuhr die Frau fort. »Henriettas Tod hat uns alle sehr getroffen. Und es kam so überraschend.«

»Von einem Lastwagen überfahren zu werden, ist ja auch nichts, womit man täglich rechnen muss«, erwiderte Nathalie. »Bei einer schweren Krankheit kann man sich wenigstens mit dem Gedanken befassen und sich innerlich vorbereiten. Aber ein Unfall … das kommt so plötzlich.«

»Wenn es denn tatsächlich ein Unfall war«, wandte die Frau ein.

Nathalie wurde hellhörig. »Was soll das heißen?«

»Gar nichts«, sagte die Frau hastig und hob abwehrend die Hände. »Ich wollte damit nur sagen, dass man nie wissen kann.«

Als sich Nathalie zu Glenn umdrehte, zog der die Augenbrauen hoch und verdrehte leicht die Augen, womit er ihren ersten Eindruck von der Frau bestätigte. Vermutlich sah sie sich jeden Abend drei Krimiserien an, und deshalb vermutete sie hinter allem und jedem gleich ein Verbrechen.

»Verstehen Sie das bitte nicht falsch«, redete die Frau weiter, obwohl Nathalie sie gar nicht ansah. »Ich habe keine Ahnung, ob der Unfall mehr als nur ein Unfall war. Aber es geschehen so viele rätselhafte Dinge, dass man sich nie sicher sein kann, ob etwas wirklich so ist, wie es scheint – oder ob etwas ganz anderes dahintersteckt.« Sie trank einen Schluck Kaffee. »Sicher bin ich mir allerdings, was meinen Monet angeht.«

»Ihren Monet?«, fragten Nathalie und Glenn gleichzeitig und sahen sich die Frau genauer an. Sie war normal gekleidet, nicht ärmlich, aber auch nicht in teure Designerkleidung, obwohl ihre schmale Statur für diese Art von Kleidungsstücken ideal gewesen wäre. Aber sie sah nicht nach so viel Geld aus, dass sie sich zu Hause einen Monet an die Wand hängen konnte. Allerdings mochte dieser Eindruck auch völlig verkehrt sein …

»Es ist mein Monet, aber es ist nicht mein Monet.«

Bevor Nathalie nachfragen konnte, wie diese Bemerkung gemeint war, die für sie keinen Sinn ergab, rief von der anderen Seite des Lokals eine weitere Frauenstimme: »Nathalie Ames, da sind Sie ja!«

Nathalie drehte sich um und wusste sofort: Sie hatte die Köchin vor sich. Als sie die kompakt gebaute Frau mit dem grauen Bürstenhaarschnitt sah, konnte sie sich daran erinnern, ihr tatsächlich schon mal im Vorbeigehen begegnet zu sein.

»Ich bin …«

»… Louise Cartham«, führte Nathalie den Satz zu Ende und stand auf, um der Frau entgegenzugehen, die einen halben Kopf kleiner war als sie. »Das da ist mein Freund Glenn Astin.«

Beide nickten sich zu, dann wandte sich Louise wieder an Nathalie. »Schön, dass Sie so schnell kommen konnten. Wir sitzen hier alle auf glühenden Kohlen, weil wir nicht wissen, wie es weitergehen wird.«

»Das kann ich Ihnen auch noch nicht beantworten. Erst mal muss ich …«

»Ich weiß, der Umschlag«, unterbrach Louise sie lächelnd. »Kommen Sie, der liegt im Büro. Da können wir auch ungestört reden.« Dabei lächelte sie die Frau mit dem Monet an, der angeblich kein Monet war – oder vielleicht doch.

Die erwiderte das Lächeln und nickte, doch Nathalie war sich nicht sicher, ob das nur eine reflexartige Bewegung war oder ob sie weiter aufmerksam gelauscht hatte. Zum Glück war das aber auch nicht weiter wichtig, weil Louise ihr bedeutete, ihr zur Schiebetür zu folgen.

»Glenn, kommst du auch?«

Erstaunt hob er den Kopf. »Soll ich?«

»Warum nicht?«, fragte Nathalie.

Er zuckte mit den Schultern. »Ich dachte, du willst dir das vielleicht erst mal allein durchlesen.«

Sie schüttelte den Kopf. »Quatsch, nun komm schon.«

Durch die Schiebetür verließen sie das Café und betraten einen schmucklosen Gang, der zwischen Café und Pub verlief und die verschiedenen Räume wie Küche, Büro und Pausenzimmer miteinander verband. Auffällig war auch die Breite dieses Gangs, die wohl notwendig war, um sich mit Tabletts und anderen sperrigen Dingen in den Händen überhaupt bewegen zu können.

Im Vorbeigehen konnte Nathalie einen Blick in den Schankraum des Pubs und in die Küche werfen, dann wurden sie auch schon unter einer schmalen Treppe zum ersten Stock hindurch in das Büro geführt, das nicht gerade ausladend war. Es reichte aber immerhin aus, um einen recht großen Schreibtisch und zahlreiche Aktenschränke unterzubringen, die den vorhandenen Platz optimal ausnutzten. Gerahmte Fotos von Gebirgslandschaften irgendwo auf der Welt schmückten die Wände. Auf den Schränken, die Nathalie bis zu den Schultern reichten, sowie auf dem Schreibtisch türmten und stapelten sich Papiere aller Art. Es lagen so viele Unterlagen auf den Möbeln, dass Nathalie sich unwillkürlich fragte, was sich dann eigentlich noch in den Aktenschränken befindet sollte.

»Das sieht vielleicht etwas unordentlich aus, ist es aber nicht«, erklärte Louise, die Nathalies Zögern bemerkt hatte. »Das ist alles nach einem System sortiert, das ich für Ihre Tante ausgearbeitet habe.«

»Sie?«, fragte Glenn verdutzt. »Ich dachte, Sie sind die Köchin.«

»Na und? In der Küche muss auch alles nach einem bestimmten System angeordnet sein, damit niemand nach dem Zucker greift und dann den Salzstreuer in der Hand hält. Ich bin eben eine Frau mit vielen Talenten«, ergänzte Louise und lächelte verschmitzt. Sie räusperte sich und schloss eine der Schreibtischschubladen auf, holte einen dicken Umschlag heraus und legte ihn auf den Tisch. An dem Umschlag war mit einer Büroklammer ein Blatt festgemacht, das Louise abzog und Nathalie hinlegte. »Das müssen Sie unterschreiben. Damit bestätigen Sie, dass Sie diesen Umschlag erhalten haben.«

Nathalie griff nach dem Stift, setzte ihre Unterschrift auf die gestrichelte Linie, dann nahm die Köchin das Blatt wieder an sich, ging zu einem Faxgerät und legte es ein. Keine zwei Minuten später war das Fax durchgelaufen. »So, jetzt kann der Notar wieder ruhig schlafen«, meinte Louise mit einem Augenzwinkern.

Die Köchin ging zur Tür und drehte sich noch einmal um. »Wenn Sie alles in Ruhe gelesen haben, können Sie mir bitte Bescheid sagen, ob Sie schon wissen, wie Sie sich entscheiden werden. Sie wissen ja, wo Sie mich finden.«

»Notfalls frage ich mich durch«, gab Nathalie lächelnd zurück und wandte sich dem Schreibtisch zu, nahm Platz und betrachtete den Umschlag.

»Willst du ihn nicht aufmachen?«, erkundigte sich Glenn, als fünf Minuten später noch immer nichts geschehen war.

»Das sollte ich wohl besser machen, wie?«

Er nickte gemächlich. »Würde ich schon sagen.«

Sie atmete einmal tief durch, dann griff sie nach dem Brieföffner und setzte ihn an der zugeklebten Lasche an. »Jetzt wird's spannend.«

Drittes Kapitel, in dem Nathalie sich vorläufig im Black Feather einquartiert und Interessantes erfährt

»Unter spannend hätte ich mir etwas anderes vorgestellt«, merkte Glenn an, als er den Stapel Papier und die CD mit der Aufschrift »Sicherungskopie« sah.

»Zum Beispiel?«, gab sie mehr reflexartig zurück, während sie die Papiere auf der freigeräumten Schreibtischunterlage verteilte.

»Zum Beispiel eine DVD, auf der deine Tante dir Anweisungen gibt – und danach zerstört sich die DVD selbst, damit niemand etwas nachweisen kann.«

»M-hm«, machte Nathalie, ohne tatsächlich zugehört zu haben. »Ah, hier ist das Schreiben mit den Bedingungen, die mit dem Erbe verbunden sind. Mal sehen … also …«

Liebe Nathalie, wenn du diese Zeilen in den Händen hältst, dann ist leider etwas eingetreten, was ich gern noch lange vor mir hergeschoben hätte …

»Aha, also … wenn ich das Erbe annehme, darf ich das Black Feather nicht sofort verkaufen oder verpachten … ich muss es ein Jahr lang selbst führen, danach darf ich es verpachten … und wenn ich es fünf Jahre lang führe, darf ich es auch verkaufen … Ausnahme in beiden Fällen, wenn ich Verlust mache …«

»Dann machst du eben Verluste«, warf Glenn ein. »Du schließt den Laden für zwei Wochen, um zu renovieren, kaufst ein paar Eimer Farbe, und aus den zwei Wochen werden zwei Monate, weil du nur am Wochenende herkommen kannst. Und dann kannst du das Lokal einfach verkaufen.«

»… die im laufenden Geschäftsbetrieb entstehen, also nicht durch vorsätzlich herbeigeführte Ausfallzeiten wie beispielsweise Renovierungen oder Umbaumaßnahmen«, redete Nathalie weiter, nachdem Glenn seinen überflüssigen Kommentar beigesteuert hatte. »Kannst du bitte so nett sein und mich entscheiden lassen, ob ich überhaupt verkaufen *will?*«

»Okay, geht klar. Aber du weißt doch eigentlich längst, dass du das Lokal gar nicht haben willst. Hier mitten im Nirgendwo. Überleg mal, wie weit der nächste vernünftige Schuhladen von hier entfernt ist.«

Amüsiert schüttelte sie den Kopf. »Okay, weiter im Text … ich muss mich verpflichten, so viele Produkte wie möglich im Dorf oder in der Region zu kaufen. Also Fleisch, Eier, Milch, Gemüse und so weiter.«

»Das wird teuer …«

»… und schont die Umwelt«, hielt Nathalie dagegen. »Außerdem macht Tante Henrietta das schon seit Jahren so, und bislang scheint das Black Feather Gewinne abzuwerfen.« Sie sah ihren Freund an. »Meine Tante war eine kluge Geschäftsfrau, soweit ich zurückdenken kann.«

»Okay, also bist du damit auch einverstanden, oder nicht?«

Sie nickte nachdrücklich. »Auf jeden Fall. Und hier steht, ich muss das eingestellte Personal weiterbeschäftigen …«

»*Das* wird aber tatsächlich teuer«, rief Glenn dazwischen, während er den Blick durch das Arbeitszimmer wandern ließ.

»Nein, wohl nicht. Hier ist ein Anhang mit allen Namen und entsprechenden Vermerken, wem ich in den nächsten fünf Jahren am ehesten kündigen darf … und natürlich kann ich immer noch jeden fristlos vor die Tür setzen, wenn sein Fehlverhalten es erfordert. Die Leute sind mir nicht ans Bein gekettet … sie sollen nur nicht im Ungewissen dastehen …«

»Noch mehr?«

»Ja, ich darf den Namen Black Feather nicht ändern, auch nicht, wenn jemand mir dafür viel Geld bietet, weil er seinen Firmennamen an der Tür sehen will.«

»Kann ich verstehen. Das würde den Leuten bestimmt nicht gefallen, wenn aus dem Pub hier das *Black Feather 2.0* würde.«

Sie nickte zustimmend. »Ich glaube, dann würden viele Gäste wegbleiben und nur noch die anhalten, die auf der Durchreise sind und denen es egal ist, wie der Laden heißt, in dem sie kurz Pause machen und was essen.« Nathalie deutete auf einen dicken Blätterstapel. »Das hier«, sagte sie, »sind Kopien der aktuellen betriebswirtschaftlichen Auswertung, die Tante Henrietta alle vier Wochen auf den neuesten Stand gebracht hat.«

»Was sollst du damit anfangen?«

Nathalie grinste ihn an. »Meine Tante hat wirklich an alles gedacht. Hör dir das an:

Diese Auswertungen sind immer auf dem neuesten Stand. Ich überlasse sie dir für den Fall, dass sich nach meinem Ableben jemand die Mühe machen sollte, die Buchführung so zu manipulieren, dass du beim Anblick der angeblichen Schulden froh bist, wenn du das Black Feather für ein paar Hundert Pfund loswirst. Wenn mein Steuerberater, dem ich grundsätzlich zwar vertraue, dir Zahlen zur wirtschaftlichen Lage des Black Feather vorlegt, die weit von diesen sehr positiven Zahlen abweichen, dann erwarte ich von dir, dass du einen Anwalt aufsuchst, der sich dieser Sache annimmt. Wie gesagt, ich würde für den Mann normalerweise die Hand ins Feuer legen, aber ich habe in meinem Leben immer wieder die Erfahrung machen müssen, dass Geld sehr leicht den Charakter verderben kann. Und je mehr Geld im Spiel ist, umso größer ist dieses Risiko. Du kennst auch meinen alten Wahlspruch: Man kann sich nicht mehr täuschen als in einem Menschen.«

Sie blätterte die Auswertungen durch und stieß einen anerkennenden Pfiff aus.

»So gut steht's um das Black Feather?«, erkundigte sich Glenn, verkniff sich diesmal aber jede Bemerkung zu einem möglichen Verkauf, als Nathalie nickte. »Das war alles an Bedingungen?«

»Ja … nein, warte, da ist noch ein zweites Blatt«, sagte sie und zog die Augenbrauen hoch, als könnte sie nicht fassen, dass es noch so viel anzumerken gab. Sie las den Brief laut vor:

»*Zwei Dinge will ich dir noch mit auf den Weg geben. Erstens: Verlass dich auf dein Gefühl, wenn es dir sagt, dass an einer Sache etwas faul ist. Du wirst feststellen, dass dich die-*

ses Gefühl in mindestens sechs von zehn Fällen auf die richtige Spur bringt. Zweitens: Steck deine Nase in die Angelegenheiten anderer. Nicht alle werden es dir danken, aber einige schon. Wenn das alles etwas verworren klingt, lass dich davon nicht entmutigen. Irgendwann wird der Moment kommen, in dem du den Sinn erkennst.«

Nathalie starrte auf diese Zeilen. »Wessen Angelegenheiten?«, murmelte sie, dann schüttelte sie den Kopf. »Das ist wieder typisch für Tante Henrietta. Erst in Rätseln reden, die kein Mensch begreift, und wenn du nachher die Lösung kennst, dann fragst du dich, wieso du nicht auf etwas so Offensichtliches kommen konntest.«

»Dafür muss man wohl eine besondere Begabung besitzen, um etwas so vage zu formulieren, dass es auf den ersten Blick alles sein könnte«, meinte Glenn. »Und? Was wirst du machen?«

»Ich bleibe.«

Erschrocken riss er die Augen auf. »Was? Ich … ich dachte, wir reden erst mal in Ruhe darüber …, und du musst dir doch erst diese ganzen Unterlagen ansehen, ob das überhaupt alles so stimmt … und … und ich …«

Nathalie konnte sich ein Lachen nicht verkneifen. »Keine Panik, Glenn«, redete sie beruhigend auf ihn ein. »Ich bleibe nicht für immer hier, ich wollte damit nur sagen, dass ich mich für ein paar Tage hier einquartieren möchte, um mir die Unterlagen des Steuerberaters anzusehen. Und ich will prüfen, in welchen Mengen was eingekauft wird, wie die Auslastung der Zimmer aussieht und so weiter. Alles, was statistisch ausgewertet werden kann. Und ich möchte mir einen Überblick über den aktuellen Schriftverkehr verschaffen, weil ich beispielsweise wissen muss, ob jemand Tante Henrietta verklagt hat, weil der Ketchup-Fleck auf seinem Hosenbein ein so traumatisches Erlebnis war, dass er sich seitdem in Therapie befindet. Oder sind irgendwelche Reparaturen am Gebäude zu erwarten? Hat sie zum Beispiel Sanierungsarbeiten in Auftrag gegeben, die erst in ein paar Wochen in Angriff genommen werden? Und ich will von der Gemeinde Informationen bekommen, ob die in ein paar Jahren die Landstraße verbreitern will und mir dafür den Parkplatz vor dem Haus wegnehmen wird. Ich muss Gewissheit haben, dass mir nicht sechzig oder siebzig Prozent Umsatz wegbrechen, weil da draußen in einem Jahr die Straße ausgebaut wird und die potenziellen Kunden hier vorbeirasen, weil sie keinen Parkplatz mehr haben, weil es keine Brücke für die Leute aus der Gegenrichtung gibt und weil die Zufahrt zum Dorf nach sonst wohin verlegt wird.« Sie zuckte flüchtig mit den Schultern. »Das alles kann ich nicht innerhalb von zwei Stunden herausfinden, um entscheiden zu können. Dafür werde ich ein paar Tage benötigen. Fahr du ruhig zurück nach Hause, ich werde am Montag im Büro anrufen und ein paar von meinen vielen, vielen Überstunden nehmen. Sobald ich hier durch bin, sage ich dir Bescheid, okay?«

»Damit ich dich abholen kann, richtig?«, fragte Glenn unüberhörbar besorgt.

»Glenn, ich hab's dir ja gerade gesagt«, antwortete sie und legte eine Hand auf seinen Arm. »Ich bleibe nicht für immer hier.« Sie sah, dass er beruhigt lächelte, und bekam unerwartet ein schlechtes Gewissen. Was, wenn sie genau das doch tun wollte? Wie würde er reagieren? Sie wischte die aufkommenden Bedenken beiseite und fügte an: »Komm, ich begleite dich noch zum Wagen.«

»Sollen wir nicht wenigstens noch was essen?«

Nathalie blieb stehen, legte den Kopf leicht schräg, als würde sie in sich hineinhorchen, dann erwidert sie:

»Du hast recht. Eigentlich ist mein Magen kurz davor zu protestieren, aber das Ganze hier hat mich so sehr abgelenkt …«

Glenn nickte zufrieden. »Gut. Wo wir essen, weiß ich bereits. Jetzt stellt sich nur noch die Frage, ob die mögliche neue Chefin auch einen Tisch bekommt.«

Sie winkte ab und ging mit ihm nach draußen, erst am Rand der Terrasse blieb sie stehen. »Wir essen im Jim's Old Chair, drüben am Marktplatz.«

»Wie bitte?« Er schüttelte den Kopf und zeigte über die Schulter hinter sich. »Du hast dein eigenes Lokal, du kannst dich da drinnen wie die Queen persönlich hinsetzen und dich von deinen Angestellten hofieren lassen, wenn dir der Sinn danach steht.«

Sie zog ihn mit sich in Richtung Parkplatz, während sie erwiderte: »Genau danach steht mir aber nicht der Sinn, und es wäre genau das, was dann passieren würde.«

Er kratzte sich am Kopf und musste zusehen, dass sie ihm nicht davoneilte. »Wie? Ich verstehe das nicht.«

»Ist das nicht offensichtlich?« Sie sah ihn an, während sie weiterging. »Wenn ich mich jetzt in den Pub setze, da schrillt in der Küche die Alarmglocke. Jeder wird versuchen, sich von seiner besten Seite zu zeigen, weil die Leute wissen, wer ich bin. Ständig wird jemand an den Tisch kommen und fragen, ob wir mit dem Essen denn auch zufrieden und ob wir vielleicht noch was trinken möchten. Man wird mich die ganze Zeit beobachten und jeden zuckenden Mundwinkel zu deuten versuchen – ob mir vielleicht etwas nicht schmeckt oder ob mir das Fleisch zu trocken und das Gemüse zu matschig ist. Wenn, dann will ich mit dir in Ruhe essen gehen, ohne im Mittelpunkt des Geschehens zu stehen.«

»Hm«, machte Glenn und nickte schließlich bedächtig. »Du könntest recht haben.«

»Ich *habe* recht«, bekräftigte sie. »Lass uns zum Marktplatz rübergehen. Ein paar Schritte zu laufen, kann nicht schaden.«

Das Jim's Old Chair war in einem der gut zwei Dutzend Häuser untergebracht, die zu drei Seiten den Marktplatz umgaben. In gleich vier Ladenlokalen hatten sich Buchhändler niedergelassen, jeder auf sein Fachgebiet spezialisiert und mit einem umfangreichen Antiquariat ausgestattet. Ein Bäcker genoss außer an Markttagen das Monopol auf Backwaren, ebenso der Metzger, in dessen Kühltheke sich anders als im Supermarkt nicht das Fleisch türmte, sondern nur eine kleine Auswahl angeboten wurde. So wenig sich Nathalie für Metzgereien begeistern konnte, weil ihr die Tiere zu leidtaten, musste sie diesem Metzger zugutehalten, dass er vorwiegend Vorbestellungen annahm, damit nur so viele Schweine und Kühe geschlachtet wurden wie unbedingt nötig.

Einige Läden standen leer oder waren in Wohnungen umgewandelt worden, aber der Marktplatz machte nicht jenen verwaisten Eindruck, wie Nathalie ihn von manchen Straßenzügen in den Liverpooler Vororten kannte. Bei den meisten Gebäuden hatte man die Fachwerkfassade beibehalten, andere waren verklinkert oder mit dunklem Holz verkleidet worden. Wenn man davon absah, dass vor allem die Buchhändler im Schaufenster unübersehbar auf ihre Internetseiten hinwiesen, auf denen Interessierte auch außerhalb der Geschäftszeiten stöbern konnten, ließ sich eigentlich nicht erkennen, ob es einen nicht zufällig in die Siebziger- oder vielleicht sogar in die Fünfziger- oder Zwanzigerjahre des letzten Jahrhunderts verschlagen hatte. Einige Leute waren unterwegs, um Einkäufe zu erledigen, aber insgesamt ging es um diese Zeit recht ruhig zu.

Als sie den Pub betraten, drehten sich erst zwei der vorwiegend männlichen Gäste zu ihnen um, die stießen andere mit dem Ellbogen an, was sich weiter fortsetzte, bis alle sie und Glenn ansahen und sämtliche Gespräche verstummt waren.

»Ähm, hallo«, murmelte Nathalie etwas verunsichert und ließ sich von Glenn zu einem Tisch am Fenster mitziehen, wo er sie auf einen Stuhl drückte. Sie saß mit dem Rücken zu den anderen Gästen, aber deren anhaltendes Schweigen ließ keinen Zweifel darüber zu, dass sie immer noch von den Leuten angestarrt wurde. Nur langsam kamen die Gespräche wieder in Gang, und eine rothaarige Mittfünfzigerin mit Zigarette im Mundwinkel näherte sich ihrem Tisch.

»Was darf's sein?«, fragte sie und lächelte mehr reflexartig als wirklich freundlich.

»Ähm … was ist denn das Tagesgericht?«, entgegnete Nathalie und deutete auf eine Schiefertafel gleich neben der Tür, auf der das Tagesgericht zu einem günstigen Preis beworben wurde.

»Schweinbraten mit Kartoffeln.«

Nathalie sah Glenn an. »Was meinst du?«

»Ausnahmsweise kann ich das mal machen«, sagte er nach kurzem Überlegen.

»Gut, dann zweimal das Tagesgericht«, wandte sich Nathalie an die Wirtin. »Für mich ein … eine Limo.«

Die Rothaarige zog vielsagend eine Augenbraue hoch. »Eine Limo? Und der Herr?«

»Ein Wasser, bitte.«

»Alkoholfrei?«, kam als Reaktion, begleitet von einem bissigen Grinsen.

Glenn stutzte für einen winzigen Moment, dann erwiderte er: »Ja, und bitte auch entkoffeiniert.«

»Hm«, machte die Rothaarige und ging weg.

»Ich hoffe, im Black Feather wird man nicht so dumm angemacht, wenn man kein Bier bestellt«, sagte er zu Nathalie.

Sie zuckte mit den Schultern. »Ich schätze, hier gehen mehr Einheimische als Touristen hin, da ist man wohl bei Fremden nicht so erfreut, wenn die nicht gleich ein paar Bier trinken.« Nathalie atmete seufzend durch. »Manche Leute kann ich nicht verstehen, weißt du das? Ich habe das vor Kurzem noch von meiner Nachbarin gehört. Von Mary, aus der Wohnung unter mir.« Während er nickte, redete sie weiter. »Die hat mit ein paar Freundinnen einen Radwanderurlaub durch Schottland gemacht. Egal, in welchem Dorf die drei Pause gemacht haben, so gut wie überall wurden sie in den Pubs abweisend behandelt und zumindest sehr argwöhnisch gemustert, wenn sie reinkamen. Einen guten Eindruck macht das nicht.«

»Na ja, vielleicht liegt's hier ja daran, wie wir angezogen sind«, gab Glenn zu bedenken.

Nathalie sah an sich herab. Erst jetzt wurde ihr bewusst, dass sie ganz automatisch nach grauer Stoffhose und Jackett gegriffen hatte, lediglich die flachen Schuhe hatte sie ganz gezielt ausgewählt, weil sie davon ausgegangen war, lange Zeit auf den Beinen zu sein und viel laufen zu müssen.

Wenn man davon absah, wirkte sie schon ein wenig wie eine Bankerin, also wie das weibliche Gegenstück zu Glenn, der das Gleiche in Dunkel trug, aber statt eines bunten T-Shirts ein weißes Hemd angezogen hatte. Lediglich auf die Krawatte hatte er verzichtet.

»Du hast recht«, murmelte sie. »Vielleicht reagieren

sie so abweisend, weil sie uns für Banker halten, die auf der Suche nach Anlageobjekten für ihre Investoren sind.« Sie zog eine Augenbraue hoch. »Was du ja theoretisch sein könntest, so als echter Banker.«

Er nickte bestätigend. »Entweder das, oder sie verwechseln uns mit Agent Mulder und Agent Scully und denken, dass sich unter ihnen ein Außerirdischer befindet, den wir abholen wollen.«

»Ich hätte mir etwas Legereres anziehen sollen«, befand Nathalie.

Die Kellnerin kam zurück an den Tisch und stellte zwei Gläser hin. »… und ein Diätwasser für den Herrn«, sagte sie.

»Sogar ohne Zitrone, das ist schön«, kommentierte er nur und nickte der Frau zu.

Nachdem sie gegangen war, sagte er zu Nathalie: »Da bin ich mal gespannt, wie viel Essen es für den Spottpreis überhaupt geben wird. Und wie ich das mit meiner neuen Diät vereint bekomme.«

»Neue Diät?« Sie trank einen Schluck Limo, während sie ihn fragend ansah.

»Ja, in der letzten *Men's Health* wurde eine neue Diät von einem Ernährungsexperten aus Los Angeles beschrieben«, erklärte er. »Da isst man immer im Wechsel an einem Tag nur Fleisch und an nächsten Tag nur Gemüse oder Salat. Das soll die Muskulatur starken und die Haut straffen.«

»Ach, tatsächlich?«, murmelte Nathalie nur und musste sich ein Grinsen verkneifen. Offenbar waren solche Ernährungstipps und andere Ratschläge immer dann etwas zum Belächeln, wenn eine typische Frauenzeitschrift darüber schrieb. Aber sobald die *Men's Health* den Herren der Schöpfung eine Gesichtsmaske aus Gurke, Avocado oder Tomatenpüree empfahl, dann bestrich man sich tatsächlich das Gesicht damit.

Glenn dabei zuzuhören, wie er einen Ernährungstipp aus seinem Lieblingsmagazin zitierte, der zwei Monate zuvor in identischer Form in *Woman* oder anderen Blättchen erschienen war, hatte etwas unfreiwillig Komisches, und das wollte sie sich nicht nehmen lassen.

»Wie kann man bloß einen Teller so vollpacken?«, wunderte sich Glenn, als sie eine Stunde später aus dem Pub kamen und in Richtung Black Feather gingen, wo er seinen Wagen geparkt hatte. »Dass diese Bratensoße nicht an allen Seiten über den Rand gelaufen ist, wundert mich immer noch.«

»Du kannst dich aber nicht beschweren«, meinte Nathalie, die nur die Hälfte ihrer Portion geschafft hatte. »Für halb so viel hätten wir in jedem Lokal in Liverpool mindestens das Doppelte bezahlt.«

»Schon richtig. Aber nur, weil man hier anders kalkulieren kann, ist das doch kein Grund, einen mit dem Essen förmlich umzubringen«, hielt er dagegen und nahm ihre Hand.

»Glenn, jetzt krieg dich wieder ein«, sagte sie und lachte ausgelassen. »Niemand hat dich gezwungen, alles aufzuessen. Du hättest so viel liegen lassen können, wie du wolltest.«

»Es hat viel zu gut geschmeckt, als dass ich davon etwas hätte liegen lassen wollen!«, hielt er dagegen. »Und zum Dank habe ich das Gefühl, jeden Augenblick platzen zu müssen.«

»Ruf doch mal bei *Men's Health* an«, schlug sie vor und stieß ihn mit der Schulter an. »Die haben vielleicht ein Mittel dagegen.«

»Ach, ich werde einfach die nächsten Tage nur Salat

essen und ein paar Kilometer mehr joggen«, meinte er und winkte gelassen ab.

Wenig später erreichten sie den Parkplatz. Glenn tippte auf eine Taste seiner Fernbedienung, daraufhin öffnete sich die Heckklappe des Range Rover und schwang weit auf. Zwei ältere Männer, die in ihren schmutzigen Arbeitsschuhen, Latzhose und robusten Jeanshemden so wirkten, als wären sie geradewegs vom nächsten Acker hergekommen, um im Café eine Pause zu machen, blieben stehen und verfolgten mit, wie die Klappe des Wagens aufging.

Glenn nickte ihnen zu, sie erwiderten die Geste, sagten aber nichts, während er sich vorbeugte und die beiden kleinen Reisetaschen nach vorn zog. Er machte eine der Taschen auf, gab einen zufriedenen Laut von sich und reichte die Tasche an Nathalie weiter. »Gut, dass wir die geniale Idee hatten, diese Notfalltaschen für uns beide zu packen, falls mal einer von uns unverhofft irgendwo übernachten muss. Oder will, wie in diesem Fall«, fügte er mit einem vielsagenden Blick an.

»Ich weiß, das gefällt dir nicht«, sagte sie. »Aber es geht nicht anders. Du würdest dich nur langweilen, während ich Bestände überprüfe und mir von der Küche auflisten lasse, wie viel wovon für ein einzelnes Gericht verbraucht wird.«

»Hey, als Banker bin ich langweilige Arbeiten gewöhnt. Auch wenn die meinem Arbeitgeber viel Geld und mir eine ordentliche Provision einbringen, es bleiben doch nervige Jobs.«

»Ja, ich weiß, was du meinst«, erwiderte sie mitfühlend. »Aber ich will das hier wirklich ganz in Ruhe erledigen, und du würdest mich nur ablenken.«

»Aber auf eine gute Art.« Er zog sie an sich und sah ihr in die Augen.

Sie nickte und lächelte ihn an. »Das will ich auch nicht abstreiten. Nur geht es ja genau darum. Ich kann keine Ablenkung gebrauchen, erst recht keine gute.«

Glenn seufzte und zog die Mundwinkel nach unten. »Daheim werden bestimmt alle weiblichen Singles ganz unruhig, wenn sie sehen, dass ich allein nach Hause komme.«

»Verriegel einfach die Tür, dann passiert schon nichts.«

Sie machten einen Schritt nach hinten, dann betätigte Glenn wieder die Fernbedienung, die Heckklappe senkte sich langsam und wurde ins Schloss gezogen. Die beiden mutmaßlichen Landwirte standen immer noch daneben und beobachteten das Schauspiel, dann nickten sie sich gegenseitig zu, so als seien sie von dem Ganzen wirklich tief beeindruckt.

»Ach, vor dem Beifahrersitz liegen noch meine bequemen Ballerinas, die kann ich hier gut gebrauchen«, sagte Nathalie. »Gibst du mir die bitte noch.«

»Wird sofort erled… Aaaaah!« Seine Worte endeten in einem entsetzten Aufschrei, als er um den Wagen herum auf die Beifahrerseite ging. »Was ist denn das?!«

Er hörte sich an, als hätte er soeben entdeckt, dass er einen Fußgänger erfasst und mitgeschleift hatte, ohne davon etwas bemerkt zu haben. Nathalie kam zu ihm und sah sich den Wagen an. Die Räder auf der linken Seite hatten irgendwo unterwegs Matsch aufgewirbelt, der an der Fahrertür und am hinteren Kotflügel klebte.

»Was ist das?«, wiederholte Glenn und hockte sich hin.

Einer der Landwirte, ein Mann mit grauem Vollbart und rötlichem Gesicht, kam einen Schritt näher und beugte sich vor. Nach einem prüfenden Blick auf den Wagen sagte er: »Das ist Morast.«

»Ich weiß selbst, was das ist!«, herrschte Glenn ihn an. »Ich will wissen, wo der herkommt und wieso der ausgerechnet an meinem Wagen kleben muss.«

»Wir sind auf dem Land, Glenn«, meinte Nathalie. »Aber … das ist doch nicht so schlimm.«

»Nicht so schlimm? Weißt du, wie schnell durch so was Lackschäden entstehen? Weißt du, was das kostet, diese Schäden zu beheben? Das ist eine Katastrophe!« Er beugte sich vor und betrachtete die Spritzer aus nächster Nähe. »Und das ist zum Teil sogar schon angetrocknet!«

»Geht das nicht mit Ihrer schönen Fernbedienung ab?«, fragte der andere Landwirt, der sich anders als sein Kollege das ironische Grinsen nicht allzu gut verkneifen konnte.

»Finden Sie das witzig?«, knurrte Glenn.

»Nein, das ist überhaupt nicht witzig«, antwortete der Bartlose. »Ich hasse das auch wie die Pest, wenn ich meinen Traktor poliert habe und dann übers matschige Feld fahre. Wie da anschließend alles versaut ist, das ist wirklich übel.«

»Wenn Sie nichts Besseres zu tun haben, als sich über mich lustig zu machen, dann können Sie jetzt gern weitergehen«, fuhr er die beiden älteren Männer an, aber die lachten nur noch ausgelassener.

Nathalie entging Glenns aufgebrachter Blick nicht, daher packte sie ihn am Arm und zog ihn ein Stück weit mit sich, bis sie außer Hörweite der beiden Landwirte waren, die immer noch irgendwelche Bemerkungen nachlegten. »Hör auf damit, Glenn. Du kannst nicht so mit den Leuten umgehen, die hier wohnen und die auch noch auf dem Weg in mein Lokal sind.« Sie stutzte für einen Sekundenbruchteil, weil ihr bewusst wurde, dass sie soeben von »ihrem« Lokal gesprochen hatte. Obwohl sie noch keine Ahnung hatte, wie es wirklich finanziell um das Black Feather bestellt war, verspürte sie eine Nähe zu dem Gebäude und indirekt auch zu ihrer geliebten Tante, die sich einfach nicht leugnen ließ ... und die ihre Entscheidung womöglich durchaus beeinflussen würde. Und sie wusste, sie durfte nicht allein nach den nackten Zahlen gehen, sie musste auch auf ihren Instinkt hören. Glenn war der Unterton ihrer Worte nicht aufgefallen, da er sich noch zu sehr über die »Katastrophe« ereiferte, worüber sie auch froh war. Sonst wäre er mit Sicherheit nicht von der Meinung abzubringen gewesen, dass sie sich längst für das Erbe entschieden hatte. »Ich kann bei den Leuten nicht als ersten Eindruck den hinterlassen, dass mein Freund ein Snob ist, der kein bisschen Dreck an seinen Wagen kommen lassen kann, ohne gleich einen hysterischen Anfall zu bekommen. Das da ist immer noch ein Geländewagen, auch wenn du dafür sechzigtausend Pfund ausgegeben hast ...«

»Einundsiebzigtausend«, warf Glenn fast ein wenig beleidigt darüber ein, dass sie den Kaufpreis seines Wagens nicht auswendig kannte.

»Einundsiebzigtausend?«, wiederholte sie ungläubig. »Okay, dann eben einundsiebzigtausend. Aber es ist ein Geländewagen, und die fahren normalerweise durch Gelände, und anschließend sieht der ganze Wagen auch danach aus. Das sind dann nicht nur drei Spritzer an der Türkante.«

»Nathalie, diese Kerle da machen sich über mich lustig ...«

»Die machen sich über dich aus dem gleichen Grund lustig, aus dem du dich über eine Frau lustig machst, die vor einer kleinen Spinne kreischend wegläuft«, unterbrach sie ihn. »Nämlich deshalb, weil sie dein Verhalten albern finden.«

Glenn wollte irgendetwas erwidern, was ihr sicher

nicht gefallen hätte, aber in dem Moment hellte sich seine Miene auf und er nickte. Fast erschrocken sagte er schließlich: »Du hast recht, Nathalie.« Er legte einen Arm um sie und küsste sie. »Ich wollte dich nicht in Verlegenheit bringen.«

»Ich weiß, Glenn, sonst hätte ich dir jetzt auch eine Szene gemacht, nach der es dir zu peinlich gewesen wäre, auch nur an Earlsraven vorbeizufahren«, gab sie grinsend zurück. »So, und jetzt mach dich auf den Weg. Und sag dir immer wieder: Es ist nur ein Auto und nur ein bisschen Schlamm. Es ist nur ein Auto und nur ein bisschen Schlamm …«

»Ob das hilft, weiß ich nicht.«

»Aber ich weiß, was hilft«, sagte sie. »Du warst auf den Verkehr konzentriert, darum habe ich nichts gesagt, aber etwa eine Viertelstunde, bevor wir hier angekommen sind, habe ich auf der rechten Seite ein Schild gesehen, dass da irgendwo eine Filiale dieser Kette ist, bei der du immer deinen Wagen waschen lässt. Vielleicht hast du ja Glück, und die haben noch geöffnet.«

»Du bist ein Engel!«, rief er, drückte sie an sich, gab ihr noch einen Kuss und lief dann um den Wagen herum. Während er den Motor anließ, machten die beiden Männer ein Schritt zur Seite, als würden sie ein drohendes Unheil vorausahnen, das sie aber unbedingt miterleben wollten.

Die Ahnung der beiden sollte sich bestätigen, denn im nächsten Moment hörte Nathalie Glenn laut fluchen, da er beim zügigen Zurücksetzen die Lenkung nicht weit genug eingeschlagen hatte und er mit der Felge des linken Hinterrads an einem der hohen Bordsteine entlangschrammte, die die Straße vom danebengelegenen Feld trennte. Trotz des hässlichen Kratzens setzte Glenn ein tapferes Lächeln auf und gab Gas. Mit quietschenden

Reifen schoss der besudelte und lädierte Range Rover davon.

»Komischer Kauz«, meinte der bärtige Bauer und drehte sich zu Nathalie um. »Kennen Sie den?«

»Flüchtig«, antwortete sie ausweichend und wunderte sich, dass die beiden nichts von Glenns Kuss mitbekommen hatten.

»Ich bin übrigens Ned Evans«, stellte sich der Bärtige vor. »Und das ist mein Nachbar, Jim Woolley.«

Woolley tippte sich an die Stirn. »Und Sie sind neu hier?«

»Ich bin Nathalie Ames.«

»Die Nichte von Henrietta?«, fragte Evans, und als sie nickte, fügte er prompt an: »Sie übernehmen doch das Black Feather, richtig? Das trifft sich gut, dann können wir direkt mal über die Kilopreise reden. Ich liefere die Schweine, Ned die Hühner. Wir haben …«

»Meine Herren«, ging sie mit sanfter Stimme dazwischen und hob die Hände, um die beiden Männer verstummen zu lassen. »Ich bin praktisch erst seit fünf Minuten hier, und ich habe noch jede Menge Unterlagen zu sichten, bevor ich weiß, ob ich das Erbe antreten werde oder nicht. Wenn das entschieden ist, können Sie mich gern noch einmal auf die Kilopreise ansprechen. Ich kann Ihnen aber vorab schon sagen, dass ich beabsichtige, die Tradition meiner Tante fortzuführen. Ich werde weiterhin Fleisch, Gemüse und vieles mehr hier in der Region kaufen, aber …«, fügte sie nachdrücklich an, »… glauben Sie bitte nicht, dass Sie mich mit irgendwelchen Wunschvorstellungen überrumpeln können, nur weil ich hier neu bin.«

Mit Unschuldsmiene antwortete Evans hastig: »Nein, nein, auf keinen Fall. Es ist nur so, dass Henrietta uns ab dem Herbst mehr zahlen wollte, weil wir seit sieben Jahren keine Preiserhöhung mehr gefordert haben.«

Nathalie nickte und entgegnete beiläufig. »Ich werde mir einfach die Preisentwicklungen der letzten … sagen wir zehn Jahre ansehen, dann kann ich auch etwas dazu sagen.«

»So alte Unterlagen haben Sie noch?«, fragte Woolley fast beiläufig, stieß aber seinen Nachbarn viel zu auffällig mit dem Ellbogen an, als wollte er ihn vor irgendetwas warnen.

»Habe ich gerade sieben Jahre gesagt?«, warf Evans ein und kratzte sich scheinbar verwirrt am Kopf. »Ich meinte drei. Drei Jahre ist die letzte Preiserhöhung jetzt her.«

»Drei Jahre?«, wiederholte Nathalie amüsiert. »Na, dann können wir uns mit unserer Unterhaltung ja noch etwas Zeit lassen, nicht wahr?«

Eifrig nickten beide Männer. »Ja, natürlich. Sie haben im Moment sicher genug Arbeit am Hals, wenn Sie das Black Feather übernehmen wollen.«

»Sogar mehr als genug, das können Sie mir glauben«, bekräftigte sie. Mit einem »Gentlemen« verabschiedete sie sich, nahm die kleine Reisetasche und merkte, dass sie durch das Theater mit Glenns Wagen ganz vergessen hatte, die Schlappen aus dem Fußraum zu nehmen.

Sie kehrte zum Lokal zurück und wollte eben durch die Tür zum Café hineingehen, da kam ihr die schmächtige ältere Frau entgegen, die von dem Monet gesprochen hatte.

Sie nickte Nathalie zu und sagte: »Bis zum nächsten Mal, dann können wir ja etwas ausführlicher reden. Einen schönen Tag wünsche ich Ihnen.«

»Danke, den wünsche ich Ihnen auch«, erwiderte Nathalie und hielt ihr die Tür auf. Dann ging sie an Megan vorbei durch die Schiebetür hinter der Theke in den Versorgungsgang. Als sie an der Küche vorbeikam, nickte sie Louise zu, die ihr zu verstehen gab, dass sie in fünf Minuten bei ihr sein würde.

Nathalie brachte ihre Tasche ins Büro und setzte sich an den Schreibtisch. In der obersten Schublade fand sie einen umfangreichen Schlüsselbund, ein Anhänger war mit »Privat« beschriftet. »Genau das, was ich gesucht habe«, murmelte sie.

Um nicht die Ordnung durcheinanderzubringen, für die nach eigener Aussage Louise verantwortlich war, nahm sie sich zunächst noch einmal die Unterlagen aus dem Umschlag vor, die ihre Tante für sie zusammengestellt hatte. Sie sah sich die Umsatzzahlen der letzten Monate und die Vergleichswerte früherer Zeiträume an, machte ein paar Notizen und hob den Kopf, als am Türrahmen angeklopft wurde. Louise stand da und sah sie abwartend an.

»Louise, ich werde mich für ein paar Tage hier einquartieren, um mich mit allen wichtigen Unterlagen vertraut zu machen, bevor ich entscheide, ob ich das Erbe annehme oder nicht«, begann Nathalie. »Ich werde im Gästezimmer in der Wohnung meiner Tante schlafen, ansonsten werde ich die meiste Zeit hier im Büro verbringen.«

»Okay, dann hoffe ich, dass Sie sich *für* das Black Feather entscheiden werden«, sagte Louise und lehnte sich gegen den Türrahmen. »Ich habe nämlich kein gutes Gefühl, was diese Geier angeht, die seit Tagen über dem Haus kreisen.«

»Geier?«

Die Köchin grinste schief. »Von Koch zu Koch wird ja schon mal hinter vorgehaltener Hand getuschelt, schließlich will man ja wissen, wie andere Chefs so sind.

Dadurch weiß ich, dass einige Gastronomen nicht nur aus der näheren Umgebung in Lauerstellung gegangen sind, um sich das Black Feather unter den Nagel zu reißen.«

»Na ja, dann wäre der Fortbestand ja zumindest gesichert, und niemand müsste sich Gedanken um seinen Arbeitsplatz machen«, meinte Nathalie erleichtert. Sie würde die Vorstellung nicht ertragen, wenn all diese Leute ihre Stelle verlieren würden, sollte sie sich gegen das Erbe entscheiden.

»Da muss ich Sie enttäuschen, Miss Ames«, redete Louise betreten weiter. »Es geht nicht um das Black Feather in seiner jetzigen Form. Das Gebäude soll zwar erhalten bleiben, aber ich habe die Pläne gesehen, und die Gemeinde wird die Neuerungen mit Begeisterung durchwinken, weil damit viel Geld verbunden ist. Wenn Sie verkaufen, wird das alles hier in ein Nobelrestaurant umgebaut, der Wald da drüben wird komplett abgeholzt, und den Bauern will man das Land abkaufen, um einen Golfplatz anzulegen. Es wird kein Café mehr geben, unsere einfachen Fremdenzimmer fallen weg, dafür entsteht nebenan ein Luxushotel. Für die Leute aus Earlsraven wird das Black Feather unbezahlbar teuer werden, und keiner von uns kann sich Hoffnung auf eine Anstellung machen. Na ja, vielleicht würde man mich noch den Salat schneiden lassen.«

»Wieso würde niemand von Ihnen übernommen werden?«, wunderte sich Nathalie.

»Weil keiner von uns die Qualifikationen vorweisen kann, die von solchen Hotels verlangt werden. Keiner hier hat eine reguläre Ausbildung gemacht; hier gibt es niemanden, der eine Hotelfachschule besucht hat. Ich habe auch nichts vorzuweisen, ich habe mir alles mit der Zeit angeeignet.«

»Aber es existieren doch Besprechungen, in denen das Black Feather neun von zehn Punkten bekommen hat«, hielt Nathalie dagegen. »Und das waren keine regionalen Zeitungen, sondern Magazine, die man überall im Land kaufen kann.«

Louise nickte amüsiert. »Die Besprechungen kenne ich, Miss Ames. Was Sie hier zu essen bekommen, das kann qualitativ auch mit diesen Sterneköchen mithalten. Aber die Kritiker, die uns so gelobt haben, sind nicht auf die Idee gekommen, nach meinem Lebenslauf und meinen Auszeichnungen zu fragen. Wenn die gewusst hätten, dass ich mir das alles selbst beigebracht habe, aber nie auf einer französischen Kochschule war, wären von den neun Sternen bestenfalls vier übrig geblieben, und statt die ›genial simplen Gerichte‹ zu loben, wären wir mit dem Vermerk ›gute Hausmannskost‹ noch glimpflich davongekommen.« Sie hob kapitulierend die Hände. »Sie können mir glauben und sich auch jede Personalakte ansehen. Jeder von uns hat hier als Aushilfe angefangen und ist in seinen Job hineingewachsen. Das zählt aber bei den Leuten nicht, die das Black Feather lieber heute als morgen schlucken möchten.«

Nathalie lehnte sich nachdenklich zurück. »Gut, dass Sie mir das sagen. Sollte ich mich entschließen, das Lokal zu verpachten, dann werde ich entsprechend den Anweisungen meiner Tante sicherstellen, dass niemand von Ihnen gehen muss.«

»Das hat sie tatsächlich gemacht?« Louise sah Nathalie mit feuchten Augen an.

»Ja. Wussten Sie das nicht?«

»Sie hat mal gesagt, dass sie dafür sorgen wolle, aber ich war mir nicht sicher, ob sie später noch daran gedacht hat.«

Nathalie nickte. »Ich darf nur Kündigungen aussprechen, wenn jemand ein Fehlverhalten an den Tag legt. Ach, sagen Sie, als ich eben zurückkam, da ist mir diese ältere Dame wieder über den Weg gelaufen, die im Café gesessen hat, als wir auf Sie gewartet haben …«

»Miss Beresford meinen Sie?«

»Keine Ahnung«, sagte Nathalie achselzuckend. »Sie erzählte uns etwas Eigenartiges über ihren Monet, der aber kein Monet ist oder so …«

»Ja, das war Cecily Beresford.« Louise verdrehte die Augen. »Oh weh, ausgerechnet ihr müssen Sie als Erstes begegnen. Cecily hat uns alle schon etliche Male verrückt gemacht, weil angeblich eines ihrer Kunstwerke plötzlich durch eine Fälschung ersetzt worden sein soll.«

»Und das stimmte nicht?«

»Cecily besitzt keine echten Kunstwerke, müssen Sie wissen. Sie hat nicht die Millionen auf dem Konto, die man braucht, um einen Picasso oder einen van Gogh oder aktuell einen Monet an die Wand zu hängen. Das sind alles Arbeiten von Hobbymalern, die die großen Meister kopieren. Die meisten sind wirklich gut, aber es sind keine professionellen Fälschungen, sondern Bilder, für die man ein- oder vielleicht auch mal zweihundert Pfund hinlegt, weil sie ganz gut gelungen sind. Jetzt sagen Sie mir, wer von einem nachgemalten Bild eine Fälschung anfertigt, um die Bilder auszutauschen. So jemand müsste doch eigentlich ziemlich dumm sein, oder nicht?«

»Oder sehr raffiniert«, gab Nathalie zu bedenken. »Hat Miss Beresford wirklich kein Vermögen? Ich meine, jemand könnte das doch machen, damit andere sie für verwirrt halten und man sie irgendwann entmündigen kann. Dann würde derjenige an ihr Geld herankommen. Oder an Wertgegenstände.«

»Sie kauft ja nicht mal diese Bilder selbst, sondern bekommt sie von ihrem Enkel geschenkt«, sagte die Köchin. »Cecily ist nicht arm, aber sie besitzt auch kein Vermögen.«

»Das wissen Sie ganz sicher?« Louise nickte. »Woher? Von ihr?«

»Vor ein paar Monaten war unser zuständiger Briefträger krank, und eine Vertretung übernahm für zwei Wochen. Diese zwei Wochen wären für Sie perfekt gewesen, weil Sie jeden Tag vier oder fünf neue Leute kennengelernt hätten, bei denen Ihre Post gelandet war – oder deren Post bei Ihnen. Das waren zwei chaotische Wochen. An einem von diesen Tagen bekam ich Post vom Finanzamt, und weil ich auf einen Bescheid von denen wartete, habe ich den Umschlag sofort aufgerissen. Erst beim Blick auf die Zahlen wurde mir klar, dass da was nicht stimmt. Und dann habe ich gesehen, dass ich den Bescheid von Cecily Beresford in der Hand hielt.« Sie zuckte mit den Schultern. »Daraufhin habe ich mir das Ganze natürlich etwas gründlicher angeguckt – ich meine, wer würde das nicht machen? Zu den Unterlagen gehörte auch eine Übersicht über die Zinsen von allen Sparbüchern, die Cecily besitzt. Und das ist wirklich nicht der Rede wert.«

»Dann ist die Frau also tatsächlich … na ja, verwirrt?«, fragte Nathalie.

»Ehrlich gesagt, ich habe keine Ahnung, was das Ganze soll«, gestand die Köchin. »Ich weiß nicht, ob sie das wirklich so meint oder ob das nur ein Versuch ist, mit anderen Leuten ins Gespräch zu kommen. Anfangs hat Henrietta noch versucht, der Sache auf den Grund zu gehen, aber sogar sie hat es irgendwann aufgegeben.«

Nathalie fiel noch etwas ein, was die Frau gesagt hatte. »Diese Cecily … sie erwähnte auch noch, dass sie keine Ahnung habe, ob der Unfall meiner Tante mehr als nur ein Unfall war. Was könnte das bedeuten?«

»Es war ein Unfall«, erklärte Louise prompt. »Ich habe ein paar Telefonate geführt, und von allen wurde der Unfall bestätigt.«

»Telefonate? Mit wem?«

Die Köchin lächelte geheimnisvoll. »Ich habe meine Kontakte, auf die ich jederzeit zugreifen kann.«

»Und was sind das für Leute? Ein Chefkoch-Geheimbund oder so was?«

»Mehr ›oder so was‹.«

Statt Erklärungen zu liefern, machte Louise die Lage mit jedem Wort nur noch undurchschaubarer. Nathalie beschloss, das alles erst einmal auf sich beruhen zu lassen. Sie konnte sich auf diese Äußerungen keinen Reim machen, aber die Köchin schien zumindest in diesem Augenblick nicht mehr sagen zu wollen. Das war allerdings auch nicht das, was Nathalie so irritierte.

Sie störte sich vielmehr an der Tatsache, dass Louise Cartham es für nötig gehalten hatte, mit irgendwelchen Leuten Kontakt aufzunehmen, um herauszufinden, ob der Tod ihrer Tante wirklich auf einen Unfall zurückzuführen war.

Das bedeutete doch, dass der »Unfall« auch Absicht gewesen sein könnte. Aber wenn das der Fall war, welches Motiv könnte hinter der Tat stecken? Und wer hatte ein Interesse daran gehabt, Henrietta nach dem Leben zu trachten?

War an diesen Überlegungen überhaupt etwas dran, oder war sie bloß in ein Dorf voller Paranoider geraten, von denen sich einer schlimmer als der andere herausstellte?

Viertes Kapitel, in dem Nathalie mit ihren Gefühlen kämpft und neue Leute kennenlernt

Gegen kurz vor elf klopfte es an der Tür zum Büro. Nathalie hatte sie nach einer Weile zugemacht, weil zum Abend hin mehr und mehr Besucher in den Pub gekommen waren und das Stimmengewirr bis zu ihr vorgedrungen war. Dadurch war es ihr nicht möglich, sich auf die Unterlagen zu konzentrieren. Zwischendurch hatte ihr Louise etwas zu essen gebracht, sie ansonsten aber in Ruhe gelassen. Vermutlich war das jetzt auch wieder Louise, da sie mit dem übrigen Personal noch nicht zusammengetroffen war und es ihr unwahrscheinlich vorkam, dass einer von den anderen sie stören würde.

»Ja?«

»Nathalie, kann ich kurz stören?«, hörte sie die Stimme der Köchin, mit der sie beim Servieren des Essens verabredet hatte, zum Vornamen zu wechseln, weil ihr »Miss Ames« für diese gemütliche Umgebung einfach zu förmlich erschien.

»Was gibt es?«, fragte sie.

»Ich wollte Sie nur wissen lassen, dass die Küche ab jetzt geschlossen ist«, sagte Louise, fügte dann aber hastig an: »Das heißt, sie ist für die Gäste im Pub geschlossen. Wenn Sie noch irgendetwas möchten, ist das natürlich kein Problem. Ich kann Ihnen gern noch etwas zubereiten, ich habe noch nicht alle Geräte abgestellt.«

»Das können Sie ruhig machen, Louise«, versicherte Nathalie ihr. »Dieses Stück Braten mit Püree war so sättigend, ich könnte jetzt nicht noch etwas essen. Sonst ist mein Magen so voll, dass ich kein Auge zukriege. Obwohl …« Sie brach ab und sah betreten auf den Tisch.

»Sie können auch oben ein Zimmer nehmen, Nathalie«, schlug Louise vor, »wenn Ihnen die Wohnung Ihrer Tante zu nahe geht.«

Sie winkte ab. »Nein, das geht schon. Ich schlafe ja im Gästezimmer, das ist dann wie früher, wenn ich bei ihr zu Besuch war.« Sie zuckte flüchtig mit den Schultern und fragte: »Muss ich irgendwas für heute Nacht wissen, wenn einer der Gäste etwas will oder wenn jemand für ein Zimmer anfragt?«

»Nein, darum kümmert sich heute Nacht Cathy … Cathy Morrow«, erklärte die Köchin. »Den Nachtdienst für die Pension übernimmt immer die Bedienung, die die Schicht ab acht Uhr abends hat.«

»Und die Sperrstunde?«

»Ihre Tante gehörte zu den wenigen Pub-Betreibern, die eine Ausnahmegenehmigung für eine ganztägige Öffnung beantragt hatte. Sie fand, so was sollte man für alle Fälle zur Hand haben. Sie meinte, es könnte ja mal eine japanische Reisegruppe nachts um drei anklopfen, die sich mit ihrem Bus hoffnungslos verfahren hatte und die noch was essen und trinken wollte. Abgesehen von solchen Fällen, von denen bis heute kein einziger eingetreten ist, schließen wir den Pub in der Woche normalerweise spätestens um Mitternacht, manchmal auch früher, wenn Eddie Hogarth nach Hause geht.«

»Eddie Hogarth? Ist das der Kellner, den ich in der Küche gesehen habe, als ich den Teller zurückgebracht habe?«

Nathalie merkte einmal mehr, dass sie sich sehr konzentrieren musste, wenn sie zum ersten Mal ein neues Gesicht sah und bei der Gelegenheit auch noch den Namen genannt bekam. Wenn dann noch ein dritter Faktor ins Spiel kam, ging es oft so aus, dass sie eine von diesen Sachen vergaß. Hätte sie früher schon mit dem Personal zu tun gehabt, wenn sie bei ihrer Tante war, würde es ihr jetzt sicher viel leichter fallen, alle Name und Gesichter unter einen Hut zu bringen.

Darum hatte sie sich aber nie gekümmert, weil sie keine Notwendigkeit darin gesehen hatte, sich jemanden einzuprägen, dem sie später nie wieder begegnen würde. Jetzt erwies sich das als Fehler, der vielleicht ein bisschen abgeschwächt worden wäre, wenn sie alle diese Leute bei Tante Henriettas Beerdigung gesehen hätte. Aber da sich ihre Tante trotz aller Liebe zu Earlsraven für eine Beisetzung im Familiengrab in Manchester entschieden hatte, war es zu einer solchen Begegnung nicht gekommen.

»Das war Pete«, antwortete Louise. »Pete Selway.« Sie schüttelte den Kopf. »Eddie Hogarth ist ein Stammgast, oder besser gesagt: Er ist der Traumstammgast in jedem Pub.«

»Wieso das?«

»Weil es einem so vorkommt, als wäre der Mann einfach immer da. Er scheint niemanden sonst zu haben, jedenfalls nicht hier in Earlsraven. Wenn er mal einen Tag lang nicht da ist, fühlen sich alle versucht, ihn anzurufen und zu fragen, ob alles in Ordnung ist.«

»Ist er Rentner, dass er so viel Zeit hier verbringen kann?«, wollte Nathalie wissen.

»Er malt«, sagte Louise. »Bilder meine ich, er ist kein Anstreicher. Davon scheint er genug zu verkaufen, wenn er so viel Geld hier im Pub lassen kann.«

Nathalie schaute nachdenklich drein. »Ich nehme an, er ist jetzt weg.«

»Vor fünf Minuten gegangen. Und wenn Eddie sich auf den Heimweg macht, kommt auch niemand mehr.« Nach einer kurzen Pause fügte sie hinzu: »Außer, einer der Pensionsgäste möchte noch etwas trinken. Für den Fall haben wir ja dann die Ausnahmegenehmigung.«

»Ja, das ergibt einen Sinn. Aber diesen Eddie möchte ich gern mal kennenlernen.«

»Das können Sie morgen nachholen. Oder übermorgen. Oder überübermorgen. Oder … na, Sie wissen, was ich meine.«

»Schon klar«, gab sie lächelnd zurück. »Dann wünsche ich Ihnen eine gute Nacht, und danke für das Essen und Ihren unermüdlichen Einsatz.«

»Den zeige ich gern, wenn ich weiß, dass er wahrgenommen und gewürdigt wird, Nathalie.« Sie wollte sich zum Gehen wenden, blieb dann aber doch stehen und fügte an: »Ich … ähm … ich nehme an, es ist noch zu früh, Sie zu fragen, ob Sie bereits …«

»Ich weiß es noch nicht, Louise«, unterbrach Nathalie sie in ruhigem Tonfall und hielt kurz inne. »Aber ich kann Ihnen eines versichern: Sobald meine Entscheidung steht, werde ich Sie alle umgehend informieren. Da wird es keine Hängepartie geben, und ich werde auch keine falschen Absichtserklärungen verbreiten, nur um für gute Stimmung zu sorgen, obwohl längst feststeht, dass ich das alles hier schnellstmöglich an eine Hotelkette verkaufen werde.« Wieder machte sie eine kurze Pause und fand, dass der letzte Satz nicht so geschickt gewählt war wie beabsichtigt. »Zumindest kann ich Ihnen aber sagen, dass ich bislang keine Unterlagen entdeckt habe, die mich in eine solche Richtung tendieren lassen.«

Louise nickte zufrieden. »Das hört sich doch gut an. Da kann ich heute doch schon etwas beruhigter schlafen als in den letzten Nächten. Okay, dann machen Sie nicht mehr so lange, ich gehe jetzt nach Hause. Falls Sie irgendetwas brauchen oder dringend wissen müssen, können Sie sich an Cathy wenden.«

»Danke, aber ich werde versuchen, ihren Schlaf nicht zu stören.« Sie nickte Louise zu.

»Ich gehe dann noch die Katzen füttern.«

Nathalie sah auf. »Die Katzen? Meine Tante war doch allergisch gegen Stubentiger, wenn ich mich nicht irre.«

Louise winkte beruhigend. »Nein, nein, sie hat Ihnen kein Rudel Haustiere hinterlassen, aber am Abend hat sie für die Streuner aus der Umgebung immer ein paar Essensreste in Näpfe gefüllt und die hinter dem Haus aufgestellt.«

»Was denn für Essensreste?«

»Ach, das ist mal ein Eckchen von einer Kalbspastete oder Nudeln, die ein Gast auf dem Teller gelassen hat«, sagte sie. »Nichts, was zusätzliche Kosten verursachen würden.«

»Oh, das meinte ich nicht«, gab Nathalie hastig zurück. »Ich wollte nur sichergehen, dass die Tiere nichts bekommen, was zu scharf gewürzt ist. In der Natur finden sie auch kein Huhn in extrascharfer Currysoße.« Sie dachte gut nach. »Wenn es nicht zu viel Arbeit macht, wäre es gut, wenn das Fleisch erst noch abgewaschen wird, bevor es in die Näpfe kommt.«

Louise stand einen Moment lang da und sah Nathalie nur verdutzt an.

»Habe ich irgendetwas Falsches gesagt?«, fragte Nathalie zögerlich.

Die Köchin schüttelte den Kopf. »Sie hätten gar nichts Richtigeres sagen können, Nathalie. Ich wusste ja nicht, wie Sie dazu stehen, und ich war schon in Sorge, dass die armen Tiere ab jetzt am Abend Hunger leiden müssen.«

»Auf keinen Fall«, versprach Nathalie und zwinkerte Louise zu. »Würden Sie den vierbeinigen Herrschaften auf Kosten des Hauses noch ein Steak klein schneiden und es dazugeben?«

»Mit Vergnügen«, sagte Louise, die noch erleichterter wirkte als vor wenigen Augenblicken. »Wir sehen uns morgen«, fügte die Köchin noch an und ging.

Nachdem sie die Haustür hinter sich zugezogen hatte, kehrte Ruhe ein.

Nathalie widmete sich wieder den Unterlagen und nahm sich als Nächstes die Lieferantenverträge vor, die erschreckend spärlich ausfielen. Nach den Notizen zu urteilen, die von ihrer Tante stammen mussten, waren die meisten Dinge mündlich vereinbart worden, was sie mit einem kurzen Vermerk auf dem Zettel festgehalten hatte, der in dem Moment als Erstes griffbereit gewesen war. Das war mal die Titelseite einer Illustrierten, mal die Rückseite einer Visitenkarte gewesen, was sie dann zum Teil sehr kreativ gelocht und in einen Ordner gepackt hatte. Nathalie musste erst einmal aus den Abkürzungen schlau werden, ehe sie wusste, von wem was geliefert wurde und bei wem sie welchen Rabatt in Anspruch nehmen konnte.

Auf jeden Fall würde sie diese Vorgänge alle in einer Datei erfassen müssen, die Vereinbarungen ausdrucken und von den Lieferanten gegenzeichnen lassen, damit das Ganze auch wirklich rechtlich abgesichert war. Sie wusste, ihre Tante war in manchen Dingen etwas unkonventionell gewesen, aber wenn Nathalie das Erbe annehmen sollte, musste sie nicht auch diese Eigenart übernehmen.

Sie lehnte sich zurück und sah aus dem Fenster, von dem aus sie über die Terrasse hinweg freie Sicht auf das Dorf hatte. Da Vollmond war, wirkte Earlsraven wie in einen fahlen Lichtschein getaucht. Nirgends war noch ein Fenster erleuchtet, nur eine Handvoll Straßenlampen brannten. Nathalie konnte den Verlauf der Straße nachvollziehen, die sich durch Earlsraven schlängelte und weiterführte nach Crow's Nest. Diese Ansicht hatte etwas Idyllisches, das ihr in der Stadt fehlte, wie ihr jetzt zum ersten Mal bewusst wurde.

In Liverpool hatte sie von ihrem Büro aus auch eine schöne Aussicht auf eine wundervolle Grünanlage, aber da dienten die ringsum angelegten Hügel nur dem Zweck, die Illusion einer Landschaft zu erzeugen, obwohl in Wahrheit die hintere Hälfte dieser Hügel gar nicht existierte. An deren Stelle befand sich eine Durchgangsstraße, von deren Anblick und Geräuschkulisse man dank dieses architektonischen Kniffs zwar verschont blieb, dennoch war es ein großer Unterschied, ob man nur meinte oder tatsächlich wusste, dass dieses wundervolle Grün mit seinen flachen Hügeln noch ewig so weiterging.

Nach einer Weile sah sie wieder auf die Uhr und stellte fest, dass es Viertel vor zwei war. Eigentlich sollte sie allmählich ins Bett gehen, denn auch wenn noch so viele Unterlagen auf sie warteten, würde sie keine Ewigkeit benötigen, alles zu sichten. Also konnte sie sich auch schlafen legen. Allerdings … musste sie dafür die Wohnung ihrer Tante betreten.

Genau das hatte sie bislang vermieden, auch wenn es keinen vernünftigen Grund dafür gab. Sie glaubte nicht an Geister, von daher wusste sie, dass es dort nicht spuken würde. Dennoch würde Henrietta in der Wohnung so allgegenwärtig sein, als wäre sie tatsächlich noch immer da. Insgeheim befürchtete Nathalie, dass die Fantasie mit ihr durchgehen und sie tatsächlich ihre Tante irgendwo sitzen sehen würde. Sollte das geschehen, würde sie garantiert schreiend rausrennen und bei der Gelegenheit Cathy und alle Gäste aus dem Schlaf reißen. Und wenn sie Pech hatte, würde auch noch halb Earlsraven davon aufwachen. Dabei hatte Nathalie kein Interesse daran, sich zum Gespött der Leute zu machen, noch bevor sie überhaupt hier Fuß gefasst hatte.

Eine Zeit lang überlegte sie, Cathy zu wecken, damit die ihr den Schlüssel zu einem der Zimmer der Pension gab. Letztlich siegte aber die Vernunft, und sie nahm die Tasche und den Schlüsselbund und verließ das Büro. Nachdem sie die Tür abgeschlossen hatte, folgte sie dem Versorgungsgang zwischen den verschiedenen Bereichen des Gebäudes und stand schließlich vor der Tür, an der ein großes »Privat«-Schild befestigt war.

Sie schloss auf und wurde prompt von einem solchen Schwall an Erinnerungen bestürmt, dass ihr der Atem stockte und ihr Tränen in die Augen stiegen.

»Reiß dich zusammen«, ermahnte sie sich laut und griff reflexartig nach dem Lichtschalter. Sie musste schlucken, als ihr klar wurde, dass alles noch so aussah wie früher … und dass es so wirkte, als würde die Wohnung nur auf Henriettas Rückkehr warten.

Es gab keine Diele, stattdessen stand man direkt im Wohnzimmer, von dem aus alle anderen Zimmer abgingen. Die Tür ganz rechts führte ins Bad, gegenüber der Eingangstür stand eine blassgrüne Polstergarnitur, die um 1950 vermutlich der neuesten Mode entsprochen hatte (und es momentan wieder tat). Das Sofa stand an der hinteren Wand, die von gerahmten Familienfotos in allen Größen übersät war, davor thronten ein runder Tisch und zwei Sessel, über deren Rückenlehnen cremefarbene Spitzendeckchen lagen. Die rechte Wand wurde von einem Schrank in dunklem Holz beherrscht, der den ohnehin nicht allzu großen Raum noch kleiner wirken ließ. Das alles hatte aber nichts Beengendes oder Erdrückendes an sich, sondern unterstrich die Gemütlichkeit.

Die Deckenlampe mit den drei hellbeigen Glaskugeln passte in ihrer Art zum Rest der Einrichtung und sorgte für ein angenehmes Licht – nicht zu hell, aber auch nicht zu düster, sodass man beim Lesen Probleme bekommen hätte.

Auf dem Tisch lag ein Stapel Illustrierte, vermutlich die übliche Auswahl an Klatschblättern, die ihre Tante stets mit großer Begeisterung gelesen hatte. Daneben die Fernbedienung für den Fernseher, der aus einer Zeit stammte, als man mit acht Programmtasten noch mehr als gut bedient gewesen war.

Das alles war schon so eingerichtet gewesen, als ihre Tante vor vielen Jahren das Black Feather übernommen hatte. »Das ist zwar alt, aber gut erhalten und robuster als alles, was man heute kaufen kann, ohne gleich ein Vermögen auszugeben«, hatte Henrietta mehr als einmal erklärt, wenn irgendwer vorgeschlagen hatte, sie solle sich doch mal etwas Neues, etwas Modernes zulegen.

Vor der großen Fensterfront zur Linken stand das Sideboard, darauf ein paar der zahlreichen Hummel-Figuren, die ihre Tante über Jahre hinweg gesammelt hatte. Diese Sammlung war schon seit Langem so umfangreich, dass davon immer nur eine Auswahl »Luft schnappen« durfte, wie Henrietta es ausgedrückt hatte, während der Rest sicher verpackt im Sideboard verstaut war.

Nathalie kämpfte immer noch mit den Tränen, weil wirklich alles danach aussah, als hätte ihre Tante nur kurz das Zimmer verlassen, um gleich wieder da zu sein und den Fernseher einzuschalten, damit sie die Nachrichten sehen konnte. Das würde bloß nicht geschehen.

Nathalie musste schlucken und schüttelte den Kopf, weil sie nicht über die Sinnlosigkeit und Ungerechtigkeit dieses Todes nachdenken wollte. Stattdessen durchquerte sie das Wohnzimmer und ging durch die rechte hintere Tür ins Gästezimmer, das unverändert schlicht eingerichtet war: ein einfaches, aber bequemes Bett, ein schmuckloser, zweckmäßiger Schrank, dazu ein Schreibtisch mit Stuhl davor. Alles war in hellem Holz gehalten, was angesichts dieses wirklich klein geratenen Zimmers auch angebracht war. Aber auch wenn der Platz kaum reichte, um sich umzudrehen, würde Nathalie hier schlafen, solange sie damit beschäftigt war, sich ein Bild von der finanziellen Lage des Black Feather zu machen. Sollte sie beschließen, das Lokal zu übernehmen, würde sie eines auf jeden Fall machen: die Wohnung komplett neu einrichten. Das war keine Respektlosigkeit gegenüber ihrer Tante, aber sie wusste, sie käme sich sonst wie in einem Museum vor. Natürlich würde sie die persönlichen Dinge ihrer Tante behalten, aber alle Möbel, die schon bei Henriettas Einzug hier gestanden hatten, würden auf jeden Fall weichen müssen. Bestimmt fand sich jemand, der damit noch etwas anfangen konnte. Und dann würde sie …

»Hey, langsam!«, ermahnte sie sich lautstark. Noch wusste sie nicht mal, ob sie diesen Laden überhaupt haben wollte. Da brauchte sie sich keine Gedanken darüber zu machen, wie sie sich einrichten wollte. Außerdem hatte sie ja noch eine Wohnung in Liverpool, in der genug Möbel standen, die nicht auf dem Sperrmüll landen wollten.

Sie packte ihre Tasche aus und ging in das angeschlossene, noch viel winzigere Gästebad, um sich zu waschen. Nachdem sie fertig war, machte sie überall das Licht aus, legte sich ins Bett und fiel in einen tiefen und erstaunlich traumlosen Schlaf.

»Und? Wie sieht es aus?«, fragte Glenn, als er am Sonntag kurz nach Mittag anrief. »Hast du dich schon entschieden?«

»Glenn, ich bin erst seit gestern hier«, antwortete Nathalie und hatte das Gefühl, unterschwellig ungehalten zu klingen, obwohl sie das nicht wollte. Aber auch, wenn ihr nicht alle fünf Minuten irgendjemand genau diese Frage stellte, kam es ihr dennoch so vor, als würden die Leute um sie herum an nichts anderes denken können. »Ich mache gute Fortschritte, aber du musst mich noch nicht abholen. Ich werde morgen früh im Büro anrufen und mit Norman reden, wie lange er mich entbehren kann.«

»Das heißt, ich hole dich heute nicht ab?«

»Heute nicht, morgen nicht, und alles Weitere müssen wir dann sehen, wenn ich weiß, wie Norman mitspielt – oder auch nicht.«

»Das ist gut … Ich meine, dass du morgen noch nicht zurückkommen willst«, sagte Glenn. »Auf dem Weg ins

Büro gebe ich morgen früh den Wagen in der Werkstatt ab, damit die eine neue Felge montieren. Es kann sein, dass die erst noch irgendwo abgeholt werden muss, denn die wissen ja noch nichts von ihrem Glück. Ich will den Wagen auch erst ab Nachmittag abholen, damit sie genug Zeit zum Polieren haben. Darum könnte ich gar nicht nach Earlsraven kommen.«

»Du Glückspilz«, erwiderte sie in einem unüberhörbar ironischen Unterton, doch davon bekam er nichts mit, und falls doch, musste es ihm völlig egal sein, von ihr auf den Arm genommen zu werden. Hauptsache, die schwer beschädigte Felge wurde ausgetauscht, bevor jemand die lebensbedrohliche Schramme zu Gesicht bekam.

»Und wann sehe ich dich?«, wollte er wissen, was sich dann wieder so verliebt anhörte, als sei ihm doch nicht nur das Wohl seines Autos wichtig – auch wenn das erst einmal so rübergekommen war. Er fehlte ihr ja auch, nur konnte er es manchmal mit der Sorge um sein Auto übertreiben, und was seine ausgeprägte Abneigung gegen das Leben auf dem Land anging, wusste sie nicht, was sie dagegen tun konnte. Sollte sie sich für das Black Feather entscheiden und er keine Bereitschaft zu irgendeiner Art von Kompromiss zeigen, dann würde sie vor eine schwierige Wahl gestellt werden …

»Wenn ich hier fertig bin«, antwortete sie. Alles andere konnten sie immer noch bereden, wenn sie wusste, zu welchem Entschluss sie gelangt war. »Wir telefonieren bestimmt noch ein paar Mal, bis es so weit ist.«

Sie hatte sich gerade von ihm verabschiedet und das Smartphone zur Seite gelegt, da tauchte Louise in der offenen Tür zum Büro auf.

»Kann ich Ihnen etwas zu essen bringen?«

Nathalie schüttelte den Kopf. »Nein, danke.«

»Was? Wir haben ein Uhr durch. Von Megan weiß ich, dass Sie bei ihr heute Morgen um neun ein Croissant ohne alles geholt haben, und seitdem haben Sie nichts mehr gegessen. Das geht aber so nicht! Sie werden mir noch ohnmächtig!«

Nathalie grinste sie an. »Keine Panik, das passiert nicht. Es sei denn, Sie brauchen für eine Portion Bratwurst mit Kartoffeln drei oder vier Stunden.«

Louise atmete erleichtert auf. »Also kann ich Ihnen was bringen. Gut.«

»Nein.«

»Was?«, rief die Köchin verständnislos. »Sie wollten doch gerade eben eine Portion Bratwurst mit Kartoffeln haben.«

»Will ich auch«, versicherte Nathalie ihr. »Aber nicht hier. Ich will mich in den Pub setzen.«

Nathalie stand auf und ging auf die Köchin zu. »Ich hoffe, es gibt jetzt überhaupt noch einen freien Tisch. Es ist schließlich Mittagszeit.«

»Nach den Bestellungen zu urteilen, die in der Küche ankommen, dürfte es ziemlich voll sein. Der Parkplatz vor dem Pub ist auch fast komplett belegt.«

»Egal, ich versuche mein Glück«, entschied Nathalie. »Wenn überhaupt nichts möglich ist, können Sie mir das Essen immer noch an den Schreibtisch bringen.«

»Ich stelle es schon mal zusammen«, sagte Louise. »Dann kann Pete Ihnen das sofort bringen, sobald Sie einen Platz haben.«

»Nein, tun Sie das nicht«, widersprach sie sofort. »Ich will den ganz normalen Ablauf von der Bestellung bis hin zum Servieren beobachten.«

Louise zog irritiert eine Augenbraue hoch, woraufhin Nathalie lachen musste. »Keine Angst, ich werde nicht mit der Stoppuhr dasitzen und aufpassen, wer wo wie lange braucht. Ich habe bei uns im Büro eine Zeit lang zum Organisationskomitee gehört, das die Aufgabe hatte, sich die Arbeitsabläufe der Kollegen anzusehen, um Fehlentwicklungen zu erkennen und abzustellen. Wenn zum Beispiel im Kopierraum drei Kopierer stehen, weil das immer schon so war, und die Mitarbeiter aus dem Nebengebäude für jede Kopie quer über den Hof rennen müssen … und niemand auf die Idee kommt, einen der drei Kopierer aus dem Kopierraum ins Nebengebäude zu stellen. Wollte ich die Mitarbeiter gängeln, würde ich sagen, dass sie erst zum Kopierer gehen dürfen, wenn sie mindestens fünf Vorgänge kopieren müssen. Darum geht es nicht, sondern darum, ihnen Lauferei bei Wind und Wetter zu ersparen, wenn sie das wollen. Wer nach wie vor in den Kopierraum gehen will, weil er da mit Kollegen zusammentrifft, der kann das auch machen.«

»Okay, ich will Ihnen mal glauben«, meinte Louise und zwinkerte ihr zu, dann ging sie in die Küche.

Nathalie schloss das Büro ab und folgte dem Versorgungsgang bis zu einer Tür, durch die sie in den Bereich hinter der Theke gelangte. Ein älterer Mann schenkte gerade ein Bier ein, wurde aber durch Nathalies Auftauchen so abgelenkt, dass das Glas überlief und er den Hahn offen ließ. Während das Bier über seine Hand lief, fragte er schroff: »Was haben Sie denn hier zu suchen?«

»Mein Name ist Nathalie Ames«, antwortete sie und deutete mit einem Nicken auf den Zapfhahn. »Ich glaube, das Glas ist jetzt voll.«

»Ames?«, wiederholte er. »Oh, tut mir leid, das … das wusste ich nicht, ich … oh verdammt, das Bier!«, rief er, als sein Blick auf das Glas fiel. »Miss Ames … ich wusste nicht … ich hatte keine Ahnung, dass Sie …«, stammelte er.

»Sie müssen Harold Dean sein«, entgegnete sie und lächelte ihn freundlich an.

Er nickte nervös. »Ja, ja ... ich ... also ... ähm ...«

»Ist schon gut, Harold, woher sollen Sie mich auch kennen, wenn ich erst seit gestern hier bin?« Harold atmete erleichtert auf. »Gibt es noch einen freien Tisch?«, fragte Nathalie, um ihn auf andere Gedanken zu bringen.

»Hm ...« Er sah sich über die Köpfe der Gäste an der Theke hinweg um. »Nein, Sie müssten sich wohl irgendwo dazusetzen.«

Die Vorstellung gefiel ihr gar nicht, so wenig, wie sie es mochte, wenn sich jemand zu ihr an Tisch gesellte. Jemand, der laut telefonierte oder über Krankheiten und über seine Beziehungsprobleme redete. Wenn sie allein ein Café, einen Pub oder ein Restaurant besuchte, dann tat sie das, weil sie eben allein sein wollte. Wollte sie Gesellschaft, konnte sie sich mit Glenn verabreden, eine Freundin anrufen oder eine Kollegin ansprechen. Aber wenn sie allein sein wollte, war es ihr höchst unangenehm, jemanden an ihren Tisch gesetzt zu bekommen, der vielleicht auch noch eine Unterhaltung mit ihr anfangen wollte. Gesellig war sie dann, wenn es ihr Wunsch war, aber nicht, wenn der Kellner jemanden bei ihr am Tisch zu parken gedachte.

»Was ist mit der Theke? Bekomme ich dort auch etwas zu essen?« Der Platz, den sie sich ausgesucht hatte und auf den sie jetzt zeigte, befand sich am Endstück quer zur Theke. Von dort aus hatte sie einen guten Überblick über den Pub, und sie würde auch die Wege beobachten können, auf denen die Kellnerinnen Stund um Stund unterwegs waren.

»Ja, aber das da ist der Platz von Eddie«, warnte der Barkeeper sie. »Er wird jeden Moment da sein.«

»Eddie Hogarth?«

»Der einzige und echte Eddie Hogarth.«

»Umso besser«, meinte sie grinsend. »Dann lerne ich den Mann wenigstens auch kennen. Wenn es stimmt, was ich über ihn gehört habe, dann sorgt er für einen beachtlichen Anteil am Umsatz.«

»Nur, dass er den nicht selbst bezahlt.«

Nathalie sah Harold verwundert an. »Was soll das heißen?«

»Na ja, er spekuliert immer darauf, dass er ein leichtgläubiges Opfer findet, um ihm aus seinem angeblichen finanziellen Engpass herauszuhelfen.«

Nathalie nickte. »Aha, verstehe. Tja, solange jemand das bezahlt, was er trinkt, soll es mir egal sein. Ich meine … die Leute bezahlen doch, oder?«

»Oh ja, darauf achten wir schon. Eddie ist ein lieber Kerl, aber manchmal versucht er, ein Schlitzohr zu sein.«

Nathalie ging zum Ende der Theke und sah sich in Ruhe um. Der Pub war so eingerichtet, wie die meisten Gäste es von einem guten alten Lokal erwarteten. Alles war mit dunklem Holz verkleidet, und die Decke war genauso niedrig wie im Café nebenan. Durch die Butzenscheiben fiel gedämpftes Licht, die Lampen im Lokal verbreiteten einen gelblichen Schein, wodurch der Eindruck von Gemütlichkeit unterstrichen wurde. Alle paar Meter hingen Schiefertafeln an den Wänden, von denen einige auf das aktuelle Tagesgericht hinwiesen und andere diverse Spezialitäten anpriesen.

Geschickt platzierte Balkenkonstruktionen sorgten dafür, dass der eigentlich recht weitläufige Raum in mehrere kleine Bereiche unterteilt wurde, die den Gästen das Gefühl vermittelten, dass nur sie und die Personen in ihrer unmittelbaren Nähe anwesend waren. Mithilfe der Balken wurden die Bereiche links und rechts davon praktisch ausgeblendet, und sie sorgten auch für eine angenehme Akustik. Unter normalen Bedingungen hätte in einem voll besetzten Raum von der Größe dieses Pubs das Stimmengewirr für ein permanentes Dröhnen im Hintergrund gesorgt.

So dagegen fing sich das Gemurmel an den Hindernissen und verpuffte dort – was es nicht nur den Gästen erträglicher machte, sondern auch dem Personal.

Nathalie setzte sich auf den Hocker, warf einen Alibi-Blick auf die Speisekarte, um klarzumachen, dass sie etwas essen wollte, dann wartete sie und schaute sich im Pub um. Es waren Gäste jeglicher Klientel anwesend, was zweifellos mit der besonderen Lage dieses Lokals zusammenhing. Ein Großteil der Kundschaft war auf der Durchreise, manche nur dieses eine Mal, während andere, wie zum Beispiel die Lkw-Fahrer, bis zu dreimal in der Woche auf dem Weg in Richtung Norden hier vorbeikamen und ein oder zwei Tage später auf dem Heimweg wieder auftauchten.

Nathalie sah zwei Frauen, die Bestellungen aufnahmen und Getränke und Gerichte zu den Tischen brachten, beide Gesichter waren ihr kein Begriff. Außerdem war auch noch ein junger Mann in weißem Hemd und schwarzer Hose unterwegs, er musste der bereits erwähnte Pete Selway sein. Es dauerte eine Weile, dann kam eine der Frauen, eine Rothaarige mit wallender Mähne, die trotz der Haarfarbe nicht die geringste Ähnlichkeit mit der Bedienung aus dem Jim's Old Chair aufwies, zu ihr und nahm ihre Bestellung auf. Gleich darauf bekam sie von Harold das bestellte Bier, während die Rothaarige in die Küche verschwand, um dort das Gericht zu bestellen, das Louise ihr ursprünglich schmackhaft gemacht hatte.

»Hallo, schöne Frau«, wurde sie auf einmal von hinten angesprochen. »Ich glaube, Sie sitzen auf meinem Platz.«

Nathalie schaute über die Schulter und sah einen Mann mit grauen Haaren, der sie freundlich ansah und auffordernd nickte, als er ihren Blick bemerkte.

»Sie müssen Mr Hogarth sein«, sagte sie und drehte sich halb zu ihm um. Dann deutete sie auf den Hocker, der an der Längsseite der Theke stand. »Darf ich vorstellen?«, fragte sie lächelnd. »Ihr neuer Stammplatz.«

Fünftes Kapitel, in dem Nathalie auf einen Bewunderer ihrer Tante trifft und eine seltsame Entdeckung macht

Eddie Hogarth hatte sich als interessanter, vielschichtiger Mann entpuppt. Ganz entgegen ihrer Erwartung, an einen alten Sturkopf geraten zu sein, der nur seine Sicht der Dinge akzeptierte und auf dem beharrte, was seiner Meinung nach sein gutes Recht war – wie sein »Stammplatz« an der Theke des Black Feather.

Nathalie war aber schnell dahinter gekommen, dass diese Sache mit dem Stammplatz eigentlich nur Mittel zum Zweck war, weil Hogarth so mit Gästen ins Gespräch kam, die er dann dazu überreden konnte, ihm das eine oder andere Bier zu spendieren.

Hogarth hatte über so gut wie jeden in Earlsraven etwas zu berichten, was zwar ziemlich abwechslungsreich, aber für Nathalie ohne nennenswerten Nutzen gewesen war, da sie an ihrem zweiten Tag in Earlsraven nur eine Handvoll Leute mit Namen kannte. Trotzdem hatte sie ihm eine Weile interessiert zugehört und immer gehofft, sich den einen oder anderen Namen merken zu können, was sich aber als Irrtum herausstellt hatte, denn es waren einfach viel zu viele gewesen.

Als sie gegen drei Uhr nachmittags in ihr Büro zurückkehren wollte, beschloss sie, zuvor einen Rundgang ums Haus zu unternehmen. Der blaue Himmel vom Vormittag hatte sich zugezogen, und ein leichter Nieselregen hatte eingesetzt. Der hielt aber die Sonntagsausflügler nicht davon ab, die Terrasse zu bevölkern, da mehrere ausladende Schirme dank einer geschickten Anordnung fast den gesamten Bereich vor allem schützten, was von oben kommen konnte.

Nathalie hatte die Terrasse schon fast überquert, da ging die Tür zum Café auf, und ausgerechnet Miss Beresford kam heraus. Ihr hatte Nathalie jetzt eigentlich nicht begegnen wollen, aber aus dem Weg gehen konnte sie der alten Dame nun auch nicht. Erstens wäre das unhöflich gewesen, und es hätte nach Flucht ausgesehen, weil sie ja noch dastand und die Fassade betrachtete, die einen gepflegten Eindruck machte. Zweitens nickte sie ihr bereits zu.

»Miss Beresford«, sagte Nathalie und erwiderte das Lächeln. »War alles zu Ihrer Zufriedenheit?«

»Wie immer, Miss Ames, wie immer«, entgegnete die alte Frau und kam näher. »Haben Sie sich schon entschieden?«

»Ob ich das Black Feather übernehme, meinen Sie?«

»Ja, richtig. Ihre Tante hätte das bestimmt gewollt.«

»Ich weiß, aber ich muss es mir gründlich überlegen«, sagte Nathalie.

»Es wäre zu schade, wenn Sie es nicht machten. Wenn man so hört, wer sich das Haus unter den Nagel reißen will, dann fürchte ich, dass ich bald kein Stammcafé mehr haben werde. Ich wüsste gar nicht, wohin ich dann gehen sollte. So etwas wie das Black Feather gibt es hier nirgendwo mehr. Die jungen Leute gehen ja lieber in Bars und solche Etablissements. Oder sie sitzen zu Hause und lassen sich ihr Essen liefern.« Miss Beresford seufzte betrübt. »Wie soll man noch mit anderen Menschen ins Gespräch kommen, wenn da nur noch der Pizzabote auftaucht, der kaum ein Wort rausbringt und nur so schnell wie möglich wieder weg will?«

»Tja, das bringt die Zeit nun einmal mit sich«, meinte Nathalie. »Bestimmt gibt es da irgendwann auch wieder einen neuen Trend, und dann ist es auf einmal angesagt, ins Café zu gehen und ein Stück Kuchen zu essen.«

Miss Beresford winkte ab. »Das werde ich bestimmt nicht mehr erleben …«

»Sagen Sie doch so was nicht«, konterte Nathalie.

»… weil der Trend erst in vierzig Jahren wiederkommt«, fuhr die andere Frau fort. »Und da wäre ich dann hundertfünfzehn. Und selbst wenn ich dann noch leben würde, wäre ich bestimmt nicht mehr in der Lage, mich auf den Weg ins Café zu machen.« Sie zuckte flüchtig mit den Schultern. »Außerdem wäre mir mit hundertfünfzehn auch bestimmt der Monet egal.«

Da war er wieder, der Monet. Aus dem Nichts kommend und auf eine Weise in die Unterhaltung geworfen, die es unmöglich machte, das Thema zu ignorieren. Aber obwohl sie von Louise gewarnt worden war, was die Glaubwürdigkeit dieser Frau anging, fand sie das Ganze doch rätselhaft genug, um mehr erfahren zu wollen.

»Sagen Sie, Miss Beresford, was genau hat das mit Ihrem Monet eigentlich zu bedeuten?«

»Mit *dem* Monet«, korrigierte die ältere Frau sie. »Nicht mit *meinem* Monet.«

»Gibt es da einen Unterschied?«

»Selbstverständlich«, antwortete Miss Beresford. »Der Monet ist der Monet, mein Monet ist mein Monet.«

»Ich ... ich glaube, das müssen Sie mir irgendwie anders erklären. So kann ich dem Ganzen nicht folgen.«

»Also ...« Die alte Dame hob hilflos die Schultern. »Ich weiß nicht, aber damit hatte Ihre Tante auch schon ein Problem, als ich ihr das damals mit dem Dürer sagte, und dann mit dem Vermeer. Und dem Warhol.«

»Dürer? Vermeer?«

»Ja, alles alte Meister. Kennen Sie die?«

Nathalie nickte. »Ja, natürlich kenne ich die. Aber was hat meine Tante damit zu tun?« Sie erinnerte sich zwar an die Bemerkung der Köchin, dass Miss Beresford schon einige Male etwas Ähnliches wie mit »ihrem« Monet veranstaltet haben musste, aber da war Tante Henriettas Name nicht gefallen.

»Na, sie hat sich bei den ersten zwei oder drei Vorfällen die Bilder wenigstens noch angesehen, aber danach hat sie sich nicht mehr darum gekümmert«, erklärte Miss Beresford traurig.

»Weil es nichts gab, um das sich jemand hätte kümmern können, wenn ich unsere Köchin richtig verstanden habe«, antwortete Nathalie. »Ich wünschte, ich könnte Ihnen helfen.«

»Es kümmert nur niemanden, weil es niemand sieht.«

»Wenn es niemand sieht, wie können Sie dann sagen, dass es so ist?«

»Weil ich es weiß. Ich weiß es, Miss Ames, ohne es sehen zu müssen.« Ihr Blick wanderte in Richtung Terrasse, dann stöhnte sie leise frustriert auf. »Der hat mir gerade noch gefehlt«, murmelte sie. »Miss Ames, ich muss mich auf den Heimweg machen. Entscheiden Sie sich für das Richtige.«

»Sie meinen das Black Feather?«

»Das auch«, rief sie Nathalie zu und marschierte zügig davon.

Als Nathalie ihr hinterhersah, entdeckte sie den mutmaßlichen Grund für den abrupten Aufbruch, der ihr aber gar nicht so ungelegen kam. Ein Polizist war auf dem Weg zum Black Feather, der seine Mütze abnahm, um Miss Beresford zu begrüßen. Seine Miene verriet aber wenig Begeisterung, und die ältere Dame schien ihn ihrerseits völlig zu ignorieren.

»Na, hat Miss Beresford versucht, Sie für ihre gefälschten Fälschungen ›zu begeistern‹, Miss Ames?«, fragte der Polizist, der einen grauen Zwergschnauzer an der Leine führte.

»Ähm … kennen wir uns?«, fragte Nathalie irritiert.

»Nein, aber ich weiß trotzdem, wer Sie sind«, sagte der Polizist, der weit jenseits der fünfzig sein musste. Seine deutlich übergewichtige Statur ließ Zweifel daran aufkommen, dass er einen Verbrecher würde einholen können. Sein Kopf war gerötet, und dabei schien er nicht mit seinem Hund gerannt zu sein. Er lächelte sie freundlich an, was eigentlich nur daran zu erkennen war, dass sich sein buschiger rötlicher Schnauzbart deutlich in die Breite zog, unter dem seine Lippen praktisch verschwanden.

»Louise hat mir gesagt, dass sie wegen des Black Feather hier sind, und sie hat mir eine sehr genaue Personenbeschreibung gegeben.« Er hielt ihr die Hand hin. »Constable Strutner. Ronald Strutner, der Mann für Recht und Ordnung in Earlsraven.«

»Angenehm, Constable. Nathalie Ames … obwohl, das wissen Sie ja schon«, sagte sie, drückte ihm die Hand und sah nach unten, da sich der Schnauzer an ihrem Bein hochgestreckt hatte, ein leises Jaulen ausstieß und aufgeregt mit dem Schwanz wedelte. Sie hockte sich hin und begann, den Hund zu kraulen. »Ist Miss Beresford nicht gut auf Sie zu sprechen?«, fragte sie. »Sie hat mit einem Mal die Flucht ergriffen und scheint an Ihnen einfach vorbeigestürmt zu sein.«

Strutner winkte ab. »Miss Beresford fühlt sich von ihrem Gesetzeshüter nicht ernst genommen, aber daran kann ich leider auch nichts ändern. Wenn sie mir alle paar Monate ein anderes Kunstwerk zeigt und behauptet, das sei nicht mehr das, was zwei Wochen vorher noch da gehangen oder gestanden hatte, und dann irgendwann erzählt, dass es jetzt auf einmal doch wieder richtig ist, kann ich als Polizist nur noch den Kopf schütteln und die Frau reden lassen.«

»Ich habe gehört, dass meine Tante wohl auch aufgegeben hatte, was Miss Beresford anging.«

»Das hat in Earlsraven wohl so gut wie jeder«, sagte der Constable und zog den kleinen Hund zurück, da er versuchte, Nathalies Gesicht abzulecken. »Hör auf damit, Jackson.«

»Jackson? Ungewöhnlicher Name für einen Hund.«

Strutner lächelte sie wieder an. »Der wird noch ungewöhnlicher, er heißt eigentlich sogar Colonel Jackson. Nach einem Bomberpiloten und Weltkriegshelden, der hier in Earlsraven aufgewachsen ist.«

»Aha«, machte Nathalie. »Das wusste ich auch noch nicht.«

»Ach, das werden Sie schon noch alles ganz nebenbei mitbekommen, wenn Sie das Black Feather übernehmen. Das tun Sie doch, oder?«

Nathalie hätte es eigentlich längst leid sein müssen, diese Frage schon wieder gestellt zu bekommen. Aber nach den ersten Malen und den damit verbundenen Gesprächen konnte sie niemandem in Earlsraven böse sein, der sie darauf ansprach und dabei mehr oder weniger deutlich zu verstehen gab, dass er von ihr ein klares, entschiedenes Ja hören wollte. Die Menschen hier wollten nicht, dass der Pub, das Café und das Hotel irgendwelchen Investoren oder Hotel- oder Restaurantketten in die Hände fielen. Nach allem, was man ihr bislang zu den möglichen Kaufinteressenten gesagt hatte, würde das Black Feather in seiner jetzigen Form zu existieren aufhören und durch etwas ersetzt werden, das nicht zu Earlsraven und den Menschen hier passte.

Vermutlich war man grundsätzlich umso mehr gegen Veränderungen jeder Art eingestellt, je ländlicher man lebte, weil Traditionen in Dörfchen wie Earlsraven einen ganz anderen Stellenwert hatten als bei ihr zu Hause in Liverpool. Was das Black Feather betraf, ging es dagegen nicht bloß um etwas Liebgewonnenes, was man aus Bequemlichkeitsgründen nicht verändern wollte. Hier handelte es sich um eine Institution, die etliche Menschen aus dem Ort beschäftigte und von denen nur ein paar auf Aushilfsjobs hoffen konnten, wenn eine ausländische Hotelkette das Haus übernahm. Die Bauern würden sehr wahrscheinlich eine solche Hotelkette nicht beliefern können, weil die im großen Stil zu Preisen einkaufte, mit denen hier niemand mithalten konnte.

Es war nachvollziehbar, warum niemand eine solche Entwicklung erleben wollte. Umso erstaunlicher war es, dass die Menschen Nathalie so sehr zutrauten, das Richtige zu tun, obwohl sie sie kaum kannten.

Nach dem zehnten oder zwölften Lob war es ihr unheimlich geworden, weil diese Bemerkungen so klangen, als hätte ihre Tante, von einer Todesahnung getrieben, jedem davon erzählt, dass ihre Nichte das Black Feather erben würde.

Sie hatte sich an Louise gewandt, die sich erst eine Weile geziert, ihr dann aber anvertraut hatte, dass Henrietta sich spätestens in drei Jahren hätte zur Ruhe setzen wollen, allerdings unter der Voraussetzung, dass es ihr gelang, Nathalie als ihre Nachfolgerin zu gewinnen.

Ihr hatten die Worte gefehlt, als sie davon erfuhr. Was für ein gewaltiger Vertrauensvorschuss, hatte Nathalie gedacht, schließlich hatte sie nie ein herausragendes gastronomisches Geschick erkennen lassen, das so eine Absicht rechtfertigen konnte.

Wenn sich bei der Durchsicht der Geschäftsunterlagen irgendetwas ergab, was gegen eine Annahme des Erbes sprach, würde sie vor einem moralischen Dilemma stehen. Allerdings hatte Tante Henrietta sie gut genug gekannt, um zu wissen, dass Nathalie dieses Erbe nicht auf die leichte Schulter nehmen würde. Sie hätte sie ganz sicher nicht vorsätzlich einem solchen Druck ausgesetzt, über den Fortbestand und damit über das Schicksal von so vielen Menschen entscheiden zu müssen.

»Ich will nichts versprechen, was ich später nicht halten kann«, antwortete sie ausweichend, worauf Strutner fragend eine Augenbraue hochzog, die unter dem Schirm seiner Mütze verschwand. Sie zuckte hilflos mit den Schultern. »Ich habe noch keinen Überblick über alle Unterlagen«, erklärte sie. »Ich muss wirklich die Gewissheit haben, dass ich mir mit dem Lokal und allem Drum und Dran nicht einen Klotz ans Bein binde, der immer schwerer und schwerer wird, bis ich mich gar nicht mehr von der Stelle bewegen kann.«

»Das werden Sie nicht«, versicherte der Constable ihr.

»Ihre Tante war die ehrbarste und anständigste Frau, die man sich vorstellen kann. Sie hat sich nie auch nur dazu verleiten lassen, sich Gedanken darüber zu machen, wie man beispielsweise einen Teil der Einnahmen an der Steuer vorbeischleusen könnte. Wenn mal ein Gast davon erzählte, wie er ein paar Pfund schwarz verdient hatte, dann schüttelte sie nur verständnislos den Kopf und ging meistens weg, um sich nicht auf eine Diskussion einzulassen.«

Während er redete, kramte er in seinen Taschen, als würde er irgendetwas suchen. »Sie können sich sicher sein, dass Ihre Tante keine krummen Geschäfte gemacht hat. Dafür lege ich meine Hand ins Feuer.« Dann tippte er mit einem Finger gegen den Schirm seiner Mütze. »Wir sehen uns, Miss Ames.« Mit diesen Worten ging er zum Café, wo er den Schnauzer vor der Tür anband, ehe er eintrat.

Nathalie sah ihm nach und konnte sich nur wieder wundern. Egal, mit wem sie sich auch unterhielt, jeder hatte über Tante Henrietta nur Gutes zu sagen. Ihr war zwar auch klar, dass man über Tote nicht schlecht reden sollte, aber wenn jemand einen Groll auf einen anderen hegte, dann änderte sich daran nicht zwangsläufig etwas, wenn dieser andere verstarb. Vielleicht hätte der Betroffene nicht gleich seinem Zorn freien Lauf gelassen, aber zumindest wäre derjenige nicht auf die Idee gekommen, ihre Tante in den höchsten Tönen zu loben. Dann hätte er sich wohl eher jeden Kommentar verkniffen.

Die Krönung war bislang dieser Constable, der ihre Tante fast schon zu einer Heiligen erklärt hatte. Das alles war erstaunlich, denn auch wenn Nathalie wusste, dass Henrietta kein schlechter Mensch gewesen war, hätte sie die eine oder andere kritische Bemerkung doch für völlig normal gehalten.

Ihr sollte das recht sein, denn je mehr Leute auf ein gutes Verhältnis mit ihrer Tante zurückblicken konnten, umso besser war das für ihren Ruf und ihren möglichen Erfolg als neue Chefin des Black Feather. Sogar die rothaarige Bedienung im Jim's Old Chair war noch aufgetaut, nachdem Nathalie beim zweiten Glas Limo nebenbei erwähnt hatte, dass sie Henriettas Nichte war.

Nathalie setzte schnell ihren Rundgang um das Haus fort, ehe sie noch jemandem begegnen konnte, der wissen wollte, wie sie sich entschieden hatte. Sie kam am Wohnzimmerfenster der Wohnung ihrer Tante vorbei und wurde sich erstmals der Tatsache bewusst, dass die ungesicherten Fenster im Erdgeschoss eigentlich eine Einladung für jeden Einbrecher waren. Rollläden ließen sich da nicht montieren, da die Kästen dafür außen hätten angebracht werden müssen, was aber die gesamte Fassade ruiniert hätte.

Trotzdem würde sie sich irgendetwas einfallen lassen müssen, wenn sie auf längere Sicht hierbleiben würde. Früher im Gästezimmer ihrer Tante hatte ihr das noch nichts ausgemacht, sondern oft hatte sie sogar das Zimmer durchs Fenster verlassen und betreten, um den Weg abzukürzen. Aber da war sie auch nur zu Gast gewesen …

Sie ging weiter um den Anbau herum, in dem sich die Wohnung ihrer Tante befand, als sie auf einmal hinter der nächsten Ecke seltsame polternde Geräusche hörte. Sie blieb stehen, lauschte aufmerksam und warf vorsichtig einen Blick um die Ecke. Als sie den Grund für den seltsamen Lärm entdeckte, musste sie sich ein Lachen verkneifen, um die beiden »Randalierer« nicht zu verscheuchen. Zwei Krähen machten sich an einem halben Dutzend Fressnäpfen zu schaffen, zogen sie über den gepflasterten Platz hinter der Küche, packten sie und warfen sie hoch genug in die Luft, damit sie verkehrt herum auf dem Boden landeten. Das hier musste die Futterstelle für die streunenden Katzen sein, von der Louise erzählt hatte, aber offenbar hatte sich zumindest auch bei den Krähen herumgesprochen, dass hier von Zeit zu Zeit etwas zu fressen zu finden war.

Tatsächlich pickten die Vögel immer wieder irgendetwas auf, vermutlich Essensreste, die die Katzen übersehen hatten. Nathalie betrachtete eine Weile das Schauspiel, das vor allem deshalb so geräuschvoll war, weil es sich um Blechnäpfe handelte. Sie beschloss, die beiden Krähen nicht zu stören, und kehrte durch das Café zurück ins Haus. Dort kam ihr der Constable mit einem kleinen Pappkarton entgegen, in den Kuchen zum Mitnehmen verpackt worden war.

Nathalie nickte ihm zu, er reagierte mit einem freundlichen Lächeln, dann bückte er sich und band Colonel Jackson los.

Zurück im Büro sah Nathalie auf ihre Liste, um festzustellen, welchen Ordner sie sich als Nächsten vornehmen wollte. Der Vermerk hinter dem Ordner besagte nach dem von Louise angewandten System, dass er sich in der kleinen Abstellkammer schräg gegenüber des Schreibtischs befand. Die Kammer war nur mit einem Vorhang abgeteilt, dessen großflächiges Kreismuster in Braun und Orange vermuten ließ, dass er noch aus den Siebzigern stammte.

Nathalie schob den Vorhang zur Seite und machte das Licht an, aber im gleichen Moment gab es einen Blitz und einen Knall, und in der Kammer blieb alles dunkel.

»Ich habe doch irgendwo Glühbirnen liegen sehen«,

murmelte Nathalie, dann fiel ihr ein, dass in der untersten Schreibtischschublade mehrere Ersatzbirnen auf Vorrat lagen. Sie holte eine und kehrte in die Kammer zurück, dann schaltete sie die Taschenlampe an ihrem Smartphone ein, um die Wandleuchte sehen zu können.

Dabei fiel ihr Blick auf eine Klapptür in der Decke, die mit einem Vorhängeschloss gesichert war.

»Was macht denn die Tür da?«, wunderte sie sich murmelnd, während sie die Birne austauschte. Als sie wieder Licht genug hatte, überprüfte sie den dicken Schlüsselbund, den sie von Louise erhalten hatte, aber keiner der Schlüssel passte zu diesem Schloss.

Sie nahm den Ordner mit und legte ihn auf den Tisch, dann verließ sie das Büro, um nach Louise zu suchen, weil sie diese Tür in der Decke zu sehr beschäftigte. In der Küche war die Köchin nicht, und die beiden Helfer konnten ihr auch nicht sagen, wo sie sie finden konnte. Daraufhin ging Nathalie rauf in den ersten Stock, um sich anzusehen, wohin die Tür führte. Sie betrat den Materialraum, in den sie so wie in alle Zimmer mit ihrem Generalschlüssel gelangen konnte. Der befand sich genau über ihrem Büro, war aber bestenfalls ein Viertel so groß und reichte nach links nicht annähernd so weit, dass sie sich auf gleicher Höhe mit dem Vorratsraum im Stockwerk darunter befunden hätte. »Also das nächste Zimmer«, sagte sie laut und schloss die Tür ab. Bis zur Tür waren es gut vier bis fünf Meter, aber als sie den Wäscheraum aufschloss, befand sich gleich rechts von der Tür eine massive Wand.

Sie wusste von Geheimgängen und Korridoren in alten Herrenhäusern, die hinter den Kulissen verliefen und meistens dem Personal gedient hatten, damit die hohen Herrschaften dem einfachen Volk nicht begegnen mussten. Nur waren das schmale Korridore und enge

Wendeltreppen, die so wenig Platz beanspruchten, dass man schon genauer hinsehen musste, um sie überhaupt zu bemerken. Das hier dagegen war von einer ganz anderen Größenordnung, da die Existenz eines kompletten Zimmers von bestimmt fünfzehn Quadratmetern Größe verschwiegen werden sollte.

Nathalie schloss ab und ging nach unten, verließ aber noch einmal durch das Café das Haus und sah sich die Fassade an. Dort war das Fenster zum Büro, darüber das schmale Fenster des Materialraums und da das ebenfalls schmale Fenster der Wäschekammer – und dazwischen … dazwischen zierten zwei doppelflügelige Fenster die Fassade.

Grübelnd kehrte sie ins Büro zurück und setzte sich an den Schreibtisch, konnte sich aber nicht auf die Dokumente konzentrieren, da sie immer wieder an das Zimmer gleich über ihr denken musste. Ihre Fantasie gaukelte ihr die schlimmsten Dinge vor, von eingemauerten Jungfrauen bis hin zu Portalen in andere Dimensionen, in denen abscheuliche Kreaturen über die Welt herrschten. Letzteres schob sie vor allem darauf, dass sie sich seit ein paar Wochen zu intensiv mit den Geschichten von H.P. Lovecraft befasst hatte.

Nach einer Weile kam Louise herein, was so unverhofft geschah, dass Nathalie einen spitzen Schrei ausstieß, als sie aus dem Augenwinkel auf einmal eine Bewegung vernahm.

»Ich weiß, meine Haare sind heute ein bisschen widerborstig«, meinte die Köchin grinsend, während sie sich vor den Schreibtisch stellte. »Aber ich hätte nicht gedacht, dass ich so schlimm aussehe.«

»Tut mir leid, ich … ich war in Gedanken«, sagte Nathalie und atmete tief durch. »Was kann ich für Sie tun?«

»Ich glaube, ich kann wohl eher etwas für Sie tun«,

erwiderte die Frau. »Ich habe gehört, dass Sie nach mir gesucht haben.«

»Ja, richtig.« Nathalie hob die Hand und zeigte zur Decke. »Was ist da drüber?«

»Der erste Stock«, gab Louise, ohne zu überlegen, zurück, aber gerade das irritierte Nathalie. So antwortete eigentlich jemand, der wusste, was der andere meinte. Die meisten Leute hätten ganz sicher erst mal mit einem »Wie?« reagiert und dann nachgefragt, um was es überhaupt ging.

»Ich meine, genau über dem Büro.«

»Das … müsste der Materialraum sein.«

»Und links daneben?«

»Das Wäschezimmer.«

»Und dazwischen?«

Louise sah sie verständnislos an, doch das schien genauso einstudiert wie die prompte Reaktion auf ihre erste Frage.

»Eine Mauer«, sagte Louise achselzuckend. »Was sonst?«

»Eine fünf Meter dicke Mauer, die zwei Fenster mit bester Sicht auf das Dorf hat?«

Die Köchin strich sich über die Haare. »Ich kann es nicht sagen.«

»Können Sie nicht? Oder wollen Sie nicht? Oder dürfen Sie nicht?«

»Ich darf das erst, wenn Sie das Black Feather übernehmen.«

Nathalie stutzte. »Ich dachte, Sie haben mir alles gegeben und gesagt und gezeigt.«

»Alles, was ich Ihnen geben, sagen und zeigen *durfte*. Das da«, sie deutete zur Decke, »gehört nicht dazu.«

»Nicht mal eine Andeutung?« Louise schüttelte den Kopf. »Das heißt … was heißt das?«, fragte Nathalie.

»Ich weiß nicht, was ich davon halten soll. Wie soll ich eine Entscheidung treffen, wenn ich nicht weiß, was mich hinter dieser Klapptür erwartet? Wie soll ich ruhigen Gewissens sagen können, dass ich das Black Feather weiterführen werde, wenn da oben irgendetwas versteckt worden ist, was mich hinter Gitter bringen könnte – falls ich ganz großes Pech habe, meine ich.«

Sekundenlang schien Louise mit sich zu ringen, schließlich erklärte sie: »Ich kann Ihnen eines verraten. Wenn Sie das da oben sehen, werden Sie sich entweder fragen, was sie mit diesem Unsinn anfangen sollen, und den Auftrag erteilen, alles einzupacken und zur Mülldeponie zu bringen. Oder Sie werden davon begeistert sein.«

»Hm«, machte Nathalie unschlüssig. »Dann erwartet mich also keine böse Überraschung?«

»Garantiert nicht.«

Nach einem kurzen Moment nickte sie Louise zu. »Ich hoffe, ich werde es nicht bereuen, dass ich Ihnen vertraue.«

Sechstes Kapitel, in dem Nathalie in ein Geheimnis eingeweiht wird, was nicht ohne Folgen bleibt

Der Jubel nahm kein Ende. Die gesamte Belegschaft lag sich in den Armen, sie ließen Nathalie hochleben und schrien und johlten so ausgelassen, dass die junge Frau sich die Ohren zuhalten musste, bis allmählich wieder Ruhe einkehrte.

Sie hatte natürlich mit Freude gerechnet, immerhin hatten diese Menschen die letzten sechs Tage zwischen Hoffen und Bangen verbracht, während sie sich durch Berge von Unterlagen gekämpft hatte, um sich ja keine Fehlentscheidung einzuhandeln. Neben dem Sichten der Papiere hatte sie auch noch Termine mit drei Banken, eine lange Sitzung mit dem Steuerberater ihrer Tante sowie Treffen mit zwei Gutachtern gehabt, die kurzfristig genug hatten einspringen können, um sich das Haus anzusehen. Eine von Nathalies größten Sorgen waren die aktuellen Sicherheits- und Brandschutzvorschriften gewesen, die derart schmale Gänge und Treppen für heutige Hotels und Lokale strikt untersagten. Ihre Tante hatte zwar vor langer Zeit eine Ausnahmegenehmigung erhalten, weil für das Gebäude wegen seines Alters Bestandsschutz galt und es nicht an die aktuellen gesetzlichen Vorschriften angepasst werden musste. Aber das hatte sich Nathalie vorsichtshalber von beiden Architekten noch einmal bestätigen lassen.

Da sie am Wochenende in Earlsraven angekommen war, hatte zwei Tage lang trügerische Ruhe geherrscht, durch die sie mit ihrer Arbeit recht zügig vorangekommen war. Kaum war aber der Montag angebrochen, musste sich in der Branche im Eiltempo herumgesprochen haben, dass die potenzielle Erbin des Black Feather eingetroffen war. Bereits um zehn Uhr am Montagmorgen hatte der erste hoffnungsvolle Investor vor der Tür gestanden, um Nathalie ein Angebot zu machen, das sie »ganz sicher nicht würde ablehnen können«.

Sie konnte es aber, und dazu genügte ein flüchtiger Blick auf den Betrag, den der überheblich dreinschauende Mann auf der Rückseite seiner Visitenkarte notiert hatte – die Augenblicke später in seiner Anwesenheit im Reißwolf landete. Kaum war er gegangen, gab es den ersten Anruf von einem anderen Investor, dem weitere folgten.

Als sich dann auch noch scheinbare Gäste im Pub während der Mittagszeit als interessierte Geldgeber entpuppt hatten, die ihr das Anwesen abkaufen wollten, war Nathalies Geduld am Ende gewesen. Sie hatte das

Personal angewiesen, jeden Anrufer und jeden Besucher abzuwimmeln. Insgesamt hatte das sehr gut funktioniert, ausgenommen ein paar sehr hartnäckige Kandidaten, die früher schon versucht haben mussten, ihre Tante zum Verkaufen zu bewegen.

Anders ließ sich nicht erklären, dass sie genau wussten, wo sich das Büro befand, da sie einfach vor dem Fenster auftauchten und gegen die Scheibe klopften. Es war ihr nichts anderes übrig geblieben, als die Vorhänge zuzuziehen, bis irgendwann Ruhe einkehrte.

Am späten Mittwochabend hatte ihr Entschluss dann festgestanden. Auch wenn die Mitarbeiter des Black Feather es als Erste hätten erfahren sollen, hatte sie dennoch davon abgesehen, da sich gegen Mitternacht nur noch die paar Leute von der Nachtschicht im Haus befanden. Also hatte sie geduldig gewartet und stattdessen erst um acht Uhr morgens eine SMS an den gesamten Mitarbeiterstab verschickt, um sie alle für neun Uhr zusammenzutrommeln. Erst als von allen eine Bestätigung eingegangen war, war ihr aufgefallen, dass niemand von ihnen bei der Antwort einen wie auch immer gearteten Smiley mitgeschickt hatte. Dadurch war ihr klar geworden, dass sie bei vermutlich allen Angestellten die schlimmsten Befürchtungen ausgelöst hatte, obwohl der Wortlaut ihrer SMS eigentlich neutral gehalten war.

Sie hatte kurz überlegt, ob sie noch eine SMS hinterherschicken sollte, hatte sich aber dann dagegen entschieden. Diese Stunde dürften alle ihre Angestellten sicher noch überleben – ihre Angestellten, die jetzt tatsächlich *ihre* Angestellten waren.

Allerdings würde sie sich zukünftig bemühen, sich ihnen unmissverständlicher mitzuteilen, und vor allem auch auf eine verbindlichere, persönliche Art. Sie musste sich vor Augen halten, dass das Black Feather so etwas wie ein Familienbetrieb war, auch wenn sie mit keinem der Angestellten verwandt war. Aber in diesem Lokal arbeitete niemand nur für sich, sondern für den gesamten Betrieb. Verhielt sich ein Kellner unhöflich, fiel das auf das Black Feather zurück. Lieferte die Küche ungenießbares Essen, war es für den betroffenen Gast das Black Feather, das einem eine solche Zumutung servierte.

Sie musste sich unbedingt von ihren Gewohnheiten verabschieden, mit denen sie bislang im Beruf gut zurechtgekommen war. Einem ihrer bisherigen Kollegen konnte sie kommentarlos eine Mail schicken, um ihn wissen zu lassen, dass der Faktor X um zwanzig Prozent gesunken war. Der wusste sofort, was damit gemeint war und würde keine schlaflosen Nächte haben. Würde sie hier im Café im Vorbeigehen anmerken, dass der Umsatz an Kirschtorten um dreißig Prozent nachgelassen hatte, würde sie damit vermutlich Panik auslösen, obwohl es dafür gar keinen Grund gab. Oh ja, sie würde noch an sich arbeiten müssen.

Allmählich kehrte wieder Ruhe ein, und genau in dem Moment klingelte ihr Smartphone. Fast hätte sie den Anruf einfach weggedrückt, weil sie vermutete, dass irgendein hartnäckiger Investor nicht aufgeben wollte, doch dann sah sie Glenns Namen auf dem Display. Am Abend zuvor hatte sie ihn angerufen, um ihm vor allen anderen zu sagen, dass sie vorläufig in Earlsraven bleiben würde, doch er war nicht erreichbar gewesen. Sie hatte nur um seinen Rückruf gebeten, weil sie eine Entscheidung von solcher Tragweite nicht auf seine Mailbox sprechen wollte.

»Hallo, Glenn«, begrüßte sie ihn, musste sich aber sehr auf seine Stimme konzentrieren, um vor dieser

Geräuschkulisse etwas zu verstehen. »Ich hatte dich gestern Abend angerufen und …«

»Ja, ich weiß«, sagte er und klang fröhlicher als bei den letzten Telefonaten, die sie geführt hatten, seit er ohne sie nach Hause gefahren war. »Ich war noch mit den Jungs im Pub, und als ich deinen Anruf gesehen habe, war's schon viel zu spät, um dich aus dem Schlaf zu reißen. Sag mal, ist das Jubel im Hintergrund?«

»Ja, das ganze Team vom Black Feather freut sich, weil …«

»Warte, sag nichts«, unterbrach Glenn sie. »Welcher von den Investoren, die ich dir geschickt habe, hat dich überzeugen können? Lawrence Addams? Du weißt schon, der das Black Feather in diesen Glaskasten stecken will, damit er ringsum sein Hotel hinsetzen kann?«

»Nein, es ist vielmehr so, dass …« Sie stutzte, da sie erst jetzt begriff, was er gesagt hatte. »Du hast *was?* Mir Investoren geschickt?«

»Ja, ich dachte mir, ich tue dir was Gutes und gebe ein paar Leuten einen Tipp, von denen ich weiß, dass die spendabel sein können«, redete er fröhlich weiter. »Wenn ich schon solche Kontakte in London sitzen habe, dann sollen die sich auch mal bezahlt machen. Also, wer von denen darf zahlen?«

Nathalie war hin- und hergerissen. Einerseits hätte sie vor Wut platzen können, weil es eine so maßlose Unverschämtheit war, sich auf diese Weise in ihre Angelegenheiten zu mischen, andererseits war sie seltsam gerührt, dass er so etwas für sie getan hatte. Bestimmt hätte sie mit einem zweistelligen Millionenbetrag nach Hause gehen können und nie wieder einen Finger rühren müssen.

Sie wäre sich selbst gegenüber nicht ehrlich gewesen, wenn sie darauf beharrt hätte, dass das Geld sie nicht kümmerte und das Andenken ihrer Tante wichtiger war als zehn oder zwanzig Millionen Pfund auf dem Konto. Aber das hielt nur einen Moment lang an, denn als sie wieder in zwei Dutzend strahlende Gesichter sah, von denen viele vor Erleichterung und Dankbarkeit Tränen in den Augen hatten, da wusste sie, dass sie die richtige Entscheidung getroffen hatte und dass sie nicht in der Lage gewesen wäre, jetzt noch einen Rückzieher zu machen. Sie nickte allen zu und drehte sich zur Seite, damit sie ein paar Schritte gehen konnte, bis das Personal von dem Telefonat nichts mitbekam.

»Keiner. Ich übernehme das Black Feather«, brachte sie schließlich heraus.

»Du … was? *Was?*« Glenn schien seinen Ohren nicht zu trauen.

»Ich rufe dich in zehn Minuten zurück«, erwiderte sie, da sie ahnte, dass das ein längeres Gespräch werden könnte. Und das wollte sie ganz bestimmt nicht in diesem Augenblick erledigen. Nachdem sie aufgelegt hatte, wandte sie sich wieder ihren Angestellten zu. Die hatten sich inzwischen beruhigt und sahen sie erwartungsvoll an.

Nathalie nickte zufrieden. »Sie bleiben alle hier beschäftigt, ich übernehme Sie alle zusammen mit dem Black Feather. Ich habe mir die monatlichen Personalkosten angesehen, und auch wenn da ein stattlicher Betrag zusammenkommt, leisten Sie alle gute Arbeit, auf die ich nicht verzichten möchte. Jeder von Ihnen weiß, was er zu tun hat.« Sie sah in die Runde und nickte, als würde sie auf eine unausgesprochene Frage reagieren. »Natürlich fragen Sie sich jetzt alle: Was wird die neue Chefin umkrempeln? Werden wir Uniformen mit albernen Hütchen tragen müssen, als wären wir bei Burger King? Wird sie uns dazu anhalten, den Gästen mehr aufzuschwatzen, als sie bestellt haben? Nun, ich denke, ich kann Sie beruhigen und Ihnen versichern, dass solche Verkaufstaktiken hier nicht Einzug halten werden. Nach allem, was ich in den letzten Tagen gesehen habe, glaube ich, dass es nur wenig zu ändern gibt. Ich konnte beobachten, dass sich bei einigen von Ihnen die eine oder andere Routine eingeschlichen hat, durch die Sie sich unnötig Arbeit machen. Was ich beobachtet habe, werde ich mit jedem Einzelnen von Ihnen in den nächsten Tagen in Ruhe besprechen. So, das wär's für den Anfang, jeder von Ihnen weiß Bescheid. An die Arbeit.« Sie nickte allen noch einmal lächelnd zu und sah der Gruppe hinterher, die sich in alle Richtungen zerstreute.

»Ach, Louise«, rief sie. »Würden Sie noch kurz bleiben?«

Die Köchin löste sich von den anderen, die lachend und quasselnd weitergingen.

»Ja … Boss?«, sagte sie grinsend.

»Das Zimmer.«

»Jetzt?«

Nathalie nickte. »Seit drei Tagen und so und so vielen Stunden sitze ich da und überlege, ob da oben die Mumie von Captain Nemo lagert oder ob Sie einen Alien gefangen und in einen Behälter mit Spiritus gesteckt haben. Jetzt will ich es wissen.«

»Na, dann soll es so sein«, erwiderte Louise und hielt an ihrem Schlüsselbund den Schlüssel hoch, der Nathalie den Weg zu diesem rätselhaften Raum öffnen sollte.

»Gut, wir treffen uns in zehn Minuten in meinem Büro. Ich habe noch ein Telefonat zu erledigen.«

»Viel Glück«, sagte Louise und zwinkerte ihr zu.

Nathalie schlenderte in Richtung Waldrand, um ungestört telefonieren zu können, und wählte Glenns Nummer.

Als er sich meldete, kam nur ein ungläubiges: »Wieso?«

»Weil das Lokal und das Café und das Hotel … weil das alles zusammen eine Goldgrube ist«, erklärte sie.

»Du … du machst Schluss mit mir?«, war seine einzige Reaktion.

»Wie kommst du denn auf diese Idee?«, fragte sie verständnislos.

»Ist das nicht eindeutig? Du in Earlsraven, am Ende der Welt, ich mitten in Liverpool, wo das Leben pulsiert? Wie soll das funktionieren?«

»Du hast an den Wochenenden frei, ich kann mir freinehmen, wann immer ich will«, machte sie ihm klar. »Also können wir uns mal hier, mal zu Hause treffen und das Wochenende zusammen verbringen. Und vergiss nicht, ich habe ja nicht gesagt, dass ich den Laden bis in alle Ewigkeit führen werde, aber du weißt, dass ich mindestens ein Jahr hierbleiben muss, damit ich das Black Feather überhaupt erben kann. Selbst wenn ich mich mit einem deiner Investoren geeinigt hätte, ich würde um das Jahr hier nicht herumkommen.«

»Oh, stimmt«, murmelte er und entdeckte den Denkfehler, der ihm unterlaufen war.

»Jetzt haben wir sogar ein Jahr Zeit, um es deinen Leuten schmackhaft zu machen und dafür zu sorgen, dass sie sich gegenseitig noch ein bisschen überbieten«, legte sie ihm dar, wobei sie nicht das Gefühl hatte, von ihren eigenen Worten überzeugt zu sein. Aber es war nun mal eine Möglichkeit, die ihr offenstand, wenn sie die Bedingungen ihrer Tante erfüllte. Und wenn sie nach ein paar Monaten wirklich keine Lust mehr auf das Black Feather hatte, würde sie den Rest der Zeit schon irgendwie absitzen, um dann in ihr altes Leben zurückzukehren.

»Und dein Job?«, wollte Glenn wissen.

»Da muss ich nur noch Bescheid geben«, sagte sie. »Ich habe Anfang der Woche mit dem Personalchef telefoniert, und er hat mir, nach Rücksprache mit meiner Abteilung, gestern mitgeteilt, dass ich für ein Jahr meine Arbeit ruhen lassen kann, ohne gekündigt zu werden und ohne nach meiner Rückkehr irgendwelche Nachteile hinnehmen zu müssen. Eine Art Sabbatical ... Zwei laufende Projekte muss ich allerdings von hier aus noch fertigstellen. Das ist bei meinem Beruf ja Gott sei Dank kein Problem!«

»Du hast an alles gedacht, wie?«, gab er zurück, nur klang es leider nicht so ganz nach dem Lob, das es hätte sein können. Sein Tonfall gab der Bemerkung eher einen leicht vorwurfsvollen Beigeschmack.

Ihr war klar, dass Glenn sich über diese Entwicklung nicht von ganzem Herzen freuen konnte, aber sie war davon überzeugt, dass sie dieses Jahr unbeschadet überstehen würden, wenn die Liebe von beiden Seiten wirklich so groß war, wie sie beide glaubten oder zumindest hofften.

»Sehen wir uns am Wochenende?«, fragte er und klang so depressiv, als hätte sie schon im Voraus für die nächsten zehn Jahre anderweitige Verpflichtungen angekündigt.

»Wenn du mir helfen willst, meine Koffer zu packen und herzubringen, damit ich mehr zum Anziehen habe?«

»Ach ja, deine Koffer«, murmelte er. »Ja, klar helfe ich dir. Sag mir Bescheid, wann du hier bist ...«

»Es wäre nicht schlecht, wenn du mich abholen würdest«, sagte sie in einem leicht ironischen Tonfall. »Du erinnerst dich bestimmt, dass ich ohne Wagen hier bin.«

»Wie? Oh, ach, stimmt ja. Genau, dann sag mir, wann ich dich abholen soll.«

»Na ja, wenn du Freitagabend herkommst, können wir Samstagmorgen losfahren«, gab sie zu bedenken.

»Ach, dann starte ich lieber am Samstag um fünf Uhr oder so, dann bin ich auch gegen acht da, und wenn wir dann direkt losfahren, sind wir um elf zu Hause. Dann hast du noch genug Zeit, um die Koffer zu packen.«

Nathalie verdrehte die Augen, als sie ihn hörte. Warum mussten manche Männer bloß so begriffsstutzig sein? Sie hatte ihn soeben dazu eingeladen, hier zu schlafen, also die Nacht mit ihr zu verbringen, aber das war nicht bei ihm angekommen. Sie konnte jetzt schon Wetten darauf abschließen, dass er am Samstagmorgen gleich nach seiner Ankunft sagen würde: »Zu dumm. Weißt du, was mir unterwegs eingefallen ist? Wenn ich gestern Abend gefahren wäre, hätten wir wenigstens eine Nacht mehr für uns gehabt.«

So blieb ihr nichts weiter zu tun, als sich zu verabschieden und sich auf den Samstag zu freuen, wenn Glenn dann hier eintraf und vor sich die stolze Eigentümerin des Black Feather sah.

»Was ist denn *das?*«, flüsterte Nathalie, nachdem sie die ausklappbare Treppe erklommen hatte, die fest mit der Klapptür verbunden war. Wohin sie auch sah, alles war mit Regalen vollgestellt, worin sich Kartons in allen möglichen Größen stapelten. Die Kartons waren mit Zahlenkombinationen und irgendwelchen Kürzeln beschriftet, die zumindest bei einem flüchtigen Blick keinen Sinn ergaben und somit auch nichts über den Inhalt verraten konnten.

»Willkommen im Gehirn«, sagte Louise, nachdem sie

gleich nach Nathalie durch die Luke geklettert war und mitten im Raum stand.

»Im Gehirn?«, wiederholte Nathalie irritiert. »Was soll das darstellen?«

»Um das zu erklären, muss ich ein wenig ausholen.« Sie ging zur breiten Fensterbank, nahm die Kartons weg, die dort standen, und setzte sich hin. Mit einer Geste bedeutete sie Nathalie, neben ihr Platz zu nehmen. »Das alles hier geht auf Miss Appleby zurück, die Vorgängerin Ihrer Tante. Eine sehr … sagen wir … interessierte Frau, was das Leben ihrer Mitmenschen anging.«

»Interessiert im Sinne von neugierig, nehme ich an.«

Louise nickte. »Sie beobachtete alles und jeden, sie wusste über jeden Einwohner von Earlsraven und jeden Besucher im Pub Bescheid … damals gab es noch kein Café, das hat Ihre Tante ja erst eröffnet …«

»Und was fing sie mit diesem Wissen an?« Nathalie gestikulierte hilflos mit beiden Händen, als wollte sie nach irgendwas fassen.

»Sie machte sich unbeliebt. Weil sie Dinge über die Leute wusste, die die lieber für sich behalten wollten, konnte sie sie damit unter Druck setzen.«

»Erpressen«, warf Nathalie ein und fragte ungläubig: »Und das hat meine Tante übernommen?«

»Nein, nein, lassen Sie mich erst erzählen«, sagte Louise ruhig. »Miss Appleby hat von niemandem Geld verlangt, damit sie schweigt, es ging ›nur‹ um kleine Gefälligkeiten, zum Beispiel eine Besorgung oder irgendeine Reparatur im Haus, weil vielleicht eine Tür knarrte. Dinge dieser Art.«

»Erpressung ist es trotzdem.«

»Nun, es heißt, dass sie nie offen damit gedroht haben soll, etwas zu verraten, wenn derjenige ihr nicht den gewünschten Gefallen tun wollte. Das lief viel subtiler ab, indem sie beispielsweise den Mann aus dem Haus gegenüber gefragt hat, wer denn die hübsche Blondine sei, die ihn jeden Tag besuchen würde, seit seine Frau zur Kur weg war. Oder ob dieser nette ältere Herr, der neulich bei den Winstons vor der Tür stand, eigentlich immer noch als Gerichtsvollzieher arbeite. Sie musste es nicht aussprechen, sie hat einfach nur deutlich gemacht, dass sie genau wusste, was lief. Und dann hat sie immer ganz zurückhaltend gefragt, ob Mr Winston wohl mal ihren Wagen waschen und polieren könnte. Oder ob Mr Selby bei Gelegenheit den Gartenzaun um ihr Haus streichen könnte.«

»Sehr raffiniert«, murmelte Nathalie, die von solchen Machenschaften gar nichts hielt. »Und warum hat meine Tante das hier alles behalten?«

»Als Henrietta das Black Feather übernahm, wollte sie damit gar nichts zu tun haben«, betonte Louise. »Sie wollte das ganze Zeugs loswerden, aber sie konnte das natürlich nicht einfach auf den Müll werfen, weil die Unterlagen dann vielleicht in die falschen Hände geraten wären. Und diese Firmen, die Geschäftsunterlagen professionell abholen und vernichten, verlangen dafür sehr viel Geld. Also ließ sie alles so, wie es war. Ein paar Monate später fing ich hier als Köchin an. Wegen meiner … Vorkenntnisse weihte sie mich in dieses ›Archiv der puren Neugier‹ ein. Oder genauer gesagt … sie zeigte mir das, was zu der Zeit hier war und jetzt im Keller lagert. Das hier oben ist alles unser Werk.«

»Dann haben Sie sie dazu überredet, Leute auszuspionieren?«

»Es geht nicht ums Ausspionieren«, konterte Louise. »Es geht nur darum, das zu notieren, was man beobachtet, was einem erzählt wird, was sich andere Leute gegenseitig berichten, während man danebensitzt und es ungewollt mit anhört.«

»Das ist nichts anderes als ausspionieren«, beharrte Nathalie.

»Henrietta und ich haben nur festgehalten, was wir mitbekommen haben. Wir haben nirgendwo Wanzen installiert, es gibt keine Kameras, die heimlich alles aufnehmen.«

»Trotzdem hätten Sie meine Tante nicht dazu überreden müssen, mit diesem Kram weiterzumachen.«

»Vermutlich hätte ich das auch nicht getan, wenn da nicht dieser Fund gewesen wäre«, fuhr Louise fort.

»Was für ein Fund?«

»Ein unglaublicher Zufallstreffer. In den Achtzigern wurde einige Meilen südlich von hier eine Zwölfjährige ermordet. Gemma Maysfield. Die Leiche wurde erst Jahre später viele Meilen vom Wohnort entfernt gefunden, die Polizei konnte keinen Verdächtigen ermitteln und wandte sich an … an andere Behörden.«

Nathalie zog argwöhnisch eine Augenbraue hoch und sah, dass Louise diese Reaktion nicht entging.

Die Köchin fuhr fort: »Es konnte ein enger Täterkreis ermittelt werden, aber alle drei hatten wasserdichte Alibis. Beim Anblick dieser Unterlagen hier kam ich auf die verrückte Idee, mir die Notizen von dem Tag anzusehen, an dem Gemma spurlos aus dem Haus ihrer Eltern verschwand. Ich wollte meinen Augen nicht trauen, als ich einen Übernachtungsbeleg entdeckte, auf dem der Name eines Verdächtigen stand, zusammen mit einer Personenbeschreibung, die Miss Appleby notiert hatte – und mit dem Kennzeichen des Wagens, mit dem er hier unterwegs gewesen war.«

»Sagen Sie nicht, Sie konnten den Mann überführen!«

Louise nickte. »Die Beschreibung passte, es war seine

Handschrift, und wir konnten sogar den Wagen ausfindig machen, der einem Bekannten gehört hatte. Der hatte ihn mittlerweile an einen Sammler verkauft, der alte Autos restaurierte. Der Wagen stand in einer Halle und wartete darauf, dass er an die Reihe kam. Wir konnten im Kofferraum Haare des Opfers finden, das Alibi des Täters zerplatzte wie eine Seifenblase, da er niemals um Mitternacht in Glasgow hätte sein können, wenn er erst gegen elf im Black Feather eingetroffen war, um ein Zimmer zu nehmen.«

»Und das alles verdankten Sie nur Miss Applebys Neugier?« Nathalie sah sie verdutzt an.

»Richtig. Als Ihre Tante das hörte, war das einer von zwei Gründen, Miss Applebys Tradition fortzusetzen und auch alles festzuhalten und zu archivieren, aber eben nicht mit dem Hintergedanken, andere Leute zu Gefälligkeiten zu … ›überreden‹.«

»Und der zweite Grund?«

»Haben Sie schon Constable Strutner kennengelernt?«

»Ja, vor ein paar Tagen kam er mir mit seinem Schnauzer entgegen …«

»Colonel Jackson.«

»Ja, richtig.

»Was halten Sie von ihm?«, wollte Louise wissen.

»Er ist nett und freundlich«, antwortete Nathalie. »Für einen Polizisten wiegt er allerdings etwas zu viel. Mich würde nicht wundern, wenn er nach zehn Metern jede Verfolgung abbricht, weil er entweder keine Luft mehr bekommt oder sein Herz nicht mitmacht.«

»Das trifft alles zu«, bestätigte die Köchin. »Und es gibt noch zwei Dinge, die Sie wissen sollten: Er ist ein Trottel, und Ihre Tante hatte jahrelang ein Verhältnis mit ihm.«

Siebtes Kapitel, in dem Nathalie Dinge erfährt, die sie nicht für möglich gehalten hätte

»Ein Trottel? Ein Verhältnis … mit Tante Henrietta?«, wiederholte Nathalie ungläubig. »Aber … was … was hat das mit diesen Papieren zu tun?«

»Sehr viel«, sagte Louise und rieb sich beiläufig die Hände. »Wenn nicht sogar alles. Lassen Sie es mich so formulieren: Inspector Clouseau ist eine abgeschwächte Variante von Constable Strutner. Als Mensch ist Strutner ein Engel, er ist einfach wunderbar, und mir war auch immer klar, was Henrietta in ihm gesehen hat. Weil er so gutherzig ist, kann man ihm einfach nicht böse sein, dass er als Polizist so dusselig ist. Es ändert aber nichts daran, dass er nun mal ein Trottel ist und seine Arbeit eigentlich nicht erledigt bekommt.«

»Trottel klingt so … hart«, fand Nathalie.

»Idiot wäre hart, und Dummkopf wäre eine Beleidigung für jeden Dummkopf«, gab die andere Frau zurück und lachte auf. »Mit dem Trottel ist er noch gut bedient.«

»Und was hat meine Tante damit zu, dass er trotzdem immer noch im Dienst ist?«, wunderte sich Nathalie. »Ich meine, sie hat ja bestimmt nicht für ihn die Fälle gelöst.«

»Nicht sie allein«, stimmte die Köchin ihr grinsend zu.

Nathalie zog die Augenbrauen zusammen und überlegte, was genau sie da gerade gehört hatte. »Augenblick mal … wollen Sie damit sagen, meine Tante hat für Strutner die Fälle gelöst … und jemand hat ihr dabei geholfen?«

»Sie sind gut«, freute sich Louise. »Henrietta hat mit ihrem Lob über Sie nicht übertrieben.«

»Und dieser Jemand … das waren Sie. Und Sie haben das mithilfe dieser Notizen gemacht.« Louise nickte zufrieden.«Und was sagt der Constable dazu, dass eine Gastwirtin und eine Köchin seine Arbeit erledigen?«, fragte Nathalie, klatschte sich dann aber die Hand gegen die Stirn. »Er sagt gar nichts dazu, weil er nichts davon weiß. Sie geben ihm dezente Tipps oder erzählen ihm, was irgendjemand gesagt oder gesehen hat, und damit bringen Sie ihn auf die richtige Fährte.«

»Ich bin begeistert, Nathalie«, rief Louise aus. »Ich hätte gedacht, dass das eine lange und komplizierte Unterhaltung werden würde, weil ich das alles nicht so geradeheraus sagen kann, aber … das hätte ich nicht erwartet.«

Nathalie zuckte mit den Schultern. »Na ja, ich hätte auch komplett falsch liegen können.«

»Tun Sie aber nicht, und nur das zählt für mich«, meinte Louise und lachte leise. »Wissen Sie, was mir bei dem Ganzen ein bisschen unheimlich ist? Bei der Einstellung und Ausbildung muss Strutner mit Leuten zu tun gehabt haben, die noch dusseliger waren als er. Sonst hätte jemand merken müssen, dass er als Polizist nichts taugt. Da fragt man sich, wie viele Strutners wohl noch auf den Straßen in unserem Land unterwegs sind.« Sie machte eine abwertende Geste. »Aber egal. Es ändert nichts daran, dass Strutner menschlich vom Feinsten ist. Ehrlich, hilfsbereit … suchen Sie sich eine gute Eigenschaft aus, und er hat sie.«

»Eine Sache ist mir allerdings ein Rätsel«, fuhr Nathalie nach einer kurzen Pause fort. »Darf ich annehmen, dass Sie von mir das Gleiche erwarten, was meine Tante für diesen Strutner getan hat. Ähm … warum sollte ich das tun?«

»Ganz einfach: Ihrer Tante zuliebe. Sie hat das natürlich im Testament und in den anderen Unterlagen nicht schriftlich festhalten können, dann wäre ja der Beweis für Strutners Unfähigkeit erbracht. Aber sie hat einige Male gesagt, dass sie auf Sie zählen würde, sollte ihr etwas zustoßen.«

Nathalie saß mit geschlossenen Augen da und rieb sich das Kinn. »Was genau halse ich mir damit auf?«

»Nicht viel. Wir sind hier auf dem Land, so viele Verbrechen ereignen sich nicht.«

»Das heißt *was*, in Zahlen ausgedrückt?«, hakte Nathalie nach. »Ich weiß, dass zumindest statistisch in ländlichen Gebieten erheblich mehr Verbrechen geschehen, wenn man die Summe auf die Einwohnerzahl umrechnet.«

»Vier bis fünf Fälle jährlich, wenn ich die letzten Jahre betrachte, und das ziemlich konstant.«

Nathalie nickte nachdenklich. »Das heißt, das alles hier hat meine Tante nur gesammelt, um Strutner vier- oder fünfmal im Jahr zu helfen?«

»Nein, sie hat es zwar auch für ihn getan, aber in erster Linie hat sie es nach einer Weile fasziniert, was man alles wahrnimmt, wenn man seine Umgebung etwas genauer beobachtet. Sie kennen ja ihre Vorliebe für Krimis, und das hier hat ihre Fantasie immer wieder aufs Neue beflügelt. Es war für sie ein bisschen so wie in *Das Fenster zum Hof.*«

»Aber es hat nur Strutner geholfen, sonst niemandem, sehe ich das richtig?«, wollte Nathalie wissen.

»Nicht nur Strutner«, räumte Louise ein. »Meine Kontakte haben auch schon einige Male davon profitieren können, weil das hier eine günstige Nord-Süd-Verbindung für alle ist, die die Autobahn meiden wollen – aus welchen Gründen auch immer.«

Nathalie lehnte sich nach hinten und ließ den Kopf gegen den Fensterrahmen sinken. Sie verspürte mit einem Mal einen Anflug von Unsicherheit, ob ihre Entscheidung richtig war, das Black Feather zu übernehmen. Akribisch hatte sie alle verfügbaren Unterlagen gesichtet, aber von einer heimlichen Unterstützung der örtlichen Polizei war nirgendwo die Rede gewesen. War diese Enthüllung die einzige Überraschung, mit der sie nun erst konfrontiert wurde, nachdem sie sich für das Erbe entschieden hatte? Oder warteten weitere Überraschungen auf sie, die auch nirgendwo dokumentiert waren und die ihr noch viel weniger gefallen würden?

»Diese Kontakte, von denen Sie da reden«, begann sie nach einer Weile. »Um wen geht es da? Waren Sie beim Geheimdienst, oder was? Ich meine, wen kann man denn anrufen, um sich zu erkundigen, ob der Unfall, bei dem meine Tante ums Leben kam, wirklich ein Unfall war? Solche Informationen kann doch nur jemand beim MI5 oder MI6 haben, und ich wüsste nicht, dass Köche eine Berechtigung besitzen, um von dort irgendwelche

Informationen anfordern zu können.« Louise verzog den Mund, was alles Mögliche bedeuten konnte. Nathalie fuhr fort: »Ich kenne Ihre Personalakte, Ihr Lebenslauf ist lückenlos. Sie haben weder als Köchin noch in irgendeiner anderen Funktion für den MI5 oder den MI6 gearbeitet. Also, was hat es mit diesen Kontakten auf sich?«

Louise reagierte mit einem rätselhaften Lächeln. »Was ist an einem Geheimdienst geheim, wenn jeder seinen Namen kennt?«

»Wie?«, erwiderte Nathalie verdutzt. »Na gut, dann gibt es eben noch einen Geheimdienst, dessen Namen niemand kennt. Es ändert nichts daran, dass Ihr Lebenslauf lückenlos ist. Ich bin mir sicher, dass Sie keine Beschäftigungen erfunden haben. Es wäre doch dumm, so etwas zu machen, wenn jeder weiß, dass man bei diesen früheren Arbeitgebern anrufen kann. Und selbst wenn diese Firmen nicht mehr existieren, lässt sich anhand der Steuerunterlagen und der Krankenversicherung und aller möglichen Institutionen nachvollziehen, ob das Unternehmen existiert hat – und dann kann man auch belegen, ob Sie da gearbeitet haben.« Louises Schweigen, verbunden mit diesem seltsam amüsierten Lächeln, irritierte Nathalie und ließ sie grübeln. »Andererseits … so ein Unternehmen könnte ja auch nur auf dem Papier existieren, damit Sie einen offiziellen Arbeitgeber haben, der sich um Ihre Sozialversicherung und die Lohnsteuer und alles andere kümmert.« Sie schüttelte flüchtig den Kopf. »Ich nehme an, ich könnte noch tagelang Reden führen, ohne von Ihnen ein klares Ja oder Nein zu bekommen.«

»Möglicherweise.«

»Das genügt mir nicht, Louise. Sie verschweigen mir etwas … oder vielleicht sogar ziemlich viel, wenn ich über Ihre Äußerungen nachdenke.«

»Nathalie, ich verspreche Ihnen, dass Sie von mir und über mich alles erfahren werden, was Sie wissen müssen.«

»Okay, dann reden Sie.« Louise schüttelte den Kopf. »Aber Sie haben mir vor fünf Sekunden versprochen, dass …«

»… Sie von mir und über mich alles erfahren werden, was Sie wissen *müssen.* Ganz richtig. Das, was Sie jetzt von mir wissen wollen, müssen Sie *jetzt* aber nicht wissen. Irgendwann später vielleicht, wenn sich die passende Gelegenheit ergibt, aber nicht jetzt.«

»Dann verraten Sie mir wenigstens, wie Sie und meine Tante sich kennengelernt haben. Sie wird bei der Suche nach einer Köchin sicher einen Grund gehabt haben, gerade Sie zu nehmen.«

»Ja, das haben Sie richtig erkannt.«

»Also?«, hakte Nathalie nach und kniff argwöhnisch die Augen zusammen.

Wieder schüttelte die ältere Frau den Kopf. »Das müssen Sie nicht wissen.«

»Doch, das muss ich wissen«, widersprach Nathalie ihr nach einer kurzen Denkpause. »Ich muss nämlich wissen, ob ich Ihnen vertrauen kann oder nicht. Wenn meine Tante Sie hier einstellen musste, weil Sie, Louise, etwas gegen sie in der Hand hatten, dann sind Ihre Tage im Black Feather gezählt.«

Louise atmete heftig aus. »Also gut … lassen Sie mich nachdenken, was ich sagen kann … okay, wenn ich Ihnen sage, dass wir uns bei einem gemeinsamen Einsatz kennengelernt haben, würde Ihnen das fürs Erste genügen?«

»Bei einem gemeinsamen *Einsatz?*«, wiederholte Nathalie. »Was soll das bedeuten? Dass meine Tante auf dem gleichen Gebiet gearbeitet hat wie Sie? Ich glaube, ich kenne Henrietta gut genug, um zu wissen …«

»… dass sie ein Verhältnis mit Constable Strutner hatte?«, wurde sie von der Köchin unterbrochen.

Nathalie seufzte. »Gut, ich gebe mich geschlagen, Louise. Ich weiß nicht alles über meine Tante, und ich weiß noch weniger über Sie. Aber wenn Tante Henrietta Ihnen all die Jahre vertraut hat, dann werde ich das auch tun. Ganz wohl ist mir dabei nicht, das kann ich Ihnen sagen. Enttäuschen Sie mein Vertrauen nicht, verstanden?«

»Geht klar! Und ich kann Ihnen versichern, wenn es etwas gibt, was Sie wissen müssen, werden Sie es umgehend von mir erfahren.«

Ein wenig beruhigter nickte Nathalie. Sie konnte nur hoffen, dass sie die richtige Entscheidung getroffen hatte. Immerhin war sie sich längst nicht mehr sicher, inwieweit sie sich auf das Bild verlassen konnte, das sie von ihrer Tante hatte. Sie wusste nicht mal, ob sie mehr über diesen rätselhaften »Einsatz« wissen wollte, bei dem sich die beiden kennengelernt hatten, oder ob es besser war, das alles auf sich beruhen zu lassen. Einerseits wollte sie mehr über ihre Tante erfahren, andererseits hatte sie keine Ahnung, ob ihr gefallen würde, was dabei unter Umständen herauskam. Am Ende war Henrietta noch eine Scharfschützin gewesen, die in ihrer Karriere ein paar Dutzend Schurken ausgeschaltet hatte.

Ob sie damit zurechtkommen könnte, wusste sie nun wirklich nicht.

Eine Zeit lang saßen die beiden Frauen schweigend da, dann sagte Louise: »Falls Sie sich darüber wundern, dass das alles noch auf Papier erledigt worden ist – Ihre Tante war in dem Punkt etwas altmodisch veranlagt, und ich ebenfalls. Ich bin gern in der Lage, mir ein Dokument oder eine Notiz anzusehen, ohne dass ich dafür Strom brauche und ohne dass ich erst mal einen Computer hochfahren muss.«

»Tatsächlich?«

»Ja, aber wir hatten vor einiger Zeit damit angefangen, nach und nach diese Notizen einzuscannen.«

»Wie viele Jahrzehnte haben Sie denn dafür veranschlagt?«, fragte Nathalie amüsiert.

»Ich habe auch nur gesagt, dass wir damit angefangen hatten«, stellte Louise mit einem Augenzwinkern klar. »Das Problem ist aber nicht nur der Zeitaufwand. Bei jedem Dokument muss genau überlegt werden, welchen Namen es bekommen soll, und es müssen Begriffe festgelegt werden, damit bei einer Suche genau dieses Dokument auch angezeigt wird.«

»Klingt nach einem logistischen Albtraum.«

»Genau das ist es auch, und darum haben wir es bei dem einen Versuch belassen. Ihre Tante hatte sich zwar vorgenommen, zukünftig die Notizen am PC zu erfassen und gar nicht erst aufzuschreiben, aber … na ja, dazu ist es jetzt ja nicht mehr gekommen.« Louise schaute betrübt vor sich hin.

»Ich weiß nicht, ob Sie von mir erwarten, dass ich dieses … Projekt weiterführe …«, begann Nathalie schließlich.

»Sie würden es nicht allein machen«, erwiderte die Köchin. »Ich würde vermutlich sogar, wie bislang auch, mehr dazu beitragen als Sie, weil ich in der Küche noch mehr mitbekomme. Jeder hat da was zu erzählen, dann kommen die Kellner rein und reden über etwas, was ein Gast gesagt oder getan hat. Ich glaube, wenn Sie einmal erlebt hätten, wie anhand dieser Notizen ein Mordfall aufgeklärt wird, dann würden Sie das anders beurteilen.«

Nathalie kratzte sich am Kopf und sah sich unschlüssig um. »Also gut«, erklärte sie entschieden, »dann will ich mir bitte einmal ansehen, was Sie zu Miss Beresford zusammengetragen haben.«

Louises Miene hellte sich für einen Moment auf, dann aber stutzte sie. »Miss Beresford? Wieso?«

»Weil mich Miss Beresford mit ihrem Gerede vom Monet, der nicht ihr Monet und vielleicht doch ihr Monet ist – oder weiß der Teufel was –, neugierig gemacht hat«, antwortete sie. »Also?«

Louise nickte anerkennend. »Sie haben einen guten Riecher für seltsame Dinge. Henrietta wäre schon jetzt stolz auf Sie. Einen Moment.« Sie verließ mit einem Satz die Fensterbank und ging zielstrebig zu einem der Kartons, griff hinein und kam mit einer Aktenmappe zurück.

»Verraten Sie mir, nach welchem System das hier sortiert ist?«, fragte Nathalie.

»Kommen Sie mit dem System unten in Ihrem Büro zurecht?«

»Ich muss noch immer fast alles nachsehen, ehe ich weiß, wo was steht«, gab sie zu.

»Geben Sie meinem System noch etwas Schonzeit, Nathalie. Ihre Tante hat auch eine Weile gebraucht, bis sie es durchschaut hat. Danach wollte sie nie wieder etwas ändern.«

Nathalie nahm die Mappe entgegen, die Louise ihr hinhielt, und schlug sie auf. »Was ist denn das?«, fragte sie beim Anblick unzähliger bunter Symbole in allen möglichen Formen und Kombinationen.

»Das ist eine Farbcodierung, um schneller das finden zu können, wonach man sucht. Je präziser diese Codierung, umso leichter kann man das Gesuchte ausfindig machen.«

Nathalie betrachtete die Notizen, die eindeutig von ihrer Tante stammten, und musste schon wieder kapitulieren, weil die Kürzel für sie keinen Sinn ergaben.

»Wenn Sie von hinten nach vorn blättern«, erklärte Louise, da Nathalies Miene so offensichtlich ihre Ratlosigkeit erkennen ließ, »dann erschließt sich, was hinter den Abkürzungen steht. Am Anfang hat Henrietta noch darauf geachtet, in ganzen Sätzen zu schreiben, aber mit jedem Monat, der verstrich, wurden die Notizen kürzer und kürzer, weil sie ja wusste, was es zu bedeuten hat.«

Nathalie begann zu blättern. »Wann war der erste … ›Gemälde-Zwischenfall‹?«

»Das ist ein paar Jahre her. Warten Sie, ich finde das schneller.« Sie ließ sich von Nathalie die Akte geben und strich mit dem Finger über die Seite. »Augenblick … da … ist es. Ihr Keith Haring ist weg, aber noch da, hat Miss Beresford erzählt.«

»Das ist über sechs Jahre her«, stellte Nathalie beim Blick auf das Datum fest und las die Einträge der nächsten Tage durch, bis sie gut sechs Wochen später den Vermerk ihrer Tante entdeckte, dass Miss Beresford wohl ein wenig durcheinander gewesen sein musste, da mit einem Mal mit dem Bild alles wieder in Ordnung war.

Sie überflog die Seiten, da sie wusste, auf was sie nun achten musste. »Neunzehn Mal«, sagte Nathalie, nachdem sie bei dem Vermerk angekommen war, der den Monet betraf. »Neunzehn Mal hat Miss Beresford bislang also erklärt, dass ihr Bild nicht ihr Bild ist. Nach dem fünften Fehlalarm hat meine Tante aufgehört, sich weiter darum zu kümmern, und nur noch eine Notiz gemacht, dass wieder mal etwas mit einem ihrer Gemälde nicht stimmt.«

»Ich hätte aus dem Gedächtnis nicht genau sagen

können, nach dem wievielten Vorfall wir nichts mehr unternommen haben, aber das kommt hin.«

»Das heißt, bei den letzten vierzehn Vorkommnissen war keiner von Ihnen noch mal bei ihr, um sich das Bild anzusehen, auch nicht Constable Strutner, richtig?«

Die Köchin nickte. »Weil es jedes Mal das Gleiche war. Wir haben vor einer ziemlich guten Kopie eines bekannten Gemäldes gestanden und uns anhören müssen, dass das ihr Bild ist, aber auch nicht ihr Bild ist. Ich bin keine Expertin für Kunst, ich kann nur sagen, dass diese nachgemalten Bilder wirklich gut aussahen. Mir hätte das eine oder andere davon auch gefallen, wenn ich für so etwas in meinen vier Wänden Platz hätte.« Sie betrachtete Nathalies nachdenkliche Miene. »Was geht Ihnen durch den Kopf?«

»Vermutlich nichts, was sich meine Tante nicht auch schon überlegt hatte«, erwiderte sie. »Ich würde mir diesen echten falschen oder gefälschten falschen Monet gern einmal ansehen. Meinen Sie, das lässt sich arrangieren?«

»Miss Beresford wird sich freuen, dass sie ein neues ›Opfer‹ gefunden hat«, sagte Louise und zwinkerte ihr zu. Dann sah sie auf die Uhr. »Sagen wir, um zwei, wenn der Ansturm zum Mittagessen vorbei ist?«

»Einverstanden.«

»Gut, ich rufe gleich Miss Beresford an«, erklärte die Köchin und ging zur Klapptür. Dort blieb sie stehen. »Kommen Sie?«

»Ich … ich würde mir das hier gern noch ein wenig genauer ansehen«, antwortete Nathalie und machte eine ausholende Geste, die den ganzen Raum einschloss. »Ich werde auch nichts durcheinanderbringen, versprochen, Louise.«

»Das glaube ich Ihnen«, gab sie zurück. »Sie müssen

mich bloß aus dem Büro lassen und hinter mir wieder abschließen. Sonst marschiert der Nächste garantiert hier rein und sieht etwas, das ihn nichts angeht.«

»Ist das Ganze hier so geheim?«

Louise nickte. »Das Personal ist zwar dazu angehalten, Kennzeichen zu notieren und Auffälligkeiten festzuhalten, aber das dient offiziell nur für den Fall, dass jemand die Zeche prellt, sich in seinen Wagen setzt und abhaut. Dass Henrietta diese Informationen alle gesammelt hat, weiß niemand, und es muss auch niemand wissen. Das würde nur Gerede und Spekulationen nach sich ziehen, und ehe wir uns versehen, hält man uns für Spione, die mit Nordkorea sympathisieren.«

»Das kann ich mir leider lebhaft vorstellen«, merkte Nathalie dazu an. »Gut, dann komme ich mit runter, lasse Sie raus und werde mir die Akte Beresford ganz in Ruhe ansehen.«

Gemeinsam verließen sie das »Gehirn«, und aus einem unerfindlichen Grund verspürte Nathalie ganz plötzlich eine unbändige Freude. Es konnte nicht daran liegen, dass sie Miss Beresford wiedersehen würde, so viel war klar.

Achtes Kapitel, in dem Nathalie den Monet sieht, der vielleicht kein Monet ist …

»Das ist er«, verkündete Miss Beresford, nachdem sie um Viertel nach zwei bei ihr eingetroffen waren. Sie wohnte nicht weit vom Black Feather entfernt, aber genau genommen tat das in Earlsraven kaum jemand. Dafür war das Dorf viel zu klein.

Miss Beresfords Haus stammte aus den Sechzigerjahren des letzten Jahrhunderts, es war damit eines von recht wenigen Gebäuden jüngeren Baujahrs am Ort. Von den Häusern abgesehen, die rund um den Marktplatz herum gebaut worden waren, gab es in Earlsraven fast nur Cottages. Miss Beresfords Haus bildete die Ausnahme, ihr Eigenheim wirkte kantig, klar und nüchtern und erinnerte Nathalie an ein Gebäude im Bauhaus-Stil.

Im Inneren machte sich der Unterschied zu den Cottages vor allem bei den etwas höheren Zimmerdecken bemerkbar, was Nathalie als sehr angenehm empfand. Auch waren die Fenster größer und ließen mehr Licht in den Raum.

»Das ist also der Monet«, sagte Nathalie. Das Bild zeigte eine ländliche Gegend mit einem Getreideschober. Die Sonne stand dicht über dem Horizont, bald würde sie untergehen. Jetzt warf sie noch lange, tiefe Schatten, ihr Licht tauchte die Felder in einen rötlichen Schein. »Ein schönes Motiv.«

»Das wäre es, wenn es mein Monet wäre. So dagegen …«, entgegnete Miss Beresford und ließ den Rest ihres Satzes unvollendet.

»Wissen Sie, Miss Beresford«, sprach Nathalie weiter. »Ich kann eines nicht verstehen. Sie wissen doch, dass das nicht der echte Monet ist, der da an der Wand hängt, nicht wahr?«

»Ja, natürlich. Wenn ich so reich wäre, dass ich mir einen echten Monet kaufen könnte, würde ich mir von dem Geld ganz sicher etwas anderes gönnen. Wieso fragen Sie?«

»Ich frage Sie das, weil ich nicht verstehen kann, warum Sie meinen, dass jemand die Kopie eines Gemäldes durch eine andere Kopie ersetzen würde. Sehen Sie, um die Kopie auszutauschen, müsste jemand hier einbrechen. Wenn er aber doch mit einer anderen Kopie herkommt, warum soll er das Risiko eingehen, beim Einbruch überrascht zu werden? Warum nimmt er nicht einfach die Kopie, die er selbst hat, und hängt sie bei sich an die Wand?«

Miss Beresford zuckte mit den schmalen Schultern

und hielt das goldene Medaillon mit beiden Händen umklammert. »Das weiß ich nicht. Ich hatte ja gehofft, dass Ihre Tante der Sache auf den Grund geht, weil ich wusste, dass sie so ein großes Interesse an Krimis hat. Aber dann wollte sie nichts mehr davon wissen. Und Sie, Miss Cartham, haben mich ja auch damit allein gelassen. Von Constable Strutner will ich gar nicht erst reden.«

»Miss Beresford«, erwiderte Louise, die rechts von Nathalie stand. »Wir sind allesamt fünfmal ausgerückt, um auf Ihren Hilferuf zu reagieren. Wir haben uns die Bilder angesehen, wir konnten nichts anderes dazu sagen, als dass es gute Kopien waren. Keiner von uns konnte in irgendeiner Weise feststellen, ob es sich um eine andere Kopie handelte als die, die drei Tage zuvor da an der Wand hing.« Sie machte eine hilflose Geste. »Und wenn Sie uns dann in allen fünf Fällen ein paar Wochen später erzählen, dass es nun doch wieder *Ihr* Bild ist, ohne dass wir einen Unterschied erkennen können, dann müssen Sie auch in gewisser Weise Verständnis dafür haben, dass wir beim sechsten, siebten und achten Mal nichts anderes tun können als ›aha‹ zu sagen und es dabei zu belassen.« Miss Beresford schnaubte ungehalten. »Das ist nichts Persönliches, Miss Beresford«, stellte die Köchin klar. »Aber an unserer Stelle würden Sie sich inzwischen bestimmt auch auf den Arm genommen fühlen.«

»Ich würde Sie niemals auf den Arm nehmen«, protestierte Miss Beresford.

»Das hat Miss Cartham ja auch nicht gesagt«, ging Nathalie beschwichtigend dazwischen. »Natürlich geht niemand hier davon aus, dass Sie so etwas tun würden, aber … ich stehe jetzt selbst vor diesem Gemälde und kann nichts anderes dazu sagen, als dass es eine gelungene Kopie ist. Wenn Sie nichts Konkretes nennen können, dass meinetwegen der Rahmen an einer Stelle angestoßen war und es jetzt nicht mehr ist, dann weiß ich auch nicht, wie wir Ihnen helfen können.«

»Ich *sehe* es«, beharrte Miss Beresford. »Es ist einfach … alles. Ich kann Ihnen nicht sagen, dass da irgendwo auf einmal ein Pinselstrich fehlt oder ein Farbtupfer verrutscht ist. Es ist so, als … ich weiß nicht, wie ich es beschreiben soll.«

»Damals sagten Sie«, meldete sich wieder Louise zu Wort, »dass es Ihnen genau so vorkommt, als hätte jemand die Wohnung komplett durchsucht und alles wieder ganz genau an seinen Platz gelegt. So war es doch, wenn ich mich nicht irre, oder?«

Miss Beresfords Augen leuchteten auf. »Oh ja, stimmt, das habe ich damit verglichen.« Sie sah Nathalie an. »Kennen Sie das Gefühl?«

»Glücklicherweise war ich noch nie in so einer Situation, Miss Beresford. Aber ich kann mir schon vorstellen, wie Sie das meinen. Sie haben zum Beispiel diese Zeitung da einfach im Vorbeigehen auf den Tisch gelegt, und danach hat sie jemand hochgenommen, um einen Blick darunter zu werfen, und dann hat er sie wieder haargenau so hingelegt – und doch liegt sie nicht exakt gleich dort.«

»Ja, ja, genau, Miss Ames, ganz genau!«, rief die alte Dame aufgeregt, schaute dann aber gleich wieder betreten drein. »Allerdings fürchte ich, dass Ihnen das auch nicht weiterhelfen wird, richtig?«

Nathalie konnte nur betrübt den Kopf schütteln. »Nein, leider nicht.« Sie überlegte einen Moment lang und fragte schließlich: »Gibt es hier in Earlsraven jemanden, der … wie soll ich sagen … Sie dazu bringen will, an Ihrem Verstand zu zweifeln? Jemand, der es beispielsweise auf Ihr Haus oder Ihr Grundstück abgesehen hat?«

Miss Beresford legte den Kopf schief und dachte nach. »Nicht, dass ich wüsste. Also, mir gegenüber hat sich noch nie jemand so geäußert. Wie kommen Sie darauf?«

»Das war nur drauflosgeraten, Miss Beresford. Mir ist der Gedanke gekommen, dass jemand unbemerkt in Ihr Haus einsteigt und kleine Dinge verändert, Sachen woanders hinlegt, damit Sie anfangen zu glauben, Sie würden all diese Dinge vergessen.«

Miss Beresford verzog nachdenklich den Mund. »Nein, nein, da würde mir niemand einfallen, der mir so etwas antun wollte. Sehen Sie, bei mir ist nichts zu holen.«

»Da wären immerhin das Haus und das Grundstück«, wandte Nathalie ein.

»Ja, aber meine Kinder sind alle gut versorgt und haben selbst Häuser, und keiner von ihnen möchte aufs Land ziehen. Und die Grundstückspreise in Earlsraven würden niemanden von ihnen dazu verleiten, mich in den Wahnsinn treiben zu wollen.«

Nathalie nickte. »Wo kaufen Sie eigentlich diese Gemälde?«, fragte sie, um zu testen, wie die alte Dame reagierte. Nathalie wusste ja bereits, woher die Bilder stammten.

»Die kaufe ich gar nicht, das sind alles Geschenke von meinem Enkel. Er arbeitet in London in einer – wie er es immer sagt – ›Kunstgalerie für das kleine Geld‹, die ganz offiziell mit Kopien von Kunstwerken handelt«, erzählte Miss Beresford voller Stolz. »Diese Gemälde und Skulpturen sind für jeden erschwinglich, und da mein Enkel alles mit Personalrabatt kaufen kann, tut er mir von Zeit zu Zeit etwas Gutes und bringt mir eines von den Gemälden mit. Er ist ein lieber,vernünftiger Junge, für den alte Leute nicht auf dem Abstellgleis stehen.«

»Haben Sie ihn denn auch schon darauf angesprochen?«, erkundigte sich Nathalie.

Miss Beresford zuckte mit den Schultern und seufzte leise. »Alle reagieren gleich, alle kommen her, sehen sich das Bild an, können nichts entdecken, und dann kümmern sie sich nie wieder darum. Sie werden das auch so machen, Miss Ames, weil Sie es auch nicht sehen können.«

»Warten wir's ab, Miss Beresford, warten wir's einfach ab«, erwiderte sie. »Würden Sie mir verraten, wo ich Ihren Enkel erreichen kann?«

Die ältere Frau sah sie skeptisch an. »Was wollen Sie von dem Jungen?«

»Einfach mit ihm reden. Sehen Sie, ich gehe an diese Angelegenheit noch ganz unvoreingenommen heran. Ich mache das alles zum ersten Mal mit, und vielleicht stelle ich Ihrem Enkel ja eine Frage, die noch niemandem eingefallen ist. Und vielleicht und mit etwas Glück bringt ihn das auf eine Idee, die uns allen weiterhilft.«

»Oh«, machte Miss Beresford. »Warten Sie, ich schreibe Ihnen auf, wo Sie ihn erreichen können. David heißt er. David Fuller.«

Mit dem Zettel in der Hand gingen Nathalie und Louise dann durch das überraschend modern eingerichtete Wohnzimmer zur Haustür, die Miss Beresford ihnen öffnete.

»Ach, sagen Sie, Miss Ames, was ist eigentlich mit Ihrem Freund. Der ist gleich wieder abgefahren und seitdem gar nicht mehr aufgetaucht«, sagte die ältere Dame, gerade als die zwei sich von ihr verabschieden wollten.

»Er musste zurück nach Hause«, antwortete Nathalie,

die sich seltsam überrumpelt vorkam. »Er hat seine Arbeit, und ich … na ja, ich habe jetzt hier meine.«

»Wie wollen Sie das denn machen, wenn Sie heiraten?«, hakte Miss Beresford nach. »Wird er dann hierher zu Ihnen ziehen? Oder werden Sie uns dann wieder verlassen?«

Nathalie lag ein ganzer Berg bissiger Bemerkungen auf der Zunge, um auf diese viel zu privaten Fragen die passende Antwort zu geben, doch sie hielt sich zurück. Erstens würde jede patzige Reaktion garantiert sofort im ganzen Dorf die Runde machen, zweitens – und dieser Grund wog schwerer – war keine dieser Fragen in einem neugierigen Tonfall gestellt worden, sondern auf eine beiläufig interessierte Art, so als würden sie beide sich schon seit Jahren kennen und stets über Gott und die Welt reden.

»Für solche Entscheidungen ist es noch zu früh«, antwortete Nathalie so diplomatisch, wie es nur ging. »Aber wenn wir uns festgelegt haben, werden Sie es als Zweite erfahren.«

»Als Zweite?«, gab die alte Dame verdutzt zurück.

»Gleich nachdem ich meinen Eltern die Neuigkeit mitgeteilt habe. Ist das ein Angebot?«

»Wo sind denn eigentlich Ihre Eltern? Kommen die Sie auch mal besuchen? Und haben Sie Geschwister?«

»Miss Beresford«, ging Louise mit einem Lächeln dazwischen. »Miss Ames will doch dem Rätsel mit dem doppelten Monet auf den Grund gehen. Sollte sie da nicht mit dem Heiraten lieber noch etwas warten? Sonst wird sie umso länger brauchen, ehe sie sich um Sie kümmern kann.«

Erschrocken hielt sich Miss Beresford eine Hand vor den Mund. »Oh Gott, Sie haben ja recht. Miss Ames, vergessen Sie alle meine Fragen. Ich werde sie Ihnen wieder stellen, wenn Sie die Sache mit dem Monet geklärt haben.« Sie nickte ihren beiden Besucherinnen zum Abschied zu und schloss die Tür.

»Und?«, fragte Louise, nachdem sie ein Stück weit gegangen waren. »Was halten Sie davon, nachdem Sie sich jetzt ein Bild machen konnten von … dem Bild?«

»Ich weiß nicht. Irgendetwas ist da faul.«

»Das haben Ihre Tante und ich uns damals auch gesagt, aber es gibt heute genauso wenig Greifbares wie damals«, hielt die Köchin dagegen. »Es ist tatsächlich so, wie sie gesagt hat, dass da kein Pinselstrich fehlt oder zu viel aufgetragen wurde. Da ist nur ihr Gefühl, dass mit dem Bild etwas nicht stimmt.«

»Und der Enkel?«

»Ein netter Kerl, wir haben ihn damals kennengelernt«, erklärte sie. »Er hat bei den ersten zwei oder drei Vorfällen auf eigene Kosten einen Kunstexperten herkommen lassen, der die Bilder begutachtet hat. Er konnte nichts weiter feststellen, als dass es sich um Kopien handelte. Der Enkel hatte zu den Terminen auch noch immer ein oder zwei weitere Kopien aus dem Bestand der Galerie mitgebracht, um eine Vergleichsmöglichkeit zu haben.«

»Und?«

Louise zuckte mit den Schultern. »Hier entlang«, sagte sie und deutete auf den Trampelpfad zwischen zwei Grundstücken, auf dem sie den Weg zurück zum Black Feather abkürzen konnten. »Es kam nie etwas dabei heraus. Natürlich weichen alle Kopien ein bisschen voneinander ab, aber in den Fällen konnte Miss Beresford auf den ersten Blick sagen, wo sich etwas von ihrem Bild unterschied, weil irgendein Strich zu kurz oder zu breit geraten oder ein Farbverlauf nicht so ganz gelungen war.

Nur bei ihrem Bild beziehungsweise bei dem Bild, das angeblich nicht ihr Bild war, wusste sie keinen Rat.«

Nathalie kratzte sich am Kopf. »Und darum haben Sie alle aufgegeben?«

»Genau, und das werden Sie auch machen, versprochen«, erwiderte die Köchin und bog auf die Parallelstraße ein, vor ihnen war die Terrasse des Lokals zu sehen. »Ich rechne Ihnen das wirklich hoch an, Nathalie, dass Sie noch keine Woche hier sind und schon versuchen, das Andenken Ihrer Tante zu ehren, indem Sie sich voller Eifer auf diesen Fall stürzen. Aber es ist kein Fall, jedenfalls keiner, den man lösen könnte, und so ungern ich das auch sage, weiß ich trotzdem so gut wie sicher, dass Sie über kurz oder lang auch die Segel streichen werden. Ich hoffe nur, dass diese Enttäuschung Sie nicht dazu veranlassen wird, sich künftig auch um keine anderen möglichen Verbrechen zu kümmern.«

»Ach, das glaube ich nicht«, meinte Nathalie und winkte unbesorgt ab. »Es deutet so viel darauf hin, dass nichts dabei herauskommen wird, da kann ich gar nicht enttäuscht sein. Ich wäre natürlich begeistert, wenn ich hinter das Rätsel kommen würde, aber wenn nicht, dann war es einfach eine gute Übung für die nächste Gelegenheit.«

»Die wird ganz sicher kommen«, versprach ihr Louise und zwinkerte ihr zu.

»Oh Gott, nicht schon wieder!«

Nach zwei vergeblichen Anläufen am Donnerstagnachmittag war es Nathalie am Freitagmorgen endlich gelungen, Miss Beresfords Enkel zu erreichen. David Fullers erste Worte, nachdem sie sich vorgestellt hatte, sprachen Bände. Sie konnte sich lebhaft vorstellen, wie der Mann zur Decke starrte und die Mundwinkel frustriert nach unten zog.

»Tut mir leid, wenn ich Sie damit behellige«, sagte Nathalie. »Aber ich versuche nur herauszufinden, ob es nicht doch eine logische Erklärung für die Beobachtungen Ihrer Großmutter gibt.«

»Das haben vor Ihnen schon viele andere Leute versucht«, gab er resigniert zurück. »Und keiner hat etwas Brauchbares zutage fördern können.«

»Ich weiß, aber ich habe kein gutes Gefühl dabei, einfach über das hinwegzugehen, was Miss Beresford mir sagt. Ich meine, es scheint sie ja auch zu belasten, sonst würde sie sich jetzt nicht an mich wenden. Ihre Großmutter macht auf mich keinen verwirrten Eindruck. Ich werde den Eindruck nicht los, dass da tatsächlich irgendetwas nicht stimmt.«

»Miss Ames, ich habe anfangs auch gedacht, dass tatsächlich etwas nicht stimmt«, erwiderte Fuller. »Aber es ist alles in Ordnung. Verwirrt ist meine Großmutter ganz sicher nicht, da kann ich Ihnen nur zustimmen. Meine Vermutung ist die, dass sie sich einsam fühlt, und das vielleicht nicht mal bewusst. Sie will Leute auf sich aufmerksam machen, damit die sich mit ihr beschäftigen, ihr zuhören und Zeit mit ihr verbringen. Dabei scheint sie nicht einsehen zu können, dass die Methode mit den ›falschen‹ Bildern genau das Gegenteil bewirkt.«

»Aber sie hat doch ihre Kinder und ihre Enkel«, wandte Nathalie ein. »Sie wird doch nicht von ihrer Familie ignoriert, sodass sie einen Grund hätte, sich einsam zu fühlen. Nicht jede Frau hat einen Enkel wie Sie, von dem sie regelmäßig Gemälde geschenkt bekommt.«

»Die aber nur günstige Kopien sind, auf die ich auch noch Personalrabatt bekomme«, wandte Fuller ein.

»Ich glaube, es ist der Gedanke, der zählt«, hielt sie dagegen.

»Ja, das sagt Großmutter auch immer, aber ich bin dennoch der Meinung, dass sie sich allein fühlt. Sie müssen bedenken, dass sie nie verheiratet war. Der Vater ihrer Kinder war mit einer anderen Frau zusammen, einer vermögenden Frau, von der er sich nicht scheiden lassen wollte. Sie hatte also einen Liebhaber, der auch der Vater ihrer Kinder ist, aber er war weder für sie noch für die Kinder da. Sie können sich vorstellen, was das damals bedeutete. Glückliche Paare sah und sieht sie nur anderswo, da dürfte ihr schon etwas fehlen in ihrem Leben.«

Das würde auch erklären, warum Miss Beresford so unbedingt erfahren wollte, ob sie und Glenn bald heirateten, überlegte Nathalie.

»Sie hat zwar jeden Freitag ihren Bingo-Abend, und sie ist auch immer unterwegs, mal im Café, mal bei irgendwelchen Freundinnen«, fuhr Fuller fort, »aber es ändert nichts an der Tatsache, dass sie in ein leeres Haus zurückkehrt, in dem sie abends allein einschläft und morgens allein aufwacht. Dagegen könnte aber nur sie selbst etwas unternehmen, und solange sie nicht einsieht, dass sie mit ihren wirren Geschichten von Gemälden, die nicht ihre Gemälde und dann doch wieder ihre Gemälde sind, die Leute verprellt, die sie eigentlich um sich haben möchte, kann ihr keiner helfen.« Er zögerte kurz. »Vielleicht sollte ich damit aufhören, ihr von Zeit zu Zeit ein neues Kunstwerk zu schenken. Dann würde das Theater endlich mal ein Ende nehmen.«

»Und Ihre Großmutter hätte das Gefühl, dass ihr Enkel sie vergessen hat«, sagte Nathalie. »Ich glaube nicht, dass Sie das wollen.«

»Eigentlich nicht«, räumte er betrübt ein. »Ich muss

mir auf jeden Fall irgendetwas überlegen. So kann es auf Dauer nicht weitergehen. Trotzdem vielen Dank, dass Sie sich um meine Großmutter bemühen. Wenn ich noch was für Sie tun kann, rufen Sie einfach an.«

»Danke für das Angebot«, erwiderte Nathalie. »Und falls Ihnen irgendetwas einfällt, ganz egal, was, wäre ich Ihnen dankbar, wenn Sie mir Bescheid geben könnten.«

»Das werde ich machen.«

Sie verabschiedeten sich, Nathalie legte auf. Während ihr Fullers Mutmaßungen durch den Kopf gingen, nahm sie sich noch einmal die Akte vor, die ihre Tante zusammen mit Louise über Miss Beresford angelegt hatte. Sie suchte die Datumsangaben heraus, an denen die ältere Frau bei jedem ihrer Bilder plötzlich angefangen hatte, die Behauptung vom falschen oder vertauschten Bild zu verbreiten. Nachdem sie abermals die Liste von hinten aufrollte, fand sie auch in fast allen Fällen einen Vermerk, wann Miss Beresford davon erzählt hatte, dass ihr Enkel sie besucht und ihr ein neues Gemälde mitgebracht hatte. Sie notierte diese Daten ebenfalls und verglich sie mit den anderen, konnte aber keine Übereinstimmungen entdecken. Mal vergingen zwischen dem Geschenk und dem »Tausch« – oder was auch immer da vor sich gehen mochte – drei Wochen, mal vier Monate. Ein System war dahinter nicht zu erkennen.

Dann aber rief sie auf ihrem Smartphone die Kalenderfunktion auf, und sie begann, zu suchen und zu notieren. Nach dem vierten Datum wurde etwas offensichtlich, das mit jedem weiteren Gemälde zusätzlich Bestätigung fand.

Nathalie lehnte sich zurück und betrachtete die von ihr erstellte Übersicht. Sie atmete tief und gleichmäßig durch, um nicht von einem Gefühl der Freude erfasst zu werden, das sich vielleicht in ein paar Minuten schon wieder in Luft auflösen würde. Was sie entdeckt hatte, war womöglich längst bekannt und überprüft worden.

Sie nahm das Blatt mit den Daten und ging zur Küche, konnte aber Louise nirgends entdecken. »Im Café«, sagte eine der Kellnerinnen, die Nathalies suchenden Blick richtig gedeutet hatte. »Sie macht gerade Pause.«

»Okay, danke.« Nathalie überlegte, ob sie warten sollte, bis Louise ihre Pause beendet hatte, beschloss dann aber, zu ihr zu gehen. Sie hatte schließlich kein dienstliches Anliegen, außerdem wollte sie unbedingt ihre Entdeckung mit jemandem teilen.

Als sie das Café betrat, entdeckte sie Louise an einem Tisch in der hinteren Ecke. »Darf ich kurz stören?«, fragte sie.

Louise machte eine nachdenkliche Miene, bewegte den Kopf gemächlich hin und her und sagte: »Normalerweise darf mich ja niemand stören, wenn ich meinen geliebten Käsekuchen genieße, aber ich denke, ich kann eine Ausnahme machen.« Sie grinste Nathalie an. »Was haben Sie auf dem Herzen, Chefin?«

»Möglicherweise habe ich etwas entdeckt«, sagte sie und hielt der Köchin das Blatt hin. »Ich weiß nicht, ob meine Tante oder Sie schon auf diese Auffälligkeit aufmerksam geworden sind. Falls ja, kann ich nichts Neues berichten, falls nein, sind wir vielleicht ein Stück weiter.«

Louise legte die Gabel auf den Teller und schob ihn zur Seite, dann betrachtete sie die Liste.

Schließlich schüttelte sie den Kopf. »Das ist ja interessant«, murmelte sie. »Dann … könnte an diesen Behauptungen doch etwas stimmen?«

»Könnte«, bekräftigte sie. »Unter sehr großem Vorbehalt, weil wir dadurch immer noch kein Stück weiter sind, was die Frage betrifft, *was* überhaupt passiert sein soll.«

Louise nickte anerkennend. »Gute Arbeit, Nathalie.«

»Danke«, erwiderte Nathalie und nahm das Blatt wieder an sich. »Es stellt sich nur die Frage, was wir damit anfangen können.«

Die Köchin zog den Teller wieder zu sich. »Ich lasse mich nie auf Glücksspiele ein, ansonsten würde ich jetzt mein nächstes Gehalt verwetten, dass Sie den Fall lösen werden.«

»Dann seien Sie froh, dass Sie nicht wetten, sonst wären Sie Ihr Gehalt bestimmt los«, gab Nathalie grinsend zurück und verließ das Café in Richtung Büro.

Als sie sich wieder an ihren Schreibtisch gesetzt hatte, fühlte sich das mit einem Mal alles sehr seltsam an. Sie war nicht nur die Chefin eines Pubs mit Café und Fremdenzimmern, sondern sie war jetzt auch noch so etwas wie eine Geheimagentin. Eine Jane Bond. Oder eine M. Nein, lieber eine Jane Bond. M delegierte nur, während Jane Bond ermittelte und recherchierte, Leute beobachtete und deren Gewohnheiten ausspionierte.

Ja, das konnte ihr tatsächlich gefallen, musste sie feststellen. So was hätte sie nie für möglich gehalten, und nachdem sie diese unglaubliche Zettelsammlung zu sehen bekommen hatte, war sie im ersten Moment kurz davor gewesen, am Geisteszustand ihrer Tante zu zweifeln. Doch als sie sich selbst in die Materie vertieft hatte, da war es mit einem Mal richtiggehend elektrisierend gewesen, als sie einen Zusammenhang zwischen Miss Beresfords Meldungen zum Zustand ihrer Kunstwerke und einem anderen Ereignis entdeckt hatte.

Ob ihre Tante das wohl auch so empfunden hatte? Irgendwann würde sie Louise fragen, ob sie dazu etwas wusste. Wenn es jemanden gab, der etwas über Henriettas Leben wusste, dann diese Frau.

Neuntes Kapitel, in dem ein Toter entdeckt wird und Nathalie einen Plan ausheckt

Am Samstagmorgen stand Cecily Beresford so wie an jedem Samstag etwas später auf, da der Bingoabend sich doch wieder in die Länge gezogen hatte. Das lag vor allem daran, dass Alice Gurding die beiden Flaschen Eierlikör hatte kreisen lassen, die ihre Tochter ihr aus Deutschland mitgebracht hatte. Das Zeugs schmeckte einfach zu gut, und es dauerte viel zu lange, bis man merkte, dass man eigentlich längst genug hatte.

Cecily Beresford konnte von Glück reden, dass Alkohol sie lediglich müde machte, ansonsten aber zu keinen Beeinträchtigungen führte. Daher hatte sie bei klarem Verstand den Heimweg antreten können und war ohne Zwischenfälle zu Hause angekommen, wo sie dann gleich ins Bett gefallen und fest eingeschlafen war.

Sie hatte keinen Kater, nur die allzu grelle Sonne

stach ihr an diesem Morgen in die Augen. Auf dem Weg in die Küche kam sie an *dem* Bild vorbei, das sie manchmal sogar in ihren Träumen verfolgte. Aber selbst die hatten ihr nie einen Hinweis darauf geben können, was mit dem Gemälde nicht stimmte. Sie ahnte, dass sie den anderen mit ihrer immer gleichen Geschichte auf die Nerven ging, aber sie wusste sich keinen Rat, was sie sonst tun sollte.

Vielleicht konnte diese Miss Ames ihr ja weiterhelfen. Zumindest war sie nach so vielen Jahren die Erste, die sich immerhin das Gemälde angesehen hatte. Hoffentlich sagte sie nichts Verkehrtes zu David, der sich inzwischen auch nicht mehr für ihr Anliegen interessierte, sondern nur noch zur Kenntnis nahm, dass »wieder mal was nicht stimmte«. Zum Glück hielt ihn das nicht davon ab, ihr von Zeit zu Zeit ein neues Gemälde zu schenken. Also schien er es ihr nicht übel zu nehmen, dass sie in regelmäßigen Abständen ihre »Anwandlungen« hatte, für die es keine Erklärung gab. Möglicherweise hielt ihr Enkel sie auch nur für ein bisschen schrullig und sah einfach darüber hinweg, wenn das Bild auf einmal nicht mehr *ihr* Bild war.

Sie ging zur Spüle und hielt die Kanne unter den Wasserhahn, um sie aufzufüllen. Sie brauchte jetzt erst einmal einen Kaffee, dann konnte sie den neuen Tag in Angriff nehmen.

Während das Wasser wegen der verkalkten Leitung nur in einem dünnen Strahl aus dem Hahn lief, wanderte ihr Blick zum Fenster über der Spüle. Von dort hatte sie einen perfekten Blick auf den Garten hinter dem Haus, der bis zur mannshohen Mauer am Ende des Grundstücks reichte. Sie konnte die Büsche und die Bäume sehen, und vor allem hatte sie beste Sicht auf die diversen Futterhäuschen für die Vögel, die ihren Garten bevölkerten. Meisen tummelten sich dort, verschiedene Finkenarten und Amseln schauten vorbei, manchmal auch eine Elster. Auch ein Eichhörnchen, vor dem die Vögel Reißaus nahmen, während es sie gar nicht kümmerte, wenn die Nachbarskatze vorbeikam. Die konnte außer Anstarren wenig tun, da die Futterhäuschen so konstruiert waren, dass der kleine Räuber beim Hochspringen mit den Krallen nirgendwo Halt finden konnte. Zudem erinnerten die Dächer aus Edelstahl in ihrer Form an Softeis im Hörnchen, sodass die schrägen Flächen den Katzen auch keine Möglichkeit gaben, aufs Dach zu springen und sich auf die Lauer zu legen. Die Vögel mussten das halbe Dutzend vergeblicher Landeversuche von mehreren Katzen aus der Nachbarschaft beobachtet haben, da sie inzwischen nur noch einen kurzen Blick nach unten warfen, wenn eine Katze in Lauerstellung ging, und sie dann wie selbstverständlich weiter ihr Futter aufpickten.

Ihr Blick wanderte zur Mauer ganz hinten am Ende des Rasens. Sie stutzte und kniff die Augen zusammen, um besser sehen zu können, aber die Sonne schien ihr ins Gesicht, und der Bereich der Mauer lag größtenteils im Schatten.

»Hat da etwa jemand einen Sack Altkleider über die Mauer geworfen?«, murmelte sie und schüttelte den Kopf. Immer wieder kam es vor, dass Leute nachts auf der dahinter gelegenen Straße anhielten und Abfälle, kleinere Möbelstücke oder Fernseher über die Mauer warfen, die dieses und alle Nachbargrundstücke zur Straße hin begrenzte. Die Straße verlief am äußersten Rand von Earlsraven, dahinter befanden sich keine Häuser mehr, sondern nur noch Ackerland und Weiden, sodass man völlig unbeobachtet war, wenn man seinen eigenen Müll auf dem Grund und Boden anderer Leute entsorgte.

Missmutig zog sie den Gürtel ihres Morgenmantels zu und ging ins Wohnzimmer, von wo aus sie auf die Terrasse gelangen konnte. Die Pantoffeln tauschte sie gegen ihre Gartenschuhe ein, dann ging sie über den noch feuchten Rasen in Richtung Mauer. Je näher sie dem Haufen Altkleider kam, umso langsamer wurde sie, da mit jedem Schritt deutlicher erkennbar wurde, dass es sich keineswegs um ausgediente Kleidungsstücke handelte.

»Schön, dass du da bist, Glenn«, rief Nathalie, als sie am Samstagmorgen quer über den noch leeren Parkplatz zu ihm lief. Er hatte den Wagen ganz hinten abgestellt, sodass er beim Verlassen der Lücke nicht wieder irgendetwas mitnehmen würde.

Er drehte sich von der Heckklappe weg, die sich soeben öffnete, um Nathalie in die Arme schließen zu können. »Du hast mir gefehlt, Kleines«, sagte er und drückte sie fest an sich.

»Du mir auch«, erwiderte sie.

»Tatsächlich?«, fragte er grinsend. »Ich dachte, du hattest eine so hektische Woche gehabt, dass du nicht mal fünf Minuten übrig hattest, um an mich zu denken.«

»Aber in den drei Minuten, die ich übrig hatte, habe ich dann nur an dich gedacht«, versicherte sie ihm im gleichen ironischen Tonfall. »Und was hast du mir alles mitgebracht?«

Nathalie und Glenn hatten beschlossen, dass es zu viel Stress gewesen wäre, am Samstag noch zurück nach Liverpool zu fahren. So hatte Glenn die ruhmreiche Aufgabe erhalten, Nathalies Sachen einzupacken und mitzubringen.

»Ehrlich gesagt habe ich keine Ahnung. Du hattest Jean ja gebeten, mir beim Packen zu helfen. Danach flogen mir die Teile von allen Seiten zu, sodass ich einfach nur noch irgendwas zusammenlegen und stapeln konnte, ohne mir irgendwelche Gedanken machen zu müssen. Als wir dann fertig waren – und da standen diese vier Koffer und die drei Reisetaschen, die ich auf die Rückbank gelegt habe –, wollte sie mir noch einen Schreck einjagen und meinte ganz trocken: ›So, das dürfte bis nächsten Freitag reichen.‹ Ich sag dir, in dem Moment muss ich ziemlich dämlich geguckt haben.« Er verzog den Mund. »Und dann hat sie sich vor Lachen nicht mehr eingekriegt.«

»Das passt zu Jean«, meinte Nathalie. »Na komm, dann lass uns erst mal frühstücken, das Zeug hier können wir nachher immer noch reinbringen.«

»Hast du keinen Pagen oder so was?«, fragte er. »Du bist doch jetzt Hotelbesitzerin.«

»Bei den paar Zimmern kann ich mir keinen Pagen leisten, ich habe ja nicht mal einen Portier. Wer ein Zimmer will, der füllt im Pub an der Theke ein Formular aus.«

»Schreckt das nicht potenzielle Gäste ab?«, wollte er wissen, während sie sich bei ihm unterhakte.

»Tja, das ist das Problem mit den potenziellen Gästen. Wie viele von denen tatsächlich abgeschreckt werden, kann ich nicht sagen, weil ich nicht weiß, wer das Black Feather gar nicht erst ansteuert. Jedenfalls scheint sich keiner von denen daran zu stören, die auf gut Glück nach einem Zimmer fragen.«

Da die Terrasse noch nicht geöffnet war, weil es trotz der Sonne noch zu kühl war, um draußen zu sitzen, ging Nathalie mit ihm ins Café und steuerte zielstrebig den langen Tisch an, auf dem das herrliche Buffet sie anlächelte. Sie nahm für sich einen Teller und hielt den anderen Glenn hin, dann bediente sie sich bei den verschiedenen Sorten Brot, nahm etwas Marmelade, außerdem zwei Scheiben Cheddar, und ging zu einem der hinteren Tische, wo sie ungestört mit Glenn reden konnte.

Sie wusste aus der Erfahrung mit den Mittagspausen der letzten Woche, wenn sie sich zu weit vorn und damit in der Nähe der Theke und des Durchgangs zum Büro hinsetzte, wirkte das auf jeden, der zufällig vorbeischaute, wie eine Einladung, zu ihr zu kommen und über alles Mögliche mit ihr zu reden, auch über Privates. Grundsätzlich hatte sie ja nichts dagegen, aber an manchen Tagen war es ihr darum gegangen, für eine halbe Stunde abzuschalten, nachdem sie sich so intensiv mit den Unterlagen ihrer Tante befasst hatte. Natürlich hätte sie auch im Büro oder in Henriettas Wohnung essen können, aber im Büro machte sie das nur, wenn sie etwas zu erledigen hatte, das nicht warten konnte, und in der Wohnung fühlte sie sich immer noch ein wenig wie ein Eindringling. Deshalb beschränkte sie sich dort nach wie vor auf das Gästezimmer, aber das war zu beengt, um gemütlich zu essen.

»Und?«, fragte Nathalie, als Glenn für sie beide Kaffee an den Tisch gebracht und sich zu ihr gesetzt hatte. »Wie war deine Woche?«

»Etwas einsam«, gestand er ihr.

»Ich wünschte, ich könnte das von mir auch sagen«, seufzte Nathalie. »Wenn ich nicht bis zur Halskrause in Unterlagen gesteckt habe, wollte unentwegt irgendjemand etwas von mir, oder ich musste mich mit Gutachtern befassen, die hier alles auf den Kopf gestellt haben. Und dann ist da immer noch diese Miss Beresford mit ihrem falschen gefälschten Monet.«

»Miss Beresford?«

»Die ältere Frau, die da vorn neben uns gesessen hat, als wir letzte Woche hier auf Louise gewartet haben. Erinnerst du dich?«, fragte sie.

»Nein, und wer ist Louise?«

»Die Köchin«, antwortete sie. »Die uns ins Büro meiner Tante gebracht hat. Wer meine Tante war, weißt du aber, oder?«, fügte sie etwas giftiger, als beabsichtigt, an.

»Ja, sicher, aber von den anderen Leuten habe ich mir, ehrlich gesagt, niemanden gemerkt«, erklärte er. »Ich bin davon ausgegangen, dass ich diese Menschen nur dieses eine Mal sehe und danach nie wieder, weil du dich entschließt, den Laden hier nicht zu übernehmen und das Erbe auszuschlagen. Was soll ich mir Namen und Gesichter merken, wenn die Leute mich danach nie wieder kümmern?«

Es klang einfach nur unhöflich, wie er das sagte, fand Nathalie. Nicht nur der Tonfall, sondern die Worte an sich waren schon respektlos, weil man nie wissen konnte, ob man jemanden nicht vielleicht doch ein zweites Mal sehen würde. Dann das Gesicht nicht wiederzuerkennen und sich nicht an den Namen erinnern zu können, war irgendwie … respektlos. Was auch für seine Einstellung galt, dass sie seiner Meinung nach das Black Feather sowieso nicht übernommen hätte. In Glenns Kopf hatte gar nicht erst die Möglichkeit existiert, dass sie hierbleiben könnte. Diese Erkenntnis versetzte ihr einen Stich.

Sie überlegte noch, was sie auf eine solche Äußerung erwidern sollte, ohne gleichzeitig ihrem wachsenden Unmut Luft zu machen, da kam Cathy Morrow hereingestürmt, sah sich suchend um, entdeckte Nathalie und lief auf den Tisch zu. »Miss Ames, Miss Ames, Louise sucht Sie!«

»Was ist los? Brennt die Küche?«, erwiderte sie erschrocken.

»Nein, sie hat einen Anruf erhalten! Es geht um Miss Beresford!«

»Ist ihr was passiert?«, fragte Nathalie.

»Ich weiß nicht, Miss Ames. Louise hat nur gesagt, dass es dringend ist. Sie ist schon vorgelaufen und will am Haus auf Sie warten.«

»Vorgelaufen zu Miss Beresford?«, vergewisserte sie sich.

Cathy nickte. »Ja, richtig.«

»Okay, ich komme gleich«, rief Nathalie und wollte schon aufspringen, da fiel ihr Blick auf Glenn, der soeben ein gekochtes Ei aufschlug. »Ähm … ich …«

Er nickte ein wenig irritiert. »Miss Dings ist zu Miss Dings gelaufen, weil irgendwas passiert ist. So viel habe ich mitbekommen. Und du musst offenbar auch zu Miss Dings laufen, während ich hier sitze und mit dir frühstücken möchte.«

»Das ist wichtig, Glenn«, versuchte sie zu erklären, wusste aber nicht, wie sie das in zwei Sätzen erledigen sollte, wenn Louise bereits auf sie wartete. Sie konnte ihm nicht erst noch die ganze Geschichte rund um mutmaßlich kopierte Kopien alter Meister erzählen, weil die unweigerlich einen Wust an Rückfragen nach sich ziehen würde. »Ich erzähle dir alles später. Ich beeile mich.«

»Ich laufe nicht weg«, versicherte er ihr unbekümmert. »Am Buffet ist ja noch reichlich Auswahl.« Er zeigte auf den langen Tisch, vor dem im Augenblick vier Gäste standen und ihre Teller vollpackten.

»Okay, ich bin zurück, so schnell ich kann«, sagte sie, beugte sich runter und gab ihm einen Kuss auf die Wange, da er gerade von seiner Scheibe Brot abbiss.

Er erwiderte irgendetwas Unverständliches, aber sie war schon auf dem Weg in Tante Henriettas Wohnung, um ihre Jacke zu holen.

»Da sind Sie ja, Nathalie«, empfing Louise sie, als sie das Haus von Miss Beresford erreicht hatte. »Ich hoffe, Sie reagieren nicht mit Übelkeit auf den Anblick von Leichen.«

»Wurde Miss Beresford ...?«, begann sie und wunderte sich, dass die Köchin an diesem Morgen einen dunkelgrauen Anzug trug. Bislang hatte sie sie immer nur in legerer Kleidung und mit der obligatorischen Schürze zu sehen bekommen. Dadurch war ihr gar nicht in den Sinn gekommen, diese Frau könnte jemals etwas anderes tragen. Erst recht hätte sie keinen grauen Anzug erwartet, der Louise eine Aura von Entschlossenheit und Professionalität verlieh.

»Nein, nein, Miss Beresford geht es gut«, versicherte die Köchin ihr. »Außer, dass sie um die Nase herum etwas blass ist.«

»Und um welche Leiche geht es dann?«, fragte Nathalie, die in der nächsten Sekunde bemerkte, dass sie gar keine Ahnung hatte, ob sie den Anblick einer Leiche ertragen konnte oder nicht. Aber sie folgte Louise bereits ums Haus herum in den Garten dahinter. Dabei fiel ihr auf, dass die Köchin diese hauchdünnen Einweghandschuhe trug, wie sie die Angestellten im Café benutzten, um Brötchen und Gebäck anzufassen und in Tüten zu verpacken.

»Um die da«, antwortete Louise und zeigte auf die Mauer am Ende des Gartens.

Beim Näherkommen konnte Nathalie einen Mann erkennen, der vor der Mauer auf dem Rasen lag. Sie neigte ihren Kopf ein wenig zur Seite, um das Gesicht genauer betrachten zu können, doch der Mann kam ihr nicht bekannt vor. Sein Kopf lag in einem solch seltsamen Winkel zum Rest des Körpers, dass selbst sie als völliger Laie erkennen konnte, dass sein Genick gebrochen war.

»Wer ist das?«, fragte sie und blieb in gebührendem Abstand stehen.

»Dazu komme ich gleich«, sagte Louise. »Miss Beresford hat den Toten heute Morgen entdeckt, als sie aus dem Küchenfenster gesehen hat. Grob geschätzt ist er irgendwann gestern Abend zwischen acht Uhr und Mitternacht ums Leben gekommen, wahrscheinlicher ist aber, dass er gegen halb neun gestorben sein dürfte.«

»Soll ich Sie fragen, wieso Sie den Todeszeitpunkt einer Leiche bestimmen können?«, erkundigte sich Nathalie zögerlich. »Oder soll ich das einfach auf Ihre Erfahrung als Köchin schieben?«

»Das macht es auf jeden Fall einfacher«, meinte Louise.

»Und wieso ziemlich genau halb neun? Seine Uhr ist doch nicht etwa stehen geblieben, oder?«

»Nein, Uhren bleiben nur im Fernsehen immer dann stehen, wenn jemand hinfällt, vom Dach stürzt oder vom Bus überrollt wird.« Louise verzog den Mund zum Ansatz eines Lächelns. »Damit hat es nichts zu tun. Aber gegen halb neun war es dämmrig genug, um nicht gesehen zu werden. Miss Beresford hatte das Haus um Viertel vor acht verlassen, und er wird versucht haben, so bald wie möglich einzubrechen, um Zeit genug zu haben, bevor Miss Beresford nach Hause kommt. Je später es wird, umso größer das Risiko, dass sie heimkehrt.«

»Woher wissen Sie denn, dass er bei ihr einbrechen wollte?«, erkundigte sich Nathalie.

Louise nickte. »Das sage ich Ihnen auch gleich. Aber

erst etwas anderes. Sehen Sie sich das an ... Sie müssen schon näher kommen. Er kann Ihnen nichts mehr tun.«

Nathalie ging zu der Stelle, auf die die Köchin zeigte. »Und was ist hier?«

»Er muss hier über die Mauer geklettert sein«, erläuterte sie. »Das sehen Sie daran, dass das Moos ganz oben zerdrückt wurde – von seinen Händen, als er sich festgehalten hat, um sich von der anderen Mauerseite aus hochzuziehen. Beim Abstieg auf unserer Seite muss dieser hervorstehende Stein abgebrochen sein, wozu auch die Spuren an seinen Schuhen und das abgekratzte Moos passen. Der Mann hat wohl den Halt verloren, ist abgerutscht und dabei mit dem Hinterkopf so unglücklich auf dieser Ecke dort aufgekommen, dass er eine große Platzwunde davongetragen hat – unmittelbar bevor er sich beim Aufschlagen unten das Genick gebrochen haben muss.«

»Das heißt, das war ein Unfall, aber kein Mord?«, vergewisserte sich Nathalie.

»Richtig, er hat den Halt verloren, ist unglücklich aufgeschlagen und dabei zu Tode gekommen. Tragisch, aber ohne Fremdverschulden.«

»Aber ... warum das alles?«, wollte sie wissen.

»Oh, da kommt der Constable«, antwortete die Köchin stattdessen. »Hallo, Ronald, da waren wir etwas schneller als du«, empfing sie den Mann grinsend.

»Sorry, aber ich war unterwegs und hab den Anruf nicht mitgekriegt«, antwortete er außer Atem. »Hast du irgendwas verändert? Ich hoffe nicht, das ist nämlich ein Tatort.«

»Ich habe die Daten von seinem Smartphone gesichert«, antwortete Louise. »Und seine Papiere fotografiert, alles für den Fall, dass das Labor wieder mal etwas verschlampt.«

»Gut, danke, Louise. Hallo, Miss Ames.«

»Constable«, entgegnete sie und nickte ihm zu.

Der Polizist stutzte. »Was machen Sie eigentlich hier, Miss Ames?«

»Ich bin sozusagen …«, begann sie, ohne eine Ahnung zu haben, wie sie weitermachen sollte.

»Miss Ames ist mir auf dem Weg hierher begegnet, da habe ich sie kurzerhand mitgenommen«, antwortete Louise stattdessen und zwinkerte Strutner zu. »Ich kann ihr das schließlich nicht vorenthalten, wenn hier in Earlsraven einmal im Jahr etwas Aufregendes passiert.«

Nathalie beobachtete den Mann und wurde das Gefühl nicht los, dass sie ihm buchstäblich beim Denken zusehen konnte.

»Okay, dann werde ich mich mal an die Arbeit machen und Gott und die Welt zusammentrommeln, damit der Knabe von hier weggeschafft wird«, verkündete er schließlich. »Danke, dass du aufgepasst hast, dass sich in der Zwischenzeit niemand an ihm zu schaffen macht.« Er sah zwischen dem Toten und ihr hin und her. »Hast du sein Smartphone? Und seine Brieftasche?«

»Die Brieftasche ist noch in der Jacke, das Smartphone liegt dort«, sagte sie. »Brauchst du uns noch hier?«

»Wie, oh, nein, nein, die Sache habe ich im Griff«, versicherte er ihr. »Und nochmals danke fürs Aufpassen.« Er sah zum Haus. »Wie geht es Miss Beresford?«

»Eigentlich ganz gut. Aber sie weiß ja auch noch nicht, dass der Mann nicht zufällig in ihrem Garten gelandet ist«, antwortete Louise.

Der Constable sah sie verdutzt an. »Woher weißt *du* das denn?«

»Das wird dir schon auffallen, wenn du dir sein Smartphone genauer ansiehst, vor allem den Ordner mit den Fotos«, gab sie zurück. »Und falls du nicht fündig wirst, werde ich es dir verraten.« Sie stieß Nathalie an. »Lassen wir ihn jetzt seine Arbeit machen, einverstanden?«

Nathalie war klar, dass die Köchin ihr gleich alles erzählen würde, nur deshalb war sie einverstanden, den Schauplatz des Geschehens jetzt schon wieder zu verlassen. Dabei waren solche Ermittlungen verdammt aufregend, wie sie erstaunt feststellen musste. Es war ein ganz eigenartiger Nervenkitzel, den sie so noch nie erlebt hatte, den sie aber gern wieder verspüren wollte.

Sie sprachen noch kurz mit Miss Beresford, dann verließen sie das Haus und schlenderten zurück in Richtung Black Feather.

»Ich nehme an, Sie haben Ihre … Kontakte längst den Toten durchleuchten lassen«, sagte Nathalie bedächtig. »Haben Sie schon Rückmeldungen?«

»Meine Kontakte mussten mir gar nicht so viel verraten«, antwortete Louise. »Der Mann war mit seiner kompletten Brieftasche unterwegs. Er heißt Richard Dean Spiros, Sohn griechischer Eltern. Er ist Geschäftsführer einer ziemlich erfolglosen Londoner Kunstgalerie, trotzdem kann er sich einen Porsche der neuesten Baureihe und einen Jaguar Kombi leisten. Die Finanzbehörden wissen seit Jahren davon, wie man mir verraten hat. Aber da die Galerie immer wieder einen bescheidenen Gewinn abwirft und der Mann keine Sozialleistungen in Anspruch nimmt, steht er bei den Steuerprüfern ganz weit unten auf der Liste.«

»Und warum klettert ein Galerist aus London in Earlsraven über eine Grundstücksmauer, um unbemerkt in Miss Beresfords Haus einzusteigen?«, wunderte sie sich.

»Wohl, weil er das hier holen sollte«, erwiderte Louise und hielt Nathalie ihr Smartphone hin. »Das ist eines des Fotos auf seinem Handy.«

»Das …« Nathalie zog die Augenbrauen hoch. »Das ist Miss Beresfords Monet!«

»Richtig.«

»Deshalb sind Sie sich so sicher, dass Spiros zu ihr wollte«, sagte Nathalie aufgeregt.

Während Louise nickte, fügte Nathalie an: »Da stellt sich mir nur die Frage, warum ein Kunsthändler sich die Mühe machen will, nach einer stundenlangen Autofahrt in das Haus von Miss Beresford einzusteigen und eine Kopie eines Monets zu stehlen. Allerdings würde das vielleicht den mangelnden Erfolg seiner Galerie erklären, wenn er alles so umständlich angeht. Und davon ganz abgesehen: Welcher Galerist braucht ein Foto von Monets Getreideschober, damit er weiß, was er mitgehen lassen soll?«

»Die Fragen habe ich mir auch gestellt«, stimmte die Köchin ihr zu.

»Ich würde sagen, die Galerie ist nur Fassade für etwas ganz anderes, und unser Galerist ist gar kein Galerist, sondern ein Handlanger und Laufbursche, der letztlich den Kopf hätte hinhalten müssen, weil man den Hintermännern keine Straftaten nachweisen kann.«

»Aber … er könnte doch auch auf eigene Rechnung arbeiten«, gab Louise zu bedenken.

Nathalie war klar, dass die ältere Frau sie auf die Probe stellen wollte. »Könnte sein, aber ich halte es für unwahrscheinlich. Wenn der Mann so was allein und auf eigene Faust durchziehen würde, dann könnte er auf ein Foto des auszutauschenden Gemäldes verzichten. Dann wüsste er auch so, wonach er suchen muss. Nein, jemand hat ihm befohlen, das Bild so schnell wie möglich aus dem Haus zu schaffen. Einer von den Hintermännern.«

Louise sah zur Seite und lächelte sie an. »Ihre Tante hat sich nicht in Ihren Fähigkeiten und in Ihrer Kombinationsgabe getäuscht, Nathalie.«

»Danke«, sagte sie ein wenig verlegen. »Die hilft mir aber nicht bei der Frage weiter, warum jemand herkommt, um eine billige Kopie zu stehlen, wenn er die bei sich zu Hause für zwanzig Pfund ganz legal kaufen kann …« Nathalie stutzte. »Es sei denn …«

»Genau das habe ich mir auch überlegt«, redete die Köchin weiter und zwinkerte ihr zu. »Leider sind meine Experten alle anderweitig im Einsatz, und ich wüsste niemanden, den ich so kurzfristig überreden könnte, sich in den nächsten zehn Minuten auf den Weg hierher zu machen.«

»Vielleicht weiß ich jemanden«, murmelte Nathalie. »Ich muss an meinen Laptop im Büro, dann kann ich die Nummer raussuchen. Ich hoffe, da lässt sich auf die Schnelle etwas arrangieren.«

Als sie das Black Feather erreichten, entdeckte Nathalie Glenn an einem der Tische auf der mittlerweile bewirteten Terrasse, die für halb zwölf am Vormittag erstaunlich gut besucht war. Das Café hatte keine warmen Gerichte auf der Speisekarte, sondern neben dem Frühstück nur Kuchen und Eis, aber das schien ihren Gästen vollauf zu genügen, was die fast komplett besetzten Tische belegten.

Glenn war so auf sein Smartphone konzentriert, dass Nathalie ihn erst antippen musste, damit er sie bemerkte. »Oh, da bist du ja«, sagte er verwundert. »Ich habe deine Koffer alle nach drinnen gebracht. Diese nette rothaarige Bedienung hat mir gesagt, dass die letzte Tür im

Gang zur Wohnung deiner Tante führt, darum habe ich da alles abgestellt. War das so richtig? Einen Schlüssel habe ich ja nicht.«

»Das ist lieb von dir, danke«, erwiderte sie und merkte, dass ihr Groll auf ihn schon wieder verflogen war.

»Bist du fertig mit dem, was du erledigen musstest?«, fragte er dann und trug damit nur weiter zu ihrer Ratlosigkeit bei. Das hier war jetzt ein Teil ihres Lebens, zumindest für ein Jahr, aber Glenn verhielt sich, als würden sie in fünf Minuten nach Liverpool zurückkehren und niemals wieder das Black Feather erwähnen. Dass er sich nicht mal den Namen Megan merken konnte, unterstrich diese Haltung genauso wie seine Frage, ob sie »mit dem fertig war, was sie erledigen musste«. Nur weil sie keine Zeit gehabt hatte, ihm noch alles zu erklären, bevor sie zu Louise geeilt war, war das doch kein Grund, jetzt kein Interesse daran zu zeigen, wieso sie so Hals über Kopf aufgebrochen war.

Und dann noch die Bemerkung mit dem Schlüssel, bei der sie einfach nicht sagen konnte, ob da ein leicht vorwurfsvoller Unterton herauszuhören war oder nicht. Er hatte nicht mal einen Schlüssel zu ihrer Liverpooler Wohnung, wie konnte er dann erwarten, dass sie ihm sofort diesen Schlüssel in die Hand drückte, wenn er gerade erst angekommen war?

Sie konnte ja verstehen, dass es ihm keinen Spaß machte, erst ihretwegen den weiten Weg zurückzulegen und dann kurz nach der Ankunft aufs Abstellgleis geschoben zu werden. Aber dieses miese Timing war nicht ihre Schuld, und wenn auf einmal eine Entwicklung ihren Lauf nahm, nachdem jahrelang nur Rätselraten geherrscht hatte, dann wollte sie nicht diejenige sein, die sich anschließend von anderen erzählen lassen musste, was genau passiert war, sondern mit dabei sein und alles aus erster Hand erleben.

»Ich muss noch schnell telefonieren, dann hast du mich ganz für dich«, versprach sie ihm.

Als hätte sich alles gegen sie verschworen, damit sie möglichst gar keine Zeit mit Glenn verbrachte, folgte dem erfolgreich verlaufenen Telefonat eine Katastrophe nach der anderen. Zwar war es zweifellos übertrieben, von Katastrophen zu reden, da es sich genau genommen nur um Kleinigkeiten handelte. Aber jede Einzelne war mit einem solchen zeitlichen Aufwand verbunden, dass der Nachmittag wie im Flug verging und sie kaum drei Sätze mit Glenn reden konnte.

Den Anfang machte eine wie aus dem Nichts auftauchende Reisegruppe aus Estland, die mit insgesamt vier Bussen anrückte, und das von der zum Dorf hin gelegenen Seite, was dafür sprach, dass sie sich hoffnungslos verfahren hatten. Die Busse blockierten den Parkplatz und die Zufahrtsstraße, die fast zweihundert Reisenden nahmen die gesamte Terrasse in Beschlag und holten noch zusätzliche Klappstühle aus den Bussen, damit sie alle Platz fanden. Um den Ansturm zu bewältigen, musste Nathalie zwei der drei Bedienungen aus dem Pub abziehen, sodass Pete Selway ganz allein sämtliche Bestellungen aufnehmen, die Gerichte an die Tische bringen und für ständigen Nachschub an Getränken sorgen musste.

Erst nach fünf Uhr am Nachmittag wurde es etwas ruhiger, und sie konnte sich wieder zu Glenn setzen, der sich mittlerweile im Pub einen Platz gesucht hatte, von dem aus er auf dem Fernseher die Übertragung der Premiere League mitverfolgte. Zwar hatte er ein paar Mal versucht, sich im Café beim Servieren und Abräumen nützlich zu machen, was Nathalie ihm auch hoch anrechnete. Doch seine Miene hatte da bereits Bände gesprochen.

Als sie jetzt neben ihm Platz nahm, lächelte er sie an und musterte sie wieder auf diese ganz eigenartige Weise – so als rechne er jeden Moment damit, dass sie alles hinschmiss, weil ihr der Stress zu viel wurde und sie es nicht länger ertrug.

Sie wusste, er tat das nicht aus Boshaftigkeit ihr gegenüber, sondern weil ihm nicht gefiel, dass sich ihr Leben auf einmal in eine ganz andere Richtung entwickelte und er nichts dagegen unternehmen konnte. Ihre Hoffnung war, dass er einsah, wie viel Spaß ihr diese Arbeit machte, und dass er diese tief greifende Veränderung akzeptieren würde. Für sie war es schließlich eine ebenso gravierende Umstellung.

»Wer spielt?«, fragte sie, da sich Glenn wieder dem Fernseher zuwandte, so als wären sie an einem Samstagnachmittag bei ihm zu Hause, an dem es für ihn praktisch nur Sport und vor allem Fußball gab, während sie danebensaß und die Zeit mit einem guten Krimi verbrachte.

»Manchester führt drei zu eins«, antwortete er wie ein echter Fußballfan, der auswendig wusste, welcher Verein gegen welchen spielte, weshalb es ihm genügte, nur die eine Mannschaft zu nennen.

Ehe sie darauf etwas erwidern konnte, kam Pete, der Kellner, zu ihnen an den Tisch. »Miss Ames, draußen wartet Besuch auf Sie.«

»Besuch?«

»Eine Mrs Bennett.«

»Jetzt schon?«, fragte Nathalie, obwohl Pete der Letzte war, der auf diese Frage eine sinnvolle Antwort hätte geben können. Daher zuckte er auch nur mit den Schultern.

Sie winkte ab und bedankte sich, dann sagte sie zu Glenn: »Du musst mich noch mal entschuldigen. In einer … ja, in einer Stunde sollte ich wieder hier sein, und dann widme ich meine ganze Zeit nur dir. Einverstanden?«

»Alles klar, viel Spaß«, entgegnete er und war so in das Spiel vertieft, dass er rein reflexartig reagierte.

Sie stand auf und folgte Pete durch den Pub in den Verbindungsgang, wo eine Frau mit atemberaubend langen blonden Haaren und einer Traumfigur stand, bei der Nathalie jedes mal neidisch wurde.

»Hallo, Leigh«, begrüßte sie die Frau, von der sie wusste, dass sie Anfang dreißig war, aber immer noch für Anfang zwanzig durchging. »Ich hatte heute nicht mehr mit Ihnen gerechnet.«

»Meine Neugier war stärker als alles andere«, sagte die Blonde und erwiderte die Begrüßung. »Diese Neugier hat mich Dinge schaffen lassen, zu denen ich bislang nicht in der Lage gewesen bin. Zum Beispiel am Samstagnachmittag einen Babysitter zu finden. Aber es ist vollbracht. Und jetzt will ich diesen Monet sehen.«

»Augenblick, ich hole noch Miss Cartham dazu«, sagte Nathalie. »Sie soll auch dabei sein.«

»Wo soll ich dabei sein?«, ertönte eine Stimme, und Nathalie sah, dass Louise aus der Küche geeilt kam.

»Louise, das ist Leigh Bennett«, stellte sie die beiden einander vor. »Leigh, das ist Louise Cartham.«

»Freut mich, Sie kennenzulernen, Miss Cartham …«

»Sagen Sie Louise zu mir, dann fühle ich mich zehn Jahre jünger.«

Leigh lächelte sie an. »Gern, ich bin Leigh.«

»Leigh ist die Kunstexpertin, die alle Bilder begutachtet hat, die unsere Firma kaufen wollte, um die Direktionsetage zu verschönern«, erklärte Nathalie. »Fünf von zwölf Gemälden hat sie als Fälschung entlarvt und uns davor bewahrt, einen Wahnsinnsbetrag auszugeben und zum Gespött der Konkurrenz zu werden, sobald das die Runde machte.«

Louise stieß einen anerkennenden Pfiff aus. »Alle Achtung.«

»Ich hoffe, ich bin gleich auch so gut, wenn es um den Monet geht«, entgegnete Leigh.

Eine Viertelstunde später trafen sie bei Miss Beresford zu Hause ein, die sie ins Wohnzimmer führte. Vor dem Bild angekommen, zog Leigh die Augenbrauen hoch. Keine fünfzehn Sekunden, nachdem sie einen ersten Blick auf den Monet geworfen hatte, sagte sie schlicht: »Der ist echt.«

Zehntes Kapitel, in dem Nathalie es Kommissar Maigret gleichtut und eine Falle stellt

»Was?«, riefen Miss Beresford und Constable Strutner, den sie telefonisch hinzugezogen hatten, fast gleichzeitig.

»Ja, der Monet ist echt«, bekräftigte Leigh. »Das kann ich auf den ersten Blick erkennen. Ich durfte dieses Motiv einmal in aller Ruhe aus der Nähe betrachten … so etwas vergisst man nie wieder. Es bleibt aber auch deshalb so gut in Erinnerung, weil Monet normalerweise wesentlich größere Leinwände benutzte, während die hier ungewöhnlich klein geraten ist.« Sie machte einen Schritt nach vorn und nickte fast ehrfürchtig. Dabei hob sie die Hände, als wollte sie das Bild anfassen, aber ihre

Finger blieben ein paar Zentimeter davon entfernt. »Es ist wunderschön«, flüsterte sie.

»Und Millionen wert«, merkte Louise an und sah lächelnd zu Nathalie. »Das haben Sie verdammt gut gemacht, Chefin.«

»*Wir* haben das verdammt gut gemacht«, korrigierte Nathalie sie. »Wir hatten beide den Gedanken, dass es sich um das Original handeln muss. Es ergab einfach keinen Sinn, dass dieser Pseudo-Galerist hier einbrechen und eine Kopie stehlen wollte, die er in London völlig legal kaufen konnte.«

»Aber … aber … wieso … wie …?«, stammelte Miss Beresford. »Wie kann in meinem Wohnzimmer ein echter Monet hängen? Wer ist dafür verantwortlich?« Sie lief zu Constable Strutner, der hilflos mit den Schultern zuckte, da er selbst noch versuchte, dem Geschehen zu folgen. »Sagen Sie doch was!«

»Warum dieses Gemälde hier bei Ihnen an der Wand hängt, ist eigentlich ganz einfach«, begann Leigh. »Es wurde hier sozusagen geparkt.«

»Geparkt? Was soll das heißen?«, fragte die alte Dame kopfschüttelnd.

»Wir werden ihr sagen müssen, was ihr feiner Enkel hier für ein Spiel treibt«, raunte Louise Nathalie zu.

»Ja, ich weiß, sonst wird sie ihn anrufen, weil sie denkt, dass er erfahren muss, was hier los ist«, flüsterte die ihr zu. »Es wäre zwar schöner gewesen, ihn in die Falle laufen zu lassen, ohne Miss Beresford einzuweihen, aber das ist zu riskant.« Sie ging um Leigh herum, die fast versonnen das Gemälde betrachtete.

»Miss Beresford«, begann Nathalie. »So langsam kommt Licht ins Dunkel. Offenbar wusste jemand, dass Sie dieses Bild von Monet in Kopie besitzen. Und Ihnen fiel deshalb irgendwann auf, dass mit dem Gemälde etwas nicht stimmte, weil die Kopie durch das gestohlene Original ersetzt worden war …«

»Gestohlen?«, ging der Constable dazwischen. »Wenn dieses Bild da – also der echte Monet – jemandem gestohlen worden wäre, dann hätten wir davon in der Zeitung gelesen oder in den Nachrichten gehört. Bilder, die Millionen Pfund wert sind, verschwinden nicht sang- und klanglos!«

»Leider doch«, widersprach ihm Leigh und wandte sich von dem Monet ab. »Es gibt viele Fälle, in denen der Bestohlene nicht zur Polizei geht, sondern darauf hofft, dass das Gemälde vielleicht noch einmal auftaucht. Denken Sie an Unternehmer, die ihre Einkünfte so geschickt manipulieren, dass sie im Jahr gerade mal tausend oder zweitausend Pfund Steuern zahlen. Meinen Sie nicht, das Finanzamt würde hellhörig werden, dass ein Mann, der sich mit seinen Geschäften so gerade eben über Wasser halten kann, einen Monet als gestohlen meldet, der auf zwanzig Millionen Pfund geschätzt wird? Und was ist, wenn das Bild jemandem gestohlen wurde, der es sich ursprünglich durch Diebstahl beschafft hat?«

»Oh«, machte Strutner. »Das ist natürlich etwas anderes.«

»Natürlich spricht es sich in bestimmten Kreisen herum, dass Leute wie ich gewarnt sind, wenn ein solches Gemälde plötzlich irgendwo auftaucht und auf seinen Wert geschätzt werden soll«, fuhr Leigh fort. »Daher weiß ich, dass dieses Gemälde seit einigen Wochen als gestohlen gilt.«

»Und was wollte dieser Mann hier, der in meinem Garten ums Leben gekommen ist?«, fragte Miss Beresford. Sie war außer sich, weil sie nicht verstand, was in ihrem eigenen Haus vor sich ging.

»Der wollte das Original abholen und die Kopie wieder an die Wand hängen ... die hier irgendwo versteckt sein muss, da unser Toter sie nicht bei sich trug. Und von einem Komplizen, der mit der Kopie stiften gegangen ist, müssen wir im Moment nicht ausgehen ...«

»Wahrscheinlich wurde jemand durch mein Interesse an Miss Beresfords rätselhafter Geschichte unruhig. Die ganzen Jahre über hat sich niemand mehr um Ihre Äußerungen gekümmert, dass mit den Bildern etwas nicht stimmt, also bestand keine Gefahr, mit dem Gemäldetausch aufzufallen. Und dann auf einmal meldet sich wie aus dem Nichts eine gewisse Nathalie Ames und stellt Fragen. So was sorgt für Unruhe.«

»Aber bei wem?«, wunderte sich die ältere Frau.

»Miss Beresford, ich sage das nur ungern, weil ich weiß, dass Sie große Stücke auf ihn halten«, antwortete Louise. »Aber ich befürchte, es ist Ihr Enkel.«

»David? Niemals!«, protestierte sie.

»Miss Beresford«, ergänzte Nathalie. »Ich weiß aus ... Notizen meiner Tante ..., dass Sie jedes Mal kurz nach Ihrem Bingoabend am Freitag anfingen, davon zu reden, dass mit dem jeweiligen Bild etwas nicht stimmte. Hier in Earlsraven weiß jeder, wo Sie am Freitagabend sind, aber außerhalb von Earlsraven außer Ihrem Enkel wohl niemand. David hat die Zeit genützt, wenn Sie garantiert nicht im Haus waren und sich auch von der Nachbarschaft einige beim Bingo befanden. Er wusste, wann jemand herkommen und ein Gemälde austauschen konnte, ohne dabei beobachtet zu werden. Vielleicht hat er immer jemanden wie diesen angeblichen Galeristen hergeschickt, vielleicht hat er es auch selbst erledigt und nur diesmal eine Ausnahme gemacht. Das wird sich noch herausstellen. Auf jeden Fall hängt David in der ganzen Misere mit drin.«

»Das kann nicht sein. So etwas würde er niemals ...«,

flüsterte die ältere Frau mit tränenerstickter Stimme. Dann hob sie entschlossen den Kopf. »Nein, das kann nicht sein. Ich werde ihn sofort anrufen und zur Rede stellen. Dann werden wir ja …«

»Tut mir leid, Miss Beresford«, ging der Constable erstaunlich energisch dazwischen. »Aber das kann ich nicht erlauben. Ihr Enkel ist ein mutmaßlicher Kunstdieb und Hehler, der durch Ihren Anruf vorgewarnt werden würde und sich absetzen könnte, bevor meine Kollegen ihn festnehmen können. Wenn Sie ihm damit ermöglichen, unbehelligt das Land zu verlassen oder auch nur alle Unterlagen verschwinden zu lassen, müsste ich Sie wegen Beihilfe zur Hehlerei und wegen Behinderung der Polizeiarbeit anzeigen. Das würde weder Ihnen noch mir gefallen, glauben Sie mir, Miss Beresford!«

Die alte Frau wurde bleich im Gesicht. »Ja, Mr Strutner, ich … ich habe verstanden«, sagte sie so leise, dass sie nur mit Mühe zu verstehen war. Sie sah betroffen in die Runde, schließlich fragte sie: »Aber warum sollte er das machen? Das ist doch kriminell.«

»Und sehr lukrativ«, erklärte Leigh und legte tröstend einen Arm um Miss Beresfords Schultern, dann dirigierte sie sie zu dem millionenschweren Kunstwerk. »Sehen Sie, um ein Gemälde zu stehlen, muss man lange im Voraus planen. Schließlich muss man dafür einen Einbruch vornehmen, Wachleute überlisten, Alarmanlagen ausschalten und natürlich unerkannt entkommen. Idealerweise hat man auch schon einen Abnehmer, dem man gegen viel Geld das Bild in die Hand drückt. Hat man den nicht, taucht man erst mal eine Weile unter, während man das Gemälde irgendwo gut unterbringt, wo niemand danach suchen wird …«

»Mein Enkel soll ein Kunstdieb sein?«, fragte Miss Beresford ungläubig.

»Nicht zwangsläufig. Er kann auch Mittelsmann sein, der für andere ein gestohlenes Gemälde verwahrt. Selbst das würde ihm viel Geld einbringen, immerhin reden wir hier über mehrere Millionen Pfund. Selbst wenn der Auftraggeber ›nur‹ zehn Millionen Pfund zahlt, können für Ihren Enkel immer noch ein paar Hunderttausend drin sein. Vor allem dann, wenn er ein Versteck gefunden hat, auf das niemand kommen wird. Das ist zugleich für ihn eine Versicherung, dass ihn niemand umbringt.«

»Dann ›schenkt‹ er mir ein gestohlenes Gemälde und tauscht es irgendwann gegen eine Kopie aus?«

»Nein, er schenkt Ihnen eine Kopie«, meldete sich Louise zu Wort, nachdem die Kunstexpertin ihr zugenickt hatte. »Da er lange im Voraus weiß, welcher Diebstahl als Nächstes in Auftrag gegeben wird, lässt er für seine Galerie Hunderte von Kopien herstellen, die er frühzeitig in den Handel bringt, damit kein zeitlicher Zusammenhang zum Diebstahl erkennbar wird. Er schenkt Ihnen eine der Kopien, und gleich nach dem gelungenen Diebstahl kommt er an einem Freitagabend her, ersetzt die Kopie durch das Original – und dann heißt es abwarten.«

»Aber worauf wartet er?«

»Er wartet ab, dass der Bestohlene die heimliche Suche aufgibt und glaubt, das Bild sei längst außer Landes geschafft worden. Dann kommt er, hängt die Kopie wieder auf und verschwindet mit dem Original. Sie haben wieder das gefälschte Bild, das Sie ursprünglich von ihm geschenkt bekommen hatten, und niemand hat Ihren David im Verdacht, etwas mit dem Diebstahl zu tun zu haben.«

Miss Beresford schüttelte den Kopf, Tränen glitzerten in ihren Augen. »Aber ... aber ... Sie wollen doch nicht sagen, dass er mich schon seit Jahren so hinters Licht führt, oder etwa doch? Das wäre … das … das … ich weiß gar nicht, was ich sagen soll.«

»Haben Sie die Gemälde noch, die David Ihnen in den letzten Jahren geschenkt hat?«, fragte Leigh.

»Ja, natürlich«, beteuerte Miss Beresford. »So etwas wirft man nicht weg. Wenn er mir ein neues Gemälde bringt, dann wandert das vorangegangene in den Flur im ersten Stock. Inzwischen bin ich damit aber schon an der Wand entlang der Treppe angekommen.«

»Würden Sie mir bitte die Bilder zeigen?«, fragte die blonde Frau und folgte der alten Dame aus dem Wohnzimmer.

Nathalie und Louise betrachteten unterdessen den Monet, Constable Strutner gesellte sich zu ihnen. »Unfassbar, dass jemand für ein Stück bemalte Leinwand Millionen hinblättert«, sagte er kopfschüttelnd. »Ich meine, mehr ist es letztlich doch nicht.«

Nathalie grinste ihn amüsiert an. »Sagen Sie das lieber nicht, sonst wird Miss Beresfords Enkel noch mit einer Bewährungsstrafe davonkommen, weil er ja bloß einen Holzrahmen, ein Stück Leinwand und ein bisschen Ölfarbe geklaut hat.«

Er hob abwehrend die Hände. »Um Himmels willen, der soll ja nicht ungeschoren davonkommen. Der muss allein schon dafür büßen, dass er seine eigene Großmutter so schamlos ausgenutzt hat.«

»Apropos austauschen. Wir wissen gar nicht, wo die Kopie versteckt ist«, sagte Louise.

»Wofür brauchen wir die Kopie? Wir haben doch das Original«, hielt Strutner dagegen. »Das genügt uns.«

»Mit dem Original können wir David Fuller nicht nachweisen, dass er etwas damit zu tun hat«, gab Nathalie zu bedenken. »Er würde mit Sicherheit alles versuchen, um seinen Kopf aus der Schlinge zu ziehen. Dass Spiros mit ihm telefoniert hat, wie seine Anrufliste es angibt, beweist gar nichts. Spiros ist Galerist, er kann bei ihm zehn Rembrandts bestellt haben.«

»Und was machen wir stattdessen?«, wollte er wissen.

»Wir suchen nach der Kopie, und Sie, Constable, geben eine Pressemeldung heraus, dass der Londoner Galerist Spiros am Freitagabend kurz vor Earlsraven mit seinem Wagen von der Straße abgekommen ist und dabei tödlich verletzt wurde«, sagte Nathalie. »Es ist wichtig, dass das auf dem Weg hierher passiert ist, damit Fuller weiß, dass Spiros den Monet noch nicht abgeholt hatte. Nur dann wird er entweder selbst herkommen oder jemanden schicken, der das Bild für ihn holt. Wenn wir ihn oder seinen Laufburschen auf frischer Tat ertappen, stehen die Chancen viel besser, ihm etwas nachzuweisen.«

Strutner dachte über ihre Worte nach und nickte schließlich. »Klingt logisch. Sie haben wirklich das Zeug zur Polizistin, wissen Sie das?«

»Das hat sie von ihrer Tante geerbt«, meinte Louise und klopfte Nathalie anerkennend auf die Schulter.

»Aber …« Der Constable stutzte. »Ich weiß noch immer nicht, wofür wir die Kopie brauchen.«

»Das soll eine Überraschung sein«, erwiderte Nathalie mit verschmitztem Grinsen.

Strutner verzog ratlos das Gesicht, sah sich aber trotzdem um. »Ganz so groß ist das Gemälde ja nicht«, meinte er. »Dafür gibt es in diesem Haus genügend Verstecke. Wir werden möglicherweise lange suchen müssen, ehe wir fündig werden.«

»Nein, das kann kein kompliziertes Versteck sein«, widersprach ihm Louise grübelnd. »Es muss sozusagen in Greifweite sein. Fuller muss in der Lage sein, innerhalb von zwei Minuten das eine Bild ab- und das andere Bild aufzuhängen. Wenn seine Großmutter überraschend früher nach Hause kommt, kann er nicht erst noch einen Schrank an die Wand zurückschieben.«

Nathalie stellte sich genau vor das Gemälde und tat so, als würde sie es abhängen und rechts von sich auf den Boden stellen, dann richtete sie sich auf und streckte die Arme zu beiden Seiten aus. Zu ihrer Rechten befand sich ein Bücherregal, in dem man bestenfalls eine Postkarte hätte verstecken können. Links von ihr hing der gerahmte Druck eines Plakats für eine Mondrian-Ausstellung.

Sie stutzte. »Was ist denn das für ein monströser Rahmen?«, wunderte sie sich. »So dick, wie der ist, muss dahinter doch ein Hohlraum sein.«

Der Constable ging um sie herum auf ihre linke Seite und hob den schweren Rahmen von insgesamt drei Haken. Auf der Rückseite des Rahmens kam dann tatsächlich der kopierte Monet zum Vorschein, eingepackt in eine große Plastikhülle, die mit Klettbändern festgehalten wurde.

»Danke, Constable«, sagte Nathalie, löste die Bänder und nahm das Bild an sich.

Gerade als der Polizist den Druck wieder aufhängte, kamen Leigh und Miss Beresford herein. »Sieh an, ihr seid fündig geworden«, stellte Leigh fest und nickte, als Nathalie auf den Druck zeigte, der von Strutner zurück auf die Haken balanciert wurde. »Ja, das Versteck ist gut. Das Plakat ist groß genug, dahinter kann man auch viel größere Gemälde verstecken. Das passt zu den Bildern, die mir Miss Beresford gezeigt hat. Die Originale sind tatsächlich alle vor Jahren gestohlen worden, bei einigen wurde auch Anzeige erstattet, und bei zwei Bildern bin ich mir sicher, dass sie ihren Eigentümern zurückgegeben werden konnten.«

Miss Beresford konnte nicht fassen, was sie zu sehen bekam. »David hat mir damals gesagt, dass das Plakat nur in diesem Rahmen richtig zur Geltung kommt«, erklärte sie betreten. »Und ich habe ihm das alles geglaubt.«

»Es tut mir leid, Miss Beresford«, sagte Nathalie. »Ich hätte Ihnen diese Enttäuschung lieber erspart, das können Sie mir glauben.«

Die ältere Frau winkte ab. »Das ist nicht Ihre Schuld. Ich kann mich wohl eher bei Ihnen dafür bedanken, dass mein Enkel mir nicht länger Lügen auftischen wird. Und ich habe ihm all die Jahre geglaubt, dass er mir etwas Gutes tun will. Dabei hat er nur meine Gutgläubigkeit ausgenutzt. Das wird ihm noch leidtun«, erklärte sie entschlossen und sah in die Runde. »Haben Sie schon einen Plan, wie wir ihn zu fassen bekommen? Ich möchte mir nicht entgehen lassen, ihm persönlich die Ohren lang zu ziehen!«

Constable Strutner drehte sich angesichts der Frage reflexartig zu Louise und Nathalie um, die beiden sahen sich kurz an, dann nickten sie ihm zu. »Die Gelegenheit werden Sie bekommen, Miss Beresford.«

Es war bereits halb acht, als sie gemeinsam zum Black Feather zurückkehrten. Im Haus der alten Dame waren die ersten Vorbereitungen getroffen worden, um den Enkel in die Falle laufen zu lassen. Am Sonntag würde der Constable mit einem Jungen aus der Nachbarschaft, der mit Computern umgehen konnte wie kein Zweiter im Dorf, an verschiedenen Punkten Überwachungskameras verstecken, um darauf gefasst zu sein, dass Fuller zu einer anderen als zu der erwarteten Zeit ins Haus eindrang, um den Monet zu holen. Wenn es nicht gelang, ihn persönlich in Empfang zu nehmen, wollten sie ihn wenigstens dabei filmen, damit er auch wirklich überführt werden konnte.

Als sie sich dem Lokal näherten, entdeckte Nathalie Glenn, der die Heckklappe seines SUVs geöffnet und sich auf die Ladefläche gesetzt hatte. Nathalie löste sich aus der Gruppe und ging zu ihm. »Ist das nicht etwas unbequem?«, fragte sie beim Näherkommen.

»Auf dem Fahrersitz verbringe ich gleich noch genug Zeit«, erwiderte er und rutschte zur Kante vor, um mit einem Satz den Kofferraum zu verlassen.

»Wieso? Wohin fahren wir?«

»*Wir* fahren nirgendwohin«, sagte er und strich mit den Fingerspitzen über ihre Wange. »Ich fahre, und zwar nach Hause.«

»Du bist doch gerade erst angekommen«, wandte sie ein.

»Angekommen bin ich vor … so ungefähr acht Stunden. Das kommt dir nur so kurz vor, weil wir in der Zeit vielleicht … na, ich bin mal großzügig … sechzig Minuten miteinander verbracht haben.«

»Glenn, das tut mir leid, aber heute hatte sich den ganzen Tag alles gegen uns verschworen«, erwiderte sie. »Heute Abend und morgen …«

»Heute Abend und morgen habt ihr alle hier so viel um die Ohren, dass du gar nicht merken würdest, ob ich da bin oder nicht«, sagte er und zwinkerte ihr zu.

»Heute Abend? Wovon redest du?«

Er nickte lächelnd. »Ja, du weißt noch nichts von deinem Glück. In der Küche des Bengal Hotels, ein Stück südlich von hier, ist heute Nachmittag ein Feuer ausgebrochen. Nichts Ernstes, aber das komplette Frühstücksbuffet für morgen früh ist unter einer dicken Schicht

Löschschaum verschwunden und damit ungenießbar. Weil auch noch ein paar Backöfen das Zeitliche gesegnet haben, steht die Geschäftsführerin vor der Wahl, morgen einer neunzig Mann großen Hochzeitsgesellschaft sagen zu müssen, dass es zum Frühstück höchstens einen Haferbrei gibt, oder aber alle Hebel in Bewegung zu setzen und jeden verfügbaren Backofen im näheren Umkreis zu rekrutieren.«

»Das können wir nicht leisten«, sagte Nathalie sofort.

»Im Gegenzug würde sich das Bengal natürlich großzügig revanchieren«, redete er weiter.

»Solche Kapazitäten haben wir nicht ...«, fuhr sie ihrerseits fort.

»Hm, der junge Mann hinter der Theke ...«

»Harold?«, fragte sie.

»Ja, kann sein. Wenn ich ihn noch mal sehe, kann ich dir das sagen. Er war jedenfalls der Meinung, dass ihr das hinkriegen könnt, zumal das Bengal ja zwei bis drei Leute herschickt, die den Großteil der Arbeit erledigen würden. Es geht ja mehr darum, die Backöfen und ein paar Mixer und was weiß ich noch zur Verfügung zu stellen. Deshalb hat er zugesagt.«

»Ohne mit mir oder Louise zu reden?«, rief sie entsetzt. »Das geht nicht, das müssen wir absa...«

Sie hielt inne, als sie sah, dass ihr Freund die Hand gehoben hatte. »Die Jungs sind schon dran. Siehst du den gelbroten Kombi dahinten?«

Sie nickte.

»Damit sind vor ein paar Minuten zwei Leute aus dem Bengal hier angekommen«, erklärte er. »Der Wagen ist voller Bleche mit Teig, zwei davon haben sie schon reingebracht.«

Nathalie stöhnte auf. »Ich glaube, das mit der Eigeninitiative hätte ich wohl anders rüberbringen müssen. Ach, verdammt, Glenn, das tut mir leid, aber …«

Er gab ihr einen Kuss auf die Stirn. »Aber du wirst keine fünf Minuten Zeit für mich haben, und du wirst keinen Schlaf bekommen und dann irgendwann todmüde ins Bett fallen. Ich muss nicht bis morgen Abend hier rumsitzen und dir beim Arbeiten zusehen, und erst recht musst du nicht die ganze Zeit über ein schlechtes Gewissen haben, weil du weißt, dass ich da irgendwo rumsitze und ich mich frage, wie lange ich noch warten muss.«

»Du könntest dir doch ein bisschen die Umgebung ansehen«, schlug sie vor, musste aber sofort einsehen, dass das eine dumme Idee war. Glenn war ihretwegen hier, aber nicht, weil er das ruhige Landleben genießen wollte. »Vergiss, was ich gesagt habe«, fügte sie etwas wehmütig an. »Du bist mir nicht böse?«

Glenn zuckte mit den Schultern. »Wie könnte ich? Nichts von dem ist deine Schuld. Du wirst dauernd von irgendwem gebraucht, und das geht im Moment nun mal vor. Das nächste gemeinsame Wochenende verbringen wir deshalb zu Hause in Liverpool. Da kann man dich zwar alle fünf Minuten anrufen, aber Telefone lassen sich wenigstens abschalten.« Er sah ihr tief in die Augen. »Einverstanden?«

»Einverstanden«, erwiderte sie, schlang die Arme um seinen Hals und gab ihm einen langen Abschiedskuss.

Epilog, in dem Nathalie davon berichtet, wie der Täter überführt wurde

»Es lief alles nach Plan, Leigh«, berichtete Nathalie eine Woche später, nachdem ihnen David Fuller am Abend zuvor in die Falle gegangen war.

Sie hatte das Telefon auf Lautsprecher geschaltet, damit auch Louise sich an der Unterhaltung beteiligen konnte, die bei ihr im Büro am Schreibtisch saß.

»Wir waren in der Küche in Position gegangen, um sieben Uhr abends machte sich Miss Beresford auf den Weg zum Bingo, um acht sahen wir auf dem Monitor, wie sich Fuller durch den Garten dem Haus näherte. Er schloss die Hintertür auf – der ›feine Herr‹ hatte den Schlüssel nachmachen lassen – und ging zielstrebig ins Wohnzimmer, dann nahm er den Monet von der Wand, fasste hinter das andere Bild und zog den anderen Monet hervor …«

»… und tauschte eine Kopie gegen die andere ein«, ergänzte Louise. »Das war wirklich eine geniale Idee von Ihnen, Leigh, uns noch eine Kopie zu schicken, damit zwei Bilder vorhanden sind und das Original trotzdem in Sicherheit ist.«

»Na ja, wenn auf dem Preisschild zwanzig Millionen steht, sollte man lieber etwas vorsichtiger sein«, meinte Leigh lachend. »Und dann haben Sie ihn festgenommen?«

»Nicht sofort«, sagte Nathalie. »Als er gehen wollte, ist der Constable vor uns her ins Wohnzimmer gelaufen, wir sind dann an ihm vorbei zur Terrassentür, damit er nicht versucht, uns auf diesem Weg zu entwischen. Dass Louise und ich mit Cricketschlägern bewaffnet waren, schien ihn nicht zu beeindrucken. Er schaffte es, einen Brieföffner an sich zu nehmen, mit dem er uns in Schach halten wollte …«

»Dabei hätten wir ihm den mühelos aus der Hand schlagen können, ohne ihm zu nahe zu kommen«, warf Louise ein. »Was dann passierte, das hatte allerdings keiner von uns für denkbar gehalten.«

»Was denn?«, wollte Leigh wissen.

»Na ja, wir dachten, entweder wirft er den Brieföffner freiwillig weg und ergibt sich, oder wir müssen ihn überwältigen«, fuhr sie fort. »Aber dann holte er aus und …«

»Jetzt reden Sie schon weiter!«, rief Leigh amüsiert. »Sie sind ja schlimmer als die Leute im Fernsehen, die dauernd ankündigen, was ›gleich‹ kommt und dann doch nicht kommt!«

»Er zerschnitt die Leinwand«, verriet Nathalie ihr. »Dann riss er ein Stück heraus und steckte es sich in den Mund.«

»Was?«

»Ja, er stand da, kaute auf einem Fetzen Leinwand herum, hielt uns mit dem Brieföffner in Schach und erzählte uns mit vollem Mund, er werde jetzt das ganze Bild aufessen, dann hätten wir nichts mehr gegen ihn in der Hand.«

Das schallende Gelächter aus dem Lautsprecher hatte eine ansteckende Wirkung auf die beiden.

»Und?«, fragte Leigh nach einer Weile. Ihrer Stimme war anzuhören, dass ihr vor Lachen die Tränen gekommen waren.

»Wir haben ihn eine Weile kauen lassen, und spätestens als wir uns alle drei vor Lachen krümmten, wurde Fuller klar, dass da irgendwas nicht stimmte«, erklärte Louise. »Wir haben ihm dann erzählt, dass er sich seine eigene Kopie schmecken ließ und dass das Original längst bei der Polizei sicher verwahrt wurde. Erst wollte er uns nichts sagen, aber dann kam Miss Beresford nach Hause, nachdem wir sie hatten wissen lassen, dass alles gut gelaufen war.«

»Und dann hat sie ihm die Ohren lang gezogen?«

»Buchstäblich«, bestätigte Nathalie. »Sie ist auf ihn losgestürmt und er hat, ganz der ›brave‹ Enkel, den Brieföffner fallen lassen. Dann hat die alte Dame sein rechtes Ohr gepackt und gezogen, bis er aufgeschrien und ein umfassendes Geständnis abgelegt hat. Es ist alles exakt so gewesen, wie wir es vermutet hatten. Der Staatsanwalt meinte bereits, dass das Geständnis Gültigkeit haben wird, weil Aktionen von Großmüttern nicht unter die Genfer Konvention fallen«, fügte sie ausgelassen hinzu.

Sie unterhielten sich noch eine Weile, dann verabschiedete sich Leigh, und Nathalie wandte sich ihrer Köchin zu.

Louise nickte anerkennend. »Das haben Sie für Ihren

allerersten Fall wirklich grandios gemacht«, sagte sie und hob ihr Bierglas, um mit Nathalie anzustoßen. »Auf den erfolgreichen Abschluss dieses Falls, und mögen alle künftigen Verbrechen genauso leicht aufzudecken sein.«

»Auf den erfolgreichen Abschluss«, wiederholte Nathalie, »und möge es gar keine künftigen Fälle geben, die gelöst werden müssen.«

»So fromme Wünsche gehen nie in Erfüllung«, meinte Louise augenzwinkernd.

»Ich weiß«, sagte Nathalie und lächelte versonnen. »Sonst wäre das Leben ja auch zu langweilig.«

ENDE

Intermezzo, in dem Nathalie von ihrer Vergangenheit ein-, aber nicht überholt wird

»Mittwoch!«

Der Ausruf bohrte sich unvermittelt in Nathalies Ohr, gerade als die hinter der Kuchentheke stand und sich mit Megan unterhielt. Nebenbei notierte sie auf ihrem Tablet ein paar Ideen, welche Torten und Teilchen sie neben dem eher konventionellen Angebot noch ins Programm aufnehmen konnte.

Nathalie musste nicht zur Tür sehen, um zu wissen, wer das Black Feather betreten hatte, da sie Annalees durchdringende Stimme nur zu gut kannte – und da es noch keine zwei Monate her war, dass sie die durchs Büro in Liverpool hatte schallen hören. »Okay, wir sind dann fertig«, sagte sie zu Megan und ging um die Theke herum, um ihre Kolleginnen zu begrüßen.

»Es ist Freitag, Annalee«, sagte Nathalie als Erwiderung auf Annalees Worte, lächelte aber bei diesen Worten. »Na, sieh mal einer an, wer da zur Tür hereingeweht kommt. Annalee Davies, Patsy Tunney und Linda Perowski.«

»In sechs Monaten, zwei Wochen und drei Tagen«, hielt Patsy dagegen, als hätte Nathalie gar nichts gesagt.

»Hallo«, rief Nathalie etwas lauter, um auf sich aufmerksam zu machen. »Wieso seid ihr drei jetzt schon hier? Ich dachte, ihr wolltet erst nach Feierabend losfahren.« Ihre drei Kolleginnen hatten eine Woche zuvor ihren Besuch angekündigt, aber mit einem so frühen Eintreffen war da noch nicht zu rechnen gewesen.

»Hi, Sweetie«, säuselte Annalee. »Wir dachten, wir überraschen dich. Aber die eigentliche Überraschung ist ja dir gelungen.«

Nathalie stutzte. »Wie meinst du das?«

»Na ja, wir haben uns ja schon gedacht, dass es ziemlich ländlich sein wird, aber so ein Dorf hatten wir nun auch wieder nicht erwartet«, erklärte sie.

»Ich schon«, widersprach ihr Linda, die wie immer ungeschminkt und etwas bieder gekleidet war. Allerdings wirkte das nur so extrem, wenn sie so wie jetzt neben Annalee stand, die es mit Schminken und mit der figurbetonten Kleidung wie gewohnt übertrieb. »Du hättest dir im Internet ansehen können, wo Earlsraven liegt und wie es da aussieht.«

»Also der Nabel der Welt ist es nicht gerade«, ging Patsy vermittelnd dazwischen und verzog ironisch den Mund, um Nathalie zu verstehen zu geben, dass das wohl schon seit einer Weile so ging. »Aber es gibt Dutzende Dörfer, in denen noch viel weniger los ist als hier.«

»Ich bleibe bei Mittwoch«, beharrte Annalee.

»Was hat das mit Mittwoch überhaupt auf sich?«, wollte Nathalie wissen.

»Ach, im Büro läuft eine Wette«, erklärte Patsy. »Jeder hat einen Tipp abgegeben, wie lange du es hier aushalten wirst, bis wir dich wieder im Büro sehen. Und Annalee ist der Meinung, dass das am nächsten Mittwoch passieren wird.«

»Ich bin nicht bloß der Meinung, ich weiß es«, machte die Blonde ihrer Kollegin klar.

Nathalie nahm diese Worte mit einem Lächeln zur Kenntnis. Ihr war klar, dass Annalee eigentlich nichts über sie wusste und einfach davon ausging, dass jeder vernünftige Mensch so dachte wie sie – wobei Nathalie »vernünftig« nicht unbedingt der treffende Begriff zu sein schien. »Und was hattest du noch gleich gesagt, Patsy?«

»In sechs Monaten, zwei Wochen und drei Tagen«, wiederholte sie. »Und dabei bleibe ich auch.«

Nathalie wandte sich Linda zu. »Und wie lange werde ich deiner Meinung nach durchhalten?«

»Gar nicht«, antwortete Linda, die sich aufmerksam im Café umgesehen hatte, während die anderen in ihre Unterhaltung vertieft gewesen waren.

»Ja, das habe ich anfangs auch gedacht, aber …«

»Nein, Nathalie«, unterbrach Linda sie mit betrübter Miene. »Ich meinte das anders. Ich wollte sagen, dass du gar nicht ins Büro zurückkommen wirst – und nicht nur das, du wirst auch nicht nach Liverpool zurückkehren.«

»Na, deinen Einsatz kannst du dann ja gleich abschreiben«, meinte Annalee und sah sie mit einer Mischung aus Mitleid und Spott an.

»Wir können uns draußen auf die Terrasse setzen«, schlug Nathalie vor, um das Thema zu wechseln. »Die Sonne scheint so schön, und es ist angenehm warm.«

Sofort schüttelte Annalee den Kopf und strich sich gleich die platinblonden Haare glatt, da sie fürchtete, sie könnten durch die Bewegung in Urordnung geraten sein. »Bloß nicht, Sweetie! Da ist eben ein Gestank wie aus einem Kuhstall rübergezogen, als wir aus dem Dorf gekommen sind. Dem möchte ich nicht noch mal ausgesetzt sein. Möchte gar nicht wissen, wo ein solcher Mief herkommen kann.«

»Vermutlich aus einem Kuhstall«, antwortete Nathalie amüsiert und musste noch breiter grinsen, als sie sah, wie Annalee bei dieser Erwiderung die Augen verdrehte. Sie zeigte auf einen Tisch hinten links. »Setzt euch da hin, ich bringe euch Kaffee.«

Wie nicht anders zu erwarten, hob Annalee die Hand und sagte: »Für mich bitte einen Latte mit Magermilch und Süßstoff und einem Hauch Zimt, aber wirklich nur einem Hauch.«

»Mal sehen, was ich tun kann«, erwiderte Nathalie und erkannte an den grinsenden Mienen, dass Patsy und Linda bereits verstanden hatte, was die immer noch nichtsahnende Annalee erwartete.

»Was ist denn das?«, fragte Annalee verwundert, als Nathalie ihr ein paar Minuten später eine Tasse hinstellte. »Da ist ja nicht mal Schaum drauf.«

»Ich kann dir einen Strohhalm geben«, sagte sie, während sie sich zu ihren Kolleginnen setzte. »Kräftig reinpusten, und schon hast du Schaum.«

Annalee schüttelte ungläubig den Kopf. »Sag mal, ist das ein Witz?«

»Nein, das ist kein Witz, Annalee.« Sie zuckte mit den Schultern. »Niemand hier würde einen Kaffee mit irgendeinem abgehobenen Namen bestellen.«

»Also mal ehrlich, Nathalie, hier will man ja nicht mal begraben sein«, stöhnte Annalee. »Noch nicht mal einen vernünftigen Kaffee gibt es hier? Ich meine, wir haben uns im … Dorfzentrum? Kann man überhaupt von so was reden? Wir haben uns diesen Platz angesehen, da ist ja absolut nichts los! Ein paar Geschäfte, die aussehen, als wären sie die Kulisse für einen Film, der 1950 spielt. Ein Ein-Mann-Polizeiwache, die nicht mal besetzt ist, weil wahrscheinlich irgendwo auf einem Bauernhof eine Anzeige aufgenommen werden muss, weil der Bauer von seinem Huhn gebissen worden ist.«

»Annalee!«, ging Linda verärgert dazwischen.

»Musst du gleich alles so ins Lächerliche ziehen. Es gibt auch Menschen, die den Luxus nicht brauchen.«

»Ja, aber das sind normalerweise Leute, denen schicke Sachen sowieso nicht stehen«, gab Annalee irritiert zurück. »Oder die nicht mal in solche Sachen reinpassen.«

»Leute, hört auf«, fuhr Patsy die beiden Kolleginnen an. »Wir sind nicht hergekommen, um mit Nathalie über Mode für Bulimiekranke zu reden, die ganz bestimmt kein Anreiz wäre, damit sie hier alles stehen und liegen lässt und sich auf den Heimweg macht.«

»Und warum seid ihr dann hier?«

»Um auf dich einzuwirken, damit du nach Hause kommst«, antwortete Annalee und schob dabei demonstrativ die Tasse in die Tischmitte, ohne davon zu probieren. Genauso demonstrativ gaben aber Patsy und Linda Milch und Zucker in ihren Kaffee, rührten um und nippten daran. Dann nickten sie zufrieden.

»Fehle ich euch etwa so sehr?«

»Ja«, sagten alle drei im Chor.

Nathalie verzog ironisch den Mundwinkel. »Das kaufe ich euch nicht ab. Ihr seid nicht mal in meiner Abteilung.«

Patsy seufzte leise. »Na ja, es ist so … deine Stellvertreterin ist ein Drachen. Diese Frau steht morgens um acht in der Tür und will einen Stapel Zahlen haben …«

"… den ihr schon am Tag zuvor ausrechnen solltet, richtig?«, fragte Nathalie und schüttelte den Kopf.

«Ganz genau«, bestätigte Patsy. »Wir wissen gar nicht, wie wir das schaffen sollen. Bei dir hatten wir immer einen Tag mehr Zeit.«

Nathalie lehnte sich nach hinten und musste schmunzeln. Eigentlich hatte sich durch ihre Nachfolgerin gar nichts geändert, aber keine von den drei hatte jemals die

Taktik durchschaut, die Nathalie bei ihnen angewandt hatte. Sie hatte schnell erkannt, dass vor allem Annalee dazu neigte, alles bis zur letzten Sekunde vor sich herzuschieben. Anstatt sich mit ihr auf eine Diskussion einzulassen, die erfahrungsgemäß zu nichts geführt hätte, war Nathalie hingegangen und hatte die Zahlen einen Tag früher angefordert als eigentlich nötig. Wenn Annalee ihr dann die Unterlagen lieferte, geschah das genau pünktlich, obwohl sie selbst der Meinung war, einen Tag für sich herausgeholt zu haben. Nathalie war es auf diese Weise lieber gewesen, auch wenn sie dadurch vielleicht zu nachsichtig gewirkt haben mochte.

»Ich glaube, ich werde meine Nachfolgerin mal anrufen und ihr erklären, wie das im Büro abzulaufen hat«, erklärte sie schließlich zur Freude ihrer Kolleginnen, die ja nicht ahnen konnte, dass sie dieser lediglich ihre Taktik verraten wollte, damit die genauso vorgehen konnte.

»Ach, du bist ein Schatz«, meinte Patsy begeistert und begann von den Kollegen zu erzählen.

Zuerst war es noch ganz witzig, von dem einen oder anderen Missgeschick zu fahren, doch die Schilderungen von Begebenheiten aus dem Büro rissen nicht ab, und je länger sich das Ganze hinzog, umso mehr musste Nathalie feststellen, dass sie sich langweilte. Es war schon erstaunlich, auf welche Kleinigkeiten ihre Kolleginnen bei den anderen Angestellten achteten, und sie musste sich unwillkürlich fragen, ob man über sie wohl auch so hergezogen war, wenn sie mal nicht perfekt gestylt zur Arbeit erschienen war.

Vermutlich würden am Montag im Büro jede Menge Wahrheiten – und Halbwahrheiten – kursieren, die ihre Kolleginnen über Earlsraven, das Black Feather und Nathalie in Umlauf setzten.

Irgendwann später an diesem Tag – Nathalie hatte jegliches Zeitgefühl verloren – war dann alles erzählt, was es zu erzählen gab.

Daraufhin beschloss Annalee, dass sie die Heimreise antreten sollten, obwohl Nathalie davon ausgegangen war, dass die drei zumindest für eine Übernachtung bleiben würden. Sie hielt sich davon ab, diesen Gedanken zu äußern, denn so herzlich Linda auch rüberkam und so sehr Patsy sich bemühte, ihre Kollegin in Schach zu halten, wäre Annalee irgendwann am Abend sicherlich so unerträglich geworden, dass Nathalie versucht gewesen wäre, ihr den Hals umzudrehen.

Aber solch rohe Gewalt passte nun mal nicht zum Leben auf dem Land, sagte sie sich und beließ es bei dem Gedanken. In ihrem Hinterkopf meldete sich eine leise Stimme zu Wort, die sie daran erinnerte, dass sie selbst bereits hatte erfahren müssen, dass es auf dem Land sehr wohl Kriminalität gab. Das hatte der Skandal mit den gestohlenen Gemälden allzu deutlich gemacht. Solange nicht auch noch in Serie gemordet wurde, würde sie das Landleben dennoch als ungefährlichen ansehen.

»Du weißt ja, wie sie ist«, sagte Linda, als die beiden anderen bereits zum Wagen gegangen waren.

»Ja, ich weiß«, stimmte Nathalie ihr zu.

»Lass dich von ihr bloß nicht verrückt machen«, riet Linda ihr. »Wenn dir das hier besser gefällt, dann weißt du, was du zu tun hast.« Dann drückte Linda sie an sich, und zum ersten Mal konnte Nathalie von einer richtigen Umarmung reden.

Das Seltsame daran war nur, dass es sich ein bisschen wie ein endgültiger Abschied von ihr und ihren Kolleginnen und von ganz Liverpool anfühlte. Was natürlich völlig verrückt war. Sie hatte doch gar nicht vor, für immer hier zu bleiben.

Eine Sache war dennoch sicher: Am nächsten Mittwoch würde sie ganz sicher nicht nach Liverpool zurückkehren. Ob es in sechs Monaten, zwei Wochen und drei Tagen soweit sein würde, konnte sie jetzt noch nicht sagen. Aber niemals heimzukehren? Das war doch schon ziemlich unwahrscheinlich.

»Vielleicht unwahrscheinlich, aber nicht unmöglich«, ertönte hinter ihr eine leise Frauenstimme.

Sie drehte sich um und sah ihre Köchin Louise in der Eingangstür zum Café stehen. »Können Sie Gedanken lesen?«, fragte sie verwundert.

Louise grinste sie an. »Sie haben bloß ein Selbstgespräch geführt.«

Nathalie nickte äußerlich beruhigt, obwohl sie sich insgeheim besorgt die Frage stellte, wieso sie auf einmal Selbstgespräche führte. Etwas anderes als einmal flüchtig mit den Schultern zucken und darauf hoffen, dass es nichts zu bedeuten hatte, war im Moment das Einzige, was sie tun konnte.

»War sonst noch was?«, fragte sie die Köchin.

»Ja, ein Anruf wegen der O'Shelley-Lesung«, sagte Louise. »Die Dame ist noch in der Leitung.«

»Sagen Sie ihr bitte, ich bin gleich für sie da«, bat sie Louise.

»Wird erledigt«, versicherte die ihr und kehrte ins Black Feather zurück.

Nathalie sah über die Schulter zum Parkplatz, wo Annalee gerade das Dach ihres BMW-Cabrios öffnete. Obwohl sie wusste, dass die drei gleich auf direktem Weg heim nach Liverpool fahren würden, verspürte sie seltsamerweise nicht den Wunsch, mit ihnen mitzufahren …

Ellen Barksdale

Tee? Kaffee? Mord!

DIE LETZTEN WORTE
DES IAN O'SHELLEY

Prolog, in dem telefonisch eine blutige Tat verabredet wird

»Ja?«, meldete sich die Frauenstimme, nachdem ein paar Mal das Freizeichen ertönt war.

»Ich bin es«, sagte der Mann. »Sie wissen Bescheid?«

»Natürlich«, erwiderte die Frau. »Haben Sie die Daten?«

»Es ist der besprochene Reisetermin, es hat sich nichts daran geändert.«

»Gut«, sagte sie. »Dann ist er also zuverlässig.«

»Wie das berühmte Schweizer Uhrwerk«, meinte der Mann.

»Oh, die sind gar nicht so zuverlässig, wie gern behauptet wird«, gab die Frau zurück. »Wirklich zuverlässige Uhrw…«

»Denken Sie wirklich, ich will das wissen?«, unterbrach er seine Gesprächspartnerin ungehalten.

»Es kann nie schaden, Dinge zu wissen«, sagte die Frau unbeeindruckt. »Aber es kann schaden, Dinge nicht zu wissen.«

»Haben Sie Philosophie studiert?«

»Man muss nicht studiert haben, um intelligente Konversation zu betreiben«, machte sie ihm klar.

»Können wir zum Geschäftlichen zurückkommen?«

Sie lachte amüsiert auf. »Sie haben es eilig, nicht wahr?«

Er atmete frustriert durch. »Ich habe es nicht eilig, aber ich möchte dieses Gespräch trotzdem gern zu Ende bringen.«

Die Frau schwieg.

»Wie werden Sie vorgehen?«, wollte er wissen.

»Das werden Sie schon sehen«, antwortete sie, schien aber immer noch nicht über seine Art oder seinen Tonfall verärgert zu sein.

»Ich würde es gern wissen«, beharrte er.

»Umso größer wäre das Risiko, dass Ihnen eine falsche Bemerkung rausrutscht, wenn Sie mit jemandem sprechen«, sagte sie. »Haben Sie nie *Columbo* gesehen? Der Täter verrät sich am Ende immer selbst, weil er unentwegt versuchen muss, Ahnungslosigkeit vorzutäuschen. Ahnungslos geben kann sich nur, wer auch wirklich ahnungslos ist. Darum wissen Sie ja auch so gut wie nichts über mich.«

»Wie Sie meinen«, sagte der Mann. »Aber ich kann mich darauf verlassen, dass Sie den Auftrag erledigen werden?«

»Ich habe noch nie ein Ziel lebend zurückgelassen.«

»Gut. Das Geld ist auf dem Weg zu Ihnen.«

»Es ist schon da«, sagte die Frau, dann legte sie auf.

Der Mann hielt das Smartphone noch einen Moment lang ans Ohr, dann schaltete er das Gerät aus und legte es in die Schublade. Bald würde das Problem gelöst sein, und zwar für immer.

Erstes Kapitel, in dem es zu verschiedenen, zum Teil folgenreichen Begegnungen kommt

»Nein, Detective, ich streite es nicht ab. Ich habe Robert Tennant ermordet«, sagte Christine Langley ruhig und gelassen, dabei strich sie sich eine Strähne aus dem Gesicht. »Ich habe es gemacht, weil es sein musste. Sehen Sie, Detective, Tennant war ein schlechter Mensch, er hat seine Schüler drangsaliert, er hat zwei von ihnen vor der ganzen Klasse bloßgestellt, nur weil sie beim Hundertmeterlauf die langsamsten waren. Er hat sie beschimpft und lächerlich gemacht. Er hat die anderen Schüler dazu aufgefordert, die beiden mit Missachtung zu strafen. Er ist schuld, dass Mickey und Stuart von der Brücke gesprungen sind. Von der Brücke … genau vor den heranrasenden Zug.« Sie schüttelte den Kopf. »Und wissen

Sie, was fast noch schlimmer war als die Tatsache, dass er die Jungs in den Tod getrieben hat?« Christine sah mit eindringlichem Blick vor sich hin. »Dass er sie anschließend auch noch verhöhnt hat. Dass er erklärt hat, er sei stolz auf sie, weil sie wenigstens Mumm genug gehabt hätten, um ihrem kläglichen Dasein ein Ende zu setzen … und … und es ihren Mitschülern zu ersparen, mit solchen Jammergestalten in eine Klasse zu gehen.« Sie nickte nachdrücklich. »Ja, Detective, deshalb musste Tennant sterben. Nicht nur, um den Tod der beiden Jungen zu rächen, die bestimmt nicht die Einzigen gewesen sind, denen er so zugesetzt hat. Sondern um vor allem zu verhindern, dass er noch mehr Menschen zu Opfern macht.«

Sie rollte mit den Augen. »Nein, Detective, da hätten keine disziplinarischen Maßnahmen mehr geholfen. Tennant trainierte seit fünfzehn Jahren die Cricketmannschaft der Schule, und seit acht Jahren hatte er auch das Rugbyteam unter sich. Beide Mannschaften sind seitdem jährlich Jahr Commonwealth-Meister gewesen. Diese Siege zählen bei der Schulleitung mehr als eine Handvoll Schüler, die dabei auf der Strecke bleiben. Ihn zu töten war der einzige Ausweg.«

Sie schaute auf die Liste, die vor ihr auf dem Tisch lag. »Claire Tennant … na ja, sie wollte mich davon abhalten, ihren Mann umzubringen.«

Christine zuckte mit den Schultern. »Was soll ich sagen, Detective? Wer schlechte Menschen davor schützen will, dass sie angemessen bestraft werden, der kann selbst kein guter Mensch sein. Und Sie wissen ja, was mit solchen Leuten passieren muss.«

Eine Weile saß sie da und hielt inne, als würde sie auf eine Stimme in ihrem Kopf lauschen, dann deutete sie nach links. »Das Gleiche, was auch ihm passiert ist. Warum konnte Sean die kleine Kelly auch nicht in Ruhe lassen? Er könnte jetzt noch leben.« Sie seufzte mitfühlend. »Aber wenigstens konnte ich so die kleine Kelly vor dem Schlimmsten bewahren.«

Plötzlich versteinerte sich ihre Miene, sie sah dem Detective starr in die Augen. »Ihnen ist doch klar, dass Sie vorhin fast verhindert hätten, dass ich Sean für sein Verhalten bestrafe, oder? Sie wissen auch, was ich von Menschen halte, die verhindern wollen, dass schlechte Menschen bestraft werden, nicht wahr? Natürlich wissen Sie das, Sie haben schließlich gut zugehört. Es tut mir leid, dass es so enden muss.«

Dann griff sie nach der Pistole, die rechts von ihr auf dem Tisch lag, und feuerte drei Schüsse ab.

Das Licht ging aus, und … tosender Beifall brandete auf.

»Wow, das war ja sehr beeindruckend«, sagte Nathalie zu ihrer Köchin Louise, die mit einer kleinen Taschenlampe an den Lichtschaltern stand, mit denen die diversen Lampen im Pub ein- und ausgeschaltet werden konnten.

Sie legte bedächtig einen Schalter nach dem anderen um, als wollte sie die Zuschauer ganz langsam und behutsam aus dem Theaterstück in die Realität zurückholen. »Beeindruckend ist das richtige Wort«, stimmte Louise ihr zu. »Ich hätte einer so zierlichen Person nicht zugetraut, dass sie die Rolle richtig verkörpern kann. Aber, ehrlich gesagt, nach zehn Minuten war ich völlig gefesselt.«

Nathalie nickte und sah sich um. »Dem Applaus nach zu urteilen, ging es dem übrigen Publikum nicht anders.« Mit den gut achtzig Gästen, die sich im Schankraum des gemütlichen Pubs eingefunden hatten, war die Vorstellung so restlos ausverkauft gewesen, dass sich rund ein Dutzend Nachzügler sogar mit Stehplätzen hatten zufriedengeben müssen. Louise wollte konsequent bleiben und die angemeldete Zahl an Besuchern einhalten, aber Nathalie hatte sich schließlich gegen sie durchgesetzt. Immerhin handelte es sich bei den Nachzüglern um Stammgäste, die dem Pub durch diverse Familienfeiern immer wieder gute Einnahmen bescherten. Diese Gäste abzuweisen, wäre nicht im Sinne des Black Feather gewesen. Um Ärger zu vermeiden, weil gegen die Brandschutzvorschriften verstoßen wurde, hatte sie die Nachzügler kurzerhand als ehrenamtliche Helfer deklariert. Ob das einer Prüfung tatsächlich standgehalten hätte, stand auf einem anderen Blatt.

Die Gäste strahlten ausnahmslos begeistert und unterhielten sich angeregt, die ersten zog es zu den Stehtischen, die auf der Fläche vor dem Pub aufgestellt worden waren. »War doch eine gute Idee, den Parkplatz heute Abend zur Terrasse umzufunktionieren«, stellte Louise erfreut fest, als sie sah, wie die Leute nach draußen strömten, wo die Bedienungen schon darauf warteten, die Getränkebestellungen aufzunehmen.

Nathalie nickte zustimmend. »Das ist zwar eigentlich nur eine Notlösung, aber die Gäste nehmen das Angebot an. Das haben Sie gut gemacht, Louise.«

»Alles nur für Pub und Vaterland, meine Liebe«, gab sie zurück.

Lächelnd betrachtete Nathalie die ältere Frau, die ihr auch etwas mehr als sechs Wochen nach der Übernahme des Black Feather immer noch ein Rätsel war. Wenn es stimmte, was sie sagte, war sie eine ehemalige Agentin für einen nach wie vor namenlosen Geheimdienst des Landes. Wie hatte sie das noch formuliert: *An einem Geheimdienst ist nichts geheim, wenn jeder von seiner Existenz weiß.*

So ungefähr hatte ihre Antwort gelautet, und die Internetsuche nach anderen als den bekannten Geheimdiensten war ergebnislos verlaufen. Zumindest, wenn man von etlichen Dutzend Verschwörungstheorien absah, die alles und jeden verdächtigten, das Volk auszuspionieren, die Wirtschaft zu unterwandern oder die Politik zu beeinflussen. Irgendwann, so sagte sich Nathalie, würde Louise schon etwas mehr dazu sagen. Davon war sie überzeugt. Wenn sie sich erst einmal länger kannten und Louise einschätzen konnte, inwieweit sie ihrer Chefin vertrauen durfte, würde sie ganz bestimmt ein paar Details enthüllen. Für den Augenblick wollte sich Nathalie mit dem begnügen, was sie über Louise wusste.

»Abgesehen davon«, fügte Louise anerkennend an, »war dieser Theaterabend Ihre Idee, Nathalie, und da kann ich nur lobend meinen imaginären Hut ziehen, dass das so hervorragend gelaufen ist.«

Louise konnte sich nicht vorstellen, wie erleichtert Nathalie über den Verlauf des Abends war. Gekommen war ihr die Idee nach einer Aufführung im kleinen Gemeindesaal. Dieser gehörte eigentlich zur Kirche, die aber seit Jahren geschlossen war. Eine Theatertruppe, die mit einer Bühnenfassung eines Poirot-Krimis auf Tournee war, hatte vor halb leerem Saal spielen müssen. Das lag nicht daran, dass kein reges Interesse an der Veranstaltung bestanden hätte. Vielmehr war der Saal für heutige Verhältnisse schlicht überdimensioniert, während er vor fünfzig oder sechzig Jahren noch genau richtig gewesen sein mochte, da Kirchen zu der Zeit noch mehr Zulauf hatten und Theateraufführungen mehr Besucher anzogen. Das Fernsehen hatte damals ja noch nicht rund um die Uhr für Unterhaltung gesorgt.

Beim Anblick der leeren Stühle hatte Nathalie überlegt, dass die tatsächliche Auslastung in etwa so bemessen war, dass man die Leute auch in den Pub setzen könnte, damit die Vorstellung vor ausverkauftem Haus stattfand. Das Black Feather bot die räumlichen Verhältnisse, die nötig waren, um von den Plätzen im Lokal aus die Bühne sehen zu können.

Ihre Einschätzung war bestätigt worden, wenngleich niemand sagen konnte, ob sich so ein Erfolg überhaupt wiederholen ließ. Immerhin hatte es heute Abend ein weitgehend unbekanntes Stück des Schriftstellers Ian O'Shelley gegeben, was nichts Alltägliches war und vielleicht automatisch mehr interessierte Zuschauer anlockte als die x-te Bühnenfassung von *Arsen und Spitzenhäubchen.*

»Miss Langley, Sie waren einsame Klasse«, sagte Louise plötzlich und holte damit Nathalie aus ihren Gedanken. Sie sah, dass die Hauptdarstellerin des Stücks inzwischen zu ihnen getreten war.

»Vielen Dank«, erwiderte die Angesprochene fast verlegen. Sie war mehr als einen halben Kopf kleiner als Nathalie, etwa Mitte zwanzig und dazu so zierlich gebaut, dass man Angst haben musste, sie bei einer etwas enthusiastischeren Umarmung zu zerquetschen. »Das ist nett von Ihnen.«

Noch während sie redete, wurde sie von einigen Besuchern angesprochen, die ihr die Hand schüttelten und ein Selfie mit ihr machen wollten. Schließlich erreichte die junge Frau die Theke und nahm Platz. Das viele Lob hatte dafür gesorgt, dass sie auf dem Weg durch die Zuschauer sichtlich errötet war.

»Ein Bier?«, fragte Nathalie.

»Nein, ein Wasser, bitte«, sagte die Schauspielerin und löste den Haargummi aus ihren hochgebundenen, langen honigblonden Haaren, damit sie sie neu fassen und abermals hochbinden konnte, diesmal allerdings so, dass sie besser hielten. »Alkohol vertrage ich nicht gut, und wenn mir so warm ist wie jetzt gerade, noch viel weniger.« Sie lächelte flüchtig. »Außerdem war das da auf der Bühne schon Rausch genug für einen Tag.«

»Und das ist wirklich das erste Mal, dass Sie so ein Stück spielen, bei dem Sie ganz allein auf der Bühne stehen?«, erkundigte sich Louise, die ihr das Glas Wasser hinstellte.

Christine nickte und fächerte sich Luft zu. »Das ist richtig. Und ich war ja so nervös. Bei einem normalen Theaterstück hat man wenigstens noch zwei oder drei Kollegen, die einem helfen können, wenn man mal nicht weiterweiß. Aber so … so konnte ich nur improvisieren und hoffen, dass es niemand merkt.«

»Aber das haben Sie gut gemacht«, lobte Nathalie sie.

Die junge Frau verzog den Mund. »Eigentlich nicht, wenn Sie es gemerkt haben.«

Nathalie winkte ab. »Das habe ich nur gemerkt, weil *Überführt* die erste Geschichte war, die ich als Jugendliche gelesen habe, die aber nicht für Jugendliche geschrieben war.«

»Sie waren wohl frühreif?«, warf Louise grinsend ein und beugte sich vor, um sich mit den Ellbogen auf der Theke abzustützen.

»Nein, ich war nur nie Fan von Enid Blyton und Co.«, gestand sie ihr. »Ich fand's seltsam langweilig, Geschichten über Kinder und Jugendliche zu lesen. Ich war ja selbst in dem Alter, da hat mich das nicht gereizt. Und Pferderomane sind überhaupt nicht mein Ding, also musste ich mir was Erwachseneres suchen. Tja, und da bin ich in der Schulbibliothek auf eine Kurzgeschichtensammlung von O'Shelley gestoßen und habe als Erstes *Überführt* gelesen. Danach bin ich ihm verfallen.« Nathalie schaute versonnen durch das offene Fenster auf die improvisierte Terrasse, wo sich die Gäste an den Tischen drängten. »Bis heute.«

»Dann war Ihr erstes Buch, das Sie sich als Erwachsene gekauft haben, bestimmt diese Sammlung von O'Shelley«, vermutete Christine.

Nathalie schaute ein wenig betreten drein. »Nein, diese Sammlung war das erste und, wie ich betonen möchte, auch das einzige Buch, das ich aus der Bibliothek habe mitgehen lassen.«

»Was!?«, riefen Christine und Louise ungläubig.

»Ja, ich weiß, das sollte in meinem polizeilichen Führungszeugnis vermerkt sein«, sagte Nathalie mit gespielt bestürzter Miene. Dazu schürzte sie demonstrativ die Unterlippe. An Louise gerichtet, ergänzte sie dann aber: »Mich wundert, dass keiner Ihrer *Kontakte* davon wusste.«

»Dabei war der verschwundene O'Shelley seit Jahren eines der größten Rätsel unserer Abteilung«, konterte die ältere Frau in einem dazu passenden Tonfall. »Wir haben das Verschwinden immer einigen bekannten radikalen Elementen zugeschrieben, aber nie eine Verbindung zwischen denen und besagter Bibliothek herstellen können.«

»Tja, was sagt das denn wohl über die Befähigung Ihrer Abteilung aus?«, spottete Nathalie.

»Ähm, warten Sie mal«, unterbrach die Schauspielerin das Gespräch und sah etwas besorgt zwischen den beiden hin und her. »Habe ich da eben irgendetwas Falsches gesagt?«

Nathalie und Louise mussten beide lachen, dann sagte Letztere: »Nein, nein, keine Angst, hier geht alles ganz gesittet zu. Das ist nur ein Geplänkel zwischen Eingeweihten.«

»Genau«, warf Nathalie gut gelaunt ein. »Und um es

verstehen zu können, müssten wir Ihnen erst mal zwanzig Minuten oder länger alles erklären, und wenn wir das geschafft hätten, würde das für Außenstehende nicht halb so witzig wirken. Wenn überhaupt.«

Christine nickte beruhigt. »Dann habe ich ja nichts verkehrt gemacht. Aber … wieso haben Sie das Buch denn überhaupt mitgenommen, anstatt es irgendwo zu kaufen?«

»Weil ich das Buch schon damals nirgendwo mehr bestellen konnte. Und was Antiquariate im Internet anbieten, das ist so teuer, dass ich es mir damals nicht leisten konnte. Und bei den meisten Titeln bin ich heute auch noch nicht bereit, so viel Geld hinzublättern. Es kommt ja nicht dem Autor zugute, sondern irgendjemandem, der das Buch damals für zwei Pfund gekauft und nichts weiter gemacht hat, als es so zu verwahren, dass nichts drankommen kann. O'Shelleys Bücher sind seit zig Jahren vergriffen, und eine neue Ausgabe ist nicht zu erwarten, weil die Nachfahren des Verlegers die Titel nicht wieder auflegen. Sie wollen die Rechte, die der Autor wohl seltsamerweise dem Verlag übertragen hat, aber auch nicht verkaufen. *Überführt* ist eines von O'Shelleys frühen Stücken, das kennt kaum jemand.«

»Verstehe ich nicht«, warf Louise ein. »Dieser Verlag sitzt auf einem Vermögen. Das betrifft ja bestimmt nicht nur O'Shelleys Bücher, oder?«

»Sagt Ihnen der Name Harfort & Harfort etwas?«, fragte Nathalie.

Louise verdrehte die Augen. »Was? Bei denen sind die alten O'Shelleys erschienen? Oh Mann, die haben mal mit einer illustrierten Neuausgabe der Bücher von H.G. Wells angefangen, Band eins und zwei habe ich gekauft, dann wurde Band drei verschoben und Band vier vorgezogen, den ich auch gekauft habe. Dann ist der alte

Harfort gestorben, und seine vierzig Jahre jüngere Ehefrau hat angefangen, das gesamte Programm umzubauen, weil sie Kochbücher verlegen wollte. Seitdem klafft in meinem Bücherregal eine Lücke zwischen Band zwei und Band vier.«

»Wie überaus schade!« Christine schüttelte den Kopf. »Auf jeden Fall danke ich Ihnen dafür, dass Sie mir die Chance für diesen Auftritt gegeben und mich auf den Text aufmerksam gemacht haben. Es gibt gar nicht so viele Stücke für nur eine Person. Meistens muss man aus anderen Stücken Monologe raussuchen und versuchen, sie sinnvoll zu verbinden.«

»Das war mir ein Vergnügen«, entgegnete Nathalie. »Ich meine, wenn wir schon eine echte Schauspielerin in unserem schönen Earlsraven haben, dann soll die auch eine Gelegenheit für einen Auftritt bekommen.«

»Danke«, sagte die junge Frau und wurde wieder rot. »Aber so eine wirklich echte Schauspielerin bin ich auch noch nicht.«

»Also bitte, Miss Langley«, protestierte Louise. »Wer drei Wochen lang in London in der *Mausefalle* mitspielen kann, sollte sich schon als echte Schauspielerin bezeichnen dürfen.«

»Ich war die Krankheitsvertretung der Urlaubsvertretung«, machte sie klar.

»Na und? Also waren Sie die Drittbeste. Damit haben Sie zwei Bessere vor sich«, sagte Louise. »Oder Sie haben zwei vor sich, die beide mit dem Produzenten geschlafen haben. Auf jeden Fall haben Sie noch hundert hinter sich, die alle viel schlechter sind als Sie.«

Christine trank einen Schluck Wasser.

»Na, wen haben wir denn da?«, ertönte eine Männerstimme hinter der Schauspielerin. »Wenn das nicht die berüchtigte Serienmörderin Olivia McDonnell ist.«

Nathalie kannte die Stimme und konnte sie gleich dem Gesicht zuordnen, das einen Moment später neben Christine auftauchte. Ein recht kleiner, unauffälliger Mann, den sie sich jahrelang viel größer und beeindruckender vorgestellt hatte, bis sie ihn einmal in London bei einer Autogrammstunde live erlebt hatte. Das Gesicht war seitdem etwas hagerer und blasser geworden, aber in seinem Fall bedeutete das nicht, dass er sich mit irgendeiner Krankheit herumplagte. Sie wusste aus einem Interview, dass er vor einer Weile seine Ernährung radikal umgestellt hatte und so gesund lebte wie möglich, ohne aber gleich auf jeden Genuss zu verzichten. Als Folge dieser Umstellung hatte er etliche Kilogramm abgenommen, wodurch sein Gesicht nicht mehr so rundlich war wie früher. Das hatte auch gegen seinen hohen Blutdruck geholfen, der der Grund für seinen damals noch geröteten Kopf gewesen war.

»Mr O'Shelley, ich wusste gar nicht, dass Sie unter den Zuschauern waren«, sagte Nathalie und reichte ihm über die Theke hinweg die Hand. »Es ist mir eine Ehre, Sie persönlich kennenzulernen.«

O'Shelley drückte ihr die Hand und musterte sie nachdenklich. »Ich vergesse nie ein Gesicht«, murmelte er, »aber Sie … Sie kenne ich nicht. Sie könnten mir aber trotzdem ein Bier zapfen.« O'Shelley grinste sie an.

»Das ist Nathalie Ames, die neue Eigentümerin des Black Feather«, erklärte Louise.

»Die neue Eigentümerin?« O'Shelley stutzte. »Hat Mrs Wilkeson etwa doch verkauft? Hat einer dieser Konzerne Sie hier hingesetzt, damit wir von Ihrem Lächeln geblendet werden? Sollen wir …«

»Henrietta Wilkeson ist gestorben«, unterbrach Nathalie ihn ruhig, aber bestimmt, bevor er sich noch in etwas hineinsteigerte. »Meine Tante Henrietta hat mir das

Black Feather vererbt. Ich bin seit nicht ganz zwei Monaten die neue Eigentümerin.«

»Hm«, machte der Schriftsteller. »Kein Konzern?«

»Kein Konzern«, bestätigte sie.

»Okay«, meinte er nur. »Dann möchte ich Ihnen mein Beileid zum Tod Ihrer Tante aussprechen. Sie war ein guter Mensch.«

Nathalie lächelte ein wenig betrübt und stellte ihm das gewünschte Bier hin. »Danke. Das habe ich in den letzten Wochen so oft gehört, dass ich es sogar dann glauben würde, wenn ich das Gegenteil davon persönlich miterlebt hätte.«

»Und?«, fragte er.

Nathalie zuckte mit den Schultern. »Was genau wollen Sie wissen, Mr O'Shelley?«

»Wie es Ihnen hier gefällt, zum Beispiel. Was sagen Sie zu den Menschen hier? Woher kommen Sie?«

»Ziemlich viele Fragen auf einmal«, erwiderte sie. »Wenn ich darauf ausführlich antworten soll, wird es eine Weile dauern, bis ich fertig bin. Die Kurzfassung würde lauten: gut, nett, Liverpool.«

»Ich glaube, die Langfassung wäre interessanter«, sagte ihr Gegenüber lächelnd.

Sie grinste ihn an. »Ach, ich weiß nicht, ob die wirklich so viel interessanter wäre. Ich würde lieber ...«

»Ich weiß«, fiel er ihr ins Wort und hielt eine Hand hoch. »Sie würden viel lieber mir ganz viele Fragen stellen, die Sie mir schon immer stellen wollten. Da sind Sie nicht die Einzige, muss ich leider sagen.«

»Leider?«, wiederholte sie verdutzt.

»Ja, leider«, bestätigte O'Shelley. »Es ist nicht persönlich gemeint, aber während meine Leser am liebsten alles wissen möchten, weiß ich im Gegenzug normalerweise so gut wie nichts über meine Leser. Ich bekomme zu hören, dass sie mein größter Fan sind und dass sie all meine Bücher gelesen haben. Das ist aber auch schon alles. Meine Fans können mir im Gegenzug aber aufzählen, welches meiner Bücher wann erschienen ist, was ich selbst längst nicht mehr auf die Reihe bekomme, weil es bedeutungslos für mich ist. Es zählt, dass ein Buch da ist, nicht, seit wann es das ist. Meine Fans wissen sogar die Namen aller Hunde, die ich in meinem Leben besessen habe. Das weiß ich zwar selbst auch noch, aber ich habe keine Ahnung, ob meine Leser Goldfische oder Piranhas oder irgendwelche Papageien ihr Eigen nennen.«

»Das interessiert Sie?«

»Warum sollte es mich nicht interessieren, Miss Ames? Warum sollte es mir egal sein, was die Menschen tun und denken, die meine Bücher kaufen und lesen?«

Nathalie sah ihn sekundenlang an, weil sie der Meinung war, darauf eine Antwort zu wissen, die er als Tatsache akzeptieren musste. Aber sosehr sie sich auch bemühte, es kam ihr nichts in den Sinn, sodass sie letztlich diejenige war, die akzeptieren musste, dass er eigentlich recht hatte. Sie gab sich geschlagen, aber dann kam ihr eine Idee, wie sie ihm seinen Wunsch erfüllen und gleichzeitig etwas für den Pub tun konnte.

»Mr O'Shelley, Sie haben völlig recht. Sie sollten mehr über das erfahren, was in Ihren Lesern vorgeht. Was halten Sie davon, wenn wir einen Termin vereinbaren, an dem Sie zu einer Lesung vorbeikommen, und im Anschluss gibt es eine Fragerunde für Sie? Dass also die Gäste wissen, dass sie nach der Lesung noch Rede und Antwort stehen müssen.«

»Das würde keinen interessieren«, meinte er und winkte ab.

»Ganz im Gegenteil«, beharrte sie. »Ich könnte mir vorstellen, dass das sogar sehr interessant werden würde. Und zwar für beide Seiten. Wenn wir das ankündigen, werden die Leute natürlich erst mal stutzen und sich fragen, was dahintersteckt. Aber dann werden sie Gefallen daran finden und neugierig werden, was ein berühmter Autor von ihnen wissen wollen könnte.«

»Ich mache keine Lesungen«, wehrte er ab. »Ich mag es nicht, den Kram vorzulesen, den ich selbst geschrieben habe. Wenn ich dann sehe, was da steht, möchte ich am liebsten alles ändern und neu machen.«

»Umso besser«, rief Nathalie hastig, da sie eine Gelegenheit sah, ihn doch noch dafür zu begeistern. »Dann machen wir daraus eine Spontan… nein, etwas anderes … ja, genau, eine Improvisationslesung, bei der die Leute wissen, welcher Text sie eigentlich erwartet, aber niemand eine Ahnung hat, in welcher Version sie den zu hören bekommen. Wir könnten den Gästen eine Art … na ja, Textheft geben, oder wir projizieren den ursprünglichen Text hinter Ihnen an die Wand, während Sie improvisieren. Auf die Weise lesen die Besucher das Original und hören, wie Sie das heute schreiben würden.«

»Ach, das würde doch nur Chaos geben«, wandte er ein. »Wenn wir damit anfangen, bin ich nach drei Zeilen weg vom Original und erzähle irgendwas komplett anderes. Da bringt ein Textheft auch nichts.«

Zum Glück verstand Christine den bittenden Blick, den Nathalie ihr zuwarf, da sie nach kurzem Überlegen vorschlug: »Was halten Sie davon, wenn ich Sie auf die Bühne begleite und Sie davon abhalte, völlig von der Ursprungsidee abzuweichen?«

»Wie soll das funktionieren?«, wollte er wissen.

Die Schauspielerin zuckte mit den Schultern. »Wenn Sie einen Text mit einem Dialog aussuchen, kann ich vorlesen, was Sie geschrieben haben, und wenn Sie mit Ihrer improvisierten Antwort völlig abschweifen, beschwere ich mich, dass das keine Antwort auf meine Frage ist, und ich bestehe darauf, eine vernünftige Antwort zu bekommen. Und dann können wir ja weitersehen. Wir können das ja einfach unter vier Augen ausprobieren.«

»Und Sie würden mich auf die Bühne begleiten?«, hakte er nach.

Nathalie entging das begeisterte Leuchten in O'Shelleys Augen nicht. Sie musste sich ein Grinsen verkneifen und wollte unauffällig Louise zuzwinkern, da hielt die bereits den Daumen nach oben gestreckt und lächelte strahlend.

»Das wäre mir sogar eine Ehre«, versicherte Christine ihm.

»Hm«, brummte der Mann missmutig und scheinbar desinteressiert, obwohl sein Blick etwas ganz anderes verriet. »Na ja, ich werde mal vorsichtig zusagen, aber unter größtem Vorbehalt, damit Sie mich ja nicht darauf festnageln können. Vielleicht habe ich ja Glück und sterbe vorher, dann hat sich das Problem von selbst erledigt.«

»Sagen Sie so was nicht, das bringt Unglück«, rief Nathalie.

O'Shelley lachte amüsiert auf. »Wenn das wirklich Unglück bringen würde, dann wären meine drei Exfrauen schon vor Jahren vom Blitz erschlagen worden, so wie ich es ihnen immer gewünscht habe.«

»Mr O'Shelley!« Nathalie musste nach Luft schnappen. »So was sagt man einfach nicht! Man wünscht nicht anderen Leuten den Tod, ob sie es nun verdient haben oder nicht, aber schon gar nicht, wenn sie rechtschaffene Leute sind!«

»Womit bewiesen wäre, dass Sie meine Exfrauen noch nicht kennengelernt haben. Die machen sich auf meine Kosten ein schönes Leben, tun keinen Handschlag und warten nur auf die nächste Unterhaltszahlung. Aber dafür habe ich sie enterbt. Irgendwo muss auch mal eine Grenze sein.«

Nathalie lag die Frage auf der Zunge, wieso sich gleich drei Frauen von ihm hatten scheiden lassen, aber das verkniff sie sich. Sie wollte O'Shelley in ihrem Pub eine Lesung halten lassen, aber ihn nicht mit ihren Argumenten zugunsten seiner Exfrauen in die Defensive drängen und ihn damit vergraulen.

Eine Frage, die ihr eigentlich noch mehr unter den Nägeln brannte, war die, warum er nicht irgendetwas unternahm, damit seine ersten Bücher wiederveröffentlicht werden konnten. Aber die hatte sie sich von vornherein verkniffen. Sie hatte O'Shelley einmal in einem Interview erlebt, in dem er genau auf dieses Thema angesprochen worden war. O'Shelley war fast auf den Journalisten losgegangen, weil der auf den Punkt zu sprechen gekommen war, wieso er denn seinerzeit sämtliche Rechte unwiderruflich an den Verlag abgetreten hatte. Den Fehler würde sie ganz sicher nicht wiederholen.

»Wann würde Ihnen denn eine solche Lesung am besten passen?«, fragte sie stattdessen.

»Theoretisch morgen früh. Oder morgen Mittag. Oder morgen Abend. Oder übermorgen.«

»Ich … ich weiß nicht, wie ich das verstehen soll.« Sie sah ihn ratlos an. »Sie kommen dann morgen einfach wieder? Oder übermorgen? Ist das nicht ein bisschen unpraktisch, heute zurück nach Glasgow zu fahren und morgen wieder herzukommen.«

Daraufhin musste Louise lachen. »Nathalie, das können Sie gar nicht wissen, weil wir hier nicht mit unserer Prominenz angeben. Mr O'Shelley besitzt ein kleines

Cottage draußen bei Cornell's Field, in das er sich zwei- oder dreimal im Jahr für einige Wochen zurückzieht, um in seiner Kreativität nicht gestört zu werden.«

»Oh«, machte Nathalie verdutzt. »Das wusste ich allerdings wirklich nicht.« Sie sah die Köchin fragend an. »Und das weiß jeder in Earlsraven? Und keiner verliert ein Wort darüber?«

»Die Leute hier haben Erfahrung mit Prominenten«, sagte Louise. »Als alle Welt noch nach Demi Moore verrückt war, hat sie sich in Crow's Nest in einem Haus einquartiert, weil sie ganz in der Nähe für einen Film vor der Kamera stehen musste. Darüber hatte ein Nachbar beim Bäcker geredet, ohne zu bemerken, dass hinter ihm jemand stand, der nicht aus dem Dorf war. Am nächsten Morgen hatten Reporter und Fans in den umliegenden Vorgärten sämtliche Blumenbeete platt getrampelt und die Hecken zerstört, nur um einen Blick auf Demi Moore zu werfen, wie sie aus dem Haus kommt. Sie kam aber nicht aus dem Haus, weil die Produktionsfirma Wind davon gekriegt und sie sofort woanders untergebracht hatte. Die Fans und die Reporter hielten das aber nur für eine Finte und zogen schließlich erst nach einer Woche ab. Zurück blieb ein Schlachtfeld. Aber dann war Mrs Moore tatsächlich so nett und hat auf eigene Kosten eine Gärtnerei beauftragt, alles wieder so herzustellen, wie es vorher gewesen war.«

Nathalie nickte nachdenklich. »Ja, da kann ich verstehen, dass man lieber den Mund hält.«

»Allerdings ist nicht zu befürchten, dass in meinem Fall gleich alle umliegenden Gärten verwüstet werden würden«, merkte O'Shelley belustigt an. »Ganz abgesehen davon, dass das Haus abgeschieden genug steht und kein Nachbar behelligt werden kann.« Er trank sein Bier aus, hielt aber ablehnend eine Hand hoch, als Nathalie ihm einen fragenden Blick zuwarf. »Also gut, ich will mich mal in mein kleines Häuschen begeben und meine Schreibmaschine noch ein paar Stunden lang quälen …«

»Sie schreiben tatsächlich noch auf einer Schreibmaschine?«, fragte Nathalie, die ungewollt versonnen lächeln musste. Schreibmaschinen hatten so etwas Nostalgisches an sich, das sie kaum oder eigentlich überhaupt nicht in Worte fassen konnte. Sie hatte einmal an der alten Schreibmaschine ihres verstorbenen Großvaters gesessen und sofort das Gefühl gehabt, durch die Zeit zurückgereist zu sein, an einen Punkt, an dem Computer nicht bloß Zukunftsmusik gewesen waren, sondern etwas so absolut Unvorstellbares, dass bestenfalls eine Handvoll Visionäre in der Lage war, sich eine Maschine auszumalen, die einem das Schreiben und Rechnen abnahm. Ein Smartphone, das auch noch mit einem reden und einem den Weg zum nächsten Coffeeshop erklären konnte, wäre wohl selbst kurz vor dem Beginn der Industrialisierung als Teufelswerk bezeichnet worden.

»Ich stelle mir das unglaublich anstrengend vor«, warf Christine ein. »Erst mal muss man diese schweren Tasten runterdrücken, und dann muss man doch die ganze Zeit über völlig konzentriert sein, weil man ja nicht mal eben die letzten drei Wörter oder zwei Zeilen löschen kann, wenn sie einem nicht gefallen.«

»Es erfordert viel Konzentration«, bestätigte O'Shelley, an sie gewandt, »aber auch sehr viel Disziplin. Konzentration, weil man sich bei der ersten Zeile im Klaren darüber sein muss, wo man in der letzten Zeile in der Handlung sein will. Disziplin, damit man auf dem Weg dorthin nicht doch noch eine andere Richtung einschlägt.«

Er nickte in die Runde und sagte: »Und jetzt ruft

mich meine Disziplin, damit ich heute noch ein wenig arbeite. Die Nacht ist schließlich noch jung.« Er breitete die Arme aus, als wollte er zu einer tiefen Verbeugung ansetzen, dabei übersah er aber, dass sich zu seiner Rechten eine Frau aufhielt, die mit einem halb vollen Glas Sekt in der Hand in Richtung Theke unterwegs war, wohl, um dort das Glas abzustellen. Bevor sie reagieren konnte, schlug O'Shelley mit dem Unterarm gegen ihre Hand, der Sekt schwappte über und landete auf ihrem dezent gemusterten Sommerkleid, bei dem Pastelltöne vorherrschten – abgesehen natürlich von der durch den Sekt durchnässten, dunkel verfärbten Fläche, die bis zum Bauch reichte.

»Oh mein Gott«, rief O'Shelley. »War ich das etwa?«

Die Frau, die, dem Gesicht nach zu urteilen, Mitte fünfzig sein musste, durch den schwarzen Pagenkopf aber jünger wirkte, sah ihn verdutzt an. »Wer soll das sonst gewesen sein?«, erwiderte sie irritiert und beugte sich vor, um das Glas abzustellen.

O'Shelley hatte bereits nach ein paar Servietten gegriffen und begann, den Stoff abzutupfen, aber sie nahm ihm die Servietten aus der Hand. »Das möchte ich doch lieber selbst machen.«

Sofort hob O'Shelley seine Hände. »Entschuldigen Sie bitte, Miss. Ich wollte nicht aufdringlich erscheinen.«

Die Frau nickte und winkte ab. »So war das auch nicht gemeint, Mr O'Shelley, ich … ähm … ich mag das halt nicht, so … ähm … angefasst zu werden. Wie gesagt, das ist nichts Persönliches. Ich empfinde es schon als unangenehm, wenn fremde Leute einem die Hand an den Arm oder auf die Schulter legen.« Dann verzog sie den Mund und murmelte betreten: »Oh Gott, jetzt habe ich Sie bestimmt mit meinem Gerede vor den Kopf gestoßen. Entschuldigen Sie, Mr O'Shelley. Das war nicht meine Absicht, eigentlich wollte ich Sie um ein Autogramm bitten, aber … na ja, ich fürchte, das kann ich jetzt vergessen.«

Jetzt war es O'Shelley, der verwundert dreinschaute. »Warum denken Sie denn so etwas? Sie haben gesagt, was Sie nicht mögen. Weiter nichts. Das ist doch völlig legitim. Ich sage ja auch, was ich nicht mag. Damit müssen andere eben leben.« Er legte den Kopf schräg und betrachtete sie forschend. »Aber wenn ich Sie so ansehe, kann ich nirgends eines meiner Bücher entdecken«, sagte er und grinste schelmisch. »Darf ich also annehmen, dass ich meine Unterschrift auf eine bestimmte Körperpartie setzen soll, damit Sie sie tätowieren lassen können?«

»Ich glaube, das würde meinem Mann nicht gefallen«, erwiderte die Frau und musste lachen.

»Die Tätowierung, meinen Sie?«

Sie schüttelte den Kopf. »Die auch nicht, aber noch weniger würde es ihm gefallen, wenn Sie Ihr Autogramm auf meine Haut setzten.«

»Ist er heute hier?«

»Mein Mann?«

O'Shelley nickte.

»Nein, er ist auf Reisen, in Afrika, um genau zu sein«, antwortete sie.

»In Afrika? Dann geht er da bestimmt ein paar Elefanten schießen, wenn er so gefährlich ist, wie Sie es klingen lassen«, scherzte er.

Die Frau riss erstaunt die Augen auf. »Woher wissen Sie das?«

»Woher weiß ich was?«

»Das … das mit den Elefanten.«

»Das war nur so dahinges…, Augenblick mal«, er

musterte sie argwöhnisch. »Soll das heißen, das macht er tatsächlich?«

Sie nickte. »Er ist Großwildjäger.«

»Großwildjäger, sagen Sie?«, wiederholte er mit frostiger Stimme. »Darf ich Ihnen meine Verachtung aussprechen? Die kommt aus tiefstem Herzen.«

»Ich … ich weiß nicht, was ich sagen soll«, antwortete sie. »Er ist doch …«

»Was ist er? Ein liebevoller Mann? Ein Scheusal ist er, Abschaum ist er!«, ereiferte er sich. »Er soll in der gleichen Hölle schmoren wie diese Stierkämpfer!«

Die Frau bekam den Mund nicht mehr zu, ihr Kopf war rot angelaufen, ob aber vor Wut oder vor Verlegenheit, war nicht eindeutig zu erkennen. Auf jeden Fall machte sie im nächsten Augenblick auf dem Absatz kehrt und verließ den Pub über die improvisierte Terrasse.

»Die werden wir wohl so bald nicht wiedersehen«, sagte Louise und schüttelte flüchtig den Kopf. »Das haben Sie übrigens schön gesagt, Mr O'Shelley, das mit der Hölle und den Stierkämpfern.«

»Es ist aber doch auch wahr«, erwiderte der Autor kopfschüttelnd und deutete eine Verbeugung an, diesmal behielt er seine Hände aber bei sich.

»Wer war das?«, wollte Nathalie wissen. »Ich habe diese Frau noch nie hier gesehen.«

»*Hier* habe ich sie auch noch nicht gesehen, aber das war Eileen Robbins-Allison«, antwortete Louise beiläufig. »Ehefrau von David Robbins.«

»Von Beruf Großwildjäger«, ergänzte O'Shelley süffisant grinsend.

»Nein, die Jagd ist bloß sein … *Hobby*«, sagte sie und verzog dabei das Gesicht, als hätte sie irgendetwas absolut Ekelhaftes verschluckt. »Im normalen Leben ist er Unternehmensberater.«

»Das passt schon irgendwo zusammen«, kommentierte O'Shelley verächtlich, während er drei Bierdeckel signierte, die ihm von anderen Fans hingehalten wurden. »Beides hat auf die eine oder andere Art mit Geiern, Hyänen und sonstigen Aasfressern zu tun.« Er hob den Kopf und grinste Louise und Nathalie an. »Wieso muss ich jetzt wieder an meine drei Exfrauen denken?«

Zweites Kapitel, in dem Louise Nathalie auf eine interessante Beobachtung hinweist

Nachdem O'Shelley sich verabschiedet hatte, ging Louise zu den Bedienungen, die noch damit beschäftigt waren, Ordnung herzustellen und alle Tische und Stühle wieder so zu platzieren, wie sie für gewöhnlich standen. Das Ganze war eine recht lautstarke Angelegenheit, da immer wieder die Position eines Tisches korrigiert werden musste, was unter Umständen auch den Nachbartisch betraf und immer damit verbunden war, dass jeweils vier Stühle hin und her geschoben werden mussten.

»Interessanter Abend, nicht wahr?«, fragte Nathalie die blonde Schauspielerin, während sie beim Zapfen half, um die Bestellungen zu erledigen. »Erst ein gelungener Auftritt, dann eine Begegnung mit dem Autor des Stücks, und jetzt auch noch ein Auftritt mit ihm zusammen. Das kann Ihnen einigen Auftrieb geben.«

Christine nickte nachdenklich. »Wenn Sie mir nicht diesen Blick zugeworfen hätten, Miss Ames, wäre ich nie auf die Idee gekommen, so einen vermessenen Vorschlag zu machen.«

»Wieso vermessen? Ich hatte das Gefühl, dass ihm Ihre Darbietung heute Abend gefallen hat. Hätte er sofort nach der Vorstellung das Weite gesucht, könnten Sie sich jetzt fragen, was Sie wohl falsch gemacht haben«, hielt Nathalie dagegen. »Aber wenn der Verfasser persönlich mit Ihnen eine Lesung machen will, was er auch hoffentlich machen wird, dann muss er begeistert gewesen sein. Besser hätten Sie es gar nicht machen können.«

»Ich weiß«, sagte sie und zuckte leicht verlegen mit den Schultern. »Mir fehlt ein bisschen das Selbstvertrauen … nein, das stimmt so nicht … ich habe Selbstvertrauen, und ich bin eigentlich auch davon überzeugt, dass ich gut bin. Aber es liegt mir nicht, mich damit in den Vordergrund zu spielen, so als wäre ich besser als andere.«

»Und wenn Sie besser sind als andere? Wollen Sie den anderen dann einfach den Vortritt lassen, obwohl die schlechter sind? Soll das Publikum Geld ausgeben, um Zweitklassiges vorgesetzt zu bekommen, nur weil Sie sich nicht trauen, auf sich aufmerksam zu machen?«

Christine erschrak, weil Nathalie umso vorwurfsvoller klang, je länger sie redete.

Nathalie wiederum musste zumindest noch eine Weile ernst rüberkommen, weil Christine erst darauf reagieren sollte, bevor sie ihr zu erkennen gab, dass sie keineswegs so sauer auf sie war, wie es klingen mochte.

»Ja, vielleicht haben Sie ja recht«, lenkte Christine ein wenig betreten ein. »Nach meiner Feuertaufe habe ich tatsächlich das Gefühl, damit auch woanders auftreten zu können. Auch vor größerem Publikum. Ich muss mir im Internet zusammensuchen, wo es hier in der Umgebung noch Veranstaltungshallen in der richtigen Größe gibt.«

»Nur hier in der Umgebung?«

»Ich muss ja in der Lage sein, nach dem Auftritt nach Hause zu fahren«, erklärte die junge Frau. »Ich habe keine Ahnung, was Saalmiete und das ganze Drumherum kosten, da weiß ich nicht, ob da noch genug für eine Übernachtung irgendwo in einem Hotel bleibt.«

Fast verschwörerisch beugte sich Nathalie vor und sagte: »Ich muss wissen, ob Sie das mit den weiteren Auftritten ernst meinen. Ich muss wissen, dass Sie nicht in letzter Minute kalte Füße bekommen, weil Sie meinen, dass Sie vor vier- oder fünfhundert Leuten auf einmal nicht mehr auftreten können.«

»Ich meine das absolut ernst«, beteuerte Christine und sah Nathalie dabei in die Augen, um keinen Zweifel an ihrer Aufrichtigkeit aufkommen zu lassen. »Ich werde sehen, was ich hier in der Gegend finden kann, und wenn dabei genug Geld herausspringt, werde ich vielleicht überlegen, woanders etwas größere Säle zu buchen, um mehr Leute anzusprechen. Das wird zwar ein logistischer Albtraum werden, weil ich, ehrlich gesagt, keine Ahnung habe, wie man das alles arrangiert. Wie das mit den Eintrittskarten läuft, wo ich Leute finde, die mir vor Ort helfen, die Bühne einzurichten, die Stühle zu schleppen und aufzustellen und die Eintrittskarten am Eingang zu überprüfen, bevor die Besucher reingelassen werden.« Abrupt verstummte sie und hielt sich erschrocken die Hand vor den Mund. »Da brauche ich ja ein ganzes Team, um das auf die Beine zu stellen. Ich … oh Gott, das ist … das kann ich gar ni…«

»Langsam, langsam, Miss Langley«, redete Nathalie eindringlich auf sie ein. »Sie müssen nicht in Panik geraten. Es gibt für so was Leute, die sich um den ganzen Kram kümmern, damit Sie sich auf Ihren eigentlichen Job konzentrieren können, nämlich auf Ihren Auftritt.«

»Ja, ich weiß. Veranstalter. Aber die wollen für ihre Arbeit Geld sehen, und ich kann denen nichts im Voraus bezahlen. Die verlassen sich nicht auf mein Wort und auf meine Zuversicht, dass das alles schon gut ausgehen wird.«

»Eine Freundin von mir arbeitet bei einer Konzertagentur«, sagte Nathalie.

Christine winkte ab. »Die kann ich ganz sicher auch nicht bezahlen. Ich müsste mich erst mal auf die Suche nach Geldgebern machen, die mir zutrauen, dass ich mehr als achtzig Leute anlocken kann, von denen keiner mein Nachbar ist.«

»Ich war noch nicht fertig, Miss Langley.« Nathalie zwinkerte ihr zu. »Der Clou kommt erst noch.«

Die Schauspielerin sah sie neugierig an.

»Diese Freundin schuldet mir noch einen großen Gefallen, und zwar einen wirklich großen Gefallen, den sie schon seit Jahren begleichen will. Ich bekomme von ihr regelmäßig angeboten, auf ihre Kosten für eine Woche nach Las Vegas zu fliegen, damit ich mir entweder Elton John oder Cher oder Celine Dion ansehen kann.«

»Und warum nehmen Sie das Angebot nicht an?«, fragte Christine erstaunt.

Nathalie griff nach einem Küchentuch und wischte über die Theke. »Erstens finde ich diese Shows in Las Vegas zu … na ja, wie soll ich das sagen … die sind mir irgendwie zu perfekt. Das hat für mich nicht sehr viel mit einem Konzert zu tun. Ich will nicht an einem Tisch sitzen und ein teures Steak essen, während ein paar Meter von mir entfernt eine Show läuft. Entweder ich esse oder ich genieße ein Konzert, und zwar mit der Möglichkeit, vor der Bühne zu stehen und zu tanzen.«

Christine nickte bedächtig. »Hm, ich glaube, das würde mir auch nicht gefallen.«

»Und zweitens habe ich mit einer Freundin zusammen Elton John und Rod Stewart in London gesehen, genauso Cher, bei der ich zusammen mit meinen Eltern war. Und Celine Dion ist ganz und gar nicht das, was ich mir ansehen würde. Nicht freiwillig und auch nicht gegen Bezahlung.«

»Kann ich auch verstehen«, meinte die jüngere Frau amüsiert. »Aber was hat das mit mir zu tun?«

»Ganz einfach«, erklärte Nathalie. »Ich überlasse Ihnen den Gefallen, den ich guthabe …«

»Aber ich will auch nicht nach Las Vegas!«, rief sie erschrocken. »Jedenfalls nicht in nächster Zeit.«

»Lassen Sie mich doch einmal ausreden, Miss Langley«, gab Nathalie in einem gespielt flehentlichen Tonfall zurück. Ihre Augen glitzerten vor Eifer.

»Oh, Entschuldigung.« Christine schaute leicht zerknirscht drein.

»Ich überlasse Ihnen das, was meine Freundin für diese Tour nach Las Vegas ausgeben würde, und stattdessen soll sie das Geld investieren, um für Sie, Christine, ein paar Termine in wirklich guten Hallen zu buchen und sämtliches Drumherum zu erledigen.«

Die junge Schauspielerin sah Nathalie ungläubig an. »Das kann ich doch nicht annehmen.«

»Sollten Sie aber«, warf Louise ein, die mit einem Tablett mit leeren Gläsern an die Theke kam und einer Kollegin ein Zeichen gab, dass sie noch mal genauso viele

Gläser Bier zapfen sollte. »Wenn Miss Ames spendabel ist, sollten Sie zugreifen.«

»Sehen Sie?«, sagte Nathalie und zwinkerte dabei Louise zu. »Hören Sie auf ihren Rat.«

»Aber …«

»Miss Langley, es gibt momentan nichts, was meine Freundin für mich tun könnte, was ich anderweitig nicht geregelt bekommen würde«, beteuerte sie. »Und selbst wenn sich etwas ergibt, und Sie haben den Gefallen bereits an meiner Stelle aufgebraucht, wird meine Freundin sich garantiert nicht weigern, mir aus der Patsche zu helfen.«

»Na ja, wenn Sie meinen …« Auf Christines Gesicht breitete sich ein strahlendes Lächeln aus.

»Ich meine«, bestärkte Nathalie sie. »Ich werde mich in den nächsten Tagen ohnehin mit ihr treffen, dann kann ich ihr das persönlich erklären. Ich weiß ja, wo und wie ich Sie erreichen kann. Sobald wir geredet haben, gebe ich Ihnen Bescheid, okay?«

Christine Langley saß immer noch freudestrahlend an der Theke und konnte offenbar ihr Glück nicht fassen, als Nathalie ihr eine Viertelstunde später eine gute Nacht wünschte und sich in ihr Büro zurückzog.

Sie nahm am Schreibtisch Platz, legte müde ihre Beine hoch und griff nach ihrer Liste, um einen Blick auf das zu werfen, was noch zu erledigen war, bevor sie wirklich Feierabend machen konnte. Erfreulich war die Tatsache, dass sie fünfzig Prozent der Posten bereits erledigt und durchgestrichen hatte. Vom Rest ging es noch einmal in der Hälfte der Fälle nur darum, bestimmten Mitarbeitern Aufgaben für die kommende Woche zuzuteilen, die normalerweise nicht in deren Bereich fielen.

Damit blieb ein recht überschaubarer Teil übrig, der sie aber sicher noch zwei Stunden lang beschäftigen würde.

»Das Wort Feierabend muss für Sie aber auch erst noch erfunden werden, wie?«, hörte sie nach einer Weile Louise fragen, die in der offenen Tür stand und sie kopfschüttelnd ansah.

»Sie wissen ja, wie es ist«, sagte Nathalie. »Ich kann nicht einfach Dinge liegen lassen, die an einen Termin gebunden sind. Ich will zusehen, dass ich heute Abend noch alles wirklich Dringende erledigt bekomme.«

»Und Ende der Woche geht es dann ab nach Hause«, ergänzte Louise

»Hm?«

»Nach Liverpool, meine ich. Nach Hause.«

»Oh ja. Darauf freue ich mich schon«, bestätigte Nathalie. »Als Erstes werde ich zu meinem Friseur gehen, der mich schon sehnlichst erwartet. Und ich ihn auch, um ehrlich zu sein.«

»Die wenigsten hier fahren aber bis nach Liverpool, um sich die Haare schneiden zu lassen. Es gibt in der Umgebung ein paar Friseure.« Sie überlegte einen Moment lang. »Der nächste ist in …«

»… Holstead-on-Dyme, ich weiß«, unterbrach Nathalie sie. »Ich war bei Mr Thorpe. Für fünf Minuten. Dann hat er mir erklärt, dass meine Haare zu kurz seien und er sie nicht schneiden könne. Ich solle in zwei bis drei Monaten wiederkommen, wenn sie eine brauchbare Länge hätten. Ich habe ihm Fotos gezeigt, auf denen meine Haare viel kürzer waren als jetzt. Und ich sagte ihm, dass sie mir zu lang seien. Aber er meinte, er sei seit über sechzig Jahren Friseur und er wisse genau, wie eine Damenfrisur auszusehen habe. Das da«, sie zeigte auf ihren Kopf, »sei ganz eindeutig keine.«

»Ach ja, der gute alte Mr Thorpe. Bestimmt haben Sie

einen Tag erwischt, an dem sein Sohn nicht im Laden war«, erklärte Louise. »Bei ihm hätten Sie das Problem nicht.«

Nathalie winkte ab und legte die Liste zur Seite, um stattdessen nach einer Mappe zu greifen, die sie vor sich auf den Tisch legte und aufklappte. »Ist nicht weiter schlimm. Ich muss sowieso nach Liverpool, da kann ich dann auch zu dem Friseur meines Vertrauens gehen.«

Louise nickte bedächtig. »Ihre Eltern werden sich sicher auch freuen, Sie zu sehen.«

»Oh ja, auf jeden Fall. Meine Mom hat schon angedroht, die ganze Woche lang meine Leibgerichte zu kochen. Machen Sie sich also darauf gefasst, dass ich nach meiner Rückkehr nicht mehr durch die schmalen Türen passen werde.«

»Ich werde rechtzeitig einen Lastenkran anfordern, der Sie durchs Fenster reinhieven wird«, versprach ihr die Köchin. »Dann steht Ihnen aber in Liverpool eher eine hektische Woche bevor, würde ich sagen.«

»Ja, ich muss unbedingt an die Liste für Liverpool denken, damit ich nicht die Hälfte vergesse, wenn ich erst mal da bin.« Sie griff nach der Maus, öffnete ein neues Dokument und notierte »Liste Liv« als Gedächtnisstütze.

»Und Glenn?«

Nathalie drehte sich wieder zu Louise um. »Glenn? Was ist mit ihm?«

»Ich meine, werden Sie ihn auch sehen?«

»Ja, natürlich.«

Nach einer Pause, während der Nathalie der Köchin anmerken konnte, dass sie aus irgendeinem Grund mit sich selbst haderte, kam die Frage: »Und freuen Sie sich auch, ihn zu sehen?«

Nathalie stutzte. »Warum sollte ich mich nicht freuen?«, entgegnete sie ein wenig argwöhnisch. »Haben Sie irgendetwas vernommen, was ich wissen sollte?«

»Ganz im Gegenteil, Nathalie. Ich habe gar nichts vernommen«, entgegnete die Köchin zurückhaltend.

»Ich weiß, ehrlich gesagt, nicht, wie ich das verstehen soll, Louise. Helfen Sie mir auf die Sprünge?«

Louise kam zu ihr und setzte sich auf den Stuhl vor dem Schreibtisch. »Sie fahren für eine Woche nach Hause, wo Ihr Freund auf Sie wartet. Aber Sie erzählen von dem Termin bei Ihrem Friseur, dann vom Besuch bei Ihren Eltern, bei denen Sie offenbar jeden Tag sein werden, wenn Ihre Mutter so viel für Sie kochen will. Und dann haben Sie noch ein Dutzend Termine, die Sie erledigen müssen. Glenn haben Sie mit keinem Wort erwähnt.«

Louise hatte recht. Betreten schaute Nathalie auf die aufgeschlagene Mappe vor sich, ohne auch nur eine Zeile zu lesen.

»Wenn Sie nicht möchten, dass ich darauf zu sprechen komme, Nathalie, dann sagen Sie das einfach, und ich werde es respektieren«, ließ Louise sie wissen und griff über den Schreibtisch, um ihre Hände auf Nathalies zu legen. »Aber seit Sie hier sind, hat Glenn viermal angekündigt, übers Wochenende herzukommen, davon hat er dreimal abgesagt. Und als Sie vor drei Wochen raufgefahren sind, haben Sie das in erster Linie gemacht, um die Sommerkleidung zu holen, die Ihr Freund jedes Mal ›vergessen‹ hatte. Und die er auch nicht mit der Post als Paket herschicken konnte. Das hat sie geärgert und verletzt – zu Recht.«

»Aber, Louise …«, begann Nathalie mit schwacher Stimme.

»Nathalie, Sie können gern jederzeit zu mir kommen und mir Dinge erzählen. Aber Sie müssen dann auch aushalten, dass ich Ihnen meine Meinung dazu sage. Wenn Sie das nicht möchten …«

»Louise, Ihre Meinung ist mir wichtig«, versicherte Nathalie ihr. »Es ist gut, wenn Sie mich auf etwas hinweisen, was mir selbst gar nicht auffällt, weil ich so viel anderes zu tun habe. Und von außen sieht man die Dinge auch einfach anders … manchmal besser.«

Louise nahm die Hände wieder weg. »Okay, dann weiß ich, wo wir stehen.«

Nathalie nickte zustimmend. »Dann sagen Sie mir jetzt bitte, was Sie mit Ihrer Andeutung meinen.«

»Ich meine, dass es zwischen Ihnen und Glenn nicht gut läuft«, sagte sie geradeheraus.

»Wir schreiben uns jeden Tag«, erwiderte Nathalie. »Fast jeden Tag.«

»Und telefonieren wie oft?«

»Ab und zu.«

»Ist das nicht ein bisschen wenig?«, fragte Louise.

Nathalie zögerte. »Wir haben beide unsere Arbeit, und es bringt nicht viel, jeden Tag darüber zu reden, wer was gemacht hat …«

»… weil es Glenn nicht interessiert, denn je mehr Sie hier tun, umso unwahrscheinlicher wird es, dass Sie nach dem einen Jahr nach Liverpool zurückkehren. Es gefällt Ihnen hier viel zu gut, Sie fühlen sich nach nicht mal zwei Monaten so wohl, dass Sie hier schon zu Hause sind.«

Abrupt nahm Nathalie abwehrend die Hände hoch. »Nicht so schnell, Louise. Als supergeheime Geheimagentin von einer supergeheimen Behörde sind Sie doch garantiert auch psychologisch geschult worden, nicht wahr?« Sie machte eine ausholende Geste. »Sehen Sie sich um. Jeder Psychologe wird Ihnen sagen, dass man an einem Ort nicht angekommen ist, solange man ihm nichts Persönliches verliehen hat. Sehen Sie hier irgendetwas Persönliches von mir?«

»Henrietta war Ihre Tante, dadurch ist das alles automatisch persönlich«, konterte Louise grinsend. »Netter Versuch, mich über die Psychologie überlisten zu wollen. Aber Psychologen, die nach dem äußeren Schein urteilen, ohne sich mit der jeweiligen Person befasst zu haben, taugen sowieso nichts.«

»Sie glauben nicht an das, was Wissenschaftler herausgefunden haben?«

»Ich halte ja sogar mein eigenes Psychotraining manchmal für Unsinn und für vertane Zeit«, erklärte Louise. »Wenn es danach geht, dass jeder, der lügt, unmittelbar vor der Lüge nach rechts oder links unten oder wohin auch immer guckt, dann würde eine Reihe an Leuten mit den dicksten Lügen durchkommen. Man darf sich nicht nur auf sein erlerntes Wissen verlassen, sondern muss immer auch auf seinen Instinkt achten. Beobachten Sie die Menschen, dann wissen Sie, was in ihnen vorgeht und was sie wollen.«

»Und dieser Instinkt sagt Ihnen, dass ich mich hier bereits zu Hause fühle?«, fragte Nathalie interessiert und lehnte sich auf ihrem Bürostuhl nach hinten.

Louise nickte ausgiebig, um ihrer Meinung mehr Nachdruck zu verleihen. »Dass hier alles noch so aussieht wie bei Ihrer Tante, liegt daran, dass Sie einfach so großen Respekt vor ihr haben, dass Sie nicht hingehen und wegpacken oder wegwerfen, damit Ihre eigenen Dinge Platz haben. Sie sehen keine Notwendigkeit, diesem Büro oder Henriettas Wohnung oder dem Black Feather Ihren persönlichen Stempel aufzudrücken. Es gefällt Ihnen, so, wie es ist. Dass Sie Earlsraven als Ihr Zuhause ansehen, wird klar, wenn Sie davon reden, dass Sie nächste Woche nach Liverpool fahren werden. Egal, wann die Rede darauf kommt, Sie sagen ›nach Liverpool‹, aber nie ›nach Hause‹.«

Verdutzt zog Nathalie die Augenbrauen hoch. »Das ist mir noch gar nicht aufgefallen.«

»Ihr Unterbewusstsein fühlt sich hier bereits heimisch, nur Ihre bewusste Wahrnehmung hinkt noch ein wenig hinterher. Das habe ich auch heute Abend bemerkt, als Sie mit Miss Langley gesprochen haben. Da kam von Ihnen die Aussage ›wenn wir schon eine echte Schauspielerin in unserem schönen Earlsraven haben‹. Sie sind seit sechs oder sieben Wochen hier, ich habe nicht so genau mitgezählt, und Sie reden von ›unserem schönen Earlsraven‹. Das gibt mir zu denken, und das sollte auch Sie zum Nachdenken bringen.«

Nathalie seufzte leise, da sie schon jetzt wusste, um welches Thema ihre Gedanken während der gesamten Fahrt nach Liverpool kreisen würden.

Drittes Kapitel, in dem Nathalie feststellen muss, dass sich eine geplante Terminabsprache erledigt hat

»War O'Shelley heute auch wieder nicht hier?«, fragte Nathalie ein paar Tage später, als sie im Vorbeigehen Louise sah, die soeben ihre Schicht für den Tag beendete und ihren Kollegen in der Küche letzte Anweisungen gab. Louise schüttelte den Kopf. »Den habe ich seit Sonntag nicht mehr gesehen. Seit dem Auftritt von Miss Langley.« Sie nickte ihren Kollegen zu, dann kam sie zu Nathalie und zuckte flüchtig mit den Schultern. »Das ist aber nicht weiter ungewöhnlich, müssen Sie wissen. O'Shelley sitzt in seinem kleinen Cottage und schreibt Stunde um Stunde. Der wird gar nicht merken, dass er Hunger hat, außer wenn er irgendwann spätabends Schluss macht. Und dann wird er sich garantiert ein

Sandwich machen, um anschließend hundemüde ins Bett zu fallen. Man bekommt ihn manchmal kaum zu sehen. Er will sein Manuskript zu Ende schreiben, aber nicht seine Zeit im Pub verbringen.«

Nathalie verzog missmutig die Mundwinkel und redete in einem fast kläglichen Tonfall weiter: »Seit Tagen versuche ich, den Mann zu erreichen, aber entweder springt die Mailbox gar nicht an, oder sie reagiert, und ich kann eine Nachricht hinterlassen. Nur bekomme ich nie eine Antwort, nicht mal, wenn ich eine SMS schicke, damit er mir schreiben kann, falls er aus irgendeinem Grund nicht mit mir reden will.«

Nachdem sie ihre Schürze ausgezogen und an der Garderobe neben der Tür aufgehängt hatte, kam Louise zu Nathalie in den Flur und gab ihr ein Zeichen, ihr nach hinten ins Büro zu folgen. Dort nahm sie ihre dünne Jacke vom Haken an der Innenseite der Tür und schlüpfte hinein.

»Warum wollen Sie ihn denn so unbedingt sprechen?«, erkundigte sie sich bei Nathalie.

»Ich möchte seine feste Zusage haben, dass er diese Lesung gemeinsam mit Christine auch wirklich machen wird«, erklärte Nathalie und lehnte sich gegen den Schreibtisch, an dem schon ihre Tante jahrelang gearbeitet hatte. Ein einfacher, aber stabiler und robuster Schreibtisch, der zwar etwas altmodisch wirkte, aber mit dem Rest der Einrichtung bestens harmonierte. Nathalie war sich sicher, dass jeder andere den Tisch und die alten Aktenschränke – mit ihren je nach Wetterlage etwas schwergängigen Türen – gegen moderne Möbel ausgetauscht hätte. Sie hatte zwar auch mal in einem Prospekt für Büromöbel geblättert, sich letztlich aber dafür entschieden, bei dem zu bleiben, was sie hatte. Es passte einfach am besten in diese Umgebung, und solange der

Schreibtisch nicht zusammenbrach, während sie daran saß und arbeitete, gab es keinen Grund für Veränderungen. »Wir haben jetzt Donnerstag, ich fahre morgen nach Liverpool und bin erst Samstag in einer Woche wieder hier. Ich muss einfach wissen, ob er das nun macht oder nicht. So was kann ich nicht drei Tage vor der Veranstaltung bekannt geben, denn das wird nicht nur die Menschen hier in Earlsraven interessieren.«

»Das sehe ich auch so«, stimmte Louise ihr zu und rieb sich nachdenklich das Kinn. »Und wenn ich überlege, wie viele Leute letzten Sonntag da waren, nur um die Aufführung zu sehen, würde ich fast sagen, dass wir genug Karten für zwei Vorstellungen verkaufen werden, wenn das erst einmal die Runde gemacht hat.«

»So optimistisch will ich eigentlich gar nicht planen«, sagte Nathalie. »Aber Sie haben schon recht. Der Name O'Shelley wird viel Interesse wecken. Nur muss sich das erst einmal herumsprechen, und das kann es nicht, solange ich keine feste Zusage habe.«

»Mit Unterschrift«, ergänzte ihre Köchin verschmitzt.

Nathalie nickte zustimmend und lächelte wissend. »Ohne Unterschrift werde ich keinen Finger rühren, sonst habe ich den Ärger am Hals, wenn O'Shelley zwei Stunden vorher einen Rückzieher macht.« Sie dachte kurz nach. »Na ja, notfalls könnte Christine dann noch einmal *Überführt* spielen, das würden die meisten Zuschauer auch nicht kennen …«

»… und die, die es kennen, würden es sich bestimmt ein zweites Mal ansehen wollen«, meinte Louise und zwinkerte ihr zu. »Seien Sie nicht ganz so pessimistisch, was O'Shelley angeht. Eigentlich ist er doch ein ganz umgänglicher Kerl.«

»Außer, er hat es mit Großwildjägern zu tun«, ergänzte sie und musste lachen. »Oder mit deren Ehefrauen. Ich bin schon froh, dass er eine solche Einstellung zu dem Thema hat. Sonst hätte ich ein echtes Problem damit, mich noch für seine Bücher zu interessieren.«

»Tatsächlich?«

»Oh ja, da bin ich sehr rigoros. Nachdem ich gelesen hatte, was Hemingway vom Stierkampf hält, war er bei mir unten durch.«

Louise lächelte ein wenig ironisch. »Selbst wenn Ihnen ein Buch eigentlich gefällt?«

»Ja, wenn ich weiß, dass ein Autor sich für bestimmte Dinge begeistern kann, die ich verabscheue, ist er für mich gestorben«, erklärte Nathalie. »Das gilt aber auch für Schauspieler.«

»Dann sind Sie wirklich rigoros«, meinte die ältere Frau.

»Was glauben Sie, warum ich mir nie einen Film mit Tom Cruise ansehen würde?«

»Weil er eigentlich nur ein drittklassiger Schauspieler ist?« Louises ironisches Lächeln machte klar, dass sie den Grund sehr wohl kannte.

»Ja, deswegen auch«, sagte Nathalie grinsend und sah auf die kleine Funkuhr auf ihrem Schreibtisch. »Meinen Sie, ich könnte jetzt noch zu O'Shelley fahren?«, fragte sie und kehrte zum eigentlichen Thema zurück. »Ich will einfach heute noch seine Antwort, schwarz auf weiß.«

»Wenn O'Shelley Ihnen eine Antwort schuldet, dann darf er sich nicht wundern, wenn Sie vorbeikommen und sie sich persönlich abholen«, meinte Louise.

»Das sehe ich auch so.« Nathalie sah zur Wand links von der Tür, wo eine Landkarte hing, die Earlsraven und Umgebung zeigte. »Sein Cottage liegt in Cornell's Field, richtig?«

»Richtig, aber diese Karte ist überholt«, machte Louise ihr klar und zeigte mit dem Finger auf eine eingezeichnete Straße. »Die da drüben existiert nicht mehr, dafür ist hier eine Umgehungsstraße gebaut worden. Sie müssen also an dieser Ecke abbiegen, wo ein altes Steinkreuz steht, sonst fahren Sie einen riesigen Bogen, um aus der anderen Richtung das Cottage zu erreichen.«

»Ah, ja, gut«, murmelte Nathalie und neigte den Kopf zur Seite, um sich die Route so vorzustellen, wie sie sie aus der Fahrerperspektive sehen würde.

»Ich kann Sie gern begleiten, Nathalie«, schlug ihre Köchin vor. »Vielleicht macht es mehr Eindruck auf O'Shelley, wenn wir zu zweit vor der Tür stehen.«

»Das wäre nett von Ihnen, Louise, vielen Dank«, sagte Nathalie. Zwar hatte sie keine Angst davor, sich zu verfahren und dann eben einen anderen Weg zum Ziel zu suchen, dennoch fühlte sie sich zumindest in diesem Punkt in jeder beliebigen Großstadt wohler als auf dem Land. In der Stadt hatte sie immer ein Gefühl dafür, wo sie sich befand und in welche Richtung sie jeweils unterwegs war, während sie hier auf dem Land vor allem diese hohen Hecken als recht irritierend empfand, die einem an vielen Stellen die Sicht nach rechts und links nahmen, sodass man in Verbindung mit den zahlreichen scharfen Kurven schnell die Orientierung verlor. An sonnigen Tagen half einem immerhin noch die Sonne dabei, aber sobald es bedeckt war – und das war es manchmal einfach zu oft –, gab es keinen markanten Schattenwurf, der einem verriet, ob man womöglich auf einmal in der umgekehrten Richtung unterwegs war.

»Kein Problem, ich tausche nur noch diese Gesundheitstreter gegen meine eigenen Schuhe aus, dann können wir uns auf den Weg machen.«

Es war exakt fünf nach neun, als Nathalie ihren Wagen

vor dem Cottage von Ian O'Shelley ausrollen ließ. Ein alter Mercedes, der mindestens dreißig Jahre auf dem Buckel haben musste, stand in der Einfahrt. »Wir haben Glück, er ist da«, sagte sie, dann stiegen sie aus. O'Shelleys Cottage unterschied sich in der Größe nicht von seinen ›Artgenossen‹, die man hier überall in der Gegend finden konnte. Was allerdings auffiel, war der insgesamt vernachlässigte Gesamtzustand, der an Verwahrlosung grenzte. Die Außenmauer des Gebäudes hätte schon längst einen neuen Anstrich gebrauchen können. Schon deshalb, um der Feuchtigkeit Einhalt zu gebieten. Mehrere handtellergroße Flächen waren, vermutlich durch den eiskalten Winter im letzten Jahr, so von Farbe und Putz befreit worden, dass die Nässe ungehindert ins Mauerwerk eindringen und ins Innere gelangen konnte.

Das Dach sah ähnlich ramponiert aus, und der Garten vor dem Haus war ein einziges Trauerspiel. Ein paar vertrocknete Blütenstiele ragten aus der Erde, der Rasen bestand nur noch aus ein paar grünen Fleckchen, die sich an einer Fläche aus nackter Erde festklammerten und um ihr Überleben kämpften. Es war ein ziemlich aussichtsloser Kampf, da O'Shelley allem Anschein nach quer über diese noch verbliebenen Büschel trampelte, wenn er vom Wagen zur Haustür und zurück ging.

»Das könnte so schön aussehen«, meinte Louise betrübt und deutete mit einer Geste auf den Rasen. »Jetzt möchte man ja fast glauben, dass hier ein Rockfestival stattgefunden hat und alles zu Matsch getreten worden ist.«

»O'Shelley müsste wohl schon einen Gärtner kommen lassen, damit da noch was gerettet werden könnte«, sagte Nathalie. »Vielleicht hat er ja gar nicht so viel Geld, um sich so etwas leisten zu können. Sehen Sie sich doch nur an, wie das Haus insgesamt aussieht.« Ihr Blick fiel auf den großen Mercedes, der rechts von ihr stand. »Nur der Wagen sieht, obwohl er einige Jahre auf dem Buckel haben dürfte, gut erhalten aus.«

»Ich glaube nicht, dass Geld bei ihm eine Rolle spielt«, entgegnete Louise. »Er kommt von Zeit zu Zeit her, um ein paar Wochen lang in der Abgeschiedenheit zu leben und sich ganz aufs Schreiben zu konzentrieren. Ich denke, es kümmert ihn nicht, wie sein Cottage aussieht.«

»Wenn er so weitermacht, wird das Häuschen eines Tages um ihn herum zerbröseln, während er an seinem Schreibtisch sitzt und an einem Buch arbeitet«, gab Nathalie lachend zu bedenken. »Vielleicht sollte ihm das mal jemand sagen.«

»Wollen *Sie* dieser Jemand sein?«, fragte Louise.

»Spricht etwas dagegen?«

Louise zuckte mit den Schultern. »Im Pub ist er immer ein ganz netter Kerl, aber er scheint leicht reizbar zu sein, wenn er sich gestört fühlt.«

»Hätten Sie mir das nicht früher sagen können? Ich will den Mann doch nicht gegen mich aufbringen, sondern ihn zu einem Leseabend überreden.« Nathalie schaute besorgt drein.

Sie wählten einen Weg durch die Überreste des Gartens, auf dem sie nicht über das spärliche Gras gehen mussten, dann waren sie an der Tür angekommen. Von Nahem betrachtet, war auch der Lack auf der Tür und auf den Fensterläden in einem erbärmlichen Zustand und großflächig abgeblättert, was nur nicht so leicht auffiel, weil sich darunter eine Farbschicht im gleichen Grün befand.

»Da klebt ein Zettel über der Klingel«, sagte Nathalie.

»Wenn Sie die Schreibmaschine hören können, gehen

Sie wieder weg!«, las Louise den in Rot geschriebenen und doppelt unterstrichenen Text auf dem Zettel vor.

»Die Schreibmaschine habe ich schon hören können, als ich aus dem Wagen ausgestiegen bin«, murmelte sie. Kaum hatte sie das ausgesprochen, ertönte ein heller Glockenschlag, und dann war zu hören, wie der Wagen zurückgeschoben wurde und das laute Klacken der Typen wieder einsetzte. »Wir sollten warten, bis …«

Weiter kam sie nicht, da Louise bereits den Klingelknopf gedrückt hatte. Außer dem Geklapper der Schreibmaschine war nichts zu hören. »Er hat bestimmt die Klingel abgestellt«, sagte sie.

»Oder sie ist in genauso schlechter Verfassung wie das Haus und kann einfach keinen Ton mehr von sich geben«, überlegte Nathalie und konnte sich ein Grinsen nicht verkneifen. »Vielleicht sollten wir …«

Sie wurde von einem lauten Hämmern übertönt, als Louise mit geballter Faust die Tür traktierte.

»… es so versuchen.« Nathalie war auf das Schlimmste gefasst. Sie rechnete damit, dass O'Shelley jeden Moment aus dem Cottage gestürmt kam und sie beide zur Schnecke machte, weil sie es gewagt hatten, ihn in seiner Kreativität zu stören.

Nichts geschah, außer dass er unbeirrt weiterschrieb.

»Hm«, machte Louise. »Vielleicht hat er Kopfhörer auf oder sich was in die Ohren gesteckt. Ich meine, wer hält schon den ganzen Tag über diesen Lärm aus, den die Schreibmaschine macht? Da muss man doch irgendwann verrückt werden.«

Nathalie winkte ab. »Ich glaube, das ist nicht so schlimm. Das nimmt man bestimmt nach einer Weile nicht mehr wahr, vor allem dann nicht, wenn man, so wie er, ganz und gar auf die Handlung konzentriert sein muss. Vielleicht hilft es ihm ja sogar, sich zu konzentrieren.«

»Kann ich mir kaum vorstellen«, murmelte Louise. »Ich habe ja selbst auch noch auf solchen Dingern geschrieben, und mich hat das immer unglaublich gestört.«

»Zehnfingersystem?«

»Bitte?«

»Haben Sie mit allen zehn Fingern blind geschrieben?«, formulierte Nathalie ihre Frage präziser.

»Die Disziplin habe ich nie aufgebracht«, musste Louise zugeben, dann hämmerte sie erneut gegen die Tür und rief O'Shelleys Namen.

Wieder passierte nichts, und der Mann schrieb in seinem Cottage unbeirrt weiter. »Vielleicht sollten wir einen Stein durch eines der Fenster werfen. Das wird er ja sicher bemerken.«

»Nicht, wenn der Stein ein Stück weit hinter ihm auf dem Boden landet und einfach liegen bleibt«, wandte Nathalie lachend ein. »Aber das können wir sowieso nicht machen. Wenn wir einen Stein durchs Fenster werfen, bekommt O'Shelley am Ende auch noch einen Herzinfarkt, und dann müssen wir zusehen, wie wir ihn ins Krankenhaus schaffen können. Und wenn wir Pech haben, treffen wir ihn am Kopf, und auch dann muss er behandelt werden.«

»Nathalie, Sie denken viel zu kompliziert«, stellte Louise fest. »Sehen Sie, wie tief die Sonne steht?«

»Ja, und?«

»Und sehen Sie auch, dass die Sonne, von uns aus betrachtet, hinter dem Haus steht?«

Nathalie nickte. Die Sonne stand so tief, dass sie durch ein Fenster auf der Rückseite flach genug ins Haus schien, um die Lichtstrahlen durch das große Fenster gleich neben der Haustür wieder austreten zu lassen.

»Wir gehen einfach nach hinten und stellen uns vor das Fenster. Egal, wie O'Shelley auf seinem Schreibtischstuhl sitzt, er wird immer bemerken, dass auf einmal das Sonnenlicht von uns blockiert wird. Da es keinen vernünftigen Grund für die plötzliche Dunkelheit gibt, wird er sich umsehen und feststellen, dass wir da sind.«

»Klingt einleuchtend«, sagte Nathalie, auch wenn sie eigentlich nicht so ganz davon überzeugt war.

»Gut, dann gehen wir nach hinten und versuchen unser Glück.« Louise ging zielstrebig an ihr vorbei zur Ecke, Nathalie folgte ihr verunsichert.

Vor dem großen Wohnzimmerfenster blieb Nathalie gleich wieder stehen, da sie das Gefühl hatte, aus dem Augenwinkel etwas bemerkt zu haben. Mit einer Hand schirmte sie die Sonne ab, die durch das rückwärtige Fenster fiel und sie blendete.

Im ersten Moment ergaben die Konturen keinen Sinn, die sie als Silhouette erkennen konnte. Sie legte den Kopf zur einen, dann zur anderen Seite und grübelte über das nach, was sie da sah. Instinktiv wusste sie, dass etwas an diesem Anblick nicht stimmte, aber sie kam nicht dahinter, was es war …

»Nathalie? Wo bleiben Sie denn?«, fragte auf einmal Louise, die um die Ecke schaute, hinter der sie eben verschwunden war.

»Warten Sie mal«, murmelte Nathalie, dann nickte sie und zog die Augenbrauen zusammen. »Ja, natürlich … aber … wie soll das gehen?«

»Wie soll was gehen?«, wollte Louise wissen, die zu Nathalie zurückgekehrt war.

»Wie kann Ian O'Shelley auf seiner Schreibmaschine tippen, wenn er auf diesem Stuhl da sitzt, die Hände runterhängen lässt und den Kopf so weit in den Nacken legt, dass er eigentlich nicht mal durchatmen kann?«

»Was?«, fragte Louise alarmiert. Dann hielt sie ebenfalls eine Hand so vor die Augen, dass die grelle Sonne sie nicht blendete, und betrachtete die Silhouette.

Schließlich sah sie Nathalie an. »Denken Sie, was ich denke?«

Nathalie nickte nur stumm.

»Dann werde ich Constable Strutner anrufen müssen«, beschloss Louise und zog ihr Telefon aus der Tasche. Sie wählte Strutners Nummer, und als er sich meldete, sagte sie: »Ronald, ich glaube, wir haben hier einen Toten.«

Viertes Kapitel, in dem Nathalie ihre Beobachtungsgabe demonstrieren kann

Constable Strutner traf eine halbe Stunde später ein und begrüßte mit einem kurzen Nicken die beiden Frauen, die sich gegen Nathalies Wagen lehnten.

»Habt ihr schon ausprobiert, ob irgendeine Tür unverschlossen ist?«, wollte er wissen, während er Latexhandschuhe anzog. »Oder muss ich den Schlüsseldienst rufen?«

»Die hintere Tür steht sogar einen Spaltbreit offen«, antwortete Louise und warf Nathalie einen vielsagenden Blick zu.

Nathalie verstand, was die ältere Frau damit meinte. Constable Strutner war der Mann, mit dem ihre Tante jahrelang ein Verhältnis gehabt hatte. Er war auch der Mann, den Louise als einen liebenswerten Trottel bezeichnete, der menschlich erste Sahne war, in seinem Beruf aber so überfordert, dass Tante Henrietta ihm zusammen mit Louise immer wieder heimlich unter die Arme gegriffen hatte. Mit dem Ziel, dass er seine Fälle lösen konnte und bei seinen Vorgesetzten gut dastand.

Nathalie war noch nicht so ganz davon überzeugt, ob das wirklich der richtige Weg war, aber sie musste auch zugeben, dass es ihr Spaß machte, in einem Kriminalfall zu ermitteln. Immerhin hatte sie praktisch zum Einstand direkt mit Louise einen Fall von groß angelegtem Kunstdiebstahl aufgeklärt, ohne aber dafür Lob einheimsen zu können. Die Lorbeeren waren an Strutner gegangen, was Nathalie damals nicht so richtig gefallen hatte. Allerdings hatte sich seitdem auch noch keine Gelegenheit für den Constable ergeben, seine so hochgelobte private Seite zu zeigen. Vielleicht würde sie dann ja auch, so wie ihre Tante, von den guten Eigenschaften dieses Mannes überzeugt sein.

Seine trottelige Seite hatte er zumindest jetzt wieder unter Beweis gestellt, da ihm erst jetzt in den Sinn kam, vielleicht den Schlüsseldienst rufen zu müssen. Er hätte Louise gleich beim ersten Telefonat nach den Türen und Fenstern fragen sollen, um zu wissen, ob sie ins Haus gelangen konnten oder nicht. Stattdessen fiel ihm das erst jetzt ein, wo er bereits hier war.

Der behäbige Mann ging vor ihnen um das Haus zur Hintertür. Die Sonne war zwar schon nicht mehr am Himmel zu sehen, aber es war immer noch hell genug, um sie erkennen zu lassen, wo sie hintraten.

Strutner drückte die Hintertür auf, tastete nach dem Schalter an der Wand gleich daneben und machte das Licht an. Die Küche war spartanisch und schmucklos eingerichtet. Herd, Kühlschrank und Spüle, mehr nicht. Der Constable durchquerte die Küche mit zwei Schritten und machte die Pendeltür zum Wohnzimmer auf. Auch hier schaltete er das Licht an, und als die beiden Frauen ihm folgten, bot sich ihnen ein seltsamer Anblick. Das Wohnzimmer war mit einem Schreibtisch und einem Beistelltisch möbliert, in einer Ecke stand ein Feldbett, darauf lag ein geöffneter Koffer. O'Shelley saß auf einem Bürostuhl, sein Kopf lehnte weit nach hinten über die Rückenlehne, die Arme hingen schlaff herab. Hätte der Bürostuhl keine Armlehnen gehabt, wäre O'Shelley gleich nach seinem Ableben vom Stuhl gesunken und auf dem Boden gelandet. In der Schläfe klaffte ein Loch, aus dem einiges an Blut ausgetreten sein musste. Sein T-Shirt war bis weit unter die Brust rot verfärbt.

Auf dem Fußboden neben dem Bürostuhl lag eine Pistole, die ihm aus der Hand gefallen sein musste.

Strutner ging um O'Shelley herum und betrachtete ihn von allen Seiten. Auch Nathalie besah sich die Leiche genau. Es war für sie zwar ungewohnt, einen Toten zu betrachten, noch dazu jemanden, mit dem sie sich ein paar Tage zuvor noch unterhalten hatte, aber das war nicht der Punkt, der diese Szene so völlig absurd erscheinen ließ.

»Höre nur ich immer noch das Klappern einer Schreibmaschine oder …?«, fragte sie in die Runde.

Der Constable hob den Kopf und lauschte, dann stutzte er. »Wie kann das sein? Ich höre das auch.«

»Ich ebenfalls«, stimmte Louise ihm zu. »Das ist irgendwie … gespenstisch.«

Erst jetzt wurde Nathalie bewusst, dass ihr neben dem Geräusch der Schreibmaschine noch etwas anderes hätte auffallen müssen. »Und wieso sitzt O'Shelley vor einem eingeschalteten Computer? Und wieso steht seine

Schreibmaschine da drüben auf dem Boden? Und warum steht da auch noch ein Laptop auf dem Beistelltisch?« Sie schüttelte den Kopf und betrachtete ungläubig die Szene, bei der so gar nichts zusammenpassen wollte.

»O'Shelley schreibt seine Bücher also nicht an seiner geliebten Schreibmaschine«, sagte Louise. »Er hat uns einen Bären aufgebunden. Er hat allen einen Bären aufgebunden.«

»Dann war das alles nur Gerede, als er davon erzählt hat, wie er beim Einlegen eines neuen Blatts konzentriert und diszipliniert zu schreiben anfängt und schon genau weiß, was auf diesem Blatt stehen wird, wenn er bei der letzten Zeile angekommen ist.«

»Ich würde sagen, Mr O'Shelley war ein Hochstapler«, warf der Constable ein.

»Nein, das wäre zu hart formuliert. Er wollte nur den Mythos beibehalten, mit dem er sich umgeben hatte«, widersprach ihm Nathalie. »Er war so wie andere Schriftsteller auch, die irgendwann merken, dass sie mit einer bestimmten Story aus ihrem Leben bei ihren Lesern gut ankommen. Zum Beispiel, dass sie sich von Montag bis Freitag jeden Tag um acht Uhr morgens hinsetzen, bis um siebzehn Uhr schreiben und dann den restlichen Abend und das Wochenende über gar nichts tun. Oder dass sie jeden Tag eine Flasche Whiskey trinken, um in Schreiblaune zu kommen. Einfach nur Mythen, die in die Welt gesetzt wurden, sich dann verselbstständigen und die besser nicht entlarvt oder widerlegt werden sollten. Sonst ist nämlich die ganze Glaubwürdigkeit dahin. So wie bei einem Musiker, der in seinen Liedern die Ausbeutung des einfachen Arbeiters anprangert, damit Millionen scheffelt und dann seine T-Shirts, die er für viel Geld verkauft, heimlich in Indien von Kindern nähen lässt, die dafür im Monat zwei Pfund fünfzig Lohn erhalten.«

Louise nickte verstehend. »Das heißt, wenn O'Shelley sich zum Schreiben zurückgezogen hat, dann hat er seine Bücher sozusagen geräuschlos am PC geschrieben und zum Schein die Endlosschleife mit den Schreibmaschinengeräuschen abgespielt, damit man vor der Tür das konzentrierte Tippen auf die Tasten und den Anschlag der Typen hört.«

»Richtig«, stimmte Nathalie ihr zu. »O'Shelley konnte nicht einfach nur behaupten, dass er einem bestimmten Ritual folgte. Ob jemand tatsächlich konzentriert von acht bis um fünf schreiben und dabei kreativ sein kann, lässt sich nicht überprüfen. Er kann auch nachts um drei arbeiten, ohne dass es jemand mitbekommen muss. Und eine halbe Flasche Whiskey ist auch kein Problem, wenn man nur so tut als ob. Den Whiskey ersetzt man durch Eistee, da kann man seine Trinkfestigkeit unter Beweis stellen.«

»Aber die Aussage, jedes Buch immer noch ausschließlich auf der Schreibmaschine zu tippen, ist schon etwas problematischer, weil man das hört«, sagte Louise. »Oder weil man es eben nicht hört, und das würde jedem auffallen.«

»Und dafür ist dieser Laptop gut«, ergänzte Nathalie und ging zum Beistelltisch. Der Monitor des Geräts war dunkel, erwachte aber zum Leben, als sie auf die Leertaste tippte. »Da haben wir's auch schon. ›Typewriter 1962‹. Sie bewegte die Maus auf das Fenster zu und klickte ein Symbol an, dann kehrte Ruhe ein.« Kopfschüttelnd drehte sie sich zu den anderen um. »Simpel, aber absolut überzeugend. O'Shelley hätte den ganzen Tag auf dem Feldbett liegen und schlafen können, und trotzdem hätte jeder gedacht, dass er an seiner Schreibmaschine sitzt und arbeitet.«

»Was er aber offenbar nicht mehr wollte«, meldete sich Strutner zu Wort und zeigte auf den Monitor, vor dem der tote Schriftsteller saß. *»Ich kann und ich will nicht mehr. Leb wohl, tristes Dasein«*, las er vor, dann nickte er zufrieden. »Eindeutig Selbstmord. Okay, ich werde den Bestatter anrufen, damit die Leiche abgeholt wird.«

»Und dann?«

»Dann werden seine nächsten Angehörigen benachrichtigt, und er wird beerdigt«, erwiderte er auf Nathalies ungläubige Frage.

»Aber … wenn es kein Selbstmord war …«, wandte sie ein.

Der Constable sah sie verständnislos an. »Was soll es sonst gewesen sein? Hier gibt es weit und breit niemanden, der irgendwas davon gehabt hätte, O'Shelley umzubringen. Und außer den Leuten hier in der Gegend weiß keiner, dass er in diesem Cottage gastiert.«

Dass das mit dem Selbstmord nicht stimmte, wusste Nathalie seit zwei Minuten mit absoluter Gewissheit, aber sie war sich nicht darüber im Klaren, wie der Constable reagieren würde, wenn sie ihm jetzt auf den Kopf zusagte, dass O'Shelley ermordet worden war. Nicht umsonst hatte ihre Tante sich so viel Mühe gegeben, den dienstbeflissenen Mann immer nur behutsam in die richtige Richtung zu lenken.

Sie warf Louise einen Blick zu, von dem sie nur hoffen konnte, dass sie ihn auch als die dringende Bitte verstand, als die er gemeint war.

Louise nickte fast unmerklich, und als sie sich an den Constable wandte und zu einer Frage ansetzte, wusste Nathalie, dass ihre Köchin verstanden hatte, worum es ihr ging. »Wäre es nicht trotzdem sinnvoll, ihn von einem Rechtsmediziner untersuchen zu lassen? Einfach nur zur Sicherheit, Ronald. Dann hast du auch Gewissheit, dass da nicht irgendwer ungestraft davonkommt«, gab sie zu bedenken.

»Louise, wenn die Waffe fehlen würde oder er mitten im Satz zu schreiben aufgehört hätte, wenn hier eine Tür eingetreten worden wäre oder irgendwelche anderen Hinweise auf Gewaltanwendung hindeuten würden, dann wäre ich der Erste, der den alten Bester aus seinem Urlaub zurückholen würde, damit er der Sache auf den Grund geht. Aber hier gibt es nichts, was nicht mit rechten Dingen zugegangen wäre.« Strutner schien nach diesen Worten noch überzeugter zu sein, dass er die Situation richtig einschätzte.

»Okay«, lenkte Louise so plötzlich ein, dass Nathalie überrascht die Augen aufriss und fast lautstark gegen dieses Einknicken protestiert hätte. Doch dann sah sie, wie Louise ihr zuzwinkerte, und damit war klar, dass sie wohl wusste, was sie da gerade tat. »Hättest du was dagegen, wenn Nathalie und ich auf den Bestatter warten?«, fragte sie abrupt.

»Nein, nein, das mache ich schon«, versicherte er ihr. »Dafür bin ich mir nicht zu schade.«

»Na ja, weißt du, Nathalie und ich, wir waren schon immer große Fans von O'Shelleys Büchern, wir haben den Mann jahrelang bewundert. Da wäre es … sagen wir … angemessen, wenn wir beide eine Art Totenwache halten könnten. Ich glaube, Nathalie hat er sogar noch viel mehr bedeutet als mir, da wäre es irgendwie … herzlos, wenn wir gehen und ihn so dasitzen lassen.«

Der Constable atmete angestrengt und tief durch, schien eine Weile mit sich selbst zu ringen, nickte schließlich aber. »Also gut, einverstanden. Ihr stellt hier ja nichts an, ich weiß ja, dass ich dir blind vertrauen kann, Louise.« Er schien erleichtert darüber zu sein, so unerwartet schnell wieder aufbrechen zu können und nicht allein mit einer Leiche in einem Raum sein zu müssen. »Dann rufe ich den Bestatter an, wenn ich an meinem Wagen bin, und ihr wartet hier, bis er O'Shelley abgeholt hat. Fasst mir aber nichts an, okay?«

»Wenn wir beide hier rausgehen, wird alles noch genauso aussehen wie vor zehn Minuten, als wir hier reingekommen sind«, versicherte ihm Louise und hob die Finger wie zum Schwur.

Strutner nickte zufrieden, lächelte sie beide an und verließ das Cottage durch die Hintertür, während er sein Smartphone aus der Tasche holte. Sie hörten ihn mit dem Bestattungsinstitut telefonieren, seine Stimme wurde allmählich leiser. Dann konnten sie ihn durch das Wohnzimmerfenster beobachten, wie er in den Streifenwagen einstieg und abfuhr.

Als er außer Sichtweite war, fragte Louise: »Okay, warum wollten Sie, dass er geht?«

»Weil O'Shelley sich nicht das Leben genommen, sondern jemand ihn umgebracht hat«, erwiderte Nathalie mit finsterer Miene.

Fünftes Kapitel, in dem Nathalie eine Theorie stichhaltig untermauert

Louise nickte. »Ja, die Möglichkeit habe ich auch direkt in Betracht gezogen«, sagte sie und zuckte mit den Schultern. »Das ist eben das Problem, das wir mit Constable Strutner haben. Er nimmt das Offensichtliche wahr, und damit ist der Fall für ihn abgeschlossen. Wenn nach ihm jemand anfängt, den Fall genauer zu untersuchen, und wenn er dabei auf ziemlich offensichtliche Spuren, die Strutner schlichtweg übersehen hat, stößt, dann kann unser guter Dorfpolizist sich so etwas vielleicht noch ein zweites oder drittes Mal leisten, dann aber wird er froh sein, wenn er noch irgendwo Falschparker aufschreiben darf.« Sie machte eine ausladende Geste. »Wir sollten tatsächlich nach Hinweisen suchen. Vielleicht lässt sich irgendetwas finden, was hinreichend Grund liefert, an einem Selbstmord zu zweifeln.«

Nathalie schüttelte nachdrücklich den Kopf. »Sie verstehen nicht, Louise. Ich zweifle nicht daran, dass es Selbstmord war. Ich *weiß*, dass es Mord war. Der Mörder hat uns einige Hinweise hinterlassen und uns auch noch gezeigt, dass er im Auftrag gehandelt hat, denn er hatte scheinbar keine Ahnung, mit wem er es zu tun hatte.«

»Ich war ja gerade eben schon neugierig, aber jetzt will ich unbedingt wissen, was Sie hier sehen, was ich nicht sehe.«

»Meinetwegen, aber erst würde ich gern eine Decke über O'Shelley legen«, sagte Nathalie und verzog ein wenig die Mundwinkel. »Ich finde das ein bisschen unheimlich und … na ja, auch irgendwie pietätlos, ihn da so auf seinem Stuhl sitzen zu lassen.«

»Sicher«, stimmte Louise ihr zu. »Nehmen wir doch einfach das Bettlaken von seinem Feldbett.«

»Erst will ich das fotografieren«, hielt Nathalie sie zurück. »Und O'Shelley auch.«

»O'Shelley kann ich ja verstehen, aber das Bettlaken?« Die ältere Frau schaute Nathalie verwundert an.

»Ich erklär's Ihnen gleich«, versicherte sie ihr und holte das Smartphone aus der Tasche. »Louise, können Sie mir einen Gefallen tun? Ich weiß nicht, ob mein Akku noch sehr lange durchhält. Könnten Sie mit Ihrem Gerät einmal durch das Zimmer gehen und ohne Unterbrechung filmen, damit man nachher leichter erkennen kann, wo wir was fotografiert haben?«

Louise nickte. »Wird sofort erledigt.«

Gut zehn Minuten später hatten sie gemeinsam den Raum, den Toten und alles im Zimmer aus jedem erdenklichen Winkel fotografiert. Zufrieden sahen sie sich um, dann legten sie das Bettlaken über O'Shelleys Leichnam.

»Also, fangen wir an«, begann Nathalie und lehnte

sich gegen den Türrahmen. »Ian O'Shelley hat – so weit ich zurückdenken kann – immer voller Stolz davon gesprochen, dass er sich selbst treu bleibt und nach wie vor jedes Manuskript auf seiner alten Triumph-Adler schreibt, nie am Computer, nie per Diktiergerät oder was es sonst noch für Hilfsmittel gibt. Er hat immer wieder betont, wie wichtig für ihn die Arbeit mit der Schreibmaschine ist, weil sie ein Teil von ihm wird, wenn er schreibt. Er hat Computer immer verteufelt und darauf beharrt, dass ein Buch seelenlos ist, wenn es jemand am PC schreibt.«

»Okay«, sagte Louise, als Nathalie eine kurze Pause machte.

»Und jetzt sehen Sie sich die Realität an: ein Computer, an dem O'Shelley seine Romane schreibt. Wenn ich mir den Zustand des Monitors und der Tastatur so ansehe, dann dürfte er das schon seit Jahren so machen. Einige Tasten sind sogar so abgegriffen, dass die Buchstaben kaum noch zu erkennen sind.« Sie zeigte zur Seite. »Daneben steht ein Laptop, auf dem ein Programm abläuft, das individuell einstellbar die Geräusche einer Schreibmaschine erzeugt, um nach außen hin den Anschein zu erwecken, dass hier ein Mann sitzt, der sich seiner Tradition verpflichtet fühlt und beharrlich weiter seine Schreibmaschine benutzt, obwohl er es viel leichter haben könnte.« Sie zeigte in die Ecke. »Und diese so angebetete Schreibmaschine steht in der Ecke rum, als hätte O'Shelley nur darauf gewartet, dass die Leute vom Sperrmüll sie gelegentlich mitnehmen.«

Louise nickte, um zu zeigen, dass sie Nathalie bis hierher hatte folgen können. »Und weiter?«

»Wenn sich jemand solche Mühe macht, einen Mythos am Leben zu erhalten und solche Maßnahmen zu ergreifen, um seine Anhänger vor einer ernüchternden

Wahrheit zu verschonen, würde er dann wollen, dass die Welt nach seinem Tod von genau dieser Wahrheit erfährt?«

»Wohl eher nicht«, sagte Louise.

»Richtig, er hätte den Computer und den Laptop in seinen Wagen gepackt oder irgendwo im Haus versteckt, die Schreibmaschine auf den Tisch gestellt, ein Blatt eingespannt und diese eine Zeile geschrieben.«

Louise wanderte im Zimmer hin und her. »Das wäre zumindest ein Anlass, um Zweifel an der Selbstmordtheorie aufkommen zu lassen«, erwiderte sie leise, kratzte sich ein wenig verlegen am Hinterkopf und fügte schließlich an: »Aber so ungern ich das auch sage, Nathalie, ein Beweis für einen Mord ist das nicht.«

»Ich weiß, dazu komme ich auch erst noch«, gab sie lächelnd zurück. Sie konnte es kaum erwarten, das Gesicht der anderen Frau zu sehen, wenn sie ihr den Beweis lieferte. »Sie haben den Abschiedssatz gehört, den Constable Strutner vorgelesen hat?«

»Ja, irgendwas mit ›Leb wohl‹«, antwortete sie. »Es hörte sich schon nach einem Satz aus einem Abschiedsbrief an.«

»*Ich kann und ich will nicht mehr. Leb wohl, tristes Dasein*«, las Nathalie vor, nachdem sie sich über den Schreibtisch gebeugt hatte.

»Wie gesagt, das passt zu einem Abschiedsbrief.«

Nathalie nickte bedächtig. »Würde ich sicher auch denken. Aber … sagt Ihnen der Name Niles Desmond etwas?«

Louise, die mit der Schulter gegen die Wand gelehnt dastand, überlegte sichtlich angestrengt, da sie die Augen leicht zusammenkniff. Ihr war anzusehen, dass sie zu gern die Antwort gegeben hätte, aber nicht wusste, was sie mit dem Namen anfangen sollte. »Ich glaube, da muss ich passen. Vielleicht klingelt es bei mir, wenn Sie mir mehr erzählen, aber im Moment muss ich an Neil Diamond denken, weil der so ähnlich klingt.«

»Ja, stimmt«, pflichtete Nathalie ihr lachend bei.

»Jetzt spannen Sie mich nicht noch länger auf die Folter.«

»Das muss jetzt ungefähr … siebzehn oder achtzehn Jahre her sein, da veröffentlichte Niles Desmond seinen Roman *Leb wohl, tristes Dasein.* O'Shelleys Verlag hatte offenbar geschlafen und nicht gemerkt, dass der Titel bereits vergeben war. Er druckte fröhlich den neuen O'Shelley, der genauso hieß. Die komplette Auflage musste eingestampft werden, und das Buch kam mit einem anderen Titel erneut auf den Markt. *Am Ende allen Seins* hieß er dann. Den Titel setzte der Verlag gegen O'Shelleys Willen durch. Durch die Verzögerung verpasste sein Buch das lukrative Weihnachtsgeschäft, und alle einflussreichen Literaturkritiker machten sich zwar vor allem über den Verlag lustig, aber die potenziellen Käufer verbanden das Buch mit der Lachnummer an sich und ließen es im Laden liegen. O'Shelley tat sich kurz darauf selbst keinen Gefallen, als er Desmonds Buch in einer von den großen Talkshows live und öffentlich als Schund bezeichnete, um es jetzt mal höflich auszudrücken. Sein Rundumschlag galt auch den Kritikern, die das Buch bejubelten, und den Juroren, die es mit Preisen überhäuften.« Sie hob die Schultern. »Tja, und als dann der Moderator auch noch erwähnte, dass Desmonds Buch ja in Kürze verfilmt werden würde, da verlor O'Shelley die Beherrschung, nahm das Exemplar, das in der Talkrunde auf dem Tisch lag, und zündete es vor laufender Kamera mit seinem Feuerzeug an.«

»Daran kann ich mich erinnern«, warf Louise ein. »Das war doch ein riesiger Skandal.«

»Das können Sie laut sagen, Louise. Danach dachten auch alle, O'Shelley sei für immer und ewig erledigt, aber erstaunlicherweise waren die Medien schon zu der Zeit sehr schnelllebig, und was an dem einen Tag noch für Entrüstung gesorgt hatte, war eine Woche später schon vergessen, weil irgendein anderer Promi sich in der Öffentlichkeit danebenbenommen hatte.«

»Glück für O'Shelley«, meinte Louise.

»Glück für all seine Leser, denn erst danach hat er seine besten Bücher geschrieben«, erzählte Nathalie. »Es war so, als wäre er an der Schreibmaschine …«

»… oder am Computer.«

»… oder am Computer zu einem anderen Menschen geworden«, bestätigte Nathalie. »Vielleicht war es die Existenzangst nach dem Auftritt, weil er fürchten musste, dass niemand je wieder etwas von ihm wissen wollte. Auf jeden Fall hatte es ihm gutgetan.« Sie deutete auf den Monitor. »Glauben Sie, er würde diesen letzten Satz der Nachwelt hinterlassen wollen? In jedem Nachruf würde doch der Skandal ganz automatisch die zentrale Rolle spielen, weil er ja ausdrücklich darauf hinweist.«

Eine Weile ließ Louise sich diese Argumente durch den Kopf gehen, schließlich nickte sie. »Das würde ich allerdings auch als Beweis dafür ansehen, dass er keinen Selbstmord begangen hat. Etwas anderes wäre es, wenn er mit seinen letzten Worten Desmond eins auswischen wollte, aber das funktioniert damit ja wohl nicht. Wäre die tote Person hier Desmond, dann würde ich mich auf Ronalds Seite stellen und behaupten, dass es Selbstmord war – weil Desmond so ein letztes Mal O'Shelley eine lange Nase hätte zeigen können. Aber für O'Shelley ergibt das überhaupt keinen Sinn.«

»Richtig, das meine ich ja damit«, bestätigte Nathalie den Gedankengang der anderen Frau. »Und damit bin ich auch bei dem Punkt angekommen, dass der Mörder selbst keine Ahnung hatte, wer sein Opfer eigentlich war. Sein Auftraggeber hat ihm gesagt, wo er ihn findet, und er wird ihm einen Zettel mit dieser Zeile darauf mitgegeben haben, vermutlich weil er den Ausspruch irgendwie mit O'Shelley in Verbindung brachte, aber die genauen Zusammenhänge gar nicht kannte. Und da der Auftraggeber auch nicht wusste, dass O'Shelley in Wahrheit gar keine Schreibmaschine mehr benutzte, konnte er dem Killer auch keine Anweisungen geben, wie er alles arrangieren musste, um es wirklich nach einem Selbstmord aussehen zu lassen. Um der Welt einen Suizid zu verkaufen, hätte der Killer den Computer und den Laptop mitnehmen und ihm die Schreibmaschine hinstellen müssen.«

»Ja, stimmt. Der Killer ist ins Haus gekommen – auf welche Weise auch immer – und hat O'Shelley am Schreibtisch vorgefunden, dann hat er ihn mit einem Kopfschuss getötet, die Abschiedszeile eingetippt und sich wieder auf den Heimweg gemacht, weil er dachte, er hätte den Auftrag perfekt ausgeführt«, ergänzte Louise. »Hm, damit suchen wir den Killer *und* seinen Auftraggeber.«

»Und wir suchen noch etwas anderes«, erwiderte Nathalie, die dabei im Zimmer auf und ab ging.

Louise zog fragend die Augenbrauen hoch. »Wir suchen noch etwas anderes? Die Tatwaffe dürfte die sein, die auf dem Boden liegt. Wo die tödliche Kugel steckt, ist auch klar.« Sie schüttelte den Kopf. »Keine Ahnung. Verraten Sie es mir, Nathalie.«

»Sehen Sie sich noch einmal ganz genau um, Louise«, bat sie die andere Frau. »Hier kommen ein paar verräterische Dinge zusammen.«

»Puhhh. Bett, Stuhl, Tisch, Computer, Laptop,

Schreibmaschine.« Louise verzog frustriert den Mund. »Ich könnte eher aufzählen, was mir hier alles fehlt, aber das hilft mir auch nicht weiter.«

»Dann sage ich's Ihnen, Louise. Wir suchen den Grund, wieso O'Shelley tatsächlich hin und wieder für mehrere Wochen hergekommen ist.«

»Um an seinen Büchern zu schreiben«, antwortete sie.

»Das mag er auch gemacht haben, aber ... das war nicht der einzige Grund. Und ich möchte sogar behaupten, dass es nicht der vorrangige Grund war.«

Louise fuhr sich mit beiden Händen durch die Haare und ließ den Blick durch den Raum schweifen. Sie war sichtbar erstaunt darüber, welch kriminalistische Schläue ihre Chefin an den Tag legte. Und das, wo sie doch erst in ihrem zweiten Fall steckte. »Und ich dachte immer, ich bin gut im Beobachten und Analysieren.«

»Sie haben bei mir eben den Ehrgeiz geweckt, viel genauer hinzusehen, als ich das üblicherweise machen würde«, erklärte Nathalie und strahlte ihr Gegenüber an. Dann zeigte sie auf verschiedene Stellen im Zimmer. »Sehen Sie sich das an. Das da in den Steckdosenleisten sind Zeitschaltuhren. Wenn O'Shelley den ganzen Tag hier zubrachte und schrieb und sich irgendwann am Abend oder spät in der Nacht schlafen legte, wofür brauchte er dann Zeitschaltuhren? Er musste doch den Computer und den Laptop nur runterfahren, und damit wären die Geräte aus gewesen. Eine Zeitschaltuhr benutzen die meisten Leute, um den Eindruck zu erwecken, dass sie zu Hause sind, während sie sich in Wahrheit woanders aufhalten. Da der Laptop Stunde um Stunde sein Programm abspulte und das Schreibmaschinengeklapper wiedergab, kam kein Mensch auf die Idee, O'Shelley könnte nicht zu Hause sein. Da er laut Zettel an der Tür nicht gestört werden wollte, sagte es auch nichts aus, wenn jemand trotzdem klingelte und er nicht öffnete.«

»Hm«, machte Louise, die durch diese Ausführungen ins Grübeln geraten war.

»Und dann hätten wir noch das Bett«, fuhr sie fort. »Ich glaube nicht, dass O'Shelley auch nur eine Nacht auf diesem Feldbett zugebracht hat. Das Laken, das wir über ihn gebreitet haben, lag ordentlich zusammengelegt auf dem Bett, und zwar so ordentlich, dass sogar jetzt noch die Bügelfalten zu sehen sind, aber nicht eine einzige zerknitterte Stelle. Ich kann mir nicht vorstellen, dass O'Shelley sich auf das nackte Feldbett gelegt hat, um da zu schlafen. Dass der Koffer auch noch auf dem Bett liegt, spricht dafür, dass er den beim Hereinkommen da hingelegt und bis heute nicht mehr weggenommen hat.«

»Aber wo soll er dann geschlafen haben?«

»Das, meine liebe Miss Watson, ist die große Frage«, erwiderte Nathalie schmunzelnd. »Wenn wir die Antwort darauf kennen, sind wir vielleicht auch der Lösung ein Stück näher, wer O'Shelley umgebracht hat.«

»Gut, Miss Holmes, wo fangen wir an?«

Nathalie kratzte sich nachdenklich am Kinn, dann schnippte sie mit den Fingern. »Mit seinem PC natürlich. Vielleicht hat O'Shelley ja noch irgendetwas als Nachricht hinterlassen können, was der Killer nicht gesehen hat.« Sie schoben den Stuhl mit dem Leichnam zur Seite, dann holte Nathalie aus der Küche einen Hocker, den sie in einer Ecke hatte stehen sehen, und stellte ihn vor den Tisch mit dem Computer. Aufgeregt rieb sie sich die Hände und betrachtete den Bildschirm. »Dann wollen wir mal. Textverarbeitung ist das einzige geöffnete Programm … aber da ist noch ein zweites Fenster mit einem anderen Dokument.«

»Fingerabdrücke!«, konnte Louise sie gerade noch warnen, bevor Nathalie die Hand auf die Maus legte. »Moment, ich hole die Handschuhe aus dem Verbandskasten.«

Nach zwei Minuten war sie zurück im Haus, legte Nathalie den Wagenschlüssel hin und zog den Plastikbeutel auf, dann holte sie zwei Paar Einweghandschuhe heraus.

»Okay, dann auf ein Neues«, murmelte Nathalie, nachdem sie die Handschuhe angezogen hatte. »Das andere Dokument ist ... *Windhunde.* Ein Roman«, sagte sie fasziniert. »Hundertzwölf Seiten hat er davon noch geschrieben, und dann endet der Text mittendrin mit den Worten: *Lady Sybilla holte mit dem ...* Möchte wissen, um was es überhaupt geht.« Sie schaute versonnen auf den Bildschirm. »Das unvollendete letzte Werk, und außer O'Shelley hat vermutlich niemand gewusst, wie es genau ausgehen würde. Das ist ...«

»... jetzt nicht so wichtig«, unterbrach Louise sie und stieß sie sanft an, um sie aus ihrer Schwärmerei zu holen. »Niemand wird etwas davon merken, wenn Sie eine Kopie von dieser Datei machen. Dann können Sie sie zu Hause immer noch lesen und das Privileg genießen, als Einzige außer dem Toten diese Zeilen jemals gesehen zu haben.«

»Kopie?«, wiederholte Nathalie nachdenklich. »Ja, natürlich. Louise, so wie ich Sie kenne, haben Sie doch bestimmt einen USB-Stick in der Tasche, oder?«

»Sie meinen, weil man nie wissen kann, ob man nicht mal irgendwo große Datenmengen abspeichern muss?«, gab sie amüsiert zurück und hielt ihr den Schlüsselbund hin.

Nathalie betrachtete das Durcheinander aus Schlüsseln und Anhängern, dann schüttelte sie den Kopf. »Tut mir leid, auf Anhieb wüsste ich nicht, wo sich da ein Stick versteckt halten soll.«

»Na, hier«, sagte Louise und zeigte auf ein kleines Plastiknilpferd. Sie drückte gegen den Kopf, der nach oben wegknickte, darunter kam der Stecker zum Vorschein.

»Als hätte ich's geahnt«, sagte Nathalie.

»Sie können nur von Glück reden, dass O'Shelleys Rechner nicht genauso aus der Steinzeit stammt wie der Monitor und diese Tastatur«, entgegnete Louise und steckte das USB-Nilpferd in den Anschluss. Ein Fenster öffnete sich und zeigte ein paar Verzeichnisse an, deren Bezeichnungen aus für Nathalie unverständlichen Buchstabenfolgen bestanden. »Darf ich?«

»Oh«, machte Nathalie und stand auf. »Ich wusste nicht, dass *Sie* das machen wollen.«

»Ich bin halt eigen, wenn es um meinen USB-Stick geht«, scherzte die ältere Frau und veränderte mit einem Mausklick die Anzeige, um sich anzusehen, was auf dem Rechner zu finden war. »Ich kopiere alle Texte, alle Bilder …« Sie öffnete verschiedene Verzeichnisse, klickte mal hier, mal da, dann gab sie ein interessiertes »Hm« von sich.

»Hm?«, wiederholte Nathalie. »Was heißt ›hm‹?«

»Der selige Mr O'Shelley hat mit einem von den alten E-Mail-Programmen gearbeitet, bei denen die Mails nicht auf einem Server, sondern auf dem Rechner gespeichert werden. Ich kopiere die alle auf den Stick, vielleicht ergibt sich daraus ja etwas.«

»Gute Idee«, lobte Nathalie sie.

Das Kopieren nahm gut eine halbe Stunde in Anspruch, da Louise beschlossen hatte, auch die umfangreichen Fotodateien zu kopieren. Bei einem Blick auf die Übersicht ging es bei denen zwar wohl nur um Landschaften und Häuser, die O'Shelley als Hilfe für Beschreibungen von Schauplätzen in seinen Büchern gedient haben mussten, weil sie auch größtenteils in Ordner unterteilt waren, die Romantitel trugen. Aber es gab auch etliche Fotos, die unter »Diverse« liefen, und überall fanden sich auch Aufnahmen von irgendwelchen Leuten. Etliche davon waren fotografiert, ohne etwas davon zu wissen, vermutlich aus einem Auto heraus oder von der Terrasse eines Straßencafés. Es waren Schnappschüsse von Menschen, die einem tagtäglich im Supermarkt oder in der U-Bahn begegneten, die man aber eigentlich so gut wie gar nicht wahrnahm. Dennoch würden sie beide einen Blick auf diese Fotos werfen, schließlich konnte ja durch Zufall irgendein bekanntes Gesicht auftauchen, das sie vielleicht auf eine Spur führen würde.

»Ich kann doch in die Textverarbeitung gehen, auch wenn gerade der Kopiervorgang läuft, oder?«, fragte Nathalie, da ihr auf einmal eine Idee gekommen war.

»Ja, natürlich«, antwortete Louise und stand auf, damit Nathalie den Platz übernehmen konnte. »Haben Sie etwas Bestimmtes vor?«

»Ich hatte vielleicht einen Geistesblitz, wie wir den Mord noch beweisen könnten.«

»Ich bin ganz Ohr«, sagte Louise und stützte sich auf den Ellbogen auf der Tischkante auf. »Was ist Ihnen eingefallen?«

»Es ist nur ein Gedanke, der vielleicht zu nichts führt«, begann Nathalie, ihre Idee herunterzuspielen, weil sie ihr mit einem Mal etwas weit hergeholt erschien. Ihre Wangen röteten sich.

»Egal, immer raus damit. Manchmal bringt einen eine völlig verkehrte Vermutung erst recht auf eine heiße Spur«, forderte Louise sie auf.

»Okay, okay«, sagte Nathalie und griff mit der rechten Hand nach der Maus. »Ich werde den ›Rückgängig‹-Button anklicken, um zu sehen, ob O'Shelley vielleicht noch eine Bemerkung zum Täter schreiben konnte, meinetwegen so was in der Art wie: ›Jones mit Pistole. Er will mich töten.‹ Das könnte er einfach blind weitergetippt haben, während der Killer mit der Pistole schon im Raum stand. Nachdem der den Schriftsteller dann erschossen hatte, könnte er diese Worte gesehen und gelöscht haben, um sie dann mit seinem Abschiedssatz zu überschreiben. Wenn der Verbrecher sich nicht mit dem Textprogramm auskannte ...«

»... dann können Sie über die Funktion ›Rückgängig‹ seinen Text löschen und O'Shelleys ursprüngliche Worte wiederherstellen«, fügte Louise an. »Das ist doch ein verdammt guter Gedanke. Auf den wäre ich sicher nicht gekommen. Ich hätte nur ein Foto von dieser letzten Zeile gemacht, eben als Beweis.«

»Ein Foto!«, rief Nathalie begeistert. »Hervorragende Idee. Louise, machen Sie immer ein Foto, wenn ich erneut ›Rückgängig‹ anklicke. Auf diese Weise können wir dokumentieren, was eingetippt wurde.«

»Wir sehen doch, was eingetippt wurde«, wandte Louise ein.

»Nein, wir sehen nur, was zuletzt eingetippt wurde. Vielleicht hat der Killer ja ein paar Anläufe unternommen und erst etwas anderes geschrieben, was ihm dann nicht gefallen hat ...«

»... oder was die Polizei auf eine Spur bringen könnte«, ergänzte ihre Köchin. »Vielleicht ein Ausspruch, der nicht auf diesen Niles Desmond, sondern auf den wahren Täter hindeuten würde.«

Nathalie nickte. »Ganz genau. Legen wir los. Ich klicke an, Sie machen das Foto.« Zehn qualvolle Minuten später sagte sie dann: »Das war's.«

Louise sah enttäuscht drein. »Schade. Keine verräterische Botschaft, kein letzter Hinweis von O'Shelley.«

»Das nicht, aber trotzdem haben wir jetzt einen Beweis, den ich fast als noch stichhaltiger bezeichnen würde als die Tatsache, dass O'Shelley den Buchtitel seines Erzrivalen zu seinen letzten Worten gemacht hat.«

»Was ist denn bei diesem Geschreibsel der Beweis?«, fragte Louise und blätterte ratlos die Fotos durch, die sie gemacht hatte und die jetzt wie ein Daumenkino allmählich den Text auf den Bildschirm zurückzauberten.

»Das Geschreibsel selbst ist der Beweis«, sagte Nathalie. »Wer immer das geschrieben hat, er kann in seinem Leben noch nie mit einer Tastatur gearbeitet haben, sondern allenfalls auf der Zehnertastatur eines alten Handys mit zwei Daumen geschrieben haben. Der Verfasser dieser Zeile, dieser paar Worte, war vielleicht drei- oder viermal in der Lage, zwei aufeinanderfolgende Buchstaben zu tippen, ohne die falsche Taste zu erwischen. Ansonsten liegt er die ganze Zeit daneben. Nicht nur, dass er ständig an einer Taste gleich neben der gesuchten gelandet ist, sondern zum Teil sogar am anderen Ende der Tastatur. So dumm hätte sich O'Shelley niemals anstellen können.«

»Vielleicht war er ja betrunken, oder er hatte irgendwelche Drogen genommen«, gab Louise zu bedenken. »Da dürfte jeder Mühe haben, die richtigen Tasten zu erwischen.«

»Aber nicht O'Shelley«, erwiderte sie. »Er hat vor Jahren mit einigen anderen Künstlern an einem Fernsehexperiment teilgenommen, bei dem es darum ging, wie Alkohol und Marihuana auf einen kreativen Verstand wirken. O'Shelley hat zwar anschließend im Rausch seltsame Sachen geschrieben, aber da war nicht ein Tippfehler drin, und es gab auch keine unverständlichen Satzfragmente.« Sie zeigte auf den Monitor, auf dem der Abschiedsbrief wieder so zu sehen war wie zu Beginn. »Das da hat O'Shelley *nicht* geschrieben.«

»Tja, vielleicht helfen uns ja seine Daten weiter«, meinte Louise und zog den USB-Stick heraus, der vor ein paar Augenblicken zu blinken aufgehört hatte. »Ich mache Ihnen eine Kopie, wenn wir zurück im Büro sind.«

»Ja, das ...«

Weiter kam Nathalie nicht, da an der Haustür geklopft wurde.

»Perfektes Timing«, sagte Louise, als die Tür aufging und der Bestatter mit seinem Helfer hereinkam. Beide hatten eine betrübte Miene aufgesetzt und sahen sich suchend um.

»Hier drüben«, erklärte Nathalie und deutete auf den toten O'Shelley, der unter dem Laken praktisch unsichtbar war. An Louise gewandt sagte sie: »Dann können wir zum Black Feather zurückfahren. Wird auch Zeit, ich muss für Liverpool noch einiges einpacken und vorbereiten.«

Nach einem letzten Blick auf O'Shelley verließ sie mit Louise zusammen das Cottage, während der Bestatter und sein Helfer sich an die Arbeit machten.

Sechstes Kapitel, in dem Nathalie heimkehrt und doch nicht heimkehrt

Nathalie stand auf dem Balkon ihrer Wohnung und ließ den Blick über Liverpool schweifen. So viele Häuser, so viele Menschen und Autos, so viel Leben auf ein paar Quadratkilometern, und doch war ihr ihre Heimatstadt immer recht klein und überschaubar vorgekommen. Dass dem so war, lag nicht nur daran, dass sie ihr halbes Leben in der Stadt verbracht hatte und dies alles für sie eine vertraute Welt darstellte, in der sie jeden Winkel kannte. Zugegeben, sie kannte natürlich nicht jeden Winkel. Aber sie war so mit der Stadt vertraut, dass sie wusste, wo was zu finden war, wohin man gehen musste, wenn man etwas Bestimmtes brauchte. Sie wusste, wo ein Stadtviertel lag, wenn dessen Name fiel, und wenn sie irgendwo mitten in der Stadt ausgesetzt worden wäre, hätte sie nie weit gehen müssen, um die Ori entierung zurückzuerlangen.

Das war für sie immer der Unterschied zwischen Liverpool und London gewesen, dieser riesigen Stadt, die keinen Anfang und kein Ende zu haben schien. Sie war mit ihren Eltern oft zu Verwandten gefahren, die in London lebten, später war sie dann einige Male mit dem Auto und hin und wieder auch mit dem Zug zu Freundinnen gereist, die in die Hauptstadt umgezogen waren.

Jedes Mal war es ihr so vorgekommen, als hätte sie nach fünf Minuten Fahrt die Stadtgrenze von Liverpool und nach weiteren fünf Minuten Autobahnfahrt die Stadtgrenze von London erreicht, dann aber noch Stunden gebraucht, um sich ihren Weg durch die Stadt zu bahnen, ehe sie endlich am Ziel angekommen war. Es war eine Strecke gewesen, die von einem Stadtteil übergangslos in den nächsten gewechselt hatte, ohne dass ein Unterschied zu erkennen gewesen wäre, was die Fahrt umso langweiliger gemacht hatte. Jedes Mal hatte sie nach spätestens einer halben Stunde jedes Gefühl dafür verloren, wo sie sich in etwa befand und wie weit sie noch fahren musste. Verstärkt worden war diese Monotonie durch die Tatsache, dass die meisten ihrer Freundinnen und Verwandten ausnahmslos in den südlichsten Zipfeln Londons lebten und sie die Stadt immer komplett hatte durchqueren müssen, um dorthin zu kommen. Zwar hatte die Themse dabei eine markante Rolle gespielt, allerdings auch nur in der Hinsicht, als dass ab Erreichen einer der vielen Brücken klar geworden war, dass sie von der Strecke innerhalb Londons damit gerade einmal die Hälfte geschafft hatte.

So spannend London auch war, wenn man sich die

Zeit nahm, die aufregende Metropole zu besichtigen, umso angenehmer war es ihr dann trotzdem jedes Mal erschienen, in das verhältnismäßig kleine und beschauliche Liverpool zurückzukehren, wo Hektik fast noch ein Fremdwort war – jedenfalls im Vergleich zum Gedränge auf den Londoner Straßen.

Als Nathalie jetzt aber aufs Geländer gestützt dastand und die Stadt betrachtete, da brandeten ihr nur noch Lärm und Stress und Hektik entgegen, also genau das, was sie bislang mit London in Verbindung gebracht hatte. Die Straßenschluchten wirkten mit einem Mal so erdrückend, wie sie sich das eigentlich nur in New York hätte vorstellen können, wenn links und rechts Bauten in die Höhe ragten, die vierzig oder fünfzig Stockwerke hoch waren. Alles kam ihr so eng und düster und unfreundlich vor.

Nach etwas mehr als sechs Wochen in Earlsraven hatte sie sich so sehr daran gewöhnt, jeden zu grüßen und von jedem begrüßt zu werden, der einem auf der Straße entgegenkam. Aus dieser Gewohnheit heraus hatte sie gleich nach ihrer Ankunft am Mittag auf dem Weg zu ihrem Friseur die ersten paar Passanten auch freundlich gegrüßt und sie angelächelt. Nach dem dritten Fußgänger, der ihr einen so misstrauischen Blick zuwarf, als halte er sie für eine Trickbetrügerin, war ihr bewusst geworden, dass sie wieder in Liverpool war. *Zu Hause,* korrigierte sie sich reflexartig, aber irgendwie klang das nicht mehr so überzeugend wie noch vor ein paar Monaten, als sie sich ein Leben außerhalb dieser Stadt niemals hätte vorstellen können – und erst recht kein Leben in einem Dorf irgendwo auf dem Land, weit weg von der Zivilisation.

Wie hatten sechs Wochen in Earlsraven ihr Weltbild so völlig auf den Kopf stellen können? Vielleicht, weil sie in der Arbeit aufging, die der geerbte Pub mitsamt Café und Pension mit sich brachte? Weil sie darin einen Sinn sah, ganz im Gegensatz zu ihrem bisherigen Job als Statistikerin in einer Werbeagentur? Weil es ihr mehr Spaß machte, zufriedene Gäste zu sehen, die im Pub etwas Leckeres gegessen oder eine Nacht in der Pension verbracht hatten? Zugegeben, die Statistik hatte sie immer noch im Griff. Sie hatte vor Kurzem damit begonnen, von ihren Mitarbeitern verschiedene Merkmale – wie Alter der Gäste oder die Anzahl der Übernachtungen – gesondert erfassen zu lassen, um ein deutlicheres Bild von ihrer sehr gemischten Kundschaft zu bekommen. Genauso legte sie anders als ihre Tante Wert darauf, dass die Auslastung der Tische erfasst wurde, um zu prüfen, ob es Spitzenzeiten gab, in denen weitere Plätze zur Verfügung gestellt werden sollten.

Doch das waren alles nur Kleinigkeiten, die auf konkreten Beobachtungen beruhten und die auch direkt in Veränderungen münden konnten. Und genau das machte ihr viel mehr Spaß als der Job bei der Agentur. Das galt auch für die gesamte logistische Arbeit, die das Black Feather mit sich brachte, ob es nun um die Überwachung der Lagerbestände, um die zeitige Abwicklung von Bestellungen oder um den sinnvollen Einsatz des Personals ging.

Nathalie fühlte sich in Earlsraven einfach rundum wohl. In ihrer Heimatstadt hingegen nicht mehr. Vermutlich hatte das nicht einmal speziell etwas mit Liverpool zu tun, sondern mit Städten allgemein. Vielleicht hing ihr Sinneswandel auch damit zusammen, dass sie sich früher ein Leben auf dem Land nicht hatte vorstellen können, weil es dort für sie einfach keinen Job gegeben hätte. Jetzt dagegen hatte sie das Black Feather, das tatsächlich die Goldgrube war, die ihre Tante immer beschrieben hatte. Das war doch ein Job, sogar mehr als das, denn hier hingen viele Arbeitsplätze davon ab, dass sie ihre Arbeit richtig machte. Sie war für diese Menschen verantwortlich und dafür, dass sie am Ende des Monats ein Gehalt ausgezahlt bekamen.

Manchmal war es schon ein wenig beängstigend, wie viel Verantwortung sie trug, aber es war auch schön, mitanzusehen, wie das Geschäft florierte und jeder ihrer Angestellten seinen Teil dazu beisteuerte. Aus ihrer Werbeagentur war sie anderes gewöhnt, weil dort Konkurrenzdenken herrschte und nicht nur die verschiedenen Teams versuchten, sich gegenseitig das Leben schwer zu machen, sondern auch innerhalb eines Teams jeder danach trachtete, sich auf Kosten der Kollegen zu profilieren. Natürlich lief das alles ganz subtil ab, damit niemandem etwas nachgewiesen werden konnte, aber es war eigentlich nie ein Zufall, wenn auf einmal die Präsentationsmappen verschwanden, während der Kunde zum Konferenzraum gebracht wurde, oder wenn anstelle des aufwendig produzierten Werbeclips ein Katzenvideo über den Monitor lief.

Auf ein solch unkollegiales Verhalten konnte sie gern verzichten.

Ein Klingeln an der Wohnungstür riss sie aus ihren Gedanken, sie verließ den Balkon und durchquerte das Wohnzimmer.

»Guten Tag, Miss Ames«, wurde sie von ihrer Nachbarin Frederica Brackett begrüßt, die ihr einen Schlüsselbund hinhielt.

»Mrs Brackett, kommen Sie doch rein«, sagte Nathalie freundlich und ging zur Seite, wobei sie die Schlüssel geflissentlich ignorierte. Es war leichter, den Schlüsselbund dort zu lassen, wo er gerade war, als ihn ihrer

Nachbarin abzunehmen, nur um ihn ihr dann wieder aufzuschwatzen. »Danke, dass Sie sich so um meine Blumen gekümmert haben. Ohne Sie hätten die die Wärme der letzten vierzehn Tage nicht überstanden.«

»Das ist doch nicht der Rede wert, Miss Ames«, erwiderte die ältere Frau, die ihre schneeweißen Haare immer noch so hochtoupiert trug, wie es in den Sechzigerjahren Mode gewesen war – also schätzungsweise in der Zeit, in der sie noch eine junge Frau gewesen war. So altmodisch das eigentlich auch war, stand ihr diese Frisur dennoch hervorragend und ließ sie einige Jahre jünger wirken. »Ich kann doch nicht von meinem Balkon aus tatenlos zusehen, wie diese Farbenpracht jeden Tag ein bisschen mehr vertrocknet, bis nichts mehr zu retten ist. Sie haben mit Ihrem Pub ohnehin genug zu tun, und Mr Astin kann schließlich auch nichts dafür, wenn seine einzige Tante sich die Hüfte bricht und er für sie sorgen muss.«

»Seine Tante«, murmelte Nathalie und konnte sich eben noch von einem entrüsteten Kopfschütteln abhalten, als sie von Glenns dreister Lüge erfuhr. Sie fürchtete aber, dass sie auch so schon zu lange gezögert und Glenn damit verraten hatte. Mrs Brackett sah sie nämlich ein wenig argwöhnisch an. »Ach, Sie meinen bestimmt Alwina.«

»Oh, den Namen hat er nicht erwähnt«, musste die alte Dame zugeben. »Er sprach nur von seiner Tante.«

»Ja, ja, dann meint er Alwina«, versicherte Nathalie. »Wenn wir über sie reden, benutzt er immer nur ihren Vornamen, dadurch ist mir das nie so bewusst, dass er seine Tante damit meint.«

Mrs Brackett nickte mitfühlend. »Na ja, es war ja nett von ihm, dass er mir die Schlüssel gebracht hat«, sagte sie. »Also, in meinen Briefkasten hat er sie geworfen, aber das ist ja nicht so schlimm. Lieber so, als wenn Ihre Blumen leiden müssten.«

»Sie sind ein Engel, Mrs Brackett«, erwiderte Nathalie. »Sagen Sie, was halten Sie davon, wenn Sie meine Blumenkästen zu sich nehmen. Dann müssten Sie nicht immer zwischen zwei Wohnungen hin- und herlaufen. Schließlich weiß ja niemand, wie lange Glenns Tante braucht, bis sie wieder auf den Beinen ist.«

»Sie ... Sie bereiten doch nicht etwa schon Ihren Auszug vor?«, fragte die ältere Frau misstrauisch.

»Oh, nein, nein, so weit sind wir noch nicht«, versicherte sie ihr. »Ich habe mir vorgenommen, erst mal dieses Jahr hinter mich zu bringen und dann weiterzusehen. Im Moment macht mir diese Arbeit großen Spaß, und es gefällt mir auch, auf dem Land zu leben. Aber es fühlt sich auch ein bisschen so an, als würde ich Urlaub machen und nebenher ein paar Stunden am Tag jobben. Sollte ich mich entschließen, ganz nach Earlsraven zu ziehen, werde ich Ihnen das auf jeden Fall frühzeitig sagen.«

Nathalie war froh, ihrer Nachbarin zumindest in dem Punkt nichts vormachen zu müssen, nachdem sie eben noch gezwungen gewesen war, sich an Glenns Lüge dranzuhängen. Tatsächlich hatte sie keine Ahnung, ob die Arbeit im Black Feather in einem Jahr immer noch so toll sein würde wie im Augenblick. Vielleicht würden sechs oder acht Monate Routine sie ja zu der Erkenntnis bringen, dass sie das auf Dauer doch nicht machen wollte.

»Es wäre wirklich schade, wenn Sie ausziehen würden, Miss Ames, weil Sie so eine angenehme Nachbarin sind, immer freundlich und hilfsbereit.« Mrs Brackett schaute betrübt drein. »Sie würden mir fehlen.«

»Sie würden mir auch fehlen, Mrs Brackett, aber vergessen Sie nicht, dass Sie meine Wohnung bekommen, wenn ich ausziehe. Denken Sie daran, wie schön dann wieder die Aussicht vom Balkon wäre.« Durch einen Neubau auf der gegenüberliegenden Seite war ihrer Nachbarin von deren Balkon aus die Sicht auf die Stadt und den Fluss genommen worden, was für sie seit zwei Jahren ein großes Ärgernis war.

»Tja, so hat eben alles seine Vor- und Nachteile.« Mrs Brackett seufzte wehmütig.

»Wenn Sie nichts dagegen haben, werde ich Ihnen die Blumenkästen gleich rüberbringen«, sagte Nathalie. »Es sei denn ..., wissen Sie was? Ich lasse die Kästen, wo sie sind. Dann haben Sie wenigstens einen Grund, alle ein oder zwei Tage herzukommen, nach dem Rechten zu sehen, die Blumen zu gießen und dabei die Aussicht zu genießen. Was halten Sie davon?«

»Das würde Ihnen nichts ausmachen?«, fragte die weißhaarige Frau hoffnungsvoll.

»Warum sollte es? Wir kennen uns, ich weiß, ich kann Ihnen vertrauen. Von mir aus können Sie sich auch auf meinem Balkon sonnen. Bei Ihnen weiß ich wenigstens, dass Sie um das Wohl meiner Blumen besorgt sind.« Ganz im Gegensatz zu gewissen anderen Leuten, fügte sie in Gedanken hinzu.

»Ist das Ihr Ernst?«, vergewisserte sich Mrs Brackett, die sich ein strahlendes Lächeln offenbar noch verkniff, weil sie nicht so ganz glauben wollte, was sie da hörte.

Nathalie nickte nachdrücklich. »Es ist mein Ernst.« Dann ging sie an ihrer Nachbarin vorbei zur Tür und griff nach ihrer Handtasche. »Ich fahr jetzt noch mal los, meine Eltern erwarten mich zum Abendessen, und ich muss einmal quer durch die Stadt. Mein Balkon steht Ihnen zur Verfügung, den Wohnungsschlüssel haben Sie ja. Schließen Sie einfach ab, wenn Sie gehen, okay?«

Während Mrs Brackett einen zustimmenden Laut von sich gab, sah Nathalie zur Wanduhr neben dem Schlüsselbrett. Viertel nach fünf. »Vor zehn Uhr heute Abend werde ich bestimmt nicht zurück sein. Sie können sich also Zeit lassen.«

»Sie sind wirklich ein Engel, Miss Ames«, rief die Nachbarin ihr hinterher, als sie die Tür zuzog.

Eine halbe Stunde später hielt sie vor dem Reihenhaus ihrer Eltern an, das noch immer so aussah wie auf vierzig oder fünfzig Jahre alten Fotos. Die gesamte Siedlung, die damals für die Hafenarbeiter aus dem Boden gestampft worden war, sah eigentlich immer noch so aus wie damals. Alle Fassaden waren in einem einheitlichen Grau gestrichen, in den kleinen Gärten vor den Häusern und auf den Gehwegen waren die kleineren Kinder unterwegs, die jüngeren Jugendlichen tummelten sich auf dem Grillplatz am Ende der Sackgasse, die älteren fuhren mit ihren Mopeds die Straße auf und ab. Dass Nathalie auf dem Weg hierher keine Zeitreise unternommen hatte, war nur an zwei Dingen zu erkennen: Damals hatte kein Mensch einen SUV besessen geschweige denn gewusst, was das überhaupt sein sollte. Und die Kinder und die Jugendlichen hatten noch keine Smartphones besessen, auf die sie unentwegt starren konnten.

Sie zog ihr Handy aus der Tasche und schnaubte leise, als sie das Display betrachtete. Noch kein Wort von Glenn. Keine SMS, kein Versuch, sie anzurufen. Zugegeben, sie hatte ihm gesagt, dass sie sich bei ihm melden würde, sobald sie für den Tag alles erledigt hatte und sich mit ihm treffen konnte. Aber von ihrem Freund hätte sie zumindest zwischendurch eine SMS erwartet, weil es ihn doch interessieren sollte, ob sie gut angekommen und mit ihr alles in Ordnung war.

Na gut, dann eben nicht, dachte sie und wollte aussteigen, als ihr eine Idee kam. Wenn er sich bislang keine Sorgen um sie gemacht hatte, dann würde sie ihm etwas Stoff zum Überlegen liefern. Sie schrieb:

Bin jetzt bei meinen Eltern zum Abendessen. Melde dich, wenn du Tante Alwina versorgt hast.

Dann schickte sie die SMS ab, steckte das Handy wieder ein und stieg aus ihrem Wagen aus. Sie war noch nicht an der Haustür angelangt, da hörte sie den vertrauten Klingelton, den sie speziell Glenns Nummer zugewiesen hatte. Sie nahm das Handy, schickte den Anruf auf ihre Mailbox und schrieb eine zweite SMS, dass sie sich melden würde, wenn sie von ihren Eltern zu ihrer Wohnung zurückfuhr. Sollte er ruhig noch ein bisschen schmoren.

Erst als die SMS schon raus war, wurde ihr bewusst, dass sie »zu ihrer Wohnung« geschrieben hatte, aber nicht »nach Hause«. Vielleicht lag Louise doch gar nicht so verkehrt.

Als hätte Louise gemerkt, dass Nathalie an sie gedacht hatte, klingelte das Telefon, gerade als sie die Türglocke an ihrem Elternhaus betätigen wollte.

»Hallo, Louise«, rief Nathalie fröhlich, gleich nachdem sie den Anruf angenommen hatte. »Entweder wissen Sie schon, wer der Mörder ist, oder es gibt noch ein Opfer zu beklagen, richtig? Bringen Sie es mir bitte schonend bei.«

»Weder noch«, erwiderte Louise lachend. »Ich wollte Sie nur wissen lassen, dass ich mit Strutner gesprochen und angedeutet habe, dass da ein paar Dinge gegen einen Selbstmord sprechen könnten.«

»Und was meint er dazu?«

»Na ja, er musste zumindest zugeben, dass dieses Abschiedszitat eigentlich nicht passt«, antwortete Louise in einem Tonfall, der Nathalie verriet, dass sie beim Reden schmunzeln musste. »Und dann habe ich ihn auf die Fotos, die Textdateien und die E-Mails angesetzt und ihm gesteckt, dass da doch vermutlich etwas zu finden sein dürfte.«

»Das sollte ihn für eine Weile beschäftigen«, meinte Nathalie, die während der Unterhaltung zwischen der Haustür und ihrem Wagen hin- und herging.

»Mehr als nur für eine Weile«, versicherte ihr die Köchin. »Unser lieber Constable hat eine rekordverdächtig kurze Aufmerksamkeitsspanne. Wenn er bei den Fotos nach bekannten Gesichtern suchen soll, und sein erster Blick fällt auf ein Landschaftsfoto, dann kann es passieren, dass ihn das an irgendein Erlebnis erinnert und er die nächsten zehn Minuten erst mal in Erinnerungen schwelgt.«

Nathalie schüttelte den Kopf angesichts dieser neuesten Enthüllung über den Constable. Der Mann konnte wirklich froh sein, in ihrer Tante nicht nur eine Geliebte, sondern zuerst einmal eine Frau gefunden zu haben, die ihm so selbstlos half, damit er Ermittlungsergebnisse vorlegen und Lob kassieren konnte, das ihm eigentlich nicht gebührte.

»Solange Strutner sucht, will er die Meldung von O'Shelleys Tod nicht rausgeben«, fuhr Louise fort. »Das kann für uns auch von Nutzen sein, falls wir jemanden finden, mit dem wir über O'Shelley reden wollen. Falls einer davon der Mörder ist, wird er sich wundern, wieso die Meldung noch nicht in den Medien aufgetaucht ist. Wenn wir Glück haben … oder gute Augen und den sechsten Sinn … können wir ihm sogar ansehen, dass für ihn etwas nicht stimmt.«

»Das leuchtet mir ein.« Nathalie blieb stehen und ließ die Schultern kreisen, die nach der viel zu kurzen Nacht immer noch verspannt waren. Zwar hatte sie sich früh schlafen gelegt, um am Morgen ausgeruht aufbrechen zu können, doch der Fall O'Shelley hatte sie nicht zur Ruhe kommen lassen. Immer wieder waren ihre Gedanken zu diesem Verbrechen zurückgekehrt, das aus ihrer Sicht ganz bestimmt Mord war und *kein* Selbstmord. Sie war froh darüber gewesen, dass Louise den USB-Stick mit nach Hause genommen und ihr erst am Morgen einen Stick gegeben hatte, auf dem alle Daten von O'Shelleys Computer enthalten waren. Andernfalls hätte sie den Rest der Nacht auch noch wach verbracht, weil sie entweder die Fotos durchsucht oder die E-Mails gelesen hätte. »Ich nehme mir später heute Abend noch die Dateien vor«, fuhr sie fort. »Sollen wir nach irgendeinem System die Arbeit aufteilen, damit wir schneller vorankommen?«

»Ich habe letzte Nacht einen Teil der Fotos gesichtet und angefangen, die Motive in einen Ordner zu verschieben, die nur Personen zeigen«, sagte Louise. »Da kann ich mich besser auf die Gesichter konzentrieren. Damit würde ich nachher weitermachen. Was halten Sie davon, seine E-Mails zu sichten?«

»Kann ich machen«, erwiderte Nathalie. »Ich fange bei den neuesten an und gehe dann rückwärts vor, dann können Sie die Mails von hinten aufrollen, wenn Sie mit den Fotos wider Erwarten schnell vorankommen. Wäre das okay?«

»Ja«, stimmte ihr die Köchin zu. »Bei den Textdateien weiß ich noch nicht, wie man die aufteilen kann. Ich werde auf jeden Fall einen Blick in den Ordner ›Allgemeines‹ werfen, vielleicht hat er da irgendwelche Notizen abgelegt, die uns weiterhelfen.«

»Gut. Dann schlage ich vor, dass wir uns per Mail oder SMS gegenseitig auf dem Laufenden halten, wie viel jeder von uns gesichtet hat, und wenn einer auf etwas Verdächtiges stößt, dann ruft er sofort an, einverstanden?«

»Einverstanden«, sagte Louise und verabschiedete sich.

Nathalie legte auf und steckte das Handy weg, während sie sich schon darauf freute, den Fall in Angriff zu nehmen. Aber jetzt würde sie sich erst mal das leckere Essen ihrer Mutter schmecken lassen.

Siebtes Kapitel, in dem Nathalie sich dann doch noch wieder wie zu Hause fühlt

Von ihren Eltern wurde sie so herzlich wie immer begrüßt, und ihre Mutter Juliet musterte sie wie gewohnt kritisch, ob der Stress im Black Feather ihr nicht zu schaffen machte, ob sie abgenommen oder ob sie dunkle Ringe unter den Augen hatte.

»Mom, es geht mir bestens«, versicherte Nathalie ihrer Mutter und umarmte sie. Juliet war einen halben Kopf kleiner als sie, aber die ältere Dame besaß das Temperament und die Quirligkeit einer Sprungfeder, und das, obwohl sie ihr Leben lang nie Sport getrieben hatte. Sie trug ihre dunkelblonden Haare immer noch im Stil der Achtzigerjahre und hätte damals wie heute für ein Mitglied der Bangles durchgehen können. Nathalies Vater Robin war eher der unscheinbare Typ, der gedeckte Farben trug und nichts Grelles an sich heranließ. Genauso durchschnittlich war auch seine Frisur, in die sich in der letzten Zeit ein paar graue Haare eingeschlichen hatten, gegen die er aber nichts unternehmen wollte. Modern war allenfalls seine Brille, die mit ihrem kantigen schwarzen Gestell aus der Masse herausragte. Dass er so etwas überhaupt mitmachte, lag aber auch nur daran, dass er sich im letzten Urlaub in Brighton die alte Brille durch eine Unachtsamkeit von der Nase gerissen hatte und sie in hohem Bogen davongeschleudert wurde.

Er stand in der Tür zum Wohnzimmer und hielt Familienkater Reddy auf dem Arm, der seinen Namen seinem roten Fell verdankte. Als Nathalie zu ihrem Vater ging, drückte ihr zunächst Reddy seinen Kopf ins Gesicht, um laut schnurrend mit ihr zu schmusen. Erst nachdem sie den Stubentiger gründlich gestreichelt hatte, wurde er unruhig. Ihr Vater setzte ihn ab, woraufhin er wie ein Blitz die Treppe hoch in den ersten Stock verschwand. Dann wurde Nathalie auch von ihrem Vater in den Arm genommen.

»Schön, dass du da bist«, sagte er und strich ihr liebevoll übers Haar. »Hm«, führte er in einem gespielt beleidigten Tonfall fort. »Wie ich sehe, war dein Friseur für dich wichtiger als deine Eltern.«

»Ganz im Gegenteil, mein geschätzter Vater«, ging sie auf das Spiel ein. »Meine Eltern sind mir so wichtig, dass ich nur mit einem vorzeigbaren Äußeren bei ihnen erscheinen wollte. Natürlich hätte ich viel lieber gleich heute Morgen um neun vor eurer Haustür gestanden.«

Ihr Vater grinste sie an. »Du hast nichts von deiner Schlagfertigkeit verloren, Kind. Das ist gut.«

Sie zwinkerte ihm zu und ging an ihm vorbei ins Wohnzimmer, das so aussah wie in ihrer Kindheit. Schlichte, zeitlose Möbel, die in erster Linie zweckmäßig waren, um den nicht gerade üppigen Platz so gut wie möglich zu nutzen. Ein paar Bilder an den Wänden, die ihre Mutter gemalt hatte. Das Einzige, was nicht in diesen Raum passte, war der viel zu moderne Flachbildfernseher, den ihr Vater aber auch nur gezwungenermaßen angeschafft hatte, da der alte Röhrenfernseher nach einem Defekt nicht mehr repariert werden konnte.

»Geh direkt durch in die Küche«, rief ihre Mutter ihr nach. »Das Essen ist schon fertig, ich halte es nur im Backofen warm.«

»Hm«, erwiderte Nathalie. »Es riecht nach Hackbraten. Mit Möhrengemüse?«

»Mit was sonst?«, gab ihr Vater gut gelaunt zurück. »Wenn deine Mutter dir dein Leibgericht kocht, dann natürlich exakt so, wie du es auch am liebsten magst.«

»Mom könnte ja auf die Idee kommen, mich zu überraschen«, wandte sie ein.

»Mit Erbsen anstelle von Möhren?«

Sie warf ihm einen Blick über die Schulter zu, lächelte ihn an und ging in die Küche. Zielstrebig griff sie nach den Topflappen, aber bevor sie sich dem Backofen zuwenden konnte, hatte ihre Mutter ihr die Topflappen auch schon wieder abgenommen.

»Du bist hier zu Gast, also wirst du auch wie ein Gast behandelt«, tadelte die ältere Dame ihre Tochter.

»Mom, ich kann doch noch einen …«

»Wenn wir dich im Black Feather besuchen, was wir ganz sicher machen werden, wirst du mir dann auch erlauben, dass ich mir mein Essen und das für deinen Vater selbst aus der Küche hole?«

Nathalie schüttelte verdutzt den Kopf. »Aber das ist doch was ganz anderes«, widersprach sie, während ihre Mutter die Backform aus dem Ofen holte und einen knusprigen Hackbraten präsentierte. Sie hatte den Satz noch nicht ausgesprochen, da wusste sie schon, was ihre

Mutter antworten würde. Und sie wusste auch, dass sie danach kein Argument mehr in der Hand hatte.

»Wieso ist das was ganz anderes?«, fragte ihre Mutter und lächelte bereits triumphierend. »Weil wir bei dir zu Gast sind? Du bist doch jetzt bei uns auch zu Gast.«

»Oh, Mom, wie schaffst du das bloß immer wieder, mein eigenes Argument gegen mich zu verwenden?«, wunderte Nathalie sich und setzte sich hin, während ihre Mutter den Hackbraten in dicke Scheiben schnitt, die sie auf drei Teller verteilte.

»Tja, Kind, du argumentierst genau wie dein Vater«, antwortete sie mit todernster Miene. »Da ist es doch kein Wunder, dass du auf keinen grünen Zweig kommst. Frag mal deinen Vater, wie oft er sich gegen meine Argumente durchsetzen konnte.«

»Dad …«, begann Nathalie, aber er hob abwehrend die Hände, gerade als Nathalies Mutter die Teller mit Hackbraten und Möhrengemüse auf den Tisch stellte.

»Frag mich das lieber nicht«, sagte er hastig, musste dann aber lachen.

»Hm«, machte Nathalie. »Mindestens bei einem Thema hat sie es nicht geschafft, und das jedes Jahr aufs Neue.«

Ihre Eltern sahen sie fragend an.

»Na, dein Auto, Dad«, machte sie ihm klar. Als ich in die Straße eingebogen bin, habe ich sofort gesehen, dass du immer noch den alten Rover hast, der älter ist als ich.«

»Stimmt«, seufzte ihre Mutter theatralisch. »Da rede ich immer nur gegen Wände.«

Ihr Vater lächelte zufrieden. »Stimmt, daran hatte ich gar nicht gedacht. Dann ist meine Bilanz doch gar nicht so schlecht.«

»Lasst uns jetzt essen«, ging ihre Mutter dazwischen.

»Wenn wir jetzt immer weiter und weiter diskutieren, wird nur der gute Hackbraten kalt, und das wäre doch wirklich zu schade.«

Nathalie sah ihren Vater an, dann mussten beide ausgelassen lachen.

»Was habe ich denn jetzt gesagt?«, fragte ihre Mutter irritiert und schaute zwischen Vater und Tochter hin und her.

»Das bleibt unser Geheimnis, Mom«, antwortete Nathalie fröhlich. Sie wusste, das kühler werdende Essen war das Totschlagargument Nummer eins ihrer Mutter. Wenn es danach aussah, dass sie bei einem Streit den Kürzeren ziehen könnte, mahnte sie zum Essen, damit selbiges nicht kalt werden würde und ihre ganze Arbeit vergebens gewesen wäre.

In einvernehmlichem Schweigen aßen sie, und Nathalie genoss jeden Bissen, den sie in den Mund nahm. Der Hackbraten ihrer Mutter ließ sich einfach nicht überbieten, er schmeckte so einmalig gut, dass Nathalie an jedem anderen Hackbraten etwas auszusetzen hatte, den man ihr servierte, ganz egal, wie nahe der dem Rezept ihrer Mutter kam.

Als sie alle aufgegessen hatten, sprang ihr Vater auf und trug das benutzte Geschirr und das Besteck zur Spüle, als wollte er seiner Frau unbedingt zuvorkommen. Die ließ ihn gewähren und sagte nur: »Wenn du schon da stehst, kannst du uns auch gleich den Karamellpudding mitbringen.«

»Wird erledigt.«

Minuten später saß Nathalie verzückt vor einer großen Dessertschüssel und genoss den selbst gemachten Pudding ihrer Mutter. »Mom, kann ich dir nicht für viel Geld die Rezepte abkaufen? Die wären im Black Feather garantiert der Renner.«

Ihre Mutter schüttelte den Kopf. »Du weißt, ich habe das Rezept von meiner Mutter erst nach ihrem Tod bekommen, und genauso werde ich es dir vererben.«

»Bis es dazu kommt, wird das Lokal schon lange wegen Baufälligkeit geschlossen sein«, sagte sie und schaufelte sich ungeniert eine zweite Portion Pudding auf ihren Dessertteller, den sie innerhalb von nicht mal zwei Minuten leer gegessen hatte.

»Na, na, so lange werden wir auch nicht mehr auf der Welt sein«, wandte ihr Vater ein.

»Dad, bitte! Ich hatte in der Grundschule von allen in meiner Klasse die jüngsten Eltern. Erinnert ihr euch noch an diesen aufgebrachten Brief vom Rektor, dass bei einem Elternabend gefälligst ein Elternteil zu erscheinen habe, aber nicht die große Schwester oder der große Bruder der Schülerin?«

»Stimmt, das hatte ich schon ganz vergessen«, sagte Nathalies Mutter und musste lachen. »Rob, weißt du noch, wie der Rektor ein paar Tage später mit diesem riesigen Blumenstrauß und der Flasche Scotch zu uns kam, um sich für den Brief und das Missverständnis zu entschuldigen?«

»Oh ja, daran erinnere ich mich noch sehr genau«, entgegnete er. »Und ich weiß auch noch, wie der Rektor an dem Abend mindestens die Hälfte von seinem mitgebrachten Scotch selbst getrunken hat.«

»Ach, jetzt verstehe ich das erst«, murmelte Nathalie. »Der Mann hatte am nächsten Morgen einen mörderischen Kater. Darum wurde uns allen erzählt, wir müssten in den Gängen und auf dem Hof ganz ruhig sein. Es war von mündlichen Prüfungen die Rede, aber keiner von uns wusste, wer da eine Prüfung machen sollte. Der Herr Rektor hatte Kopfschmerzen und wollte nicht gestört werden. So ist das also gewesen.«

Ihre Mutter sah sie an. »Der Rektor hatte ordentlich Schlagseite, als er sich auf den Heimweg machte.« Nach einer kurzen Pause, in der sie zwei Löffel von ihrem Pudding aß, fügte sie an: »Nathalie, ich möchte dir einen Vorschlag machen. Du bekommst die beiden Rezepte und vielleicht auch noch ein oder zwei andere, wenn das Jahr um ist und du weißt, ob du das Black Feather auch weiterhin führen willst. Du darfst die Rezepte gern verwenden, aber es würde mir nicht passen, wenn du das Lokal dann vielleicht doch verkaufst, und ein anderer übernimmt Großmutters Rezepte für seine Küche.«

Nathalie nickte erfreut. »Das ist ein großartiger Vorschlag, Mom, danke! Tausend Dank! Ich bastele im Moment sowieso an der Speisekarte, weil manche Dinge da seit einer Ewigkeit drauf sind, die anscheinend niemand bestellt.«

»Das heißt, du nimmst sie ganz raus?«, fragte ihr Vater.

»Ja, dann habe ich Platz für neue Gerichte.«

»Warum machst du das nicht so wie Paul vom Laughing Gnome hier um die Ecke? Der hat auch jahrelang ein paar kleinere Gerichte auf der Karte gehabt, die vielleicht zweimal in der Woche von einem Gast bestellt wurden. Dann hat er sie gestrichen und lässt sie jetzt alle drei oder vier Wochen als Gericht des Tages wieder auftauchen, und auf einmal gehen dreißig Portionen auf einmal weg.«

»Hm«, machte Nathalie und sah nachdenklich vor sich hin. »Keine schlechte Idee. Ich hatte auch vor, die Speisekarte anders zu sortieren. So wie im Supermarkt, wenn umgebaut wurde und nichts mehr an seinem gewohnten Platz ist. Wenn man die Gäste beobachtet, die regelmäßig vorbeikommen, dann sieht man sehr schnell, dass die zielstrebig Seite vier aufblättern, nachsehen, ob es ihr Lieblingsgericht noch gibt, und dann die Karte weglegen. Die bekommen nichts davon mit, was sonst noch zur Auswahl steht. Wenn ich die Karte umkrempele, müssen sie erst mal suchen, und vielleicht fällt ihnen dabei ja was auf, was sie schon immer mal probieren wollten, nur noch nie gesehen haben.«

Ihre Mutter schob den Dessertteller zur Seite. »Wenn ich dich so höre, bekomme ich den Eindruck, dass dir die Arbeit Spaß macht.«

»Riesigen Spaß sogar«, bestätigte Nathalie. »Natürlich ist das alles noch Neuland für mich, und es gibt jeden Tag was zu lernen. Ob mir das in einem halben Jahr dann vielleicht nur noch wie Routine vorkommen wird, weiß ich natürlich noch nicht.«

»Du hast den Vorteil, dass du bei deiner Arbeit das Ergebnis siehst«, warf ihr Vater ein. »Zufriedene Kunden und am Abend Geld in der Kasse. Als Statistikerin leistest du zwar auch wichtige Arbeit, aber jemand gibt dir einen Stapel Zahlen, die du nach bestimmten Kriterien sortieren sollst, und wenn du das gemacht hast, gibst du den sortierten Stapel Zahlen an den Kollegen zurück oder an einen anderen Kollegen weiter, und das war's dann. Du siehst nicht das Ergebnis deiner Arbeit, und du weißt nicht mal, ob dein Ergebnis richtig interpretiert wird, weil du nicht dabeisitzt, wenn dem Kunden die Zahlen vorgelegt werden. Du weißt, wie sich jeder aus einer Statistik genau das herauspickt, was er braucht, um seinen Willen durchzusetzen oder um die Entscheidung zu beeinflussen, die ein anderer treffen muss.«

»Ein Stapel Zahlen«, wiederholte Nathalie amüsiert. »Das klingt gut, Dad.«

»Du weißt, wie ich das meine«, betonte er. »Und wie läuft das Café?«

»Das läuft so gut, als hätten die Menschen noch nie

zuvor irgendwo ein Stück Kuchen gegessen«, erklärte sie erfreut. »Vor allem sonntags ist da die Hölle los, weil viele Leute aus der Umgebung mit dem Auto hinkommen und acht oder zehn Stück Kuchen für zu Hause kaufen. Ich habe meine Bedienungen angewiesen, die Kunden beim Kassieren zu fragen, ob sie ihnen sagen würden, woher sie kommen und wie weit sie gefahren sind.«

»Für die Statistik?«, fragte ihr Vater mit einem Zwinkern.

»Dad, du weißt, dass ich das nicht so einfach ablegen kann. Ganz loswerden kann ich das sowieso nicht, dafür haben mich Zahlen schon immer zu sehr fasziniert. Aber es geht mir darum, dass ich etwas mehr über den Einzugsbereich erfahre. Wenn ich sehe, dass zehn Kunden aus Dorf A zwanzig Meilen bis zum Black Feather fahren, dass sich aber aus Dorf B niemand die Mühe macht, nur zehn Meilen zu fahren, dann hilft mir das, wenn ich Flugzettel verteile oder eine Zeitungsanzeige schalte.«

»Also hat Henrietta gute Arbeit geleistet und das Lokal nicht erfolgreicher angepriesen, als es tatsächlich ist«, meinte ihre Mutter.

»Ganz im Gegenteil. Das Black Feather ist nicht nur eine Goldgrube, das ist sogar so was wie eine Lizenz zum Gelddrucken«, sagte Nathalie. »Ich glaube auch nicht, dass ich allzu viele Veränderungen vornehmen werde. Das würde den Charme dieser Kombination aus Pub, Café und Pension zerstören. Das Black Feather sollte weiterhin so aussehen, als hätte die Zeit diesen Ort völlig vergessen.«

»Ein schöner Vergleich«, fand ihr Vater.

»Und extra für dich, Dad, gibt es nur Kaffee und koffeinfreien Kaffee. Sonst nichts. Keine Streusel, keine fettarme Milch. Alles ganz schlicht. Kaffee, dazu ein kleines Kännchen Milch und Würfelzucker oder Süßstoff.«

Ihr Vater nickte anerkennend. »Darauf freue ich mich ja jetzt schon. Schön, dass du diese Mode nicht mitmachst.«

»Und das stört deine Kunden nicht?«, wunderte sich ihre Mutter. »Da werden doch bestimmt auch mal Geschäftsleute anhalten, die ihren Kaffee mit tausend Zutaten mitnehmen und unterwegs trinken wollen.«

Nathalie bediente sich mit leuchtenden Augen zum dritten Mal am Karamellpudding. »Ich habe ein paar Mal mitbekommen, dass es erstaunte Blicke gab, und zwei oder drei Leute sind auch empört abgezogen, weil wir ihnen den Kaffee nicht in einen Pappbecher umfüllen wollten. Die meisten setzen sich mit ihrer Tasse Kaffee an einen Tisch auf der Terrasse und wirken nach ein paar Minuten völlig entspannt. Die Leute sitzen da, genießen die schöne Aussicht und das Wetter, manche bestellen sogar noch eine zweite Tasse. Nach zwanzig oder dreißig Minuten machen sie sich dann wieder auf den Weg und sind die Ruhe selbst.«

»Tja, manchmal muss man die Menschen zu ihrem Glück zwingen«, kommentierte ihre Mutter und kam dann übergangslos auf das Thema zu sprechen, dem alle den ganzen Abend über ausgewichen waren – was auch gern so hätte bleiben können, wenn es nach Nathalie gegangen wäre. »Und was sagt Glenn zu deinem bisherigen Erfolg und deinen Plänen?«

»Glenn?«

»Glenn. Dein Freund«, sagte sie irritiert.

»Ja, ich … ich weiß«, antwortete Nathalie zögerlich. »Er … also … genau genommen … habe ich keine Ahnung, was er davon hält.«

»Ihr redet doch darüber, oder nicht?«, hakte ihre Mutter nach.

Nathalie atmete schnaubend aus.

»*Ich* rede darüber.«

Ihre Eltern sahen sie betreten an.

»Möchtest du mit uns darüber reden?«, fragte ihr Vater.

Eine Weile saß Nathalie da und versuchte, einen klaren Gedanken zu fassen, dann schüttelte sie den Kopf. »Eigentlich nicht. Aber nicht, weil es mich nicht interessieren würde, was ihr dazu meint. Ich kenne euch halt nur zu gut und *weiß*, was ihr denkt.«

»Das hört sich nicht gerade positiv an«, meinte ihre Mutter und strich ihrer Tochter über den Arm. »Wenn du trotzdem später mit uns reden möchtest … du weißt, du kannst immer zu uns kommen.«

»Ich weiß, Mom. Danke.« Nathalie legte ihre Hand auf die ihrer Mutter. »Ich muss erst mal ein paar Dinge mit Glenn klären, die mir nicht gefallen. Danach werde ich ein ganzes Stück schlauer sein und vielleicht schon wissen, wo es langgehen wird.«

Der Blick ihrer Mutter war gleichbedeutend mit den Worten: »Wenn du dir gegenüber absolut ehrlich bist, dann weißt du jetzt schon, wo es langgehen wird.« Nathalie nickte, als würde sie dem unausgesprochenen Kommentar zustimmen.

»Ich glaube, ich fahre mal rüber in meine Wohnung«, murmelte Nathalie eine ganze Weile später und sah auf ihr Smartphone. Fast halb zwölf. Zu spät, um sich noch mit Glenn zu verabreden. Mit Glenn, der nach ihrer SMS nichts mehr von sich hatte hören lassen. Keine Antwort, kein Anrufversuch mehr, keine Nachricht auf der Mailbox. Nichts.

Ja, ja, natürlich, sie hatte ihm mitgeteilt, sie würde sich melden, wenn sie von ihren Eltern abgefahren war, und das war bislang nicht geschehen. Wenn man es alles ganz wörtlich nahm, dann hatte Glenn nichts falsch gemacht. Aber … würde sich ein Freund nicht nach fast sechs Stunden Funkstille allmählich mal ein wenig Sorgen machen? Genug Sorgen, um anzurufen, auch wenn sie noch bei ihren Eltern sein sollte? Die kannte er schließlich, und sie konnten ihn auch gut leiden … relativ gut jedenfalls … zumindest dann, wenn er sich nicht anmerken ließ, dass er das Reihenhaus der Ames' einfach nur schrecklich fand. Nathalie hatte seine Meinung dazu hingenommen, schließlich musste er nicht da leben, und sie würden auch nie in ein solches Haus einziehen. Aber es hatte ihr schon einen Stich versetzt, immerhin hatte sie ihre ganze Kindheit in diesem Haus verbracht, und es war eine glückliche Kindheit gewesen.

Er hätte sich ja bei ihren Eltern melden können, um zu fragen, ob sie schon gegangen war. Ihr hätte auf dem Heimweg etwas zugestoßen sein können.

Sie überlegte, ob sie ihn noch anrufen und ihn fragen sollte, wie es Tante Alwina ging, aber sie vermutete, dass diese Ironie bei ihm nicht ankommen würde, und sie hatte keine Lust, erst noch zu erklären, dass das nur ironisch gemeint war, wenn er ihr todernst antwortete, sie wisse doch, dass er keine Tante Alwina habe.

Wie eigenartig, dass diese Kleinigkeiten mit einem Mal aus der Bedeutungslosigkeit geholt wurden und sich in eine länger und länger werdende Aneinanderreihung der Dinge einfügten, die ihr an Glenn nicht gefielen. Nein, das wäre keine gute Idee, jetzt noch mit ihm zu telefonieren. Das musste bis morgen früh warten, dann war die Verärgerung über das, was heute alles zusammengekommen war, hoffentlich ein wenig verraucht.

»Kann ich auf der Couch übernachten, Mom?«, fragte sie, als sie in der Tür zum Wohnzimmer stand und sich vorstellte, jetzt noch zurück zu ihrer Wohnung fahren zu müssen.

»Ich bringe dir Bettzeug runter, Schatz«, sagte sie und eilte nach oben, während ihr Vater zu ihr kam und sie einmal kräftig drückte.

»Das wird schon alles werden«, meinte er zuversichtlich. »So oder so.«

Achtes Kapitel, in dem Nathalie auf verschiedene Ungereimtheiten stößt

Als Nathalie am Samstagmorgen auf der Couch im Haus ihrer Eltern aufwachte und feststellen musste, dass Reddy sich irgendwann in der Nacht auf ihren Kopf gelegt hatte und da eingeschlafen war, da wusste sie, dass es kein guter Tag werden würde. Reddy hatte ein untrügliches Gespür dafür, wer Trost brauchte, sei es, dass derjenige krank war oder es anderweitige Probleme gab.

Dass Reddy sich ausgerechnet ihren Kopf als Schlafplatz ausgesucht hatte, verhieß wirklich nichts Gutes, schließlich war sie nicht krank.

Der Kater sollte recht behalten.

Als sie um halb zehn auf dem Weg zu ihrer Wohnung

war und noch immer nichts von Glenn gehört hatte, versuchte sie, ihn anzurufen, landete aber auf der Mailbox. Auch eine SMS verlief ohne Ergebnis, was sie nach einer halben Stunde so nervös machte, dass sie im Büro anrief. Sie wusste, dass er manchmal auch samstags da anzutreffen war, wenn wichtige Kunden nur am Wochenende in die Stadt kommen konnten. Nach dem dritten Klingeln meldete sich ein Kollege, ein Phil irgendwer, den Namen verstand sie nicht, weil sie vor der Haustür stand und in dem Moment ein Lastwagen ohne Ladung laut scheppernd am Haus vorbeifuhr.

»Glenn?«, wiederholte er. »Oh, das tut mir leid, der ist gestern Abend nach London gefahren.«

»Nach London?«

»Ja, er ist für einen Kollegen eingesprungen und nimmt da übers Wochenende an einer Fachtagung teil.«

»Aha«, machte Nathalie. »Wann kommt er denn morgen zurück?«

»Morgen ist er auch noch dort, und Montag ebenfalls«, kam die überraschende Antwort. »Am Montagmorgen findet da noch ein Anschlusstermin statt, da wird er vor … lassen Sie mich nicht lügen … vor drei Uhr nachmittags nicht zurück sein. Kann ich ihm etwas ausrichten, Miss …«

»Können Sie mir sagen, wie ich ihn da erreichen kann? Wenn ich seine Handynummer wähle, meldet er sich nicht, Phil.«

Der Mann am anderen Ende schnappte nach Luft, als hätte sie etwas Ungeheuerliches gesagt. »Ich kann seine Nummer nicht rausgeben, aber ich kann ihm etwas ausrichten.«

»Etwas ausrichten …«, murmelte sie vor sich hin. »Ja, gut, dann richten Sie ihm doch bitte aus, dass seine Tante Alwina ins Koma gefallen ist.«

Phil schwieg sekundenlang. »Tante Alwina ist ins Koma gefallen? Dann weiß er Bescheid? Geht es um *seine* Tante Alwina oder …?«

»Ich kenne sie nicht persönlich, aber soweit ich weiß, ist es seine Tante. Ja.«

»Hm, das ist ja interessant.«

»Darf ich fragen, was daran interessant ist?«, hakte sie vorsichtig nach. Irgendwas stimmte nicht, denn die Stimme des Mannes hatte einen leicht frostigen Tonfall angenommen.

»Na ja, vor ungefähr drei Monaten habe ich meinen freien Freitag geopfert, damit Glenn an meiner Stelle freinehmen konnte. Er wollte nämlich unbedingt zur Beerdigung seiner Tante … seiner einzigen Tante.«

Volltreffer. »Na ja, vielleicht bezeichnet er diese Alwina ja auch einfach nur als Tante, ohne dass sie das wirklich ist. Vielleicht eine gute Freundin der Mutter oder … oder eine Nachbarin, die er von klein auf mit Tante angesprochen hat«, redete sie mehr reflexartig drauflos, obwohl sie wusste, dass jetzt ohnehin nichts mehr zu retten war. Ihre Schuld war es nicht, dass Glenn jetzt bloßgestellt werden würde. Es war seine eigene Schuld, weil ihm nichts Besseres in den Sinn gekommen war, als allen Leuten die gleiche angebliche Tante aufzutischen. Das musste ja irgendwann nach hinten losgehen.

»Ja, da haben Sie recht«, erwiderte Phil, dem das ironische Grinsen angesichts dieser Enthüllung selbst durchs Telefon anzumerken war. »In der Grundschule hatten wir in unserer Klasse bestimmt zwölf Alwinas, und dazu noch mal fünf, die den Namen als zweiten Vornamen trugen.«

»So ähnlich war es bei mir auch«, bestätigte sie, bedankte sich für die Auskunft und beendete das Gespräch.

Glenn war also in London. Seit gestern Abend. Und am Montag würde er erst nachmittags zurück sein. Also drei Nächte, die sie zusammen hätten verbringen können. Es wäre gar kein Problem gewesen, denn selbst wenn er von seinem Arbeitgeber nur ein Einzelzimmer bezahlt bekam, hätten sie den Zuschlag für ein Doppelzimmer aus eigener Tasche draufgelegt, ohne dass der auf der Rechnung hätte erscheinen müssen. So hatten sie es früher auch schon gehandhabt.

Er hätte sie anrufen können, um sie nach London einzuladen. Er hätte eine SMS schicken können. Er hätte bei ihren Eltern vor der Tür stehen können, um sie nach London zu entführen. Sie hätten Zeit genug gehabt, um miteinander zu reden, um sich auszusprechen, um Klarheit zu schaffen, wer welche Ziele hatte, wer in zehn Jahren was erreicht haben und wo stehen wollte. Während er an der Tagung teilnahm, hätte sie sich in London umsehen können. Sie hätte … ach, verdammt, es hätte so vieles sein können, aber offenbar fühlte sich Glenn sogar nach seiner Meine-arme-Tante-Lüge immer noch so sehr im Recht und so von ihr vernachlässigt, dass er die perfekte Gelegenheit nicht wahrnehmen wollte, um Zeit mit ihr zu verbringen.

Der Tag wurde ab da nicht besser, was Reddy gewusst haben musste. Da sie ursprünglich davon ausgegangen war, das Wochenende mit Glenn zu verbringen, hatte sie alle anderen Verabredungen auf die Woche danach verlegt – mit der Folge, dass nun alle Freundinnen und Bekannten anderweitig verabredet waren. Zweifellos hätten die meisten sie eingeladen, sich ihnen anzuschließen, aber zum einen wäre Nathalie sich dann vermutlich wie das fünfte Rad am Wagen vorgekommen, und zum anderen war ihre Laune wegen dieser Nummer, die Glenn da abgezogen hatte, ohnehin nicht die beste. Da sie keine Lust hatte, anderen den Tag zu verderben, nur weil sie selbst nicht gut gelaunt war, beschloss sie, den Vormittag mit einem Stadtbummel zu verbringen, irgendwo etwas zu Mittag zu essen und sich dann dem Fall O'Shelley zu widmen. Das konnte sie schließlich nicht allzu lange vor sich herschieben, zumal sie keine Ahnung hatte, wie viel Aufwand die Durchsicht der E-Mails bedeuten würde.

Den Stadtbummel beendete sie vorzeitig, weil ihr der Lärm und die Unruhe in einem Maß zu schaffen machten, das sie nie für möglich gehalten hätte, war sie doch in dieser Stadt aufgewachsen. Was ein paar Wochen auf dem Land ausmachen konnten, war schon erstaunlich. In den ersten Nächten war ihr die Stille noch unheimlich gewesen, weil es so ruhig war, dass ihr eigener Herzschlag ihr auf die Nerven gegangen war und ihr den Schlaf geraubt hatte. Die nahe gelegene Landstraße hatte nur selten für eine Geräuschkulisse gesorgt, wenn mal ein Lastwagen oder jemand unterwegs war, der glaubte, nachts um drei alles aus seinem Porsche herausholen zu können, ohne von der Polizei erwischt zu werden.

Mit der Zeit war diese Ruhe immer wohltuender geworden, vor allem wenn stundenlang die laute Geräuschkulisse aus dem Pub das ganze Gebäude durchdrang und nicht mal die Tür zu ihrem Büro etwas bewirkte. Umso lauter war ihr die Welt nach ihrer Rückkehr nach Liverpool vorgekommen, ein allgegenwärtiger Klangteppich aus Stimmen, Klingeltönen, Motorenlärm, Musik und dem Gepiepse unzähliger elektronischer Geräte.

Sie vermutete, sich nach einer Weile wieder daran gewöhnen zu können, sollte das Experiment Black Feather letztlich doch noch fehlschlagen. Allerdings würde es nach einem Jahr für sie umso schwieriger werden, sich hier wieder einzuleben.

Es war gegen halb zwölf, als sie in ihrer Wohnung ankam, in einer Hand einen Stapel Umschläge in allen Größen, die sie erst an diesem Tag in ihrem Briefkasten gefunden hatte, so als hätte der Briefträger gewusst, ab wann sie wieder hier zu erreichen sein würde, und einen Teil der Post zurückgehalten. Die Briefe ließ sie erst einmal ungeöffnet, dann ging sie ins Schlafzimmer, um sich für die Arbeit am Schreibtisch etwas Bequemeres anzuziehen als die Jeans. Joggingshorts waren wesentlich angenehmer, zumal es inzwischen doch ziemlich warm geworden war.

Sie holte den Laptop aus der Tasche, fuhr ihr hoch und schloss den USB-Stick an. Bevor sie sich an die Durchsicht von O'Shelleys Mails begab, sah sie nach ihren eigenen Nachrichten, verschob sämtliche Werbung in den Papierkorb und betrachtete den kleinen Rest, der danach übrig geblieben war. Nichts davon war sonderlich dringend, und es war auch nichts von Louise eingegangen, was Einfluss auf die Arbeit hätte haben können, die jetzt vor ihr lag. Vorsichtshalber überprüfte sie auch noch ihr Handy, aber eine SMS war von Louise auch nicht gekommen.

Dass sie weder auf dem einen noch dem anderen Weg etwas von Glenn gehört hatte, nahm sie für den Augenblick einfach zur Kenntnis, mehr nicht. Aufkommende Traurigkeit ließ sie einfach nicht zu. Vor Montag gab es ohnehin nichts, was sie hätte unternehmen können.

Als sie den Eingangsordner von O'Shelleys Mailprogramm öffnete, traf sie fast der Schlag. Die Liste quoll über von Werbemails von Dutzenden Anbietern wie Supermarktketten, Möbelhäusern, Autohäusern und vielen mehr. Es war kaum möglich, dazwischen noch die Mails zu entdecken, die keine Werbung waren, also räumte Nathalie erst einmal auf, sortierte und löschte, was sie definitiv nicht brauchte. Gut eine halbe Stunde später war die Liste auf weniger als ein Drittel geschrumpft und damit viel übersichtlicher.

»So, dann wollen wir doch mal«, murmelte sie und ließ sich die Eingangsmails nach absteigendem Datum sortiert anzeigen.

Sie fand Mitteilungen von seinen Verlagen, Schriftwechsel mit Redakteuren, die sich zu dem einen oder anderen Manuskript äußerten, Mails von Freunden oder Kollegen, die ihm Links zu irgendwelchen Internetseiten schickten und außer »Guck mal« nichts dazugeschrieben hatten. Es gab Mails von Lesern seiner Bücher – Nathalie wunderte sich, dass er seine private Mailadresse rausgegeben hatte –, die ihm Fragen stellten, die etwas zu kritisieren hatten oder die ihn loben wollten, aber keine Mail aus den letzten rund sechs Wochen enthielt auch nur ansatzweise eine Drohung. Sie versuchte es auch noch mit der Eingabe von Begriffen wie »töten«, »umbringen« und ähnlichem Vokabular, doch nichts davon lieferte ein Ergebnis.

Sie wechselte zu den Ausgangsmails und stutzte, als sie feststellte, dass die letzten zwölf Mails alle an eine Lady Mathilda Bestway verschickt worden waren. Natürlich war das ein Pseudonym, denn Lady Bestway war die zentrale Figur in einer Trilogie, mit der sich O'Shelley zum ersten und einzigen Mal einen Ausflug in das Genre des historischen Erotikromans geleistet hatte. Die Romane waren sehr erfolgreich gewesen, aber trotz dieses Erfolgs hatte O'Shelley nie einen vierten Band nachgelegt, weil er sich, nach eigenen Worten, nicht wiederholen wollte.

Sie öffnete die neueste Mail, die einen Tag vor seinem Tod eingegangen war.

Ja, Mylady, das möchte ich ebenfalls, und dazu Band 3, Seite 34.

»Hm?«, machte Nathalie verwundert und öffnete die nächste Mail.

Wenn ich Band 2, Seite 174, ergänzen darf, vor allem Absatz 2, Mylady.

»Was soll das?«, murmelte sie. Hatte O'Shelley das unter der Wirkung irgendwelcher Drogen geschrieben? »Was heißt denn hier Band …«, begann sie, unterbrach sich und schlug sich mit der flachen Hand gegen die Stirn. »Natürlich!« Sie sprang auf, lief zur Regalwand neben der Tür zum Schlafzimmer und suchte die Buchtitel ab. Schließlich wurde sie fündig und zog drei Bücher aus dem Regal, die sie zum Schreibtisch mitnahm. Sie griff nach dem dritten Band der Trilogie und schlug Seite 34 auf, fing an zu lesen und nickte nach den ersten Zeilen. Nachdem sie auch die besagte Passage im zweiten Band gelesen hatte, wusste sie, was O'Shelley dieser Lady mitteilte.

Aber wieso schrieb er ihr so etwas? Und wer war sie? In den Eingangsmails tauchte sie nicht auf. Hatte sie also gar nicht auf seine Mails reagiert? Wenn von ihr keine Reaktion kam, warum schrieb er dann innerhalb weniger Tage Dutzende Mails? War O'Shelley etwa ein heimlicher Stalker gewesen?

Bevor sich dieser Gedanke verselbstständigen konnte, fiel Nathalie zum Glück etwas auf, worauf sie viel früher hätte kommen müssen.

»Ach, verdammt. Sie hat darauf gar nicht geantwortet«, sagte sie zu sich selbst. »Sie hat zuerst geschrieben, und das sind *seine* Antworten!« Tatsächlich war das Fenster so klein und die Schrift derart groß, dass weniger als die obere Hälfte davon zu lesen war. Sie bewegte sich in der Mail weiter nach unten und sah, dass Lady Bestway diejenige war, die zuerst auf bestimmte Passagen aus seiner Trilogie hingewiesen hatte. Und er hatte schlicht darauf reagiert.

Aber warum hatte er offenbar all diese eingegangenen Mails, nicht jedoch die Antworten, die er an Mylady geschickt hatte, gelöscht? Nathalie sah noch einmal im Eingangsordner nach, doch von einer Lady Bestway war da nichts zu entdecken. Nachdenklich betrachtete sie die Übersicht auf dem Bildschirm und rief noch einmal die Ausgangsmails auf. Sie öffnete eine der vielen anderen Antwortmails, als ihr plötzlich auffiel, dass das Programm als Empfänger den Namen angab, den O'Shelley seinen Mailkontakten zugewiesen hatte, aber nicht den, den der Absender sich selbst gegeben hatte. Als sie die Maus auf den Namen hielt, öffnete sich ein kleines Fenster, das alle Angaben zu dem jeweiligen Kontakt anzeigte.

»Best Offer«, las sie halblaut vor und erinnerte sich an etwas. »Verdammt, die habe ich als Werbung gelöscht!« Sie wechselte zum Papierkorb und atmete erleichtert auf, als sie sah, dass sie den Papierkorb doch nicht geleert hatte. Sie ließ sich alle Mails anzeigen, die von Best Offer eingegangen waren, und verschob sie zurück in ihren Ursprungsordner.

Als sie die erste Mail öffnete, begegnete ihr der fast schon vertraute Verweis auf eine Passage in einem der drei Bände von O'Shelleys Büchern. Stichprobenweise öffnete sie ein paar andere Mails von Best Offer, überall ergab sich das gleiche Bild. »Ist ja interessant«, murmelte sie auf einmal, als sie eine Mail öffnete, die mit den Worten »Nur noch zehn Tage« begann. Die Mails, die an den folgenden Tagen geschickt worden waren, zählten den Countdown runter bis zum 14. Juni, an dem die Mail mit »Heute ist es so weit« eingeleitet wurde.

Nathalie wollte herausfinden, wann der Absender diesen Countdown begonnen hatte, da wurde sie erst auf die große zeitliche Lücke aufmerksam, die zwischen der »Zehn Tage«-Mail und der Mail davor lag. »10. Oktober«, sagte sie leise und suchte weiter rückwärts. Am 24. September war eine Mail geschickt worden, die ebenfalls mit diesem Countdown begonnen hatte, davor hatte sich im Februar und noch ein Jahr davor im Juni das Gleiche abgespielt.

»Was soll denn das?« Kopfschüttelnd notierte sie die Daten und stellte gleich darauf fest, dass O'Shelley auch immer nur in diesen Zeiträumen geantwortet hatte. Außerhalb dieser »Phasen« war von ihm nicht eine einzige Mail geschickt worden, und selbst in diesen Zeiträumen war er immer nur derjenige gewesen, der zurückgeschrieben hatte. Fast so, als sei verabredet worden, dass Lady Bestway sich bei ihm melden musste, weil sonst die Gefahr bestand, dass ein anderer seine Mail zu sehen bekam, den sie nichts anging.

»Das klingt nach einer Affäre«, folgerte sie und sah auf die Uhr. Kurz vor drei. Im Black Feather konnte um diese Zeit nicht viel los sein, was von der Küche erledigt werden musste. Die Mittagszeit war vorbei, jetzt saßen die meisten Leute im Café und auf der Terrasse, vor allem wenn es in Earlsraven momentan genauso sonnig und warm wie hier war. Dann konnte sie Louise relativ bedenkenlos anrufen.

»Cartham?«, meldete sich die Köchin nach dem zweiten Klingeln.

»Louise, hier ist Nathalie.«

»Haben Sie den Mörder?«, fragte sie sofort und klang so eifrig, dass man meinen konnte, sie müsste jeden Moment vor Ungeduld und Neugier aus dem Hörer herausgeschossen kommen.

»Tut mir leid, Louise, aber den kann ich nicht liefern«, erwiderte sie. »Dafür habe ich was anderes, das ich nicht per E-Mail oder SMS erledigen wollte. Sind Sie gerade in der Nähe Ihres Laptops?«

»Ich mache gerade Pause und liege bei mir zu Hause auf der Couch. Den Laptop habe ich auf dem Bauch liegen. Was brauchen Sie denn?«

»Ihre Meinung zu etwas … hm … sagen wir, zu etwas Seltsamem«, antwortete Nathalie. »Können Sie O'Shelleys Mailprogramm öffnen?«

»Geschieht in diesen Sekunden. So, und jetzt?«

»Bei den Eingangsmails müssen Sie ziemlich weit oben ein paar Mails von einem Absender namens Best Offer sehen können.«

»Sehe ich«, kam die prompte Antwort. »Öffnen, oder ist das was, was ich löschen muss? Sieht nach Werbung aus.«

»Machen Sie sie auf«, sagte Nathalie und lehnte sich entspannt auf ihrem Stuhl zurück. Sie hatte sich einen kühlen Eistee zubereitet, an dem sie nun genussvoll nippte.

»Hm? Was soll denn das: *Ich würde gern Band 2, Seite 211.* Was könnte das heißen?«

Nathalie musste unwillkürlich lächeln. Die Geheimagentin mit ihrer Spezialausbildung musste passen, während sie selbst, die studierte Statistikerin und Junggastronomin, den »Code« fast im Vorbeigehen geknackt hatte. »Haben Sie irgendein Buch von O'Shelley bei sich im Regal stehen?«, fragte sie.

»Noch nicht. Dieser Auftritt von Christine war zwar

sehr gut und hat bei mir Appetit auf mehr geweckt, aber ich müsste mich erst mal gründlicher mit O'Shelleys Büchern im Allgemeinen befassen, um zu entscheiden, mit welchem Titel ich am besten anfange.« Nathalie konnte deutlich hören, wie Louise gähnte.

»Wenn Sie sich vor der Abendschicht noch ein paar Stunden ausruhen wollen, müssen Sie mir das nur sagen, Louise. Ich will Sie nicht vom Schlafen abhalten.« Ein wenig verlegen zog sie dabei den Kopf ein.

Louise musste daraufhin lachen. »Kommen Sie, Nathalie, Sie müssen jetzt nicht vor Verlegenheit den Kopf einziehen. Ja, ich weiß genau, was Sie gerade machen. Das sehe ich Ihnen auch ohne versteckte Kamera an. Oder besser gesagt: Ich kann es Ihnen *anhören.* Und jetzt erzählen Sie mir schon, was es mit dem Text dieser Mail auf sich hat. Ich werde nämlich garantiert nicht einschlafen können, wenn ich weiß, dass da noch ein ungelöstes Rätsel auf dem Tisch herumliegt.«

»Also gut, wenn Sie darauf bestehen«, sagte Nathalie und seufzte bewusst übertrieben, was mit einem weiteren Lacher vom anderen Ende der Leitung beantwortet wurde. »Das bezieht sich auf eine Trilogie von O'Shelley, eine Trilogie mit erotischem Inhalt. Auf den erwähnten Seiten finden sich ziemlich detailliert geschilderte Sexszenen, die für O'Shelley eher untypisch sind, die aber dafür gesorgt haben, dass diese drei Bände viel Beachtung fanden. Zwar nicht genauso viel Zustimmung, weil der typische O'Shelley-Leser etwas anderes von ihm erwartet hatte, aber viel Beachtung außerhalb seiner üblichen Leserschaft.«

»Aha, das heißt, wenn diese Frau, die sich Best Offer nennt, ihm schreibt, sie hätte jetzt gern Band 2, Seite 211, dann wird auf dieser Seite beschrieben, was genau O'Shelley mit ihr machen soll. Und wenn er mit einer anderen Seite aus einem anderen Band antwortet, dann lässt er sie wissen, wie es danach weitergehen soll. Richtig?«

»Danach sieht es aus«, bestätigte Nathalie.

»Lieber Himmel, was ist denn das? Telefon-… ähm … Mail-Sex für Intellektuelle? Oder Literaten?«

»Das ist was viel Interessanteres, glaube ich«, erwiderte sie. »Ich will Sie nicht sämtliche E-Mails suchen lassen, darum gebe ich Ihnen erst mal ein paar Daten durch. Haben Sie was zu schreiben?«

»Ich sagte doch, ich habe meinen Laptop auf dem Schoß. Also, erzählen Sie.«

Nachdem sie alle gefundenen Daten durchgegeben hatte, fügte sie hinzu: »Bei jeder von diesen Phasen beginnt der Dialog mit einer Mail von ihr, in der sie einen Countdown beginnt. Wenn der Countdown abgelaufen ist, pendeln noch ein paar Tage lang solche Mails hin und her, aber deutlich weniger als zu Beginn, und dann ist für Monate Sendepause.«

»Hm, lassen Sie mich raten. Sie vermuten eine Affäre.«

»M-hm«, machte Nathalie. »Sie nicht?«

»Oh doch, das ist eindeutig. Dazu passt ja auch O'Shelleys Konstruktion mit dem Laptop, der das Geklapper der Schreibmaschine simuliert.« Louise überlegte einen Moment lang. »Das sieht danach aus, dass O'Shelley sich mit der Unbekannten immer dann verabredet hat, wenn er in Earlsraven war. Dann ist sie hergekommen, hat sich … na ja, sie wird sich irgendwo einquartiert haben, womöglich bei uns im Black Feather. Obwohl …«

»Obwohl was?«, hakte Nathalie prompt nach.

»O'Shelley hat ja vortäuschen wollen, dass er arbeitet, obwohl er gar nicht zu Hause war. Wenn die Frau im

Black Feather ein Zimmer gehabt hätte, dann hätte er zu uns kommen müssen und wäre von uns gesehen worden.«

»Vielleicht ist sie ja morgens schon aufgebrochen, hat ihn irgendwo zusteigen lassen, und dann sind sie woanders hingefahren, wo sie ungestört waren«, wandte Nathalie ein.

»Ja, wenn man von O'Shelleys Cottage ein Stück weit durchs Grüne läuft, kommt man an eine Landstraße. Da kann er auf sie gewartet haben, das wäre möglich.« Louise stellte den Laptop zur Seite und setzte sich hin. »Ich mache mich sofort auf den Weg, dann werde ich mir alle Zimmerbuchungen in den Zeiträumen ansehen, auch, ob wir aktuell jemanden im Haus haben, der zu den anderen Zeiten auch schon da gewesen ist. Ich bin mir aber ziemlich sicher, dass das nicht der Fall ist. Von den Gesichtern, die ich morgens beim Frühstücksbuffet sehe, ist mir momentan keines bekannt. Da ist auch keine Frau dabei, die ein Einzelzimmer hat.«

»Sehen Sie trotzdem mal nach«, bat Nathalie sie. »Falls Sie bei uns nicht fündig werden, wo könnte sich die Frau sonst noch ein Zimmer genommen haben?«

Louise ließ sich einen Moment lang Zeit mit ihrer Antwort. »Wenn ich davon ausgehe, dass sie O'Shelley irgendwo unterwegs hat einsteigen lassen, um dann mit ihm zu dem Hotel zu fahren, in dem sie einquartiert war und jetzt auch noch wäre, dann müsste das schon etwas Größeres sein, damit O'Shelley mit ihr unbemerkt zu ihrem Zimmer gelangen konnte. Am besten ein Haus mit Tiefgarage, damit sie direkt mit ihm zu ihrer Etage hochfahren konnte, ohne erst noch das Foyer durchqueren zu müssen. Da kommt in der näheren Umgebung eigentlich nur das Imperial in Foster's Valley infrage.« Sie musste geahnt haben, welche Frage Nathalie auf der Zunge lag, da sie in der nächsten Sekunde fortfuhr: »Und ja, ich kenne da jemanden, dem ich mal … über eine Grenze geholfen habe. Er ist mir so dankbar, dass ich für den Rest meines Lebens was bei ihm guthabe. Ihm kann ich die Daten schicken, wenn ich nicht fündig werden sollte.«

Nathalie bedankte sich und legte auf, dann musste sie erst mal durchatmen. Es war ein ganz eigenartiges Gefühl, eine ganz besondere Form von Begeisterung, die sie so bislang nur einmal erlebt hatte, als sie mit Louise zusammen den Fall mit dem doppelten Monet von Miss Beresford aufgeklärt hatte. Es war dieser ganz spezielle Moment, wenn sich die ersten Puzzlestücke zusammenzufügen begannen, die als Gesamtbild die Wahrheit hinter der scheinbaren Tat zeigen würden. Was für Constable Strutner und sicher auch für andere Polizisten und für noch mehr Laien und Möchtegern-Experten auf den ersten Blick nach einem Selbstmord ausgesehen hatte, wurde jetzt nach und nach um weitere Facetten ergänzt, die alle gegen den Anschein sprachen. Was letztlich die Lösung sein würde, ließ sich jetzt noch nicht erkennen, aber dass es überhaupt solche Puzzleteile gab, war ein klares Zeichen dafür, dass bei dem Fall etwas nicht stimmte.

Sie lehnte sich zurück, da es auf den ersten Blick von hier aus nichts weiter für sie zu tun gab, und sah auf die Uhr. Kurz vor fünf. Spontan griff sie nach ihrem Smartphone und wählte die Nummer ihrer Eltern. »Hi, Mom, ich bin's. Steht dein Angebot für die Vier-Käse-Pastete mit Spinat noch?«, fragte sie, als ihre Mutter sich meldete, und begann schon erfreut zu lächeln, obwohl sie noch keine Antwort bekommen hatte. Aber die brauchte sie auch nicht, weil sie genau wusste, was ihre Mutter antworten würde.

Neuntes Kapitel, in dem Nathalie sich mit einer Ex trifft und von einem Unglück erfährt

Der Anruf, den Nathalie am Sonntagmorgen erhielt, war nach all der Begeisterung recht ernüchternd, da Louise nichts Konstruktives zu berichten hatte. In den Aufzeichnungen des Black Feather tauchte in den genannten Zeiträumen kein Name auf, der sich für die Dauer dieses Mailkontakts als Gast eingetragen hatte. Louise hatte aber nicht ausschließlich nach dem gesamten Zeitraum gesucht, sondern auch bei den Einzelübernachtungen überprüft, ob sich irgendwo etwas Auffälliges finden ließ.

Die Frau, mit der O'Shelley diese Unterhaltung per Mail geführt hatte, war allem Anschein nach auch nicht im Imperial abgestiegen, jedenfalls gab es auch dort keine annähernden Übereinstimmungen zu den infrage kommenden Terminen. Da das Imperial anders als das

Black Feather viel mehr persönliche Daten seiner Gäste abfragte, war davon auszugehen, dass die Unbekannte sich tatsächlich nicht dort aufgehalten hatte.

Damit blieben zwar noch die zahlreichen »Bed & Breakfast«-Möglichkeiten rund um Earlsraven, aber die hielt Louise für extrem unwahrscheinlich. Auch wenn sie dorthin keine Kontakte hatte und ihr niemand eine Auskunft geben würde, war ihrer Meinung nach nicht davon auszugehen, dass O'Shelley sich dort mit der Unbekannten getroffen hatte. Diese privaten Unterkünfte boten genau das Gegenteil von Anonymität, außerdem hätte es den Betreibern sicher nicht gefallen, wenn ein Gast sein Zimmer tage- oder nächtelang in eine Lasterhöhle umfunktioniert hätte.

Damit waren sie wider Erwarten noch keinen Schritt weitergekommen, aber Louise hatte dennoch etwas Positives zu vermelden. »Ich bin bei meiner Recherche auf etwas gestoßen, das uns vielleicht ein kleines Stück weiterhelfen könnte«, erklärte sie. »O'Shelleys dritte Exfrau lebt seit einiger Zeit in Liverpool. Ich kann Ihnen die Adresse geben.«

»Was soll ich mit einer Ex von O'Shelley?«, fragte Nathalie, noch ein wenig verschlafen.

»Fragen Sie sie nach ihrem Exmann aus«, sagte Louise bestimmt. »Fragen Sie, ob er Affären hatte. Ob sie etwas über die eine oder andere Geliebte weiß. Am besten auch, ob sie sich daran erinnern kann, ob er mal mit jemandem Streit gehabt oder ob ihn jemand bedroht hatte. Ob ihn schon mal jemand angegriffen hat.«

»Ich kann doch nicht bei einer wildfremden Frau klingeln und sie nach ihrem Exmann ausfragen!«, protestierte sie.

»Doch, das geht«, antwortete die Köchin wie selbstverständlich.

»Wie? Was?« Nathalie schüttelte den Kopf. »Was um alles in der Welt reden Sie denn da, Louise? Wie soll so was funktionieren?«

»Ganz einfach, Sie fahren so hin, dass Sie um drei Uhr heute Nachmittag da sind, dann klingeln Sie und beziehen sich auf die Mail, die sie Ihnen geschickt hat.«

Nathalie atmete frustriert schnaubend aus. »Habe ich irgendetwas verpasst, dass ich auf einmal keine Ahnung mehr habe, was Sie mir da erzählen?«

»Ach so, Sie haben meine Mail noch nicht gesehen?«, fragte Louise ein wenig verwundert. »Gut, dann in Kurzform. Ich habe gestern über eine neutrale E-Mail-Adresse in Ihrem Namen eine Mail an Stella Lowman geschickt und ihr erklärt, dass ich – also Sie – an einer inoffiziellen Biografie über Ian O'Shelley arbeite und morgen – also heute – zufällig in Liverpool bin. Ich habe ihr erklärt, um welche Themen es geht, und sie ist einverstanden, sich von mir – also von Ihnen – interviewen zu lassen. Die Themen stehen alle in der Mail an Sie, aber Mrs Lowman besteht darauf, dass sie vor dem Erscheinen der angeblichen Biografie noch einmal ihre Zitate lesen darf und das Recht hat, Passagen zu löschen, die sie nachträglich für nicht so geeignet hält.«

»Tja, das ist ja sehr entgegenkommend von ... uns, und von ihr natürlich auch«, sagte Nathalie schließlich. »Aber ich weiß von keiner inoffiziellen Biografie über Ian O'Shelley.«

»Werden Sie erst mal richtig wach, trinken Sie einen starken Kaffee, und dann lesen Sie sich in Ruhe meine Mail durch. Da steht alles ganz genau drin, und wenn Sie noch Fragen haben, rufen Sie mich einfach an.« Es hörte sich so an, als wollte sie sich verabschieden und auflegen, da fiel ihr noch was ein: »Ach ja, das sollten Sie auch noch wissen, Nathalie. O'Shelley ist natürlich nicht tot.«

»Er ist *nicht* tot?«

Louise seufzte leise. »Ich sollte Sie wohl wirklich erst anrufen, wenn Sie richtig wach sind, aber bis dahin läuft hier längst das Mittagsgeschäft, und dann vergesse ich das womöglich. Auf jeden Fall ist O'Shelley offiziell nicht tot, weil der Gerichtsmediziner noch nicht aus dem Urlaub zurück ist und weil wir Strutner wenigstens so sehr ins Zweifeln gebracht haben, dass er nicht vorschnell eine Todesursache verkünden will, die sich nachher als falsch entpuppt. Deshalb hat er O'Shelleys Tod bislang nicht gemeldet. Und da der Bestatter aus East-Thwaite kommt und mit O'Shelley auch dort hingefahren ist, weiß hier in Earlsraven kein Mensch von dem gesamten Vorgang.«

»Oh, jetzt erinnere ich mich wieder«, meinte Nathalie. »Wir hatten gesagt, falls wir, ohne es zu ahnen, mit dem Mörder reden, wird der sehr irritiert sein, dass wir uns zwar mit ihm über O'Shelley unterhalten, aber mit keinem Wort erwähnen, dass der Mann tot ist. Das könnte von Nutzen sein, falls sich der Täter daraufhin verplappert.«

»Ah, ich sehe, Sie werden allmählich wach«, gab Louise lachend zurück. »Das ist schön. Also, lesen Sie meine Mail, und vergessen Sie nicht, um drei Uhr bei Stella Lowman zu sein.«

»Wird erledigt, Boss«, sagte Nathalie schmunzelnd, legte auf und ließ sich zurück aufs Bett sinken. Vielleicht würde sie noch eine halbe Stunde schlafen, das würde ihr bestimmt guttun. Doch eigentlich war sie sich sicher, dass sie nun nicht mehr zur Ruhe kommen würde.

»Sie müssen Miss Ames sein«, sagte die Frau, die gleich

nach dem Klingeln die Tür des Reihenhauses in einer der besseren Gegenden von Liverpool geöffnet hatte. Mit ihrer perfekt sitzenden Föhnfrisur und den platinblond gebleichten Haaren, mit den zu langen falschen Wimpern und den zweifellos aufgespritzten, weil viel zu vollen Lippen sah sie so künstlich aus wie der Flamingo, der den kleinen Rasen vor dem Haus zierte.

»Mrs Lowman«, erwiderte Nathalie und reichte ihr die Hand, wobei ihr die extrem langen Fingernägel auffielen, die den gleichen intensiven Pinkton aufwiesen, den auch der Flamingo hatte. »Ich danke Ihnen, dass Sie so kurzfristig für mich Zeit haben.«

»Wenn es um meinen reizenden Ex geht, habe ich immer Zeit«, gab sie zurück und verzog die Lippen zu etwas, das früher sicher einmal ein hübsches ironisches Lächeln gewesen war. »Kommen Sie, ich habe Tee und Gebäck vorbereitet.«

Nathalie folgte ihr in den Salon, in dem alles in Weiß gehalten war. Durch den grellen Sonnenschein, der durch die großen Fenster fiel, blendete es, wohin sie nur sah. Verstärkt wurde das noch durch mehrere Spiegel an den Wänden. Als Stella Lowman auf dem Ledersofa Platz nahm, schien es so, als würde ihr weißes Kostüm mit dem Sofa verschmelzen. In Jeans und blauem T-Shirt kam Nathalie sich in dieser fast schon surrealen Umgebung seltsam deplatziert vor.

»Sie schreiben also an einer Biografie über meinen Ex«, sagte Stella, nachdem sie Nathalie Tee eingeschenkt und ihr einen kleinen Teller mit ein paar Keksen hingestellt hatte. »Wie kommt eine so hübsche junge Frau dazu, ausgerechnet so etwas zu machen?«

»Nun«, entgegnete sie, nachdem sie einen Moment lang von den Worten dieser Frau in Verlegenheit gebracht worden war, »das ist genau genommen die Idee meines Verlegers gewesen, der der Meinung ist, ich könnte damit beweisen, wozu ich fähig bin.«

»Indem er Sie auf einen Mann loslässt, der sich seit Jahren beharrlich weigert, eine Autobiografie zu schreiben, und der keine Biografie über sich selbst je autorisieren würde.« Stella nickte anerkennend. »Dann muss Ihr Verleger Sie entweder für verdammt gut halten, oder aber er will Ihnen den Spaß am Schreiben für alle Zeit nehmen.«

»Ich hoffe, es ist Ersteres«, sagte Nathalie lächelnd und schaltete das Diktiergerät an ihrem Smartphone ein, das sie in der Tischmitte platziert hatte.

Nachdem sie eine Weile über Dinge geredet hatten, die Nathalie aus Artikeln über O'Shelley wusste, kam sie schließlich auf das eigentliche Thema zu sprechen: »Ian O'Shelley ist ja ein Mann, der selten im Rampenlicht steht oder besser gesagt: der sich selten ins Rampenlicht stellen lässt. Wenn man einmal von dieser legendären Aktion mit dem Feuerzeug absieht, ist er nie durch Skandale aufgefallen. Selbst die Scheidungen sind unspektakulär verlaufen. Hat es tatsächlich auch nie Skandale gegeben?«

»Ich nehme an, Sie meinen damit Affären«, sagte Stella ihr auf den Kopf zu.

Daraufhin täuschte Nathalie Betretenheit vor, weil ihr das Thema doch eigentlich *so* peinlich war. »Ja, aber wenn Ihnen das zu privat ist, müssen wir nicht darüber reden«, versicherte Nathalie ihrem Gegenüber hastig. »Es würde natürlich meinem Buch das gewisse Etwas geben, und mein Redakteur wäre sicher beeindruckt ...«

Stella winkte gelassen ab. »Na, keine Sorge, ich werfe Sie nicht raus. Immerhin habe ich ja genau diesem Thema das alles hier zu verdanken.« Sie machte eine ausholende Geste, die das ganze Haus einzuschließen schien.

»Oh«, machte Nathalie und war ehrlich überrascht.

»Mein lieber Ian nannte es Schreibblockade«, erzählte sie drauflos. »Er zog sich dann jedes Mal für vier oder sechs oder auch schon mal acht Wochen in eine einsame Hütte irgendwo in der Wildnis zurück, wo er dann angeblich die nötige Ruhe hatte, um zu seiner Muße zurückzufinden. Wenn er dann heimkehrte, hatte er in vier Wochen so viel geschrieben wie sonst innerhalb von vier Tagen.« Sie lächelte spöttisch. »Er dachte, ich bin so dumm und merke nichts. Die paar Seiten hatte er ganz sicher in nur vier Tagen geschrieben, und vielleicht hatte er sie sogar schon fertig, als er sich auf den Weg zu seiner einsamen Hütte machte. Was hatte er dann wohl vier Wochen lang in seiner Hütte, oder meinetwegen auch nur dreieinhalb Wochen lang, gemacht? Da war eine Frau im Spiel. Oder auch mehrere. Mir kam es so vor, als würde er diese … ›Schreibblockade‹ immer dann bekommen, wenn er eine neue interessante Frau kennengelernt hatte, mit der er ein paar Wochen lang seinen Spaß haben wollte, bevor sie ihn langweilte. Danach war ich ihm wieder gut genug, jedenfalls für eine Weile.«

»Haben Sie jemals irgendeinen Beweis finden können?«, forschte Nathalie nach. Sie musste sich zusammenreißen, um nicht zu aufgeregt zu wirken.

»Nein.« Sie schüttelte lässig den Kopf. »Ich hätte ihm hinterherfahren oder ihm einen Privatdetektiv auf den Hals hetzen müssen, aber ich fand eine einfachere Lösung.«

»Und zwar?«

»Als er das letzte Mal von seiner – haha – Schreibblockade zurückkam, habe ich ihm erzählt, dass mir ein Privatdetektiv rund hundertfünfzig Fotos geliefert hätte, die ihn mit seiner Geliebten zeigen. Ich verlangte die Scheidung zu meinen Bedingungen, sonst würden die

Fotos an die Presse gehen, und die besonders unappetitlichen würde ich dazu noch ins Internet stellen. Damit wäre er auf Jahre hinaus blamiert, und er könne alle Hoffnungen auf hohe Auszeichnungen für seine Arbeiten begraben.«

»Und dann?«, fragte Nathalie und trank einen Schluck Kaffee.

»Dann hat er seinen Anwalt angerufen, ich danach meinen. Noch am gleichen Abend wurde der Scheidungsvertrag aufgesetzt, ich bekam das Haus hier, und nachdem alles geregelt war und für ihn kein Rückzieher mehr möglich war, hat er seine Fotos bekommen.« Stella lächelte sie geheimnisvoll an.

»Also … hatten Sie Fotos von ihm?«

»Ja, einen ganzen Stapel von seinen Autogrammfotos«, antwortete sie amüsiert. »Er hat mir das alles ganz selbstlos überlassen, und dafür fünfzig großformatige Fotos bekommen, die sein Gesicht zeigen. Es war also gar nicht so sehr erlogen, es war mehr eine Frage der Auslegung«, meinte Stella grinsend.

»Sie hatten also gar nichts in der Hand?«, rief Nathalie verblüfft.

»Ich hatte gar nichts, nur meinen Instinkt. Ich habe geblufft, und er ist darauf angesprungen«, sagte Stella. »Natürlich war sein Einlenken der Beweis schlechthin, dass er die ganze Zeit mit einer anderen Frau verbracht hatte. Ich habe mir also das hier nicht ergaunert, ich habe mich nur revanchiert. Schließlich war seine Geschichte von der Schreibblockade nicht nur ein Bluff, sondern eine richtige Lüge.«

Nathalie nickte zustimmend. »Ja, da haben Sie allerdings recht.« Sie machte sich zusätzlich zum Diktiergerät ein paar Notizen, so als sei ihr etwas Wichtiges eingefallen. Es war zu bedauerlich, dass Stella sich zur

Scheidung durchgeblufft hatte. Zu gern hätte sie ein Foto von dieser Frau gesehen, die es wert gewesen war, auf so viel Geld zu verzichten und seiner dritten Ex ein solch sorgloses Leben zu ermöglichen. Wenn er nicht gewollt hatte, dass eines der Fotos an die Öffentlichkeit kam, dann musste es sich um eine wichtige Person handeln. Vielleicht um die Ehefrau eines Politikers, der seinen Wählern traumhafte Familienverhältnisse vorlog.

Stella hatte offenbar genug zu diesem Thema gesagt, das an sich für eine echte Biografie genügt hätte, um sie zum Verkaufsschlager zu machen. Sie kam auf andere Dinge zu sprechen, die sich Nathalie notgedrungen anhörte, die aber keinen Hinweis darauf enthielten, dass irgendjemand O'Shelley nur das Übelste gewünscht hätte und dieser Wunsch in Erfüllung gegangen wäre.

Schließlich erklärte Nathalie, sie müsse jetzt wieder gehen, woraufhin Stella sie zur Tür brachte. »Wenn Sie noch Fragen haben, rufen Sie mich ruhig an, oder schicken Sie mir eine Mail.«

Als Nathalie die Haustür durchschritt, hielt O'Shelleys Ex sie am Arm fest. Für einen Moment überkam sie der Gedanke, die Frau könnte ihre Lüge durchschaut haben und wolle sie nun festhalten, bis die Polizei eintraf. Dann aber beugte sie sich vor und sagte leise: »Ich verrate Ihnen noch ein Geheimnis, Miss Ames. Diese Sache mit der Schreibmaschine … das ist nur Theater. In Wahrheit besitzt er schon seit Jahren einen Computer, an dem er seine Bücher schreibt. Die Schreibmaschine steht nur rum. Wenn Sie das ins Buch nehmen könnten … das wird ihn vor Wut platzen lassen.«

Nathalie sah die Frau an und lächelte unschlüssig, weil sie nicht wusste, ob sie sich für Stella freuen sollte, weil die es ihrem untreuen Ehemann gezeigt hatte, oder ob ihr eher Ian O'Shelley leidtun sollte, weil der auf ihren Trick reingefallen war.

Auf dem Weg zum Wagen rief sie Louise an, um ihr zu berichten, danach sah sie auf ihre Uhr. Viertel nach fünf. Ihre Mutter hatte garantiert wieder irgendetwas Köstliches zum Abendessen vorbereitet, und garantiert war es wieder so viel, dass davon auch noch sechs Personen satt werden konnten. Sie würde ihren Eltern einen Überraschungsbesuch abstatten, aber gleich nach dem Abendessen in ihre Wohnung fahren, um sich weiter mit den Dateien auf O'Shelleys Computer zu befassen.

Am Montagmittag traf sie sich mit ein paar ehemaligen Kolleginnen in einem gemütlichen Pub gleich um die Ecke ihres bisherigen Büros. Das Treffen verlief ziemlich ernüchternd, denn nachdem ihre Freundinnen sie mit sämtlichem Klatsch und Tratsch der letzten Wochen überhäuft hatten und Nathalie nun davon zu erzählen begann, wie das Leben als Eigentümerin eines Pubs mit Café und Pension im Süden Englands so war, ließ das Interesse der anderen ziemlich schnell nach, da keine von ihnen den Ort Earlsraven irgendeiner Region im Land zuordnen konnte. Von den fünf Kolleginnen griffen drei erst einmal nach dem Smartphone und suchten nach dem Ort, nur um nach der Anzeige des Ergebnisses auf GoogleMaps das Gesicht zu verziehen und Kommentare wie »Da ist man ja lebendig begraben« von sich zu geben. Die Tatsache, dass sie das Smartphone schon in der Hand hielten, war für alle drei ein willkommener Anlass, auf Facebook, Twitter und einem halben Dutzend ähnlicher Seiten nach neuen Nachrichten Ausschau zu halten, die offenbar auch direkt beantwortet werden mussten.

Nathalie sah, dass die beiden verbliebenen auf die

Smartphones der anderen drei schielten und offenbar den Wunsch verspürten, auch das Handy zu zücken und ins Internet zu gehen. Als sie von den hübschen kleinen Geschäften rund um den Marktplatz von Earlsraven erzählte und auf Nachfrage einräumen musste, dass nicht ein einziger angesagter und nicht mal irgendein abgehalfterter Designer dort eine Filiale unterhielt, wusste sie, dass sie damit auch die Aufmerksamkeit der beiden geistig noch anwesenden Freundinnen verspielt hatte. Im Abstand von nicht mal zwei Minuten hörte sie von beiden die vorgeschobene Frage »War das gerade mein Handy?«, und damit saß sie praktisch allein an einem Sechsertisch.

»Ich bin mal gerade …«, begann sie, als fünf Minuten später noch immer niemand irgendwelche Anstalten machte, sein Handy wegzulegen. Mehr sagte sie nicht, stattdessen nahm sie ihre Tasche und verließ den Pub. Auf der Straße zog sie selbst ihr Smartphone aus der Tasche, loggte sich auf ihrer Facebook-Seite ein und klickte die fünf Freundinnen an, denen sie eine Nachricht schicken wollte. Das Ganze war schnell erledigt, da es nur um ein Symbol ging, das in der Liste zwischen den applaudierenden Händen und dem hochgereckten Daumen zu finden war.

Durch die Scheibe konnte sie die fünf beobachten, wie sie stutzten, als bei ihnen gleichzeitig die alles andere als nette Geste einging. Sie sahen sich untereinander fragend an, schüttelten den Kopf und zuckten mit den Schultern. Keine von ihnen kam auf die Idee, wenigstens mal auf den Platz zu schauen, auf dem Nathalie eben noch gesessen hatte, oder sich im Lokal umzusehen. Es war, als hätte sie nie bei ihnen am Tisch gesessen, so sehr waren die fünf in die Welt abgetaucht, die ihnen ihr Smartphone zu bieten hatte.

Nathalie schlenderte die Straße entlang, um zu ihrem Wagen zurückzukehren. So seltsam diese Episode gerade eben auch gewirkt hatte, war sie doch froh, dass sie nicht mal eine halbe Stunde mit diesen Kolleginnen verbracht hatte. So musste sie sich nicht über sinnlos vertane Zeit ärgern, sondern konnte sich sogar ein bisschen darüber amüsieren.

Am Nachmittag setzte sich Nathalie im Foyer von Glenns Bank in einen der bequemen Sessel, holte die im Supermarkt um die Ecke gekaufte Gartenzeitung aus ihrer Tasche und überflog das Inhaltsverzeichnis. Dabei behielt sie den Eingang im Auge, damit Glenn ihr nicht entwischen konnte, wenn er zurückkam. Es gab zwar noch zwei andere Eingänge, aber vom Parkhaus kommend war das hier der einzige Weg, den er einschlagen konnte, wenn er nicht erst noch um den halben Block laufen wollte.

Aus dem Augenwinkel beobachtete sie das Treiben im Foyer und an den Schaltern dieser modernen Filiale, die nichts mehr vom Flair der alten Banken hatte. Hier gab es nichts Verschnörkeltes, Verspieltes, hier war alles glatt und kantig, am besten aus Glas, notfalls auch noch aus Stahl, wenn es sich nicht vermeiden ließ. Mit einem Wort: seelenlos. Das hier hätte ebenso gut der Empfang und die Schadensabteilung einer Versicherung sein können, so konsequent war alles auf Beliebigkeit getrimmt.

Erst um kurz nach drei, also nach über einer Stunde Wartezeit, sah sie Glenn den Platz zwischen Parkhaus und Bank überqueren. Er sah aus wie immer, als Banker natürlich besonders gestylt, was in seinem Fall bedeutete, dass er einen von diesen so eng geschnittenen neumodischen Anzügen trug, bei denen man immer Angst haben musste, dass die Jackenknöpfe jeden Moment den Widerstand aufgaben und durch den Raum flogen.

Zum Glück trug er das nicht auch privat.

Beim Hereinkommen wanderte sein Blick einmal durch das Foyer, ehe er zur Infotheke ging und sich anmeldete, indem er seine Chipkarte an ein Lesegerät hielt. Als er dann zielstrebig in Richtung der Aufzüge weiterging, stand Nathalie auf, da er sie offenbar nicht bemerkt hatte.

»Gle-henn«, rief sie laut genug, dass er sie trotz des leisen Stimmengewirrs hören konnte.

Er blieb stehen und drehte sich um, dann entdeckte er sie und … legte die Stirn in Falten. Das war definitiv kein freudestrahlendes Gesicht. Scheinbar hatte ihm der Fall »Tante Alwina« die Stimmung verhagelt. Wenn dieser … Phil ihm schon einen entsprechenden Hinweis geschickt hatte, dann wusste er, dass er aufgeflogen war – und dass er das Nathalie zu verdanken hatte. Jedenfalls aus seiner Sicht, denn genau genommen hatte er sich sein Grab selbst geschaufelt, als er das für Tante Alwina ausgehoben hatte, damit die ihm einen freien Tag ermöglicht hatte. Er hätte eine neue Tante erfinden sollen, das wäre ganz sicher problemloser gewesen als das, was er sich jetzt mit der angeblichen Pflegebedürftigkeit seiner Tante bei Nathalie eingebrockt hatte.

Er kam auf sie zu und fragte anstelle einer Begrüßung: »Bist du hier, um mitanzusehen, wie mein Chef mich zur Schnecke macht?«

»Ich freue mich auch, dich zu sehen, Glenn«, erwiderte sie unbeeindruckt. »Wie war die Fahrt? Hoffentlich gut? Bist du gut durchgekommen? Wie war London? Was? London? Ach, das macht doch nichts, ich bin von dieser Stadt sowieso nicht besonders angetan. Was sollte ich denn den ganzen Tag in London machen? Oh ja, meine Fahrt von Earlsraven nach Liverpool war angenehm. Es war nicht viel los. Meine Eltern? Oh, die haben sich auch sehr gefreut, mich wiederzusehen. Und danke, dass du so nett warst, die Blumen auf meinem Balkon zu gießen, während ich weg war. Ach ja, und deiner Tante geht es wieder besser.«

Glenn fuhr sich durchs Haar, strich es aber gleich wieder glatt. Dank des Gels, dass er stets zuhauf darin verteilte, nahmen es eine ordentliche Form an, in der es dann auch verharrte.

»Musstest du Phil das mit meiner Tante erzählen?«, fragte er, ohne auf eine ihrer Äußerungen einzugehen.

»Woher soll ich wissen, dass du ganz plötzlich eine Tote pflegen musst und deswegen nicht nach meinen Balkonblumen sehen kannst?«, konterte sie.

»Ich habe doch deine Nachbarin gebeten, das für mich zu übernehmen«, argumentierte er,

»Ja, indem du ihr eine Lüge aufgetischt hast. Warum?«

Glenn schnaubte ungläubig. »Himmel, Nathalie, das sind Blumen. Das ist doch kein Weltuntergang, wenn die nicht von mir, sondern von deiner Nachbarin gegossen werden. Es ist ja nicht so, als hättest du eine Katze oder Fische, die ich nicht gefüttert habe.«

»Es geht darum, Glenn, dass du mir etwas versprochen hast. Nicht nur, dass du das Versprechen nicht gehalten hast, du hast mir auch nicht gesagt, dass stattdessen meine Nachbarin ranmusste. Und das nicht etwa, weil es einen wirklichen Notfall gab, sondern weil du einfach nur keine Lust hattest und dir kurzerhand eine Tante ausgedacht hast, um die du dich kümmern musst.«

»Ich weiß wirklich nicht, was du willst«, gab er verärgert zurück. »Du regst dich über ein paar Blumenkästen auf, dabei bist du in deinem Pub am Ende der Welt doch eh von Blumen umgeben.«

»Es geht ums Prinzip.«

»Meinst du das Prinzip, dass ich jetzt meinem Vorgesetzten beichten darf, Phil mit einer Lüge um den Urlaubstag gebracht zu haben?«

»Nein, ich meine das Prinzip, dass man tut, was man vereinbart hat«, konterte sie und wunderte sich, dass sie immer noch in der Lage war, sich mit Glenn so leise zu unterhalten und sich so zu verhalten, dass niemand ihr anmerken konnte, dass sie sich mit ihm stritt und kurz vor dem Explodieren stand.

»Was soll denn sein, wenn wir vereinbaren, dass du Philippa von der Schule abholst, und dann hast du auch keine Lust? Soll sie sich dann die Beine in den Bauch stehen? Soll sie bis auf die Knochen nass werden, weil es wie aus Kübeln schüttet? Soll sie bei dem netten Mann ins Auto steigen, der ihr freundlicherweise anbietet, sie nach Hause zu fahren, und der dann mit ihr geradewegs in den nächsten Wald fährt?«

»Was?«, fragte er völlig verdutzt. »Wer ist Philippa?«

Als Nathalie diese Frage hörte, spürte sie, wie aus ihrem Unmut innerhalb von Sekundenbruchteilen Ärger und dann kochende Wut wurde. Wie oft hatte sie ihm davon erzählt, wenn sie einmal Kinder haben würden, dann sollte das Mädchen Philippa und der Junge Neil heißen? Wie oft hatte er ihr zugestimmt, dass das schöne Namen seien? Hatte er ihr eigentlich zugehört oder bloß drauflosgeredet?

Glenn konnte wirklich von Glück reden, dass genau in diesem Moment ihr Handy klingelte und das Display anzeigte, dass Louise sie sprechen wollte. Wenn Louise ihr eine SMS schickte, ging es um irgendwelche Vorgänge, über die Nathalie Bescheid wissen sollte, die aber keine direkten Maßnahmen erforderlich machten. Wenn sie anrief, dann war es etwas wirklich Wichtiges, das keinen Aufschub duldete.

»Einen Moment«, sagte sie zu Glenn und hob mahnend einen Finger, während sie mit dem Daumen der anderen Hand das Gespräch annahm.

»Ja? … Louise, was ist los? … Was? Wer? … Oh nein, das darf doch nicht wahr sein! Okay … Er lässt ja immer was auf dem Teller zurück, dann nehmen Sie den Teller sofort mit und nehmen von allem Proben, die Sie luftdicht verpacken … Und fotografieren Sie jeden Schritt. Rufen Sie Margolis an, den Notar, vielleicht kann er ja noch schnell rüberkommen und beglaubigen, dass es sich um das Essen von seinem Teller handelt … und rufen Sie dieses Labor an, von dem wir unsere Küche überprüfen lassen … Ich komme gerade nicht auf den Namen … ja, genau … Die sollen alle Unterlagen bereithalten … dann sind wir gewappnet, Louise. Alles klar … ja, sagen Sie Bescheid, wenn noch was ist.«

Sie beendete das Gespräch und starrte auf ihr Handy. So was hatte ihr gerade noch gefehlt.

»Gibt's Probleme?«, hörte sie Glenn fragen. Sie sah verdutzt auf, da sie aus irgendeinem Grund damit gerechnet hatte, dass er längst zum Aufzug gegangen war. Skeptisch musterte sie seine Miene, die zwar Sorge erkennen ließ, hinter der aber noch etwas anderes zu lauern schien. Eine Art … Neugier, ob die Probleme, die sie offenbar am Hals hatte, vielleicht ausreichten, um sie dazu zu bringen, auf das Black Feather zu verzichten, damit alles wieder so werden konnte wie vor dem Erbe. Es war fast so, als würde er sie lieber scheitern sehen, als zugeben zu müssen, dass er mit dieser Situation nicht zurechtkam.

»Adrian Boswright hat das Black Feather heimgesucht«, antwortete sie.

»Wer ist Adrian Boswright?«

»Adrian Boswright ist der schlimmste Lebensmittelkontrolleur im Südwesten«, erklärte sie frustriert. »Der Mann hat an allem was auszusetzen, und der macht einem schneller das Lokal dicht, als man gucken kann.«

»Aber du hast doch nichts Verkehrtes gemacht, oder?«

War da gerade wieder dieser seltsame Unterton zu hören gewesen?

»Man muss nichts Verkehrtes machen, man muss den Mann nur schief ansehen, und schon ist das Black Feather zu.«

»Du kannst bestimmt belegen, dass alles in Ordnung ist«, meinte er, nicht sonderlich freundlich. »Das kann doch kein Problem sein.«

»Das *ist* aber ein Problem«, machte sie ihm klar. »Wenn der eine Liste von angeblichen Verfehlungen zusammenstellt, muss ich jeden einzelnen Punkt widerlegen, und wenn das Labor erst noch Proben nehmen und Kulturen anlegen muss, kann das Tage oder Wochen dauern, bis ich die angeblichen Mängel beseitigt habe.«

»Dann hoffe ich …«

Weiter kam er nicht, da Louise erneut anrief.

»Ja?«, meldete sich Nathalie, Augenblicke später ließ sie das Telefon wieder sinken. Wie erstarrt stand sie da, dann steckte sie ihr Gerät ein und lief los. »Ich muss gehen«, rief sie Glenn über die Schulter zu.

»Wieso? Was ist?«, wollte er wissen.

»Der Lebensmittelkontrolleur ist soeben tot von seinem Stuhl gefallen! In meinem Pub! Mit einem Teller Essen aus meiner Küche auf seinem Tisch!«

Zehntes Kapitel, in dem Nathalie auf eine erhellende Parallele stößt

Nathalie hatte etwas mehr als die Hälfte der Strecke nach Earlsraven zurückgelegt, als ihr Handy wieder klingelte. Da die Freisprecheinrichtung auf der Fahrt nach Liverpool aus unerfindlichen Gründen den Geist aufgegeben hatte, war sie jetzt gezwungen, bis zur nächsten Haltebucht weiterzufahren. Dann erst sah sie, dass es die allgemeine Nummer des Black Feather gewesen war. Sie wählte und wartete ab, dann meldete sich Harold Dean, der Barkeeper.

»Nathalie Ames hier«, sagte sie. »Haben Sie mich vor fünf Minuten angerufen?«

»Ja, Miss Ames«, antwortete er. »Louise hat mich gebeten, Ihnen Bescheid zu geben, dass alles in Ordnung ist.«

»In Ordnung ist?«, wiederholte sie verwundert. Sollte das heißen, dass Louise ihre ominösen Kontakte genutzt hatte, um Boswrights Leiche verschwinden zu lassen? War ihm etwa irgendetwas Verdorbenes serviert worden, und Louise wollte das nun vertuschen? Reiß dich zusammen, ermahnte Nathalie sich. Nur weil diese Frau mal irgendeine Art von Geheimagentin gewesen war, hieß das nicht, dass sie irgendwo ein Säurefass deponiert hatte, in dem jeder Leichnam restlos zersetzt wurde.

»Na ja, wir dachten alle, dass Boswright tot ist, aber dann hat Louise ihn schnell untersucht und festgestellt, dass er einen Herzinfarkt erlitten hatte.«

»Einen Herzinfarkt? Wie lange hat es denn gedauert, bis ein Rettungswagen da war?« Das war eigentlich der einzige Punkt, bei dem Nathalie der Stadt deutlich den Vorzug vor dem Land gab. In der Stadt wurde man mit Sicherheit in einem solchen Fall schon in den OP geschoben, während der Rettungswagen auf dem Land noch nicht mal den Patienten erreicht hatte – vom Transport zum nächsten Krankenhaus ganz zu schweigen.

»Nachdem Louise die Diagnose durchgegeben hatte, kam von der Notrufzentrale die Mitteilung, dass man einen Hubschrauber schicken würde, Miss Ames«, berichtete Harold. »Louise hat dann die Erstversorgung vorgenommen und Boswright stabilisiert, bis der Hubschrauber eintraf.«

»Louise hat den Mann verarztet?«, fragte sie erstaunt.

»So würde ich das ausdrücken, ja.«

»Okay, dann geben Sie mir mal Louise.«

»Das geht nicht, sie ist mit dem Hubschrauber mitgeflogen.«

Nathalie verdrehte die Augen. Warum hatte Louise nicht gleich noch selbst den Hubschrauber gesteuert und dabei mit der rechten Hand Boswright operiert? »Warum denn das? Da ist doch ein Arzt mitgekommen, oder nicht?«

»Doch, doch«, versicherte ihr Harold. Die Geräuschkulisse im Hintergrund ließ erkennen, dass er neben dem Telefonieren auch noch eifrig ein Bier nach dem anderen zapfte, so wie sie es von ihm gewohnt war. Das Telefon klemmte garantiert zwischen Schulter und Ohr, der Blick war auf das Tablet gerichtet, um zu sehen, wie viele Bestellungen gerade wieder eingingen, während er in der einen Hand das Glas hielt und mit der anderen den Zapfhahn bediente. »Aber die Landung des Hubschraubers war wohl für einige Autofahrer so spannend, dass es auf der Umgehungsstraße zu einer kleinen Massenkarambolage gekommen ist. Angeblich fünf Wagen, die ineinandergerast sind. Daraufhin ist der Arzt aus dem Hubschrauber hiergeblieben, um sich um die Unfallopfer zu kümmern. Louise ist an seiner Stelle mitgeflogen.«

»Okay«, sagte Nathalie schließlich. »Wissen Sie, in welches Krankenhaus Boswright gebracht wurde?«

»Ins St. Mary's On The Heights drüben in Northwoolaston«, antwortete er einen Moment später, da er anscheinend erst noch den Zettel gesucht hatte, auf dem das Krankenhaus notiert worden war. »Wissen Sie, wie Sie dahinkommen? Vom Black Feather aus …«

»Ich bin noch über eine Autostunde von Earlsraven entfernt, da brauchen Sie mir den Weg nicht zu erklären. Ich komme ja von Norden, da fahre ich sowieso eine ganz andere Strecke.«

»Gut, dann weiß ich Bescheid. Soll ich Louise für Sie anrufen und ihr sagen, dass Sie auf dem Weg sind?«

»Das kann ich auch machen, Harold, das …«

»Sie darf da kein Handy benutzen, Miss Ames, und

ob sie daran denkt, es einzuschalten, wenn sie das Gebäude verlässt, halte ich für eher zweifelhaft.«

»Dann sind Sie bitte so gut und sagen ihr Bescheid, dass ich sie abhole«, entschied sie. »Vermutlich in einer halben Stunde, vielleicht auch etwas später, auf jeden Fall bin ich auf dem Weg zu ihr.« Sie bedankte sich bei Harold und legte auf.

Nachdem sie losgefahren war, entdeckte sie nur zwei Meilen weiter ein Hinweisschild zum St. Mary's On The Heights. »Na, das geht ja leichter als gedacht«, murmelte sie und setzte den Blinker, um an der nächsten Kreuzung rechts abzubiegen.

Als sie nach fast einer Stunde endlich Northwoolaston erreichte, fiel ihr der Krankenhauskomplex sofort auf, da er das Bild der kleinen Ortschaft so sehr prägte, dass man fast meinen konnte, dass zuerst das Krankenhaus errichtet worden war und man die Häuser nach und nach zwischen Haupteingang und Parkplatz angeordnet hatte, um Geschäfte aller Art anzusiedeln, die ihre Umsätze mit den Patienten, dem Personal und den Besuchern erwirtschaften wollten. Tatsächlich jedoch hatte die Klinik ihren Ursprung in einer Arztpraxis in einem Haus am Rand von Northwoolaston und war immer wieder erweitert und modernisiert worden, bis das Krankenhaus zum alles beherrschenden Bauwerk des Dorfs geworden war.

Sie stellte ihren Wagen auf dem Parkplatz ab, dann folgte sie dem Verlauf der Hauptstraße quer durch das Dorf, das sich mit Blick auf den Baustil der kleinen, gemütlich wirkenden Häuser nicht von denen in Earlsraven unterschied. Anders war allerdings die Ausrichtung der Geschäfte. Während Earlsraven ganz auf die Bedürfnisse der Einwohner zugeschnitten war, gab es hier ein

Spielzeuggeschäft mit einem offensichtlichen Schwerpunkt auf Plüschtieren, zwei Blumenläden, einen Souvenirshop und zwei Sanitätshäuser, außerdem zwei Cafés und drei Pubs und verschiedene Imbissbuden – alles ganz gezielt auf die Besucher ausgerichtet, die auf dem Weg vom Parkplatz zu ihren Angehörigen und Freunden im Krankenhaus nicht achtlos an all den Mitbringseln vorbeigehen konnten, sondern noch ein schlechtes Gewissen bekamen, wenn sie nichts kauften. Immerhin konnte man ja nicht wissen, wie es dem Patienten ging und ob er sich nicht doch über ein kleines Plüschhäschen freuen würde.

Nathalie betrat den Empfangsbereich des Krankenhauses und kam sich vor, als würde sie in einem Flughafenterminal vor dem Abfertigungsschalter stehen, allerdings in einem Film aus den Sechzigern oder Siebzigern. Alles wirkte antiquiert, was aber im völligen Gegensatz zu dem stand, was sie über diese Klinik gelesen hatte. Erst vor ein paar Tagen hatte sie einen Artikel zum fünfunddreißigjährigen Bestehen des St. Mary's On The Heights in der Lokalzeitung studiert. Der Grundstein für dieses Krankenhaus war also Anfang der Achtziger gelegt worden, aber zu der Zeit musste diese Einrichtung schon zehn oder fünfzehn Jahre alt gewesen sein.

Die Männer und Frauen, die hinter der Empfangstheke an mehreren Computerterminals saßen und irgendwelche Daten erfassten und auswerteten, waren allesamt zu jung, um etwas über die unpassende Einrichtung zu wissen. Außerdem war Nathalie nicht hier, um etwas über die Geschichte und Architektur des Krankenhauses zu erfahren, sondern um sich nach Boswrights Zustand zu erkundigen und um Louise abzuholen, die sicher schon darauf wartete, dass ihre Fahrerin auftauchte.

»Hallo, mein Name ist May, was kann ich für Sie

tun?«, fragte eine junge Frau mit pechschwarzer Lockenmähne.

»Hallo, ich bin Nathalie Ames aus ...«, begann sie, kam aber nicht weit.

»... aus dem Black Feather in Earlsraven«, führte May ihren Satz zu Ende. »Sie wollen Miss Cartham abholen, die Mr Boswright im Helikopter begleitet hat.«

Nathalie sah die Frau erstaunt an. »Meine Kontonummer wissen Sie nicht zufällig, oder? Ich kann sie mir nämlich nie merken«, gab sie amüsiert zurück.

»Damit kann ich leider nicht dienen«, sagte May und zwinkerte ihr zu. »Bankgeheimnis, Sie wissen schon.« Sie tippte etwas ein. »Einen Moment.« Dann riss sie eine Art Kassenbon ab, der soeben ausgedruckt worden war, und legte ihn auf die Theke. »Folgen Sie einfach diesen Zahlen, die Sie in allen Gängen auf den Schildern unter der Decke finden. Die Pfeile auf den Schildern geben an, wohin Sie abbiegen müssen. Unterhalb der gestrichelten Linie sehen Sie die Wegbeschreibung, um von der Station hierher zurückzufinden.«

»Okay, danke«, erwiderte Nathalie und drehte sich um, damit sie nach der ersten Zahl auf ihrem Zettel suchen konnte. Sie entdeckte sie und folgte ihr zu einem Gang, dabei bemerkte sie einen Lageplan rechts an der Wand. Ein Blick darauf genügte, um ihre Verwirrung nur noch zu steigern. Es war deutlich zu erkennen, wo überall im Lauf der Jahrzehnte ein Gebäude erweitert oder ein Neubau errichtet worden war. Die Folge war ein zwar charmantes, aber auch ziemlich chaotisches Mosaik aus Abteilungen.

Aber nicht nur die Anordnung war etwas, das man sich als Mitarbeiter erst mal gut einprägen musste, um nicht minutenlang in Richtung Orthopädie zu laufen, wenn man die Radiologie aufsuchen sollte. Noch schlimmer waren eigentlich die Kennziffern für die verschiedenen Bauten. Ihr Weg führte durch die »82« in die »90«, von da in die »12« und dann in die »01«.

Kopfschüttelnd wandte sie sich von dem Lageplan ab und folgte stur den Schildern an der Decke. Im Vorbeigehen bemerkte sie, wie uneinheitlich die Türen waren, und das nicht nur zwischen zwei Gebäudetrakten, sondern sogar innerhalb einer Abteilung. Nach einer Weile wurde ihr klar, was das zu bedeuten hatte. Der Gründer der Klinik hatte offenbar Türen und andere Einrichtungsgegenstände da eingekauft, wo sie am günstigsten waren, ganz ohne Rücksicht darauf, ob das Ganze einen harmonischen Gesamteindruck machte oder nicht. Dem Arzt war es eindeutig wichtiger gewesen, sein Geld in die Behandlungen und die notwendigen Instrumente und Geräte zu stecken, als das Erscheinungsbild seiner Klinik zu beachten.

Letztlich konnte einem Patienten ja auch egal sein, ob alle tausend Lichtschalter identisch aussahen oder wild zusammengewürfelt waren, solange seine Leiden behandelt wurden und es ihm dann wieder besser ging. Das Ganze hatte durch dieses Durcheinander sogar etwas fast schon Behagliches an sich, eine Art Wohlfühlfaktor, der womöglich auch noch einen Beitrag zur schnelleren Genesung beisteuerte.

»Interessanter Ansatz«, sagte Nathalie zu sich selbst, während sie um die nächste Ecke bog und vor sich den Warteraum der Kardiologie entdeckte. »Ich bin tatsächlich am Ziel«, staunte sie. Durch die Scheibe konnte sie Louise sehen, die auf einem der vielen unterschiedlichen Stühle saß und eine Zeitung las. Als Nathalie den Raum betrat, sah die ältere Frau auf.

»Da sind Sie ja, Nathalie«, sagte Louise erfreut und

schüttelte gleich darauf den Kopf. »Sie hätten doch nicht herkommen müssen.«

»Wie wollten Sie denn sonst nach Earlsraven zurückkommen?«, sagte Nathalie lachend.

»Ich meine, Sie hätten nicht Hals über Kopf Liverpool verlassen müssen«, stellte ihre Köchin klar. »Boswright geht es gut, ich hätte einen Kollegen angerufen oder vielleicht hätte mich einer von den Rettungswagen ein Stück weit mitgenommen. Sie wollten die Woche bei Ihren Eltern und Glenn verbringen, und …«

»Louise, ich bin ganz froh, Sie hier abholen zu können«, unterbrach sie die andere Frau und drückte sie an sich. »Die Sache mit dem armen Boswright ist für mich genau im richtigen Moment gekommen. Glenn und ich … na ja, wir haben uns ziemlich heftig gestritten, sofern das in einem Schalterraum bei der Bank möglich ist, ohne dass sich alle nach einem umdrehen. Mittendrin hat dann das Telefon geklingelt, und ich habe mich auf den Weg gemacht. Wenn das noch fünf Minuten länger so weitergegangen wäre, hätte ich ihn vermutlich noch an Ort und Stelle in die Wüste geschickt.«

»So schlimm?«

»Jede einzelne Sache an sich vielleicht nicht, aber in der Summe …« Nathalie schüttelte ratlos den Kopf. »Ich habe keine Ahnung, wie das weitergehen soll.«

»Erzählen Sie mir auf der Rückfahrt, was los war«, schlug Louise ihr vor. »Sie wissen, ich habe immer ein offenes Ohr für Sie. Und wenn Sie danach meine Meinung hören wollen, sagen Sie's einfach.«

»Danke, Louise, ich weiß das wirklich zu schätzen.« Sie sah sich im leeren Warteraum um, der sich auf das Nötigste beschränkte. Stühle, ein paar niedrige Tische, ein Stapel Zeitschriften, ein paar Kinderbücher, eine Kiste mit Bauklötzen für die Kleinen. Kein Schnickschnack, keine nach psychologischen Gesichtspunkten gewählte Wandfarbe, keine Deckenleuchten, die für warmes, wohliges Licht sorgten, sondern kalte Neonröhren, die das Weiß der Wände noch etwas greller erschienen ließen. Aber warum auch nicht? Saß hier wirklich jemand, der sich in diesem Raum wohlfühlen wollte?

»Wie geht es Boswright?«, fragte sie.

»Der hat seine OP gut überstanden. Der Arzt sagte, dass es ein wirklich schwerer Herzinfarkt war, der ihn fast das Leben gekostet hätte.« Während sie redete, dirigierte sie Nathalie aus dem Warteraum und zurück in die Richtung, aus der sie gekommen war.

»Wenn Sie nicht so beherzt eingegriffen hätten«, fügte Nathalie hinzu und sah sie forschend von der Seite an.

»Ich habe nur getan, was ich konnte«, antwortete Louise mit Unschuldsmiene.

»Und das scheint weit über das hinauszugehen, was normale Menschen können, die kein Medizinstudium absolviert haben.«

Sie zuckte mit den Schultern. »Ich habe nie Medizin studiert.«

»Und trotzdem hat der Arzt Sie mitfliegen lassen, anstatt sich selbst um Boswright zu kümmern.«

»Er musste sich um die verletzten Gaffer kümmern«, hielt Louise dagegen und errötete leicht.

Nathalie nickte. »Das habe ich gehört. Aber welcher Arzt lässt eine Zivilperson auf einen Herzinfarktpatienten aufpassen?! Das müsste doch zumindest ein Rettungssanitäter übernehmen. Zumindest sehe ich das als Laie so.«

Sie bogen um die nächste Ecke. »Was ein Rettungssanitäter darf, darf ich auch. Das hat zu meiner … Ausbildung gehört. In meinem früheren Job konnte man nicht mal eben einen Rettungswagen und einen Notarzt anfordern, wenn ein Kollege verletzt worden war.«

»Klingt einleuchtend.«

»Und deshalb darf ich das tun, was ein normaler Rettungssanitäter tun darf, aber auch noch etwas mehr«, sagte Louise.

»Wie viel mehr?«

»Immer das, was notwendig ist«, kam die vage Antwort.

»Könnten Sie das etwas konkreter formulieren?«, hakte Nathalie nach. »Das klingt interessant, aber ich weiß nicht, bis wohin Ihre Fähigkeiten reichen.«

Louise zeigte nach links. »Da müssen wir lang, sonst landen wir auf der Säuglingsstation.«

»Sie müssen schon oft hier gewesen sein, wenn Sie sich so gut auskennen.«

»Drei- oder viermal höchstens, und das auf bestimmt zehn Jahre verteilt.«

»Und dann sind Sie hier ganz ohne diesen Laufzettel unterwegs?«, wunderte sich Nathalie.

»Wieso? Vorn hängt doch der Lageplan.«

»Der mich nur noch mehr verwirrt hat«, gab Nathalie zu. »Aber ich darf wohl annehmen, dass Sie in Ihrem früheren … Job darauf trainiert waren, einen Blick auf so einen Plan zu werfen und alles im Gedächtnis abzuspeichern. Richtig?«

»Auf jeden Fall ist es hilfreich, wenn man dazu in der Lage ist«, entgegnete Louise.

»Wenn Sie schon so gut darin sind, können Sie mir dann auch erklären, wie die Nummerierung der Abteilungen zustande kommt? Ich kann da kein Prinzip erkennen.«

»Das sind Jahreszahlen«, sagte die ältere Dame wie selbstverständlich. »Das Jahr, in dem der Anbau errichtet wurde, ergibt die Nummer des Gebäudes. '83' steht für 1983, '97' für 1997 und so weiter.«

Nathalie seufzte leise. »Oh. Jetzt komme ich mir etwas dumm vor.«

»Müssen Sie nicht. Das habe ich auch erst herausgefunden, als 2014 der neueste Anbau eröffnet und laut Zeitung ›traditionsgemäß auf Haus 14‹ getauft wurde.«

Sie verließen die Klinik, und Louise ging zielstrebig in Richtung Parkplatz.

»Moment mal, Louise«, sagte Nathalie hastig und hielt die andere Frau zurück. »Wohin wollen Sie?«

»Zum Auto. Sie sind doch mit Ihrem Wagen hier, oder nicht?«

»Ja, aber was ist mit Boswright?«

»Der schläft noch ein paar Stunden. Wir können ihn morgen besuchen gehen, wenn Sie mitkommen wollen«, schlug sie vor.

»Ja, das würde ich gern. Im Black Feather fällt zum Glück nicht jeden Tag jemand mit einem Herzinfarkt vom Stuhl, aber wenn das passiert, dann will ich mich doch wenigstens nach dem Befinden meines Gastes erkundigen.« Sie hatten fast den Parkplatz erreicht, da stutzte Nathalie. »Sagen Sie, Louise, Sie haben meine ursprüngliche Frage noch nicht beantwortet.«

»Ich weiß.«

Unwillkürlich musste Nathalie grinsen. »Haben Sie etwa gedacht, ich würde das vergessen?«

Louise reagierte mit Unschuldsmiene. »Wie kommen Sie denn auf den Gedanken, Nathalie? Nein, aber zurück zu Ihrer Frage.« Sie folgte der Richtung, in die Nathalie zeigte. »Ich kann alles machen, was notwendig ist und was unter den gegebenen Umständen und mit den vorhandenen Mitteln möglich ist. Notfalls kann ich ein Bein amputieren. Oder einen entzündeten Blinddarm entfernen. Wenn die Mittel dafür vorhanden sind.«

»Das können Sie?«

Louise nickte ernst. »Jetzt staunen Sie, was? Alle Leute denken, dass Agenten die Lizenz zum Töten haben, aber wir können viel mehr. Wir müssen viel mehr können. Der Feind schießt nämlich nicht so katastrophal daneben, wie das in Filmen immer gezeigt wird.«

»Dass das ziemlich unrealistisch ist, habe ich mir auch schon gedacht«, sagte Nathalie und entriegelte den Wagen, damit sie einsteigen konnten.

»Übrigens genauso unrealistisch wie ein Schütze, der mit einer simplen Pistole einem dreihundert Meter entfernten Kontrahenten die Zigarette aus dem Mund schießen kann«, fügte Louise hinzu und stieg ein.

Als sie gegen halb neun das Black Feather erreichten, hatte leichter Regen eingesetzt. Schwarze Unwetterwolken hatten sich über Earlsraven und die Umgebung gelegt und sorgten dafür, dass es an diesem Juni-Montag kurz vor Ende des Monats so dunkel war, dass Nathalie unterwegs die Scheinwerfer hatte einschalten müssen. Während sie auf das alte, ausladende Gebäude zufuhren, das ihr Café, den Pub und die Pension beherbergte, wurde Nathalie auf einmal bewusst, dass sie immer nur im Frühling und im Sommer bei ihrer Tante Henrietta zu Besuch gewesen war, aber nie den Herbst oder den Winter in Earlsraven miterlebt hatte. Zu Weihnachten war ihre Tante meistens zu ihnen gekommen, sofern ihr das Wetter keinen Strich durch die Rechnung gemacht hatte.

Nathalie stellte sich den Herbst besonders malerisch vor, wenn noch das rot und braun verfärbte Laub an den Bäumen hing. Der Winter … tja, der Winter würde auf seine Weise auch idyllisch sein. Auf der anderen Seite könnte es dann aber auch eine sehr ruhige, vielleicht sogar trostlose Zeit werden. Glücklicherweise lag ihr Pub genau an einer wichtigen Verkehrsachse zwischen London und dem Südwesten Englands. Dank dieser Schnellstraße war damit zu rechnen, dass auch im Winter genügend Gäste im Black Feather Rast machen würden. Und bei verschneiten Straßen würden sich bestimmt auch noch ein paar Autofahrer für eine Übernachtung entscheiden, anstatt in Schnee und Dunkelheit weiterzufahren.

»Ich muss noch die Katzen füttern«, sagte Louise, als Nathalie ihren Wagen angehalten hatte, und stieg aus.

»Ich komme mit«, rief sie der Köchin nach und schloss den Wagen ab. »Vielleicht habe ich ja Glück und sehe jetzt mal etwas mehr von der Bande als sonst.«

»Könnte gut sein. Die Fütterung ist fast drei Stunden überfällig, und da offenbar alle Katzen über eine eingebaute Atomuhr verfügen, werden sie seit kurz nach sechs da draußen rumlungern und darauf warten, dass es endlich was zu essen gibt.«

Da das Café geschlossen war und die Alarmanlage längst eingeschaltet sein musste, gingen die beiden um das Haus herum und nahmen den Eingang zum Pub, um von dort in die Küche zu gelangen, wo Louise das beiseitelegte, was an Essensresten übrig und für die Katzen auch verträglich war.

Der Pub war gut besucht, Stammgast Eddie Hogarth saß auf »seinem« Hocker am einen Ende der Theke.

»Hallo, Ladys«, begrüßte er die beiden.

»Hallo, Eddie, was macht das Leben?«, erwiderte Louise im Vorbeigehen.

»Ach, es lebt so«, meinte er beiläufig. »Wo ist eigentlich Ian O'Shelley?«

Verdutzt blieben sie und Nathalie stehen.

»O'Shelley? Wieso fragen Sie?«, entgegnete Nathalie und bemühte sich, in ihrer Stimme keinen Argwohn mitschwingen zu lassen.

»Weil eine junge Frau nach ihm gefragt hat«, antwortete er. »Sie hat heute Nachmittag ein paar Mal versucht, einen von Ihnen beiden hier anzutreffen, weil sie O'Shelley sucht.«

»Junge Frau?«

»Na, die, die hier diesen Auftritt hatte. Neulich, Sie wissen schon. Als mein Hocker belegt war.«

Nathalie lächelte. »Der war nur belegt, weil Sie keinen Eintritt zahlen wollten.«

»Ich wollte keinen Eintritt zahlen, weil ich doch nicht auch noch dafür bezahle, dass ich mich hinsetzen darf.«

Louise schüttelte den Kopf. »An dem Abend hat jeder für seinen Sitzplatz bezahlen müssen, und die Leute waren auch nicht hier, um etwas zu essen oder zu trinken, sondern um sich das Stück anzusehen. Dafür haben sie bezahlt.«

Eddie brummte etwas Unverständliches vor sich hin und fuhr sich mit einer Hand durch die langen grauen Haare. Bei genauem Hinsehen konnte Nathalie feststellen, dass sein Kopf mit winzigen Farbpunkten übersät war. Anscheinend hatte er mal wieder ein Farbenspektakel auf der Leinwand produziert und war selbst nicht davon verschont geblieben.

»Also hat Christine Langley nach ihm gefragt?«, kehrte sie zum eigentlichen Thema zurück.

»Richtig, und weil sie wieder gehen musste, habe ich ihr vorgeschlagen, dass ich an ihrer Stelle nachfrage und ihr Bescheid gebe, falls ich etwas erfahre.«

»Ah«, machte Louise, dann zuckte sie mit den Schultern. »Also, wir haben ihn auch schon seit ein paar Tagen nicht mehr gesehen. Aber das ist nicht weiter ungewöhnlich. O'Shelley verlässt so gut wie nie sein Cottage, wenn er herkommt, um zu schreiben. Oder besser gesagt, er verlässt so gut wie nie sein Cottage, um ins Black Feather zu gehen. Und bei unserer Konkurrenz am Marktplatz taucht er auch praktisch nie auf. Man vergeudet seine Zeit, wenn man hier sitzt und darauf wartet, dass O'Shelley hereinkommt und ein Ale bestellt oder sogar etwas isst.«

»Der Mann kann doch nicht nur schreiben, der muss ja zwischendurch auch mal essen«, wandte Eddie ein.

»Bestimmt hat er in seinem Cottage einen vollgepackten Kühlschrank stehen«, sagte Nathalie, auch wenn ihr das genaue Gegenteil bekannt war. »Oder er lässt sich von irgendwo etwas zu essen liefern.«

Eddie nickte nachdenklich und verzog den Mund. »Ja, kann natürlich sein. Wenn die junge Schauspielerin noch mal herkommt und fragt, und ich bin ihr vorher nicht schon begegnet, richten Sie ihr doch bitte aus, dass ich Sie nach O'Shelley gefragt habe. Sie soll nicht denken, dass das von mir nur so dahingesagt war.«

»Das werden wir machen«, versicherte Nathalie ihm und stieß Louise leicht an, damit die weiterging.

Als sie den Korridor betraten, der zwischen Pub und Café verlief, sagte sie amüsiert zu Louise: »Wenn er sich bei Christine irgendwelche Chancen ausrechnen will, sollte er sich zumindest mal ihren Namen merken.«

»Das habe ich auch gerade eben gedacht«, stimmte die ihr zu, bog an der nächsten Tür in die Küche ein, ging nach links und blieb so abrupt stehen, dass Nathalie gegen sie stieß.

»Was ist los?«, fragte sie verwundert.

»Wo ist das Katzenf…?«, begann Louise, aber Pete Selway kam ihr zuvor.

»Das Cats-Ensemble habe ich bereits gefüttert«, sagte

der Kellner, der auch in der Küche aushalf, wenn Not am Mann war. »Die haben da draußen einen solchen Lärm veranstaltet, dass ich das einfach nicht länger aushalten konnte.«

»Pete, du bist ein Schatz!«, gab Louise strahlend zurück und drehte sich um, dann schob sie Nathalie vor sich her aus der Küche.

»Dann können Sie ja jetzt Feierabend machen«, sagte Nathalie, als sie abermals im Flur standen.

»Wir können auch noch bei einem Glas Wein über den Stand der Dinge in Sachen Ian O'Shelley reden«, schlug die Köchin vor. »Falls Sie nach dem heutigen Tag noch Lust dazu haben.«

»Sie meinen … wegen Glenn?«, fragte sie. Auf der Fahrt vom Krankenhaus hierher hatte sie ihrer Verärgerung über Glenns Verhalten während ihres Kurztrips nach Liverpool – *nach Hause,* ermahnte sie sich im Geiste – Luft gemacht und Louise die ganze Geschichte erzählt. Die hatte sich alles in Ruhe angehört, sich alles gründlich durch den Kopf gehen lassen und auf Nathalies Frage hin, was sie davon halte, erklärt, dass Nathalie *die* Antwort ganz sicher nicht würde hören wollen.

Es war klar, wie ihr Ratschlag lauten würde, und das konnte sie Louise nicht mal verdenken. Es war schon ärgerlich genug gewesen, dass Glenn nicht so oft hergekommen war, wie sie verabredet hatten. Aber dass er sie in Liverpool hatte sitzen lassen, obwohl dreieinhalb Tage London für sie beide zweifellos gut gewesen wären, weil man die Dinge aus einer anderen Perspektive hätte betrachten können, das war einfach einer von diesen sprichwörtlichen Tropfen, die dafür sorgten, dass das Fass jeden Moment überlaufen konnte.

Und dann noch dieser seltsame Unterton bei seinen Kommentaren und Fragen, wenn es um das Black Feather und ihre Zukunft hier ging. Es klang immer wieder so – auch wenn sie sich die Situation später noch einmal durch den Kopf gehen ließ –, als müsse er die Freude unterdrücken, die ihn überkam, sobald er hörte, dass sie mit einem Problem konfrontiert wurde, das gravierende Folgen nach sich ziehen könnte. Er würde sich vermutlich auch freuen, wenn sie schon einen Rückschlag erlitten hätte, der ihre Absicht ins Wanken brachte, das Black Feather, wie per Testament festgelegt, erst einmal ein Jahr lang zu führen, um erst dann zu entscheiden, ob sie weitermachen oder verpachten wollte – oder sogar beschloss, das Haus und das Grundstück an eine Hotel- oder Restaurantkette zu verkaufen.

Das Merkwürdige daran war nur, dass Glenn mit seiner Taktik – die er so subtil betrieb, dass er alles abstreiten und behaupten konnte, sie würde sich das nur einbilden – bei ihr genau das Gegenteil bewirkte. Anstatt sie zu verunsichern, bestärkte er sie nur darin, ihm und jedem anderen Zweifler den Beweis zu liefern, dass sie das hier konnte. Und dass sie es auch wollte.

Nathalie winkte ab. »Ich bin sogar froh, wenn ich mir über etwas anderes Gedanken machen kann.«

Louise nickte zustimmend. »Dann bin ich dabei.«

Als Nathalie sich vor der Tür zu ihrem Büro befand, aber nicht aufschloss, sondern zur letzten Tür am Ende des Flurs weiterging, stutzte die Köchin. »Was gibt das?«

»Sie haben Feierabend, ich ebenfalls, also setzen wir uns nicht ins Büro«, erklärte sie und lächelte sie über die Schulter hinweg an, dann schloss sie die Tür zur Wohnung auf, in der ihre Tante gelebt hatte.

Louise nickte angetan und folgte ihr. »Wow, das ist fast wie eine Zeitreise«, murmelte sie. »Sie haben tatsächlich noch nichts verändert.«

»Abgesehen davon, dass mir auch die Zeit dafür

fehlt, kann ich mich einfach nicht dazu durchringen. Ich weiß nicht, aber ich glaube, dass ich es noch immer nicht so richtig fassen kann, dass meine Tante tot ist. Wenn ich hier etwas verändere, denke ich, sie könnte ins Zimmer gestürmt kommen und sich beschweren, dass jemand ein Bild aufgehängt hatte, das da nicht hingehört.« Sie legte die Laptoptasche auf den Couchtisch und holte den Rechner heraus, um ihn zu starten. »Das hier ist alles so fest in meiner Erinnerung verankert, dass ich glaube, mir selbst würde etwas fehlen, wenn ich ein Teil wegnähme.«

»Ach, ich schätze, das wird sich mit der Zeit legen«, meinte Louise und ging zur Küche. »Rot oder weiß?«

Nathalie stutzte kurz. »Ähm … Sie haben freie Wahl. Ich mag beides«, sagte sie und setzte sich auf die Couch, dann öffnete sie das Mailprogramm und sichtete die Mails, die seit dem Nachmittag eingegangen waren.

»Bitte sehr«, sagte Louise kurze Zeit später und stellte ihr ein Glas hin.

Nathalie sah nach rechts. »Das ist … bernsteinfarben«, stellte sie nach einem Blick auf das niedrige, breite Glas fest.

»Das ist ja auch bester schottischer Whiskey«, erklärte die ältere Frau und setzte sich in den Sessel links von Nathalie.

Die nippte vorsichtig daran, dann riss sie die Augen auf. »Himmel, der ist ja göttlich«, hauchte sie.

»Ich weiß, darum habe ich uns den ja auch eingeschenkt.« Louise grinste sie zufrieden an. »Schön, dass ich Ihren Geschmack getroffen habe.« Dann wurde sie ernst. »Kommen wir zum Thema.«

»Die letzten Worte des Ian O'Shelley«, murmelte Nathalie und stutzte kurz. »Das könnte glatt der Titel für einen Krimi sein.« Sie zuckte flüchtig mit den Schultern.

»Wir wissen eigentlich verdammt wenig, wenn ich es mir so überlege.«

»Hm, würde ich so nicht sagen.« Louise trank ebenfalls einen Schluck Whiskey und schloss für einen Moment die Augen. »Wir wissen, dass er zumindest seine dritte Ehefrau betrogen hat. Wenn ich bedenke, dass er, ohne auch nur ein einziges Foto gesehen zu haben, in die Scheidung eingewilligt hat, dann ist das für mich ein Schuldeingeständnis, das weit über das hinausgeht, was diese … diese Stella vermutet hat …«

»Stella Lowman«, warf Nathalie ein.

»Ja, genau die. Wenn er nicht wenigstens ein Widerwort von sich gegeben hat, dann war der Mann meiner Meinung nach froh darüber, nur in diesem einen Fall erwischt worden zu sein, nicht aber in drei Dutzend weiteren Fällen. Die wären womöglich ans Licht gekommen, wenn er sich geweigert hätte, sich von Stella scheiden zu lassen. Sie hätte sich einen Anwalt genommen, und der hätte allein aus finanziellem Eigeninteresse angefangen, nachzuforschen. Wer weiß, auf welche Frauen er noch gestoßen wäre? So ist unser guter Autor mit der Summe, die er Stella zahlen musste, noch glimpflich davongekommen. Wäre alles ans Licht gekommen, hätte ihn das möglicherweise ruiniert. Und es hätte seinem Ruf massiv schaden können. Womöglich hätten sich viele Leser sogar von ihm abgewendet, weil ihnen das doch zu viel des Guten gewesen wäre. Eine Affäre hätten sie ihm vielleicht noch verziehen, aber mehrere Geliebte?«

Nathalie schaute nachdenklich in ihr Whiskeyglas.

»Wir wissen auch, dass der Mörder entweder im Auftrag oder aus eigenem Antrieb diese Abschiedszeilen geschrieben hat, um den Anschein eines Selbstmords zu erwecken«, fuhr Louise fort. »Wir wissen, dass O'Shelley, zumindest in den letzten Wochen bis zu seinem Tod, nicht ein einziges Mal in seinem Cottage übernachtet hat, weil sein Bettzeug unangetastet auf dem Feldbett gelegen hat.«

»Richtig«, stimmte Nathalie ihr zu, hielt dann jedoch dagegen: »Wir wissen *nur* nicht, wer diese Geliebte ist, ob und wer auf welche Weise von der Affäre Wind bekommen hat und wer letztlich derjenige ist, der O'Shelley erschossen hat. Wenn ich gegeneinander abwäge, was wir wissen und was nicht, dann wissen wir vielleicht zehn Prozent, tappen aber noch zu neunzig Prozent im Dunkeln.«

»Na ja, wir wissen, dass seine Geliebte auch diese Trilogie besitzt.«

»So wie mindestens noch zwei Millionen Menschen in diesem Land«, konterte Nathalie.

»Aber vielleicht …« Louise zögerte.

»Ja?«

»Na ja, ich habe gerade überlegt, dass O'Shelley sich mit seiner Geliebten doch mithilfe dieser … na ja … ›Codes‹ ausgetauscht hat, die sich auf die Sexszenen in seinen Büchern beziehen.«

Nathalie nickte, hatte aber noch keine Ahnung, worauf ihre Köchin hinauswollte.

»Das heißt, er und seine Freundin haben sich von seinen Geschichten zu dem inspirieren lassen, was sie im wahren Leben gemacht haben …«

»Mhm«, machte Nathalie, zog dabei aber grübelnd die Augenbrauen zusammen.

Nach einer längeren Pause fügte Louise hinzu: »Und es heißt doch immer, die besten Geschichten schreibt das Leben.«

»Louise, ich kann Ihnen zwar folgen, aber ich weiß wirklich nicht, wo das enden soll.« Sie griff nach dem Whiskeyglas und nippte wieder daran. Sie wusste, sie durfte so Hochprozentiges nur ganz gemächlich trinken, sonst stieg ihr der Alkohol innerhalb von Minuten zu Kopf, und das konnte sie in diesem Augenblick wirklich nicht gebrauchen.

»Was ich damit sagen will, ist: Könnte es nicht sein, dass O'Shelley in einem seiner Bücher oder vielleicht auch in mehreren Büchern diese Affären in Geschichten eingebaut hat? Und zwar in einer Form, die uns einen Hinweis auf die Geliebte geben könnte?« Sie sah Nathalie abwartend an.

»Sie meinen, er lässt seinen Protagonisten das machen, was er selbst macht?«

»Ja, und er lässt ihn auch erklären, wie er es anstellt, unentdeckt zu bleiben.« Louise fuhr sich durch ihre extrem kurzen Haare. »Wir beide wissen, dass er besagte Zeiten hier in Earlsraven verbracht hat. Wir würden erkennen, wenn er eine Bedienung aus dem Café beschriebe, mit der er seine Affäre hatte. Vielleicht nicht an der Beschreibung des Äußeren, das wäre ja das, was er, so wie die Namen, zuerst einmal hätte verändern müssen …«

»… jedenfalls in einem Maß, sodass nicht jeder sofort ruft: ›Ah, das spielt in Earlsraven, und das ist die blonde Betty!‹«

»Genau. Sondern so, dass sich alles an einem fiktiven Ort abspielt, dass aber das Geschehen und die Beteiligten der Realität entsprechen«, bestätigte Louise.

Nathalie rieb sich übers Kinn. »Ich muss zugeben, dass ich nicht mit allen Büchern vertraut bin, die O'Shelley geschrieben hat. Vor allem in den letzten Jahren bin ich gar nicht mehr auf dem Laufenden gewesen. Von den Büchern, die ich kenne, ist mir bei keinem im Gedächtnis haften geblieben, dass eine Affäre eine Rolle spielte.«

»Dann müssen wir uns wohl seine jüngeren Werke kommen lassen und querlesen«, meinte Louise.

»Können Sie das?«, fragte Nathalie, winkte aber im gleichen Moment ab und verdrehte die Augen. »Warum frage ich Sie so was überhaupt noch? Können Sie, so wie MacGyver, auch mit einem Schweizer Offiziersmesser und einem Kaugummi eine Atombombe entschärfen?«

»Wer braucht denn dafür ein Offiziersmesser?«, kam die prompte Erwiderung, begleitet von einem spitzbübischen Lächeln.

»Tja, und wer braucht schon jemanden, der das Querlesen beherrscht?«, gab Nathalie auf die gleiche Weise zurück.

»Jemand, der es nicht beherrscht.«

»Und der sich nicht anders zu helfen weiß.« Sie zwinkerte Louise gespielt zerknirscht zu. »Das tue ich aber.«

Die Köchin sah sie fragend an, während Nathalie etwas auf ihrem Laptop eintippte. »Was gibt das?«

»Augenblick … da haben wir es schon«, murmelte sie. »Nur schnell registrieren … Passwort dazu … Passwort bestätigen … senden … Mail bestätigen … anmelden … fertig.« Sie nickte zufrieden und tippte weiter, während sie erklärte: »Das ist ein Diskussionsforum auf einer Fanseite, die sich nur mit Ian O'Shelley beschäftigt. Da diskutieren die Leute über alles Mögliche, auch wenn es noch so unwichtig ist … hier zum Beispiel: ›Wie gefällt euch, dass der Titel von *Ein letzter Tod* in Rot gedruckt ist?‹ 170-mal wurde das aufgerufen, vierundachtzig Beiträge wurden dazu geschrieben.«

»Mein Gott, das habe ich ja noch nie gehört«, flüsterte Louise ehrlich beeindruckt. »Das ist alles echt?«

»Das Meiste auf jeden Fall. Ich schätze, so wie überall in diesen Foren werden hier auch ein paar Unruhestifter dabei sein, die sich einen Spaß daraus machen, dumme Kommentare abzugeben.«

»Ja, ja, das kenne ich von anderen Foren«, sagte die Köchin. »Aber das sind keine Fan-Foren, sondern ... na, halt speziellere Foren.«

Nathalie nickte. »Ich kann mir schon vorstellen, was Sie meinen, Louise. So, ich habe eben ein neues Thema aufgemacht und angefragt, ob es einen Roman gibt mit dem Inhalt, über den wir eben gesprochen haben. Jetzt müssen wir nur noch warten, während bei ... 12703 anderen Mitgliedern ein Fenster aufgeht, auf das neue Thema hingewiesen wird und sich die Fan-Welt in Bewegung setzt.«

»Wie lange dauert das erfahrungsgemäß auf solchen ...«, begann Louise, kam mit ihrer Frage aber nicht weit.

Helles Piepsen kündigte an, dass die ersten Antworten soeben eingingen.

»Wow, siebzehn Reaktionen nach nicht mal zehn Sekunden«, sagte Nathalie und nickte zufrieden, dann fing sie an, halblaut die Antworten vorzulesen. Jedes Mal schüttelte sie den Kopf, entweder weil sie den Roman kannte und wusste, dass es darin um etwas ganz anderes ging, oder weil die mitgelieferten Bemerkungen zum Inhalt zeigten, dass das Thema Affäre auf eine ganz andere Art behandelt wurde.

Noch während sie las und vorlas, gingen weitere Antworten ein. Auf einmal stutzte Nathalie. »Nanu?«

»Nanu was?«, hakte Louise sofort nach.

»Einen Roman von der Art, wie wir ihn suchen, gibt es scheinbar noch gar nicht, aber ... O'Shelley arbeitet wohl, laut der Aussage dieses Fans, an einem Roman über einen Mann, der eine Affäre mit einer verheirateten

Frau hat und der den bestmöglichen Weg gefunden hat, diese Affäre geheim zu halten.«

»Das klingt nach O'Shelley in Earlsraven«, warf die Köchin ein.

»Das klingt sogar sehr danach«, fand auch Nathalie. »Ich frage mal nach, wie das Buch heißen soll. Vielleicht haben wir ja den Beweis auf der Festplatte.«

Wieder vergingen nur Sekunden, in der gleichen Zeit meldeten sich immer mehr Mitglieder der Website, die ebenfalls auf den geplanten Roman verwiesen.

»*Hinter den Kulissen* lautet angeblich der Arbeitstitel«, las Nathalie vor und bedankte sich. Dann durchsuchte sie die Dateien auf dem Laptop, die sie von O'Shelleys Computer kopiert hatten. »Hier unter ›Projekte‹ befindet sich ein Unterordner, der nur ›Kulissen‹ heißt«, berichtete Nathalie und klickte die Datei an. Das Programm startete und zeigte den erfassten Text an.

Nathalie wanderte im Text nach unten, suchte nach etwas Bestimmtem und wurde nach wenigen Seiten fündig. »Louise, Sie sind ein Genie.«

»Was habe ich denn jetzt gemacht?«, fragte die andere erschrocken.

»Sie haben uns auf die richtige Fährte gebracht. Hören Sie doch nur: *Als er ihre Nachricht las, die nur aus wenigen Worten bestand, wusste er genau, was diese Nacht mit ihr bringen würde: ›Lass uns Band 3, Seite 112 machen.‹*«

»Das nenne ich einen Volltreffer«, rief Louise begeistert und klatschte in die Hände, dann stand sie auf. »Passen Sie auf, Nathalie, ich fahre jetzt nach Hause und lese da in Ruhe auf meinem Laptop.« Sie sah auf die Uhr. »Halb zehn … ja, das ist okay. Wir lesen jeder für sich, und morgen früh vergleichen wir unser Urteil und überlegen, wie wir weiter vorgehen können. Einverstanden?«

»Einverstanden«, erwiderte Nathalie. Sie hatte noch

nicht ganz ausgesprochen, da hörte sie, wie die Tür zu ihrer Wohnung ins Schloss fiel. Als sie den Kopf hob, sah sie, dass Louise bereits gegangen war.

Sie lehnte sich zurück, nahm den Laptop und stellte ihn auf ihre Oberschenkel. Sie brauchte nicht mal bis zum Ende des zweiten Kapitels zu lesen, da war ihr klar, wer O'Shelleys Geliebte war … und wer den Schriftsteller umgebracht haben musste, stand eigentlich auch fest, allerdings mit dem kleinen, aber entscheidenden Haken, dass er dazu nicht in der Lage gewesen sein konnte.

Nathalie las weiter, da sie hoffte, auch noch einen Hinweis zu finden, der die Täterschaft klärte. Insgesamt musste sie sagen, dass dieser Roman alles andere als eine Meisterleistung von Ian O'Shelley war. Eigentlich wiederholte sich das Geschehen im Abstand von ein paar Kapiteln, wenn er wieder ein paar Wochen bei seiner Geliebten verbrachte. Eine Weiterentwicklung war nicht festzustellen, eher eine Art Ermüdung.

Je länger dieser Zustand anhielt, umso oberflächlicher las sie den Text, bis ihr auf einmal ein Licht aufging. Die Ermüdung, diese immer gleiche Routine, war genau das, was O'Shelley vermitteln wollte. Es musste ihm darum gegangen sein, zu zeigen, wie eine anfangs prickelnde Affäre mit der Zeit zu einem immer monotoner werdenden Ablauf von immer gleichen Elementen wurde, die noch so oft unterschiedlich kombiniert werden konnten, ohne dass es etwas half. Als sie auf den letzten Seiten ankam, ahnte sie, wie die Geschichte ausgehen würde, und es brachte sie auch auf eine Idee, wer der Mörder sein konnte.

Es war kurz nach drei am Morgen, als eine SMS einging, gerade als Nathalie den Laptop ausschaltete. Sie öffnete die Nachricht und las: *Ich weiß, wer O'Shelleys Geliebte war.*

Damit war klar, dass Louise noch wach war. Nathalie wählte ihre Nummer.

»Das weiß ich bereits seit Seite 31«, sagte sie siegessicher, als das Gespräch angenommen wurde.

»Dachte ich mir schon«, erwiderte Louise. »Ich rufe gleich um sieben Uhr Strutner an und bespreche mit ihm unsere Vorgehensweise.«

Elftes Kapitel, in dem Nathalie, Louise und Constable Strutner eine Falle vorbereiten

Am nächsten Morgen standen Nathalie und Louise an der Zufahrt zum Haus von O'Shelleys Geliebter und lehnten sich gegen Louises weißen Passat Kombi, der so sehr nach Allerweltsauto aussah, wie es nur ging. Nathalie vermutete, dass ein solcher Wagen noch eine Angewohnheit aus ihrer Zeit bei jenem namenlosen Geheimdienst war, einer Zeit, als es wichtig gewesen sein musste, in der Menge untertauchen zu können und nicht aufzufallen. Ein weißer Kombi war da genau das Richtige, so wie auch Louises unscheinbare Kleidung. Lediglich die extreme Kurzhaarfrisur war etwas, womit sie sich von der Menge abhob, aber das mochte auch Absicht sein, um zu zeigen, dass sie eben nicht mehr ganz und gar die graue Maus war, die einem nicht mal auf den dritten oder vierten Blick ins Auge fallen wollte.

In der Nacht hatte es noch stark geregnet, aber mit Tagesanbruch hatte der Regen aufgehört. Aber das schien nur von vorübergehender Dauer zu sein, denn die düsteren Wolken, die sich über Earlsraven und der gesamten Umgebung festgesetzt hatten, verhießen nichts Gutes. Es war vermutlich nur eine Frage der Zeit, bis der nächste Schauer runterkam.

Fasziniert lauschte Nathalie dem Gesang der Vögel, die sich irgendwo in den Bäumen, in der hohen Hecke oder auf dem Grundstück dahinter tummeln mussten. Als sie für die wenigen Tage in Liverpool gewesen war, hatte ihr etwas gefehlt, aber sie war beim besten Willen nicht darauf gekommen, was es war. Der Lärm der Stadt hatte sie nervös gemacht, die Hektik der Menschen hatte ihren Teil dazu beigetragen, und zu alledem hatte sie etwas Bestimmtes vermisst. Beim ersten Ton einer Amsel, die sie bei ihrer Rückkehr hier in Earlsraven mit ihrem Gesang begrüßt hatte, war ihr dann sofort klar geworden, dass es genau diese schöne Geräuschkulisse war, die sie brauchte und lieben gelernt hatte.

»Ich habe übrigens noch eine E-Mail an seinen Verleger gefunden, in der es um den Abgabetermin für genau dieses Manuskript geht«, berichtete Nathalie. »O'Shelley schreibt ihm, dass er in den nächsten drei bis vier Wochen noch eine Sache vor Ort recherchieren müsse. Ich vermute, dass das den Schluss betrifft mit ihrer Reaktion darauf, wenn er ihr sagt, dass es ihn langweilt und dass es vorbei ist. Oder besser gesagt, dass *sie* ihn langweilt. Ich nehme an, er wollte das möglichst authentisch ins Buch übernehmen.«

»Nur hat er es nicht mehr erleben können«, sagte Louise. »Die Frage ist, ob sie von seinen Plänen bereits wusste und ob sie es war, die ihn ermordet hat.«

»Das war auch mein Gedanke«, stimmte Nathalie ihr

zu. »Es würde erklären, warum O'Shelley sich allem Anschein nach nicht zur Wehr gesetzt hat, als ihm die Pistole an die Schläfe gedrückt wurde. Vermutlich hat er es für eine leere Drohung gehalten und seine Geliebte auch noch verhöhnt, dass sie so etwas niemals fertigbringen würde. Und dann ... peng.«

»Mal sehen, wie sie reagiert«, erwiderte Louise und zeigte nach links. »Schauen Sie, da kommt Strutner.«

Der Constable kam in seinem Privatwagen vorgefahren, einem älteren kleinen Peugeot mit verblasster roter Lackierung und mit einer Vielzahl an Beulen und Dellen in jeder Tür und jedem Kotflügel. Die vordere Stoßstange war an einer Seite mit silbernem Klebeband umwickelt, ein Scheinwerfer wurde von transparentem Klebeband zusammengehalten. Beim Anblick dieses Gefährts konnte Nathalie nicht anders, als sich das Lachen zu verkneifen und verwundert eine Augenbraue hochzuziehen. Sie war sich fast sicher, dass dieser Wagen sofort aus dem Verkehr gezogen worden wäre, hätte die Polizei eine Privatperson darin angetroffen.

Constable Strutner stieg aus und setzte seine Mütze auf, dann strich er über seinen voluminösen Schnauzbart und nickte den beiden Frauen zu. »Louise, Nathalie«, sagte er und deutete auf das schmiedeeiserne Tor zum Grundstück. »Alle bereit?«

»Bereit, Constable«, bestätigte Nathalie.

»Du kannst loslegen, Ronald«, erwiderte die Köchin.

Er ging zur Sprechanlage und betätigte den Klingelknopf. Ein paar Augenblicke später ertönte eine Frauenstimme. »Ja, bitte?«

»Hier ist Constable Strutner«, sprach er vornübergebeugt in das Mikrofon der Anlage. »Ich muss Sie in einer dringenden Angelegenheit sprechen, Miss Robbins-Allison.«

»Ist meinem Mann was passiert?«, kam die Gegenfrage, die nicht besonders aufgeregt klang.

Der Constable warf den beiden Frauen einen vielsagenden Blick zu und konnte sich ein Lächeln nicht verkneifen. »Nein, es geht um etwas anderes.«

»Ja, um was denn?«

»Das würde ich lieber nicht über die Sprechanlage mit Ihnen bereden«, gab er zurück.

Der Türöffner summte, und Louise drückte das Tor auf, da sie am nächsten gestanden hatte. Dann folgten sie der Zufahrt zur Garage gleich neben dem Bungalow, der neben den idyllischen Häusern, die nicht nur Earlsraven, sondern den ganzen Landstrich prägten, genauso deplatziert wirkte wie der Funkmast auf dem Acker gegenüber dem Black Feather. Das einzig Gute, so fand Nathalie, war die Tatsache, dass der ganz in Schwarz und Weiß gehaltene Bungalow hinter einer hohen Hecke verborgen war, die ihn zu allen Seiten vor den Blicken Neugieriger schützte – oder die alle Neugierigen vor seinem Anblick schützte, was wohl in diesem Fall die zutreffendere Formulierung war.

Die schwarze Metalltür links von der Garage ging auf, Eileen Robbins-Allison kam nach draußen. Sie trug einen weißen Hosenanzug, ein roter Haarreif sorgte dafür, dass ihr der Pony nicht in die Stirn hing. »Constable?«, fragte sie und stutzte. »Sie kommen mit Begleitung?«

»Ja, Miss Ames und Miss Cartham kennen Sie ja«, sagte er, woraufhin die beiden ihr zunickten.

»Ich verstehe nicht, was das zu bedeuten hat«, entgegnete Eileen.

»Miss Ames und Miss Cartham unterstützen mich bei meinen Ermittlungen«, erklärte Strutner, während er ungewohnt forsch an der Frau vorbei ins Haus ging. Die sah ihm verdutzt hinterher und folgte ihm zusammen mit Nathalie und Louise fast schon zwangsläufig nach drinnen. »Sie wissen ja, die Polizei auf dem Land ist hoffnungslos unterbesetzt und genauso hoffnungslos überlastet. Da sind freiwillige Helfer immer willkommen. Sie haben natürlich keine Befugnisse wie ein regulärer Polizist, aber reine Ermittlungsarbeit ist durchaus möglich.«

Hinter einem kleinen Vorraum, der als Garderobe diente, erstreckte sich ein riesiges Wohnzimmer, das trotz des Flachbaus, in dem sie sich befanden, über eine umlaufende Empore verfügte. Nathalie wollte ihren Augen erst nicht trauen, aber tatsächlich war das eigentliche Wohnzimmer eine ganze Ebene tiefer und damit, genau genommen, im Keller angesiedelt. Ein Glasdach sorgte dafür, dass genug Licht in den Raum fiel, der in dunklem Braun eingerichtet war. Nathalie blieb am Geländer stehen und schaute nach unten auf eine wuchtige Ledergarnitur, die auf einem Teppich mit großflächigem Wellenmuster in verschiedenen Brauntönen stand. Der Couchtisch war ein mit Schnitzereien verzierter Klotz, der sogar von hier oben betrachtet etwas Erdrückendes hatte.

An den Wänden – an allen Wänden, also überall im Wohnzimmer wie auch entlang der gesamten Empore – hing das, was Nathalie einen Schauer über den Rücken laufen ließ. Ausgestopfte Tierköpfe von Gazellen über Löwen bis hin zu Geparden, sogar irgendwelche Nager – zweifellos alles Trophäen von Eileens Ehemann David Robbins, die er von seinen Jagdausflügen in alle Welt mitgebracht haben musste. Sie war davon überzeugt, dass hier die Köpfe jener Tiere hingen, die Robbins selbst erlegt hatte.

Bei dem Gedanken daran, was für ein Massaker dieser Mann über die Jahre hinweg in der Tierwelt angerichtet hatte, wurde ihr übel. »Entschuldigen Sie, Miss Robbins-Allison, aber könnten wir in der Küche mit Ihnen reden, oder irgendwo anders, wo nicht … das hier … alles hängt?«

Eileen nickte. »Keine Sorge, ich verstehe schon. Es geht vielen Besuchern so wie Ihnen. Manche sehen in den Köpfen einfach nur Köpfe, aber andere sehen bei ihrem Anblick nur Tod und Verderben und Blut und Leid.«

Es klang so, als würde es ihr nicht anders ergehen.

»Ich habe mich mit der Zeit damit abgefunden«, fuhr sie fort und bestätigte Nathalies unausgesprochene Vermutung. »Kommen Sie.« Dann ging sie vor ihnen her in die Küche, die gleichfalls in einer Art afrikanischem Stil eingerichtet war. Alles wirkte seltsam überladen, da unter anderem so gut wie jede freie Fläche an den Wänden mit geschnitzten Masken in allen Formen und Größen zugehängt worden war.

Sie blieben an der Kücheninsel stehen, Eileen drehte sich zu Strutner um und fragte: »Und, Constable? Verraten Sie mir, was es zu besprechen gibt?«

»Es geht um Ian O'Shelley«, begann er.

Nathalie wusste, sie sah nicht als Einzige, wie Eileen für einen winzigen Moment die Augen vor Schreck weit aufriss. Schließlich war ihnen allen klar, dass sie auf jede verräterische Geste achten mussten, weil sie wussten, dass sie bei dieser Frau richtig waren.

Eileen zuckte mit den Schultern. »Ja?«

»Das ist der Mann, der Sie vor ein paar Tagen im Black Feather angerempelt und Ihren Sekt auf Ihrem Kleid verteilt hat«, fügte Nathalie hinzu, als wollte sie dem Gedächtnis der Frau auf die Sprünge helfen.

»Ja, ich weiß«, sagte sie und sah fragend in die Runde. »Und was … was wollen Sie nun von mir?«

Louise warf Nathalie einen Seitenblick zu, sie reagierte mit einem fast unmerklichen Nicken. Eines musste sie Eileen lassen, sie war eine gute Schauspielerin. Hätte sie nicht die Hintergründe gekannt, wäre sie sicher davon überzeugt gewesen, dass Eileen die Wahrheit sagte und tatsächlich keine Ahnung hatte.

»Nun, Mr O'Shelley ist vor wenigen Tagen durch einen Kopfschuss schwer verletzt worden«, sagte Strutner in einem Tonfall, als könnte das Eileen so wenig berühren wie ein Angriff auf einen x-beliebigen Passanten, der irgendwo in Dublin einem Verbrechen zum Opfer gefallen war.

»Und deshalb kommen Sie zu *mir?*«, gab sie scheinbar ungläubig zurück, musste aber sichtlich um Fassung ringen. Wenn sie nicht selbst den Schuss abgefeuert hatte – was Nathalie immer noch für möglich hielt –, dann hatte sie jetzt zum ersten Mal diese schreckliche Neuigkeit gehört, die jeden anderen an ihrer Stelle in Tränen hätte ausbrechen lassen. »Ich bringe doch niemanden um, nur weil er mir in einem Pub ein Glas Sekt über das Kleid schüttet. Wie kommen Sie darauf?«

»Sehen Sie, Mrs Robbins-Allison«, meldete sich Louise zu Wort, als der Constable ihr ein entsprechendes Zeichen gab. »Wir haben in den Unterlagen von Mr O'Shelley eindeutige Hinweise darauf gefunden, dass er hier in Earlsraven eine Geliebte hat.«

Eileen zuckte mit den Schultern. »Und da haben Sie als Erstes an mich gedacht?« Sie lachte etwas zu übertrieben auf.

»Keineswegs. An Sie haben wir sogar erst als Letztes gedacht«, machte Nathalie ihr klar. »Als wir diese Sache mit der Affäre entdeckt und festgestellt haben, dass

O'Shelley mit dieser Frau immer nur Kontakt aufnimmt, wenn er für eine Weile hier in Earlsraven wohnt, sind wir lange Zeit davon ausgegangen, dass wir nach einer Frau suchen müssen, die in der Zeit auch nach Earlsraven kommt, wenn er hier ist. Wir konnten aber weder im Black Feather noch in einem anderen Hotel oder einer Pension im Umkreis von zwanzig Meilen Buchungen von der immer gleichen Person feststellen, die nur in diesem Zeitraum hier war.«

»Und?« Eileen sah ratlos in die Runde.

»Sehen Sie, Mrs Robbins-Allison«, meldete sich Strutner wieder zu Wort, »das war der Denkfehler, der uns bei den Ermittlungen so aufgehalten hat. Wir suchten nach jemandem, der zu Besuch nach Earlsraven gekommen war. Tatsächlich hätten wir aber nachforschen müssen, wer in dieser Zeit Earlsraven verlassen hat.«

»Verlassen hat?«, wiederholte Eileen verwundert. Wenn man es wusste, konnte man ihr ansehen, dass sie jetzt nur bluffte, weil sie hoffte, dass der Constable auf etwas ganz anderes zu sprechen kommen würde als auf das, was sie erwartete. »Aber … wie soll sich O'Shelley mit jemandem treffen, der in der Zeit gar nicht da ist?«

»Oh, es geht, genau genommen, weniger um denjenigen, der in der Zeit nicht da ist, sondern vielmehr um die Person, die in dieser Zeit allein zu Hause ist, Mrs Robbins-Allison«, betonte Nathalie. »Oder sollten wir Sie besser Lady Mathilda Bestway nennen?«

Eileen wurde kreidebleich. »Lady … wer?«, stammelte sie, während sie sichtlich gegen die Tränen ankämpfte.

Nathalie sah Strutner an. »Constable, wollen Sie …?«

Der Mann schüttelte, wie verabredet, den Kopf, daraufhin fuhr Nathalie fort. »Unsere Ermittlungen haben ergeben, dass Ian O'Shelley sich seit einigen Jahren immer genau dann in sein Cottage hier in Earlsraven zurückzieht und seine sogenannte Schreibblockade zu überwinden versucht, wenn Ihr Mann, Mrs Robbins-Allison, auf Großwildjagd geht. Immer dann setzt einige Tage vorher wie ein Countdown der Mailkontakt zwischen O'Shelley und Lady Mathilda Bestway ein, der praktisch genau dann endet, wenn O'Shelley schließlich in Earlsraven eingetroffen ist.«

Louise zwinkerte ihrer Chefin zu, als Nathalie kurz in ihre Richtung sah. Die Geste war unmissverständlich und spielte auf die umfangreiche Daten- und Faktensammlung an, die Tante Henrietta schon von ihrer Vorgängerin übernommen und gewissenhaft fortgeführt hatte – ganz so, wie Nathalie es gemeinsam mit Louise jetzt auch machte, auch wenn Louise noch die Hauptarbeit stemmte. Es war eine eigentlich willkürliche Ansammlung von Notizen über das Leben im Dorf und über die Leute, die herkamen, um jemanden zu besuchen oder einfach Rast im Black Feather zu machen. Die Aufzeichnungen setzten sich zusammen aus eigenen Beobachtungen, aus Informationen, die sich aus Unterhaltungen von Gästen und Personal des Black Feather ergaben, und aus dem Klatsch und Tratsch, der im Dorf kursierte. Vieles davon war auf den ersten Blick überflüssig, aber das war in diesem Fall widerlegt worden, denn die Zeiträume, in denen Eileens Mann außer Landes war und O'Shelley in seinem Cottage wohnte, lagen so weit auseinander und reichten so viele Jahre zurück, dass aus dem Gedächtnis niemand die exakten Daten hätte nennen können. Es wäre eine langwierige Recherche geworden, die zudem die Kooperation von Eileens Mann erfordert hätte, der seine Reisedaten zur Verfügung hätte stellen müssen. Inwieweit man ihn dazu hätte verpflichten können, wusste Nathalie nicht, aber sie konnte sich nicht vorstellen, dass das so einfach gewesen wäre. Immerhin hatte sich Robbins zum Tatzeitpunkt in Afrika aufgehalten und konnte kaum als Verdächtiger in Erwägung gezogen werden.

»Und wie kommen Sie darauf, dass ich diese Lady … sonst was sein soll?«, gab Eileen mit einem leicht triumphierenden Unterton zurück, da ihr bewusst geworden sein musste, dass diese Ermittler außer einem mutmaßlichen Fantasienamen gar nichts vorzuweisen hatten.

»Mr O'Shelley hat auf seinem Computer ein Manuskript gespeichert, das er nach diesem Aufenthalt in Earlsraven seinem Verleger schicken wollte«, sagte Louise. »Er hat es scheinbar nur noch zurückgehalten, weil er sich vergewissern wollte, dass es auch so endete, wie er sich das vorgestellt hatte.«

»Damit was wie endete?«

»Die Affäre zwischen Ihnen und Ian O'Shelley«, antwortete Louise. »Sein Roman dreht sich um diese Affäre, und auch wenn die Namen der Mitwirkenden und die Ortsnamen verändert worden sind, beschreibt er darin bis ins letzte Detail, wie sich diese Affäre abgespielt hat. Wie der Mann der Protagonistin wochenlang auf Großwildjagd unterwegs ist. Wie der Held der Geschichte – also er selbst – in seinem Cottage alles so einrichtet, dass die Leute glauben, er sitzt den ganzen Tag an der Schreibmaschine, obwohl das Geklapper von einem Laptop abgespielt wird. Wie der Mann und seine Geliebte sich gegenseitig Mails zuschicken, in denen sie auf Szenen aus einem erotischen Roman verweisen, die sie mit dem anderen so nachspielen wollen. Wie der Mann nur im Schutz der Dunkelheit am frühen Morgen sein Cottage verlässt, um über das Feld hinter seinem Cottage zu gehen, bis er eine Landstraße erreicht, die auf der einen Seite von einer hohen Hecke gesäumt wird. Einer Hecke, die nur an dieser einen Stelle ein kleines Tor aufweist, durch das man auf das Grundstück des Großwildjägers gelangt. Man muss nur einen Schlüssel besitzen, aber das ist ein ganz simpler Typ, den man bei jedem Schlüsseldienst im nächsten Supermarkt nachmachen lassen kann.«

»Und dann«, übernahm Nathalie wieder, »beschreibt O'Shelley auch noch seine Geliebte, und das mit einer solchen Detailtreue, dass ein Phantomzeichner danach ein Bild erstellen könnte, das Sie als Foto für Ihren Führerschein verwenden könnten.« Sie machte eine ausholende Geste. »Nicht zu vergessen, dass er dieses Haus sehr genau dargestellt hat, wovon ich mich gerade eben überzeugen konnte. Ich hatte zwar gehofft, dass die Schilderungen der vielen ausgestopften Wildtiere übertrieben waren, aber O'Shelley hatte noch nie etwas für Übertreibungen übrig.«

»Sie sehen so blass aus, Mrs Robbins-Allison«, sagte der Constable. »Soll ich Ihnen etwas zu trinken bringen? Ein Glas Wasser? Oder lieber einen Schluck Wodka aus der Flasche, die Sie für ›zwischendurch‹ im Besenschrank da drüben aufbewahren?«

»Woher wissen Sie …«, begann sie und stöhnte frustriert auf. »Steht das etwa auch in seinem Buch?«

»Wussten Sie, dass O'Shelley nach diesem Mal die Affäre beenden wollte?«, fragte Nathalie, die die Gelegenheit gekommen sah, Eileen zu überrumpeln und ihr so ein Geständnis zu entlocken.

»Ja, ja, das hat er schon angedeutet«, murmelte die andere Frau, die nach Luft zu ringen begann. »Zwar nicht ausdrücklich, aber … zwischen den Zeilen … da war das schon herauszuhören.«

»Hat er auch angedeutet, warum er Schluss machen wollte?«, hakte Louise nach.

Eileen nickte. »Ja. Weil es ihn zu langweilen begann. Weil ich ihn zu langweilen begann.«

»Wollten Sie ihn deshalb umbringen?«, fragte der Constable. »Haben Sie deshalb auf ihn geschossen?«

Die Frau schüttelte gedankenverloren den Kopf. »Ich habe nicht auf ihn geschossen«, beharrte sie. »Ich wollte ihn auch sicher nicht umbringen, weil ich das von Anfang gewusst habe.«

»Was gewusst?«

»Dass es ihm eines Tages langweilig werden würde. Das hat er mir gleich gesagt, als wir uns kennenlernten.« Sie stützte sich mit den Ellbogen auf die Kücheninsel. »Er kann mit einer Frau nur eine Weile glücklich sein, dann wird es ihm langweilig. Was glauben Sie, warum er drei Exfrauen hat?«

»Weil die sich von ihm haben scheiden lassen, nachdem er sie mit anderen Frauen betrogen hat«, gab Strutner zurück.

»Er hat sie bloß mit anderen Frauen betrogen, weil seine jeweilige Ehefrau ihn da bereits gelangweilt hat«, erklärte sie. »Ohne Trauschein hätte er sich da schon längst von ihnen getrennt, bevor er auf die Suche nach einer neuen Geliebten gegangen wäre. Dass das mit uns so viele Jahre gehalten hat, liegt nur daran, dass wir uns ungefähr einmal im Jahr für ein paar Wochen gesehen haben und dazwischen völlige Funkstille herrschte.« Auf einmal brach sie in Tränen aus und tat damit genau das, womit der Constable hoffnungslos überfordert war, weil er keine Ahnung hatte, was er dann tun sollte.

Nathalie wusste von Louise, dass Strutner mit einer in Tränen aufgelösten Frau nichts anfangen konnte, da er bei einer Täterin oder Tatverdächtigen eigentlich Distanz wahren wollte und musste, gleichzeitig aber auch das Bedürfnis verspürte, sie in den Arm zu nehmen und zu trösten. Um ihn aus seiner moralischen Zwickmühle zu befreien, ging Nathalie zu Eileen und legte ihr eine Hand auf die Schulter.

Die Geliebte des Autors drehte sich schluchzend zu ihr um. »Ich war es nicht, das müssen Sie mir glauben. Ich sitze seit Tagen hier und warte darauf, von ihm zu hören. Bis Sie hergekommen sind, wusste ich nicht, was los war. Er ging nicht ans Telefon, er reagierte auf keine Mail. Zu ihm fahren konnte ich nicht, weil wir vereinbart hatten, dass ich ihn unter keinen Umständen in seinem Cottage aufsuchen würde, damit niemand jemals eine Verbindung zwischen uns herstellen konnte. Wenn mein Mann davon wüsste …«

»Was wäre dann?«, hakte Louise nach. »Würde er O'Shelley umbringen?«

»Davon bin ich überzeugt. Aber er würde ihn nicht aus nächster Nähe töten, sondern seine Jagdausrüstung benutzen. Er könnte sich nachts auf das Feld hinter dem Cottage begeben, sich mit einer Plane und Blättern und allem Möglichen tarnen, sich auf die Lauer legen und warten. Mit einem Zielfernrohr kann er sein Opfer so genau erfassen … er hat es mir einmal gezeigt, wie sehr das Bild vergrößert wird … er kann die Kugel fast auf den Millimeter genau platzieren … so wie er es bei der Jagd auch macht … Ian wäre auf der Stelle tot gewesen.« Sie zuckte mit den Schultern. »David kann es nicht gewesen sein. Er ist ja immer noch in Afrika, und wie gesagt, er hätte Ian nicht verfehlt und ihn ›nur‹ schwer verletzt. Dann wäre Ian jetzt längst tot.« Sie sah den Constable betrübt an. »Wie geht es ihm überhaupt?«

»Er wird durchkommen, und spätestens in ein paar Wochen wird er uns sagen können, wer ihn umbringen wollte«, antwortete er. »Mir wäre es natürlich lieber, wenn wir den Täter vorher finden und dingfest machen könnten, und nicht erst in ein paar Wochen, aber notfalls übe ich mich eben in Geduld. Momentan liegt er noch im St. Mary's On The Heights, aber morgen früh wird er in eine Spezialklinik nach London verlegt.« Nach einer ausgiebigen Pause ergänzte er: »Sie wissen ja, dass ein Geständnis aus freien Stücken vor Gericht einen besseren Eindruck macht als die Aussage des Opfers, das einen Mordanschlag nur knapp überlebt.«

Eileen kniff die Augen zu und flüsterte mit tränenerstickter Stimme: »Ich weiß, dass genug gegen mich spricht, Constable. Man kann mir ein Motiv unterstellen, weil er sich von mir trennen wollte. Man kann mir die Gelegenheit unterstellen, weil ich weiß, wo sein Cottage steht. Und da mein Mann so viele Waffen hier im Haus aufbewahrt, hätte ich sogar eine Mordwaffe zur Hand. Und vor allem habe ich kein Alibi, da ich hier auf ihn gewartet habe, natürlich allein. Aber ich war es nicht. Ich weiß, ich bin unschuldig, und das ist die Wahrheit.«

Strutner nickte bedächtig. »Ich würde Ihnen gern vorbehaltlos glauben, Mrs Robbins-Allison, aber Sie müssen verstehen, dass ich das nicht kann.

»Ja, ich weiß«, murmelte sie.

»Dann wären wir hier erst einmal fertig«, sagte der Constable und wandte sich zum Gehen. »Wenn Ihnen noch irgendjemand hier aus Earlsraven einfällt, den Mr O'Shelley mal erwähnt hat … vielleicht weil er sich mit ihm gestritten hat … dann lassen Sie mich das wissen, ja?«

»Ja, natürlich.« Sie begleitete die drei zur Haustür. »Sagen Sie, wieso ist dieser Mordanschlag auf Ian noch nirgendwo erwähnt worden? Normalerweise sind doch solche Meldungen sofort überall im Umlauf.«

»Das hat ermittlungstaktische Gründe«, antwortete Strutner und zog die Haustür auf. »So etwas kommt eigentlich regelmäßig vor, nur weiß das außer den unmittelbar Beteiligten so gut wie niemand.«

Sie nickte verstehend, versicherte Nathalie und Louise, dass alles in Ordnung sei und sie keinen Zusammenbruch erleiden würde, dann verabschiedete sie sich von ihnen und machte die Tür hinter ihnen zu.

Vor dem Tor angekommen, stieg der Constable in seinen Wagen und fuhr los, die beiden Frauen folgten ihm in Louises Kombi bis zum Cottage von O'Shelley. Strutner stieg aus und ging den zweien entgegen.

»Danke, Louise, dass du mich an die Gegensprechanlage erinnert hast«, sagte er und schüttelte wohl über seine eigene Gedankenlosigkeit den Kopf. »Ich glaube, ich hätte sonst bestimmt ausgeplaudert, wie unwohl ich mich vorhin gefühlt habe, als ich Mrs Robbins-Allison vortäuschen musste, ihr Liebhaber würde noch leben.«

»Ja, das hatte ich befürchtet«, erwiderte sie. »Seit der Sache mit dem Anrufbeantworter bin ich ja sehr vorsichtig.«

»Anrufbeantworter?«, warf Nathalie ein.

»Unser geschätzter Constable hat mal zwei Telefonnummern vertauscht und nicht dem Kollegen, sondern einem Geldfälscher auf den Anrufbeantworter gesprochen, dass am nächsten Morgen um zehn seine Werkstatt gestürmt würde. Da war natürlich dann niemand mehr anzutreffen.«

»Constable Strutner, ich weiß nicht, was ich dazu sagen soll«, kommentierte Nathalie mit gespielter Entrüstung.

»Ich weiß manchmal wirklich nicht, wo ich gerade mit meinen Gedanken bin«, gab er zu und schaute ein wenig betreten drein.

»Kopf hoch, Ronald«, forderte Louise ihn prompt auf.

»Es ist ja alles nach Plan gelaufen. Und jetzt schicken wir die Meldung vom Mordanschlag an die Presse.«

»Der Hinweis auf die Verlegung nach London ist mit drin?«, vergewisserte sich Nathalie.

»Der ist mit drin, und drei Minuten später geht das Ganze ohne den Hinweis als korrigierte Meldung raus«, bestätigte Louise. »Dann denken gleich wieder alle, sie hätten versehentlich etwas erfahren, was niemand wissen sollte, und das geben sie dann auch prompt weiter. In zehn Minuten taucht die Meldung auf zwei Dutzend Internetseiten auf, Tausende werden sie auf Facebook und Co. posten und teilen und weiterschicken, und in fünfzehn Minuten ist die Nachricht rund um den Globus. Jedenfalls bei den Leuten, die sich dafür interessieren, und natürlich auch bei dem einen, der inzwischen wohl ziemlich nervös ist und nur auf diese Meldung wartet.« Sie lächelte Nathalie und den Constable an. »Ist schon witzig, wie leicht man die Medien manipulieren kann, während die glauben, sie würden uns Tag für Tag umgarnen, damit wir nur noch das tun, sagen und kaufen, was sie wollen.«

»Okay, dann ist jetzt alles in die Wege geleitet«, sagte Strutner. »Und was machen wir jetzt?«

»Jetzt besuchen wir den armen Mr Boswright«, antwortete Louise. »Er ist seit heute Morgen ansprechbar, wie ich erfahren habe, und wir wollen uns ja schließlich nicht nachsagen lassen, wir würden uns nicht um unseren geliebten Lebensmittelkontrolleur kümmern.«

»Gute Idee«, meinte Nathalie, dann drehte sie sich zu Strutner um: »Ist alles bereit?«

Der Constable nickte. »Wir können loslegen. Danke für die Tipps, die Sie mir gegeben haben.«

»Ja?«, meldete sich die Frauenstimme.

»Sie haben die Meldung sicher schon im Internet gesehen, nehme ich an«, sagte der Mann.

Nach kurzem, betretenem Schweigen kam ein verhaltenes, knappes: »Ja.« Eine kurze Pause folgte. »Aber das ist völlig unmöglich.«

»Nanu, was ist denn aus der Philosophiestudentin geworden?«, fragte er und lachte spöttisch. »Sie sollten doch wissen, dass so gut wie nichts unmöglich ist.«

»Er war tot!«, beharrte die Frau.

»Vielleicht war er das, aber auf jeden Fall ist er das jetzt nicht mehr. Möglicherweise ist kurz nach Ihnen jemand vorbeigekommen und hat ihn noch ins Krankenhaus bringen können.« Er atmete betont langsam durch. »Fakt ist, dass Sie versagt haben, und wenn er wieder anfängt zu reden, wird er der Polizei stecken, wer ihn umbringen wollte. Er kennt Sie. Er kennt Ihren Namen, er wird Sie der Polizei ans Messer liefern. Und dann … dann werden Sie das Gleiche mit mir machen, um Ihre Hände reinzuwaschen.«

»Das würde ich nicht machen«, widersprach sie. »Das ist nicht …«

»Ja, ich weiß, das ist nicht Ihre Art. Aber der Staatsanwalt wird Ihnen einen Deal vorschlagen, dass Sie nicht so lange hinter Gitter müssen, wenn Sie Ihren Auftraggeber nennen.«

»Genau das würde ich ja …«

»Ach, halten Sie die Klappe!«, fuhr er sie an, woraufhin sie leicht zusammenzuckte. »Erzählen Sie mir bitte nichts von Ganovenehre oder wie das bei Ihnen heißen mag. Es gibt so viele Anreize, jemanden zum Reden zu bringen, irgendeiner davon wird bei Ihnen schon Wirkung zeigen. Und dann fangen Sie an, zu quasseln und zu quasseln.« Er ließ eine kurze Pause folgen, dann, gerade als sie schließlich etwas sagen wollte, sprach er weiter: »Sie werden das noch heute erledigen, bevor er verlegt wird – und bevor er aufwacht und Sie identifiziert.«

»Ja«, sagte sie nur.

»Und ich will für Sie hoffen, dass Sie es diesmal hinkriegen«, fügte er hinzu. »Ansonsten werden Sie selbst hinter Gittern nicht vor meinem Zorn sicher sein. Ich kenne genug Leute, die Ihnen das Leben zur Hölle machen werden, wenn Sie noch einmal versagen.« Nach sekundenlangem Schweigen sagte er dann noch zynisch: »Viel Erfolg.«

Dann wurde die Verbindung unterbrochen.

Missmutig öffnete sie den Aktenkoffer und nahm die Waffe heraus.

Zwölftes Kapitel, in dem die Falle zuschnappen soll

»Wir können noch Wetten abschließen, wer hier auftaucht, um seine Arbeit zum Abschluss zu bringen«, sagte Louise gut eine Stunde später und zwinkerte Nathalie zu.

»Ich wette ungern«, gab Nathalie zurück. »Vor allem bei so vielen Unwägbarkeiten.«

»Ich tippe ja immer noch am ehesten auf Eileen Robbins-Allison. Wenn sie sein Manuskript gelesen hat, dann wusste sie bereits, wie er sich das vorstellt hatte: Sie hatte in seinen Gedanken einfach akzeptiert, dass sie in seinem Leben keine Rolle mehr spielte, weil sie ihn zu Tode langweilte. Fertig.«

Nathalie zuckte mit den Schultern. »Das ist natürlich möglich. Sie hat das gelesen und sich gedacht: ›Nicht mit mir.‹ Und nachdem dann alles vorbei ist, kann sie ohne Weiteres erzählen, dass sie das alles gewusst und ihr das nichts ausgemacht hat. Und es kann natürlich auch sein, dass sie mit uns richtiggehend spielt. Immerhin hat sie von sich aus darauf hingewiesen, dass sie kein Alibi hat und dass alles gegen sie spricht. Aber würde sie dann nicht versuchen, den Mord auch gleichzeitig jemandem in die Schuhe zu schieben?«

»Ihrem Ehemann?«, entgegnete Louise.

»Ja, zum Beispiel.« Nathalie beugte sich vor und schaute durch die Trennscheibe in das Krankenzimmer der Intensivstation. Sie hatten für ihre Falle das Zimmer bekommen, das nur gebraucht wurde, wenn hochansteckende Patienten aufgenommen wurden, die von allen isoliert untergebracht werden mussten. Um diese Patienten beobachten zu können, ohne immer wieder von Kopf bis Fuß in Schutzkleidung gehüllt das Zimmer betreten zu müssen, hatte man einen Beobachtungsraum abgeteilt, durch dessen große Glasscheibe man den Patienten immer im Auge hatte. Sämtliche Angaben wie Blutdruck, Herzschlag, Hirntätigkeit, Atmung und vieles mehr wurden auch auf einer langen Reihe von Monitoren im Beobachtungsraum angezeigt. Außerdem waren im Patientenzimmer zahlreiche Kameras angebracht, die das Bett aus so gut wie jedem Blickwinkel zeigten, was eine Beobachtung des Patienten auch ermöglichte, sollte der sich mal auf die Seite drehen.

Jetzt war das Licht im Beobachtungsraum ausgeschaltet, und durch die zugezogenen Lamellen vor den Fenstern war das Zimmer in Dämmerlicht getaucht, sodass von dort aus niemand Nathalie und Louise durch die Trennscheibe sehen konnte.

»Wenn die beiden keine glückliche Ehe führen«, sagte Nathalie leise, »und sie zum Beispiel einen Ehevertrag unterschrieben hat, bei dem sie bei einer Scheidung ohne Geld dasteht, dann sollte man doch meinen, dass sie sich einen Plan überlegt. Kann ja sein, dass das angekündigte Ende ihrer Affäre mit O'Shelley sie so wütend gemacht hat, dass sie sich an unserem Schriftsteller rächen wollte. Meinetwegen, indem sie ihn erschießt. Aber warum bewahrt sie dann nicht erst mal Ruhe und überlegt sich einen Plan, wie sie ihre Rache an O'Shelley ihrem Mann unterschieben kann?«

»Und wenn es eine Kurzschlusshandlung war?«, wandte Louise ein.

Nathalie schüttelte den Kopf und fuhr sich durchs Haar, während sie sich auf ihrem Stuhl wieder nach hinten lehnte. »Dazu passt aber der Abschiedsbrief nicht.«

»Und wenn sie ihn wutentbrannt erschossen und dann auf einmal begriffen hat, was sie da gerade gemacht hat?« Louise legte den Kopf in den Nacken und sah in Richtung Decke, die wie alles in diesem Raum in Schatten getaucht war. »Sie sah dann vielleicht keine andere Lösung, als diesen Brief zu tippen.«

»Ausgerechnet mit einem Zitat, das niemals von O'Shelley gekommen wäre?« Nathalie sah sie fragend an und schüttelte den Kopf.

»Ich weiß es nicht, Nathalie«, murmelte sie. »Ich weiß es wirklich nicht. Es kann ja auch sein, dass sie ihn erschießt, geht nach Hause, setzt sich ins Wohnzimmer und überlegt auf einmal, was sie da getan hat. Sie denkt sich einen Plan aus, wie sie das Ganze als Selbstmord arrangieren könnte, und kehrt ins Cottage zurück.«

»Und das falsche Zitat?«, warf Nathalie ein.

»Wer sagt, dass sie das Zitat überhaupt kennt? Sie kann doch eine Affäre mit ihm gehabt haben, ohne auch nur ein einziges Buch gelesen zu haben. Vielleicht wusste sie nichts über seinen Aussetzer in dieser Fernsehsendung, vielleicht hatte sie nur irgendwann einmal diese Zeile in Verbindung mit ihm gehört und sich gedacht, dass das jetzt ganz gut passen könnte.« Louise verzog ein wenig missmutig den Mund. »Es gibt tausend Gründe, warum sie es gewesen sein könnte oder warum auch nicht. Vielleicht war es auch eine von seinen Exfrauen.«

Nathalie warf ihr einen verdutzten Blick zu. »Seine Exfrauen?«

Louise stieß sie mit der Schulter an. »Das sollte ein Witz sein. Ich will damit nur sagen, dass sich jede Handlung in unendlich vielen Variationen deuten lässt. Stellen Sie sich vor, ich werde im Supermarkt erschossen, und in meinem Einkaufswagen entdeckt man drei Beutel Grillfleisch und eine Packung vegetarische Tofuwürstchen. Wenn der Inspektor dem Wageninhalt irgendeine Bedeutung zumisst, kann er in die Tofuwürstchen alles Mögliche hineindeuten. Und soll ich Ihnen sagen, wieso die im Wagen liegen?«

»Keine Ahnung.«

»Weil irgendein Witzbold sich einen Spaß gemacht hat und mir im Vorbeigehen die Packung in den Wagen geworfen hat, damit ich die entweder unbemerkt kaufe oder an der Kasse zurückgeben muss.« Louise zuckte mit den Schultern. »Und genauso kann es auch sein, dass alle Zusammenhänge, die wir entdeckt und gedeutet haben, völlig bedeutungslos sind, weil in Wahrheit der Mann ins Haus gestürmt ist und ihn erschossen hat, der schon seit Jahren versucht, O'Shelley das Cottage und das Land abzukaufen, was O'Shelley aber beharrlich ablehnt.«

Nathalie lachte amüsiert auf. »Ich frage mich, ob die Profis von der Polizei auch zwischendurch von solchen Gedanken geplagt werden, dass all ihre Ermittlungen völlig sinnlos sind, weil etwas völlig Unvorhersehbares geschehen ist.«

»Na ja, ich glaube, eher nein. Und das wäre vielleicht auch eine Erklärung, wieso Strutner so ist, wie er ist«, gab Louise zu bedenken. »Er macht sich gar nicht erst diese Gedanken, dann kann er sich auch nicht in irgendwas verrennen.«

»Ach, kommen Sie, so schlimm ist der Constable doch gar nicht«, konterte Nathalie. »Ich finde, er leistet durchaus gute Arbeit.«

»Ja, schon, aber immer erst dann, wenn wir ihn gefragt haben, ob es denn nicht vielleicht auch so und so hätte passiert sein können – und uns der Ablauf einer Tat längst klar ist. Bis dahin tappt er größtenteils im Dunkeln«, sagte Louise ein wenig betrübt, da sie sich offenbar selbst wünschte, es wäre anders. »Allerdings …«

Sie wurde unterbrochen, da ihr Smartphone zu vibrieren begann. Sie nahm den Anruf an, lauschte der Stimme am anderen Ende der Leitung und bedankte sich. »Jemand hat am Empfang nach dem Zimmer von Ian O'Shelley gefragt.«

»Jemand, den wir kennen?«

»Wenn ich sage, dass ich doch besser einen Fünfziger hätte wetten sollen, beantwortet das dann Ihre Frage?«, entgegnete Louise triumphierend.

»Nein!«, rief Nathalie ungläubig. »Das kann doch nicht sein!«

»Ist es aber«, sagte sie und deutete auf die Tür. »Passen Sie gut auf.«

Einige Minuten vergingen, dann wurde die Tür zum Krankenzimmer geöffnet.

Gebannt hielt Nathalie den Atem an, als sie sah, dass tatsächlich Eileen Robbins-Allison hereinkam.

»Das hätte ich nicht gedacht«, murmelte sie geschockt und beobachtete, wie Eileen sich umsah, als wollte sie sich vergewissern, dass ihr niemand gefolgt war und auch niemand ihr auflauerte.

Sie ging zum Krankenbett und betrachtete im Dämmerlicht den Mann, der durch den dicken Kopfverband und die Atemmaske eigentlich gar nicht zu erkennen war. Die Bettdecke war bis zum Hals hochgezogen, an einer Seite verschwanden darunter die Schläuche, die seinen Körper mit Blut und Nährstoffen versorgten. Eileens Blick wanderte zu den Monitoren, die die Lebensfunktionen anzeigten. Sie schüttelte den Kopf, und auf einem der Bildschirme im Beobachtungsraum war zu sehen, dass ihr Tränen über die Wangen liefen.

»Was hat man dir nur angetan?«, flüsterte sie, was Louise und Nathalie dank der Mikrofone mithören konnten. »Wer hat dir das angetan, mein Liebster? Ich wusste ja, dass es enden würde, aber doch nicht so.«

»Hm«, machte Louise leise und zog verdutzt die Augenbrauen hoch.

»Hätte ich doch bloß die Wette angenommen«, murmelte Nathalie und warf der anderen Frau einen vielsagenden Blick zu.

Auf einmal griff Eileen in die Handtasche, die sie über ihre Schulter gehängt hatte.

»Oh.« Jetzt war Nathalie diejenige, die verwundert dreinschaute. »Etwa doch?«

»Ich hab's ja gesagt«, erwiderte Louise.

Eileen holte etwas Kleines, auf den ersten Blick Undefinierbares aus der Tasche und … legte es auf den Beistelltisch, dann murmelte sie: »Werd wieder gesund. Wir hatten eine gute Zeit.« Nach einem letzten Blick auf den Patienten drehte sie sich um und verließ zügig das Zimmer. Sie zog die Tür auf und sah nach rechts und links, als wolle sie Gewissheit haben, dass sie auch jetzt nicht beobachtet wurde.

»Das war dann ja wohl nichts«, stellte Louise erstaunt fest.

»Was ist das?«, wollte Nathalie wissen. »Ich kann das nicht erkennen.«

»Warten Sie, wir müssen doch eine passende Kamera haben«, sagte die ältere Frau und tippte auf den Monitor, der eines der Kamerabilder zeigte. Die Ansicht wechselte zur Auswahl, und dann sah sie auch schon die Deckenkamera über dem Bett. Sie zoomte das Bild heran und schnappte nach Luft. »Das ist … ein kleines Heiligenbild. Der heilige … sonst wer. Ich kenne mich mit den Herrschaften nicht aus. Offenbar jemand, der O'Shelleys Genesung beschleunigen soll.«

»Jetzt fühle ich mich noch mieser«, gestand Nathalie ihr. »Wir haben dieser Frau die falsche Hoffnung gegeben, dass O'Shelley noch lebt, und wenn wir den Mörder haben, bekommt sie zu hören, dass er das Attentat gar nicht überlebt hat.«

Louise zuckte mit den Schultern. »Wenn wir auf diese Weise den Mörder zu fassen bekommen, ist das meiner Meinung nach vertretbar, so vorzugehen.«

Nach kurzer Zeit vibrierte Louises Smartphone erneut. Sie hörte sich an, was Strutner zu sagen hatte, der sich vorn an der Rezeption aufhielt, wo ihn niemand sehen konnte, wo es ihm aber möglich war, mitzuhören, wenn jemand nach dem Zimmer fragte, in dem O'Shelley lag. »Ja, okay, danke«, sagte sie und wandte sich zu Nathalie um. »Das geht hier ja zu wie im Taubenschlag.«

»Und wer kommt jetzt?«

»Jemand, auf den wir sowieso nicht gewettet hätten«, antwortete sie.

Ein paar Minuten später ging die Tür auf, und gleich

darauf nickte Nathalie verständnisvoll. »Natürlich. Christine Langley. Damit war ja zu rechnen gewesen. Da hat sie die Chance, mit O'Shelley gemeinsam ein Stück aufzuführen, und dann passiert so was.«

»Sie wird auch am Boden zerstört sein, wenn sie erfährt, dass der Mann längst tot ist und sie sich eigentlich gar keine Hoffnung mehr machen muss, er könnte wieder gesund werden«, stimmte Louise ihr zu.

Noch während sie redete, griff die junge Schauspielerin in eine Innentasche ihrer dünnen Jacke und holte eine Pistole mit Schalldämpfer hervor. Die Mündung setzte sie dort auf die Brust des Patienten, wo sich ziemlich genau das Herz befand, dann drückte sie viermal in rascher Folge ab und jagte vier Kugeln in den Leib ihres Opfers. Nathalie kannte das nur aus Filmen, aber die Schüsse waren tatsächlich nur als dumpfes »Plopp« zu hören.

»Ich …«, begann Nathalie.

Louise war genauso verdutzt, reagierte aber geistesgegenwärtig genug, um noch schnell die Taste zu drücken, die die Zimmertür verriegelte. Aber obwohl Christine eigentlich den Rückzug antreten wollte, stutzte sie nach zwei Schritten und drehte sich wieder um. Ihr ungläubiger Blick wanderte zu den Monitoren, die unverändert Blutdruck, Puls, Atmung und alle anderen Funktionen anzeigten. Keine der Kurven war zu einer geraden Linie geworden, kein Wert ging auf null.

Christine stand da und betrachtete die Anzeigen, dabei schüttelte sie verständnislos den Kopf. Als sie sich über den Patienten im Krankenbett beugte und die Decke wegzog, unter der ein Übungsdummy für Herz-Lungen-Wiederbelebung mit vier Einschusslöchern zum Vorschein kam, betätigte Louise die Taste neben dem Mikrofon. »Jetzt!«, rief sie.

Als Christine das »Jetzt!« im Krankenzimmer hörte, sah sie verdutzt zum Lautsprecher rechts von der Trennscheibe, im gleichen Moment flog eine Tür hinter ihr auf, die in den Materialraum führte. Drei Polizisten, gekleidet in Helm und kugelsichere Kleidung, kamen mit vorgehaltenen Pistolen hineingestürmt und überwältigten die junge Frau so schnell, dass die, nach ihrem Gesichtsausdruck zu urteilen, noch immer nicht wusste, wie ihr geschah, als sie längst am Boden lag und man ihr die Hände auf den Rücken fesselte.

»Dann wollen wir doch mal hören, was sie uns zu erzählen hat«, sagte Louise und stand auf. Sie wählte Strutners Nummer und sagte: »Wir haben sie, du kannst jetzt rüberkommen, Ronald.«

»Wen habt ihr?«, kam die verdutzte Frage so laut aus dem Telefon, dass Nathalie sie ebenfalls hören konnte.

»O'Shelleys Mörderin natürlich.«

»Was?«, rief der Polizist. »Hier vorn hat seit Miss Langley niemand mehr nach O'Shelleys Zimmernummer gefragt.«

»Es ist ja auch Miss Langley«, gab Louise zurück und rollte mit den Augen.

»Oh«, machte Strutner verwundert. »Ach so. Gut, ich … ich komme rüber.«

»Unser Constable«, meinte Louise amüsiert und sah zu Nathalie, die nur lächelnd den Kopf schütteln konnte.

Epilog, in dem Louise Cartham einen Verehrer findet

»Warten Sie, Miss Cartham, das heißt …«

»Louise, nennen Sie mich ruhig Louise«, unterbrach sie den Mann im Krankenbett. Das Kopfende war schräg gestellt, damit er etwas aufrechter sitzen konnte, ohne dass sich eines der vielen Kabel löste, die ihn mit einer Fülle von Geräten neben dem Bett verbanden.

»Dann will ich von Ihnen aber auch nur noch Adrian hören«, beharrte er und wollte sich den Schweiß von der Stirn wischen, »aber kein Mr Boswright mehr.«

»Wie Sie wünschen, Mr Bos… ähm … Adrian«, sagte sie und grinste ihn schelmisch an, während sie mit einem Taschentuch seine Stirn abtupfte.

»… das heißt, diese Miss Langley war im Nebenberuf Profikillerin und …«

»Nein, Adrian, sie war im Hauptberuf Profikillerin und hat sich nebenbei als Schauspielerin betätigt. Die

Schauspielerei war der ideale Weg, um in die Nähe des Opfers zu gelangen und sich mit seinen Gewohnheiten zu befassen. Sie suchte Engagements bei Theatern und kleineren Bühnen, die ganz in der Nähe lagen«, erklärte sie dem Lebensmittelkontrolleur, der nach seiner Herzoperation noch für mindestens zehn Tage im Krankenhaus bleiben musste. »Und sie hatte eine Ausbildung zur Privatdetektivin gemacht. Was sie dabei gelernt hatte, kam der Killerin in ihr zugute, weil sie sich ganz gezielt Opfer aussuchen konnte, denen andere den Tod wünschten. Zum Beispiel, weil jemandem die Freundin ausgespannt worden war oder jemand etwas wusste, dem man aber nicht zutraute, dass er auch wirklich den Mund halten konnte. Wenn sie so etwas dann herausgefunden hatte, wandte sie sich an den Betrogenen und erzählte ihm, was sie wusste. Und noch bevor derjenige richtig begriffen hatte, worum es ging, unterbreitete sie ihm ihre Lösung – wie sie das ›Problem‹ beseitigen wollte, wenn er dafür entsprechend zahlen würde.«

»Und wie ist sie ausgerechnet auf O'Shelley gekommen?«, wollte Boswright wissen.

»Letztes Jahr war sie hier in der Gegend auf der Durchreise zu einem Theaterengagement in irgendeinem kleineren Badeort gewesen und hatte durch Zufall im Black Feather ein Gespräch belauscht, in dem es um O'Shelley und sein Cottage ging. Die Schauspielerin in ihr war der Meinung, dass der Mann ein genialer Schriftsteller sei, also fand sie heraus, wo sein Cottage liegt, weil sie ihm ihre Bewunderung für seine Arbeiten ausdrücken wollte. Sie klopfte und klingelte und wurde dann misstrauisch, dass er so unbeirrt weiterschreiben konnte, obwohl er sich von ihr doch eindeutig gestört fühlen musste. Also stieg sie einfach bei ihm ein und fand anstelle des Schriftstellers eine interessante Konstruktion vor.« Louise machte einen kleinen Schlenker, um dem Mann zu erklären, was O'Shelley gebastelt hatte, um potenziellen Besuchern vorzugaukeln, dass er daheim war und intensiv schrieb, während er sich ganz woanders aufhielt. »Sie hat sich auf die Lauer gelegt und abgewartet, wann O'Shelley wiederkommt. Als er im Schutz der Dunkelheit angeschlichen kam, wollte sie eigentlich eine Viertelstunde warten, um dann noch einmal offiziell anzuklopfen. Aber bevor diese Viertelstunde um war, verließ er sein Cottage schon wieder. Sie folgte ihm und sah, dass er das Grundstück der Robbins-Allisons betrat. Daraufhin hat sie, wie eine gute Detektivin es nun mal machte, alles zusammengetragen, was sie über das Ehepaar herausfinden konnte.«

Während sie noch erzählte, kam Nathalie ins Zimmer und nickte Boswright zu. »Wie ich sehe, werden Sie bereits bestens unterhalten«, sagte sie lachend.

»Ich kann mich nicht beklagen«, erwiderte der große schmale Mann mit den leuchtend roten Haaren und lächelte sie matt an.

»Oh, Nathalie, da sind Sie ja.« Louise winkte sie zu sich ans Bett. »Sie können ruhig übernehmen, der arme Adrian dürfte allmählich genug von meiner Stimme haben.«

»Ganz im Gegenteil!«, protestierte er. »Ich könnte Ihnen stundenlang zuhören.«

»Danke für das Kompliment, aber ich sollte jetzt mal eine kleine Pause einlegen. Ich habe das Gefühl, seit einer Stunde ununterbrochen zu reden«, gab Louise zurück.

»Und dabei waren es erst fünfundfünfzig Minuten«, kommentierte Nathalie.

»Wirklich?«

Nathalie nickte bestätigend. »Wo haben Sie aufgehört?«

»Wir waren an der Stelle angelangt, wo Christine Langley die Robbins-Allisons ausspioniert hat.«

»Dann sind Sie ja fast schon am Ende angekommen«, stellte sie lächelnd fest. »Um es kurz zu machen, Mr Boswright, und um Sie nicht noch viel länger zu behelligen: Christine hat mit David Robbins Kontakt aufgenommen, ihm von der Affäre erzählt und ihm den Vorschlag gemacht, den Konkurrenten auszuschalten, während er auf Safari weilte – weil das das perfekte Alibi wäre. Er ist offenbar sofort darauf eingegangen, hat ihr ein Honorar gezahlt und sie gewähren lassen.«

»Und das hat Sie Ihnen beziehungsweise der Polizei alles so bereitwillig gestanden?«, fragte der Mann erstaunt.

»Christine ist eine intelligente junge Frau«, antwortete Nathalie. »Wie viele Morde sie begangen hat, weiß die Polizei noch nicht, auf jeden Fall ist sie in jeglicher Hinsicht geständig, was diesen Mord angeht. Sie weiß, dass so was vor Gericht besser ankommt als beharrliches Leugnen oder Schweigen.«

»Und Robbins? Was ist mit ihm?«, wollte Boswright wissen. »Er hat den Mord doch eigentlich in Auftrag gegeben. Ich kann mir vorstellen, dass er alles abstreiten wird.«

»Das kann er versuchen, aber es wird ihm nichts nützen«, sagte Nathalie und lächelte zufrieden in die Runde. »Als Sie sich gerade eben schon auf den Weg zu Mr Boswright gemacht hatten, Louise, hat Christine der Polizei gesagt, dass sie mit Robbins wiederholt telefonischen Kontakt gehabt hatte, erst noch heute Morgen, nachdem die Meldung raus war, dass O'Shelley angeblich nur schwer verletzt sei. Robbins hatte sie angerufen und unter Druck gesetzt, dass sie heute noch den Fall erledigen sollte, bevor O'Shelley das Bewusstsein wiedererlangte und sie identifizierte. Seine Nummer ist dokumentiert, und es wird sich nachvollziehen lassen, dass der Anruf aus Afrika kam. Gerade eben hat sie ihm dann noch eine SMS geschickt und die ›Erledigung‹ bestätigt, und Robbins hat mit einem knappen ›Gut so‹ geantwortet. Das alles wird genügen, um ihn wegen Anstiftung zum Mord anklagen zu können.«

Plötzlich merkte sie, dass Louise ihr ein Zeichen gab. Sie verstummte und folgte der Richtung, in die sie zeigte. Da erst fiel ihr auf, dass Boswright eingeschlafen war. Leise nahm Louise ihre Sachen an sich, dann gingen sie auf Zehenspitzen zur Tür. Gerade hatte Louise nach der Türklinke gefasst, da ertönte hinter ihr tiefe eine Stimme.

»Unsere Verabredung zum Abendessen haben Sie aber nicht vergessen, nicht wahr, Louise.«

Nathalie sah, wie der Lebensmittelkontrolleur der anderen Frau errötend zuzwinkerte.

»Ich kann es kaum erwarten«, fügte er an.

»Werden Sie erst mal gesund«, erwiderte Louise und lächelte ihn verschmitzt an, winkte ihm zu und verließ das Zimmer.

Als Nathalie zwischen den beiden verwundert hin- und herschaute, streckte Boswright den Daumen in die Höhe und grinste sie strahlend an. Sein ganzes Gesicht schien zu leuchten, und das hatte nichts mit seinen roten Haaren zu tun.

»Ich darf wohl annehmen, dass wir demnächst wegen der Kontrollen vom Gesundheitsamt nicht mehr so sehr in Hektik ausbrechen müssen, oder?«, fragte Nathalie, als sie das Krankenhaus verließen und in Richtung Dorf gingen, um zum Parkplatz zu gelangen.

»Wie kommen Sie denn darauf?«, gab Louise mit Unschuldsmiene zurück.

»Ach, das hat mir ein kleiner Geheimagenten-Engel erzählt«, sagte sie beiläufig.

»Geheimagenten-Engel gibt's nicht«, meinte die ältere Frau lachend.

»Das können Sie gar nicht wissen, weil die streng geheim sind.«

Auf dem Weg zum Dorf brach die Wolkendecke auf, die Sonne kam hervor und vertrieb die Kälte, die sich seit dem Morgen gehalten hatte.

»Ich glaube, ich werde Eileen einen Ausdruck von O'Shelleys Manuskript überlassen«, erklärte Nathalie nachdenklich. »Immerhin beschreibt er sie als eine wundervolle Frau, und er bereut zwischendurch ja immer wieder mal, dass es ihn nach einer Weile langweilen würde und er nichts dagegen tun könne.«

»Ich glaube, das würde ihr gefallen«, stimmte ihr Louise zu. »Sie hat ja nicht nur seinen Tod zu verschmerzen, sie muss auch mit der Erkenntnis leben, dass ihr Mann eine Killerin auf ihren Geliebten gehetzt hat und dafür vermutlich ins Gefängnis wandern wird. Das ist schon kurios. Da legt sich ein Mann ein raffiniertes Alibi zurecht, um jemanden umbringen zu lassen, der seinerseits ein raffiniertes Alibi konstruiert, um sich mit der Frau dieses Mannes zu vergnügen. Unschuldige Opfer gibt es in diesem Fall überhaupt nicht, glaube ich.«

Nathalie atmete seufzend durch und schüttelte den Kopf. »Da vergeht einem glatt der Spaß an Beziehungen, wenn man sieht, was alles hinter dem Rücken nichts ahnender Menschen abläuft. Vor allem fängt man an zu grübeln, ob man selbst eigentlich das Glück hat, davon verschont zu bleiben oder …«

Als der Satz unvollendet blieb, reagierte Louise: »Ich hoffe, Sie beziehen das nicht auf sich und Ihren Glenn.«

Nathalie zuckte ratlos mit den Schultern. »Ich weiß es wirklich nicht, aber ich habe das Gefühl, dass er weiter von mir entfernt ist als nur die Strecke zwischen Earlsraven und Liverpool.«

Louise blieb stehen und legte die Hände auf Nathalies Schultern. »Überstürzen Sie nichts, Nathalie. Wir haben gerade eine hektische Phase hinter uns und einige unschöne Dinge über zwischenmenschliche Beziehungen erfahren. Unter dem Eindruck sollten Sie keine Entscheidungen treffen. Schlafen Sie erst mal drüber. Morgen ist auch noch ein Tag.«

Nathalie lächelte sie an. »Das habe ich doch schon mal irgendwo gehört.«

»Unmöglich, ist mir gerade erst eingefallen«, gab Louise zurück und hakte sich bei Nathalie unter, um sie mit sich in Richtung Parkplatz zu ziehen.

ENDE